Henrich Dörmer   MARIENGLAS

MARIENGLAS
KOMMISSAR RAU ERMITTELT IM GIESSEN DER GOLDENEN ZWANZIGER

Henrich Dörmer

Henrich Dörmer, » MARIENGLAS «

© 2024 Henrich Dörmer
Erste Auflage
Umschlaggestaltung, Illustration: Henrich Dörmer
Lektorat, Korrektorat: Wolfgang Pappe
Verlag: BoD • Books on Demand GmbH, In de Tarpen 42, 22848 Norderstedt
Druck: Libri Plureos GmbH, Friedensallee 273, 22763 Hamburg
ISBN: 978-3-7583-5108-2
Das Werk, einschließlich seiner Teile, ist urheberrechtlich geschützt. Jede Verwertung ist ohne Zustimmung des Verlages und des Autors unzulässig. Dies gilt insbesondere für die elektronische oder sonstige Vervielfältigung, Übersetzung, Verbreitung und öffentliche Zugänglichmachung.

Fotografien, Zeichnungen, Grafiken: Henrich Dörmer
Umschlagmotiv: "Ansicht vom Schiffenberg", 1831, Gerhard-Wilhelm Reutern, Oberhessisches Museum Gießen, eigene Repro-Fotografie, digital bearbeitet.

Bibliografische Information der Deutschen Nationalbibliothek: Die Deutsche Nationalbibliothek verzeichnet diese Publikation in der Deutschen Nationalbibliografie; detaillierte bibliografische Daten sind im Internet über http://dnb.dnb.de abrufbar.

Für Katharina

Inhaltsverzeichnis

Prolog	Seite	9
1. Pinkel ohne Labskaus		26
2. Gießen bei Nacht		38
3. Maria, hilf!		50
4. Brunnen, Klinge, Papier		65
5. Guggemüssemer!		79
6. Hier Amt, was beliebt?		93
7. Die drei vorm Café Bück-dich		108
8. Das rollende R		123
9. Das Mädchen mit den spitzen Ohren		142
10. Dä feini Herr Komtur		160
11. Camera Helvetica		172
12. Von Füchsen und Walfischen		195
13. Der Maschinenmensch		212
14. Rüddingshäuser Bease		228
15. Zuschlag zum Quadrat		245
16. Der blaue Engel		259
17. Röslein in Sonnenblumen		279
18. Bauernfrühstück		301
19. Dem Freund die Stirn		317
Epilog		330
Über die Handlung		339
Danke		340
Grundriss der Domäne Schiffenberg		24
Stadtplan von Gießen in 1928		158

*Kunst gibt nicht das Sichtbare wieder,
sondern Kunst macht sichtbar.*

Paul Klee

Prolog

27. April 1809

Die Mähne des Rappen tobte im Wind. Der Schweif schien zu fliegen, Schaumplacken stoben aus Maul und Nüstern, um sich augenblicklich in der beigefarbenen Wolke zu verlieren, die ihm und dem an seiner Seite dahin rasenden Schimmel folgte. Fast schien es, als wollten die beiden ihren noch langgezogenen Schatten endgültig entfliehen. Bald durchzog die Staubfahne fast das gesamte Tal, noch immer reichte der bräunliche Dunst zurück bis zu den südlichen Wallanlagen und verdeckte die Sicht auf Universität, Zeughaus und Stadtkirchturm. Allein, für einen Blick zurück war nicht die Zeit. Nur kurz verringerte der Reiter des pechschwarzen Rosses den Druck seiner Schenkel. Sofort verlangsamte sich die Geschwindigkeit der beiden Pferde, aber nur soviel, dass er, die Zügel sowohl des Rappen als auch des Schimmels in Händen haltend, das weiße Ross nah an sich heranziehen konnte. Wenngleich noch immer im Galopp, passte zwischen beide Tiere nun nicht mehr als eine Elle. Mit einer schnellen Bewegung kontrollierte er, dass sich der helle Mantel mit dem schwarzen Kreuz auf der linken Seite nicht im Riemenwerk verfangen hatte, dann stieg er aus dem Sattel und tat einen Satz hinüber auf den Schimmel, zum letzten Mal an diesem Morgen. Sofort entledigte er sich der Zügel des schwarzen Hengstes, den Anstieg hinauf zum Schiffenberg würde er mit nur einem Pferd schneller bewältigen. Das andere fiel bald zurück, es würde den Rest des wohlbekannten Weges im Schritt zurücklegen dürfen, um seinen Futterplatz zu finden.

Kurz nachdem der Reiter den Waldrand erreicht hatte, verfiel er in Trab, den schnelleren Galopp ließen die tiefhängenden Äste und die schmale, immer stärker ansteigende Schneise nicht zu. Zumindest verhinderte das mit zartem Grün geschmückte Gehölz des Forstgartens, dass der Reiter mit dem strähnigen Haar unter der Kapuze weiter von der Morgensonne geblendet wurde. Zu gern hätte er seinem wackeren Ross eine Rast am Hirtenbrunnen gegönnt, dem erquickenden Quellbrunnen, der an einen anderen Postillion erinnerte, wenn auch an einen, dem weiland ein viel vergnüglicherer Botendienst vergönnt gewesen war: als Postillion d'amour zwischen den Augustinern auf dem Berg und den Cellaner-Chorfrauen hier unten, wo heute nicht einmal mehr ein Stein an sie erinnerte. Doch ein Halt, so kurz vor dem Ziel, hätte die Mühen der letzten anderthalb Stunden ad absurdum geführt, wäre der wilde Ritt vom Marburger Schlossberg durchs Lahntal hindurch bis hierhin bar jeden Sinnes gewesen. Indes schlug ein herunterhängender Ast dem Reiter die Gedanken an die Vergangenheit sprichwörtlich aus dem Kopf, der bis hierhin mit Basaltsteinen gepflasterte Weg verengte sich nun zu einem Pfad, der Anstieg geriet so steil, dass mehr als Schritt dem Pferd beim besten Willen nicht länger möglich war. Nach einer knappen Meile verdunkelte sich der Wald, auch wenn sich die frühlingshafte Lichte der Bäume nicht geändert hatte. Vielmehr waren es die wie eine Felswand anmutenden, dunklen Fundamente der Propstei. Der Schimmel hob den Kopf und blubberte leise, es war ihm anzumerken, dass er über die Ankunft genauso erleichtert war wie sein Reiter, der ihm dankbar den Hals tätschelte.

Der Bote erreichte den Innenhof des Ordens über das sogenannte Eselstor, unmittelbar rechts des westlichen Chors der Basilika und links von Pferdestall und Brauhaus gelegen. Sogleich saß er in einer schwungvollen Bewegung ab und sah sich um. Direkt vor ihm trottete ein betagter Kaltblüter, dessen Trense an einer Holzstange befestigt war, auf einer nur wenige Meter messenden Kreisbahn, um auf diese Weise das Wasser des Brunnens daneben, ein großes Holzfass ruhte auf dessen Sandsteinfassung, aus großer Tiefe nach oben zu pumpen. Das ältliche Tier schien bis zu diesem Zeitpunkt das einzige Lebewesen auf dem Hof zu sein. Der Schimmel des Reiters begrüßte ihn mit einem kurzen Schnauben.

«Welch trügerisches Bild!», seufzte er in sich hinein, als er den Blick über das ovale Rund des durch Ringmauer und Gebäude vollständig geschlossenen Innenhofes schweifen ließ. Südlich der altehrwürdigen Basilika, im Schatten des darauf thronenden achteckigen Turmes und ziemlich genau in der Mitte des Hofes befand sich ein Lustgarten. Auf acht symmetrisch angelegten und mit Buchsbaumhecken fein säuberlich voneinander getrennten Quadraten begrüßten rote Rosen, rosa Gerbera und Tulpen in mannigfaltiger Farbenpracht die morgendliche Frühlingssonne. Dahinter, direkt an der östlichen Ringmauer nahe der Scheune, leuchtete ein wahres Meer rötlicher und gelber Pfirsichblüten und ein rosafarbener Hauch umgab einige Aprikosenbäume. Der Blick des Mannes wanderte weiter in südlicher Richtung über die in einem Rechteck angeordneten Stallungen, an deren Außenseite sich der Hopfengarten anschloss, gefolgt von kleineren Wirtschaftsgebäuden. Die Südseite wurde vom Herz der Kommende komplettiert, der Komturei. Es war eines der beiden ältesten Gebäude, die die altvorderen Ordensbrüder des hiesigen Konvents auf dem Hochplateau hatten errichten lassen. Seit dem Jahr 1493 schmückte das sandsteinerne Wappen des Erbauers, Komtur Ludwig von Nordeck zu Rabenau den Bau mit seinen beiden aus massivem Basaltstein errichteten Untergeschossen, dem eine Etage aus Fachwerk und darüber das weithin sichtbare und steile Schieferdach folgte. Rechts davon schloss sich ein in ähnlichem Stil errichtetes, zweigeschossiges Gebäude an, das unter anderem einen Gesellschaftssaal beherbergte. Die Westseite schließlich wurde dominiert von der Propstei, die sich über eine Länge von gut zwanzig Metern erstreckte. Auch dieses Gebäude war in den unteren beiden Geschossen aus festem Basaltstein, das zweite Obergeschoss in Fachwerkbauweise errichtet worden, die Fensterrahmen waren hier mit Holzverschlägen ausgekleidet. Dieses Stockwerk wurde schon seit Langem als Fruchtspeicher genutzt. Der markante Erker an der zum Innenhof weisenden Längsseite deutete auf den Sitz des Propstes hin, wenngleich bekannt war, dass dieser markante Vorbau bis noch vor einigen Jahrzehnten einen Zwilling besessen und die Türmchen sowohl des vergangenen, als auch des noch bestehenden bis hinauf zum hohen Dachfirst gereicht hatten.

Der Bote entschied sich, zunächst in der Komturei nach dem Empfänger seiner Nachricht zu suchen. Schließlich wurden die Ämter des Propstes und die des Komturs dieser Kommende seit Jahrhunderten in Personalunion geführt. Somit war der Sitz des Obersten des Deutschen Ordens auf dem Schiffenberg derjenige, der einen unverstellten Blick gen Süden ermöglichte, über Garbenteich, Watzenborn und Grüninger Warte weit hinein in die Wetterau und über Leihgestern, den südlichen Ausläufern Gießens und dem zur Kommende gehörenden Neuhof bis bin zu Taunus und Westerwald.

Eiligen Schrittes trat er ein und spähte um die Ecke in die Räume des Erdgeschosses. In der spärlich beleuchteten Küche war niemand, das Frühstück war bereits vor über einer Stunde eingenommen worden. Ohne Umschweife machte er kehrt und nahm die Treppe ins nächste Stockwerk. Aus dem hier befindlichen Hospital vernahm er zumindest eine Stimme. Er wusste sie zuzuordnen, es war die von Johanna, diejenige, die nicht mit der Bezeichnung Schwester angesprochen werden wollte. Schließlich sei sie keine Angehörige des Ordens, bloß eine einfach Frau aus Hausen, wie sie regelmäßig betonte. Wahrhaftig kannte er aber keine andere, die ihr Handwerk im Umgang mit Kranken und Siechenden besser verstand als sie.

«Drei Löffel noch, zumindest die», hörte er sie zu jemandem sagen, noch ehe er eingetreten war. Dann sah er sie. Die Frau mit dem dunklen Arbeitskleid und der grauen Schürze saß am Rand von einem der insgesamt sechs Betten und hielt einem Mädchen im Alter von vielleicht zwölf, dreizehn Jahren einen Löffel vors rot glühende Gesicht, bis sich endlich der Mund öffnete und die grünliche Flüssigkeit aufnahm.

«So ist's gut, die Kapuzinerkresse wird dir die Entzündung aus dem Rachen treiben, glaub mir», sprach sie dem Mädchen aufmunternd zu, das mühsam aber vertrauensvoll nickte. Von dem zweiten belegten Krankenlager am anderen Ende des Saales war ein leises Stöhnen zu vernehmen, was aber allem Anschein nach nicht in Zusammenhang mit dem gerade Gesagten stand. Nur flüchtig sah Johanna zu der Gestalt hinüber, von der unter der weißen Bettdecke nur ein ausgemergelt wirkendes Haupt mit schütterem, weißen Haar und einer mit tiefen Falten durchzogenen, pergamentfarbenen Haut hervorlugte. Ruhig tauchte sie den Löffel wieder in die Schale und hielt ihn erneut dem Mädchen mit den schweißnassen Haaren hin.

«Ist einige Monate her, dass wir uns gesehen haben, Trappier von Westwich», wandte sie sich dem Ankömmling zu und wartete, bis das Mädchen den heißen Aufguss schluckte.

«Zweifelsohne, das ist wahr. Umso mehr freue ich mich, dich zu sehen. Bist du doch regelmäßig die erste und die letzte, die ich hier auf dem Schiffenberg zu Gesicht bekomme.»

«Ihr ganz persönliches Alpha und Omega also?», erwiderte Johanna augenzwinkernd, ohne den Blick von dem Mädchen vor ihr zu wenden, um schnell anzufügen:

«Bei Lichte betrachtet sollte Euch dieser Umstand aber auch nicht wundern. Wer könnte Euch in diesen Zeiten hier auch sonst begrüßen? Von unseren vier Herren hetzt Trappier Hilpert von einer Abrechnung zur anderen, von einem Schäfer, Hofknecht und Müller zum nächsten, nun, wem sage ich das», sie sah zum ersten Mal zu Trappier von Westwich auf, «während an Chorherr Wismut so gut wie jegliche seelsorgliche Tätigkeit hängen bleibt. Er kommt schon gar nicht mehr vom Kirchhof runter», und sah mit wissendem Blick zu dem Mann in dem Bett ganz hinten. Nachdem der letzte Löffel Flüssigkeit in den Mund mit den blassen Lippen eingeflößt worden war, stand sie auf, stellte die Schale mit dem Löffel auf einem Tisch ab und näherte sich von Westwich, um mit gedämpfter Stimme fortzufahren:

«Wenn der Typhus weiter so wütet», sie wischte sich ihre Hände an der Schürze ab und sah besorgt zu dem Mädchen zurück, «dann wird es bald weder Menschen geben, um deren Seele Ihr Euch sorgen müsst, noch welche, deretwegen Ihr den gewiss schwerlichen Weg von der Marburger Ballei aufnehmen würdet.» Der

Ordensmann verzog keine Miene. Er wusste nicht, was er Johanna entgegnen sollte, hatte sie doch gerade eben das ausgesprochen, woran er zu denken nicht gewagt hatte, zumindest noch bis gestern. Sofort suchte er nach einer Auflösung dieses für ihn höchst unangenehmen Moments. Er wollte sich gar nicht ausmalen, wie Johanna wohl reagieren würde, wenn sie von der Nachricht erführe, die er in seiner Brusttasche verwahrte.

«Der Komtur, ist er oben?», fragte er daher sogleich.

«Drüben», antwortete die Frau mit den rosigen, von Äderchen überzogenen Wangen.

«In der Propstei?», erwiderte Westwich unsicher. Johanna blieb sein verwunderter Unterton nicht verborgen:

«Er sitzt, für ein Porträt. Seit gut zwei Wochen», ihr Gesichtsausdruck verriet nichts und sagte gleichwohl alles. Von Westwich hob die Augenbrauen, bevor er sich von der Frau abwendete, in sich hinein murmelnd:

«Bleibt zu hoffen, dass die Farbe recht schnell trocknet.» Er war schon auf der Treppe, da rief Johanna ihm hinterher:

«Wenn Ihr nur nachher so freundlich wärt und mir für das Mädchen ein frisch gebrautes, noch warmes Bier vom Brauhaus und eine Orange aus dem Lager in der Kirche bringt, ich meine, Ihr wisst wo, im nördlichen Seitenschiff. Der Hopfen und die in der Frucht gespeicherte Sonne bewirken Wunder», um leise anzufügen: «und ein solches braucht sie wohl.» Schon war sie wieder im Hospitalsaal verschwunden.

Konstantin von Westwich verließ die Komturei linker Hand und stieg die steinernen Stufen der längs der Außenseite der Propstei verlaufenden Treppe empor, von wo aus er seinen braven Schimmel aus dem Trog am Fuß der sandsteinernen Einfassung des Brunnens saufen sehen konnte. Das ergraute Pferd an dem Pumpenantrieb vis-a-vis drehte weiter gleichgültig seine Runden. Er wusste, dass der winzig kleine Raum unter den Treppenstufen einst als Gefängniszelle genutzt worden war, aber auch, dass das erste Stockwerk des imposanten Baus darüber für gewöhnlich schon seit Jahrzehnten leer gestanden hatte. Dass der große, nur aufwändig zu beheizende Saal des Propstes wieder genutzt wurde, war wohl dem schmucken Erker und der herrschaftlichen Wandvertäfelung geschuldet, vermutete der Chorherr, gewiss ein standesgemäßer Hintergrund für die Verewigung eines Komturs der hiesigen Kommende. An sich hätte die Zeit für ein solches Andenken an die Nachwelt nicht besser gewählt sein können. Und gleichsam auch nicht ungünstiger, dachte von Westwich, während er die schwere Eichentür öffnete.

«Gelobt sei Jesus Christus», verbeugte sich der Trappier, nachdem er den Saal betreten hatte.

«In Ewigkeit, Amen», vernahm er darauf. Von seinem Standpunkt aus wirkte es, als habe ihm nicht der Komtur geantwortet, sondern dessen porträtiertes Ebenbild auf der großformatigen, etwa drei mal fünf Fuß messenden Leinwand, die ihm den direkten Blick auf das Original verwehrte. Der Künstler, auf seinem Unterarm ruhte eine große Farbpalette, stand etwas versetzt zur Staffelei und gab dadurch den Blick auf das Werk frei. Wie vermutet, saß der Kommenden-Obere auf einem Stuhl mit hoher Lehne, der mittig in der Ausbuchtung des Chörleins, so wurde der Erker genannt, platziert war. Auf der linken Seite der Bildfläche hatte der Maler die dunkle Holzvertäfelung übernommen, mit Geschick und gutem Auge hatte er das durch die Rundglasfenster einfallende Morgenlicht und dessen Schattenwurf festgehalten. Rechts an der Wand hing ein barocker Bilderrahmen mit dem von Westwich bereits bekannten Motiv vor einem Samtvorhang, der dort allem Anschein nach allein als Porträthintergrund drapiert worden war. Von Westwich war beeindruckt, er konnte nicht den geringsten Unterschied im Faltenwurf des altweißen Gewandes mit dem großen, mit Silberfaden eingefassten schwarzen Kreuz auf der Leinwand gegenüber dem beim Original erkennen. Auch glitzerte die goldgelbe Farbe der winzigen Kreuzstickereien auf der hellen Stola ebenso prächtig wie das echte, silbern eingefasste Halskreuz und das Silberkettchen am Kragen, das den Umhang des leibhaftigen Komturs geschlossen hielt. Für einen Augenblick hatte sich von Westwich geradezu in die Pinselstriche und die Akkuratesse des Werkes verloren, da neigte der Porträtierte den mit einem schwarzen Birett bedeckten Kopf zur Seite, um an der Staffelei vorbei Blickkontakt mit seinem Marburger Ordensbruder aufzunehmen:

«Ihr müsst mir meine Unhöflichkeit verzeihen, ehrwürdiger Bruder, aber Meister Hegel hat genau das geschafft, woran unsere treue Johanna nun schon seit Jahren scheitert: mich dazu zu bewegen wenigstens einmal für fünf Minuten Ruhe zu halten.» Der genannte Maler nickte von Westwich flüchtig zu, um schon im nächsten Moment mit einem feinen Pinsel einen winzigen Tropfen grauer Farbe aufzunehmen und diese in einer schnellen, aber sehr präzisen Bewegung auf dem porträtierten Silberrand des Siegelrings aufzutupfen, sein Blick wanderte dabei permanent zwischen Original und Leinwand hin und her.

«Gott sei Dank habt Ihr jedoch bald genug gesehen, nicht wahr, verehrter Meister?», fügte er an. Der Bote erkannte, wie sich der Komtur über seine eigene, auf ihn recht gekünstelt wirkende Ironie amüsierte. Indes mahnte der Maler mit einer zurückhaltenden Handbewegung sein Modell still zu halten. Den Komtur focht dies jedoch nicht an:

«Aber wie zitiertet Ihr doch neulich den großen Leonardo da Vinci? Die Arbeit an einem Kunstwerk kann nie beendet werden, sie kann nur aufgegeben werden. War es nicht so?», worauf Nikolaus Hegel die mahnende Handbewegung nur noch einmal wiederholte.

Für von Westwich aber war es, als ob eine Rufglocke geklingelt hätte, als hätte Leonardo da Vinci ihn daran erinnert, weswegen er hier war. Er richtete sich auf, trat drei Schritte vor und schob sich zwischen Leinwand und des Malers Motiv:

«Euer Ehrwürden, bitte verzeiht die unvermittelte Störung, aber ich habe eine dringende Nachricht des Balleimeisters für Euch, die keinerlei Aufschub duldet und derenthalben ich beauftragt wurde, sie Euch ausschließlich persönlich zu überbringen.» Der Mann auf dem Stuhl schien ungerührt und hob seinen auf der rechten Armlehne ruhenden Zeigefinger leicht an, während er zurück gab:

«Nun, mein ehrwürdiger Bruder, mir scheint, unser hochgeschätzter Landkomtur ist besorgt über die noch ausstehende Zahlung der Allmende an die hessische Ballei. Völlig unberechtigt, will ich meinen. Und auch wenn Euer hiesiger Trappier-Bruder doch große Zweifel an der Berechnungsweise der Höhe der Abgabe hat, verzeiht meine Direktheit, will ich Euch vor Eurer Rückreise gerne mit dem entsprechenden Geldbetrag ausstatten. Sobald wir hier fertig sind.» Sein Blick ruhte noch immer auf dem imaginären Punkt an von Westwich vorbei. Der konnte ein ungeduldiges Kopfschütteln nicht unterdrücken und trat einen weiteren Schritt vor, sodass es dem Komtur nicht mehr möglich war, ihn zu übersehen.

«Vergebt nochmals, Euer Ehrwürden, doch geht es nicht um einen profanen Allmendenzins. Vielmehr handelt es sich um eine Botschaft von ungemeiner Tragweite, die ich nur berechtigt bin, Euch diskret und höchstpersönlich zu übereignen. Zudem ausdrücklich ohne Anwesenheit weiterer Personen», und sah zu dem Maler, der so tat, als hätte er von alledem nichts mitbekommen. Zeitgleich holte er den bisher gut verborgenen Umschlag aus seinem Revers. Der Oberste vom Schiffenberg regte sich noch immer nicht.

«Na, dann lese er mir die Nachricht doch vor, sodass Meister Hegel weitermachen kann, zudem ist er keinesfalls eine gewöhnliche Person, sondern ein Meister und kann daher gar nicht ausgeschlossen werden. Schließlich genießt er mein absolutes Vertrauen, vertraue ich ihm doch mein Ebenbild für die Nachwelt an», und lächelte in Richtung des Malers. Von Westwich registrierte, wie der Künstler geschmeichelt errötete. Zugleich bemerkte er, wie ihm selbst das Blut in den Kopf schoss, wie sich Ungeduld in ihm Raum griff, wie seine rechte Hand, die den gesiegelten Umschlag hielt, leicht zu zittern begann. Doch an und für sich war es ohnehin nun einerlei, dachte er, worauf er den Umschlag am Siegel öffnete und den mit eiliger Handschrift verfassten Brief in die Höhe hielt:

«Wie belieben, Euer Ehrwürden. Die Depesche trägt das Datum des heutigen Tages, Verfasser ist, wie schon erwähnt, der ehrwürdige Landkomtur. Ich beginne nun den Wortlaut zu verlesen: Ehrwürdiger Bruder ...» Weiter kam er nicht, der Mann auf dem Stuhl unterbrach ihn:

«Bitte, lieber Westwich, es genügt das Exzerpt, wir wollen doch Meister Hegel nicht allzu lange mit Nebensächlichkeiten in seiner Konzentration stören.» Für den Trappier war es offensichtlich, dass der Komtur den Maler nurmehr ob seiner eigenen Ungeduld vorschob. Genauso war von Westwich klar, dass er dem Schiffenberger Oberen die Bitte schlechterdings verwehren konnte, war es wohl ohnehin die letzte, die er würde äußern können:

«Nun denn, wie Ihr wünscht und gebietet. Unser ehrwürdiger Balleimeister zu Hessen wurde in der gestrigen Nacht darüber in Kenntnis gesetzt, dass Kaiser Napoleon am 24. April 1809 in seinem Feldlager bei Regensburg unseren hochehrwürdigen Orden der Brüder vom Deutschen Hospital Sankt Mariens in Jerusalem auf dem gesamten Gebiet der Rheinbundstaaten für aufgelöst erklärt hat. Die Auflösung betrifft die vollständige und unwiderrufliche Räumung sämtlicher Balleien und Kommenden. Ausgenommen sind die Besitzungen im Habsburger Herrschaftsbereich sowie in Schlesien und Böhmen. Sämtlicher Ordensbesitz ist unverzüglich und unmittelbar an die jeweilige, dem Kaiser in Treue verbundene Landesherrschaft zu übereignen. Die Ballei Hessen fällt somit an das Großherzogtum Darmstadt, in Teilen an den König von Westphalen, Jerome Bonaparte. Großherzogliche Inspektoren sind unter Truppengeleit bereits auf dem Weg, um die Kommenden zu inspizieren und Besitz und Vermögen einzuziehen. Soweit die Depesche.» Trappier von Westwich sah, wie Meister Nikolaus Hegel stutzte. Der überlegte, wie er es schaffen sollte, die bisher rosige Gesichtsfarbe so zu retuschieren, dass sie dem wahren Ebenbild entsprach und führte den Pinsel in Richtung des fahlgrauen Kleckses auf der Palette.

In diesem Moment stürmte Johanna in den Saal herein, völlig außer Puste, von Westwich hatte sie noch nie so aufgeregt gesehen:
«Gelobt sei ... Jesus, beim Allmächtigen! Da kommen berittene Truppen von Richtung Hausen die Serpentinen herauf, was hat das

zu bedeuten? Wurden wir besiegt? Sind das die Österreicher?» Schlimmer, dachte der Trappier ohne es auszusprechen.

«Was machen wir mit Ägidius? Er ist zu schwach, um fliehen zu können!», stieß Johanna hervor. Noch immer saß der Komtur vollkommen reglos auf seinem Stuhl, nun aber vollständig in sich zusammengesunken, ein wahrhaft jämmerliches Bild.

«Und Maria?», fragte Meister Hegel, zu Johannas Erstaunen, während er in Richtung Chörlein blickte. Der Komtur aber schien zu verstehen:

«Wo wir hingehen, können sie nicht mitkommen. Er bleibt hier, Maria auch, Trappier von Westwich wird für den sicheren Verbleib sorgen. Wir werden sie nicht dem Prätendenten überlassen», tonlos fällte der ehrwürdige Komtur zu Schiffenberg seine allerletzte Entscheidung.

Trappier Konstantin von Westwich saß auf der Herrenbühne, der mittelalterlichen, hölzernen Empore, die sich früher in der Westapsis und nun im vordersten östlichen Teil des Mittelschiffs der Basilika befand. Dem Bereich, der von den restlichen vier Fünfteln des Langhauses schon vor Jahrzehnten mittels einer massiven Mauer abgetrennt worden war. Es war nur noch dieser kleine Teil, der, zusammen mit Querhaus und Chor, dem originären, geweihten Zweck als Kirchenraum diente. Kurz zuvor hatte er das erledigt, was ihm aufgetragen worden war, neben ihm der Krug mit dem noch warmen Bier und die getrocknete Zitrusfrucht sowie ein paar Aprikosen als Proviant für den Weg zum vier Meilen entfernten Neuhof. Gedankenverloren ließ er den Blick durch den Kirchenraum schweifen.

«Alpha und Omega ...», murmelte er, es hörte sich an, als betete er. Hier hatte alles begonnen und hier endete es. Unter dem Kreuzgewölbe, über dem die Augustiner-Chorherren mit Kloster-Stiftung im Jahr 1129 beginnend, den weithin sichtbaren, charakteristischen Turm errichtet hatten, mit seinen acht Seiten als Ausdruck der Unendlichkeit, als Beleg für die Ewigkeit Gottes. Erbaut von jenen Augustinern, deren Reich hier nach nicht einmal zweihundert Jahren geendet hatte. Sein Blick fiel auf die violetten, wollenen Teppiche im Altarbereich zu seinen Füßen. Ihre wild in alle Richtungen zeigenden Fransen schienen so aufgeregt und verwirrt wie die Menschen in der Komturei gegenüber. Noch einmal sah er auf die Grabplatte zwischen Altar und Taufstein, die an Gernand von Buseck, einen der ersten Komture des Ordens auf dem Schiffenberg und die Anfänge der Kommende seit dem Jahr 1323 erinnerte. Von dort wanderte sein Blick zu der kleinen Kanzel rechts und zu dem Fahnenmast an der Säule links, an dem noch immer ein Stück vom weißen Tuch der Ritterfahne des Komturs von Wartensleben hing. Desjenigen, der 1706 ein jähes Ende gefunden hatte, als er während des spanischen Erbfolgekrieges aufseiten der Habsburger kämpfend im italienischen Castiglione von einer Kugel tödlich getroffen worden war. Aufseiten derselben Österreicher also, die vor gerade einmal drei Tagen in Bayern zumindest auf dem Schlachtfeld ein unrühmliches Ende gefunden hatten, gegen eben das Heer des französischen Herrschers, der seine Gefolgsleute, die des Rheinbundes, für deren Treue dadurch entlohnte, dass er ihnen einen geistlichen Orden und alles, was ihn ausmachte, zum Geschenk machte. Und das ausgerechnet mit Ausnahme der Balleien in den Habsburger Landen. Dass dann auch noch ein größerer Teil der Zueignung an Jerome Bonaparte fiel, den König von Westphalen, vor allem aber

Bruder des französischen Kaisers, entbehrte jeglicher Ironie, war es doch kaltes, bitteres Kalkül.

Alpha und Omega, Anfang und Ende, dachte von Westwich wieder. Nun also sollte auch die Unendlichkeit seiner Gemeinschaft ein jähes Ende erfahren. Aber war es bei näherer Betrachtung nicht schon lange vorbestimmt? Zumindest abzusehen? Angesichts der Tatsache, dass diese einst so erhabene Basilika nun schon seit Jahrzehnten zum größeren Teil nurmehr als Orangerie genutzt wurde, mit einem aus Tannenholz zusammengeschusterten Zwischenboden im Langhaus, der als Obstdörre diente? Das nördliche Seitenschiff abgetrennt und zugemauert, genutzt nicht mal mehr als edle Scheune, sondern als Wagnerei, als Ablageort für Kummeten und abgewetztes Zaumzeug? Oder war es schlicht der Lauf der Dinge, dass alles göttlich Himmlische irgendwann wieder weltlich werden würde, geerdet, menschlich, arm? So wie es auch begonnen hatte? Mit einer einfachen Krippe in einem Stall in Betlehem? Oder mit einem ärmlichen Hospital? In diesem Moment kam sein Blick auf der Statue der Madonna mit dem Jesuskind auf ihrem Schoß zur Ruhe, in einer viel zu eng erscheinenden Nische im südlichen Querhaus. Balduin von Trier hatte sie anlässlich der Begründung der Schiffenberg-Kommende sowohl den Deutschordensrittern, als auch den ihnen vorausgehenden Augustinern gestiftet, zum Zeichen der Verbundenheit in Jesus Christus und Maria Mutter Gottes. Sogleich musste er an das herrliche Motiv zurückdenken, an das Bildnis der Heiligen Jungfrau unter dem Schiffs-Segeltuch, das als Dach jenes allerersten Hospitals gedient hatte, das die Kreuzfahrer seines Ordens Ende des 12. Jahrhunderts am Strand von Akkon errichtet hatten. Wie endlich, wie vergänglich die Welt in Wirklichkeit doch war. War es so schlicht? Alles umsonst? Alles verloren? Das Läuten der Glocke der Komturei, sie hing direkt über dem Steintisch jenseits der Ringmauer, riss ihn aus seinen Gedanken. Johanna rief wohl den spärlichen Rest der Chorgemeinschaft herbei, um zu retten, was zu retten war.

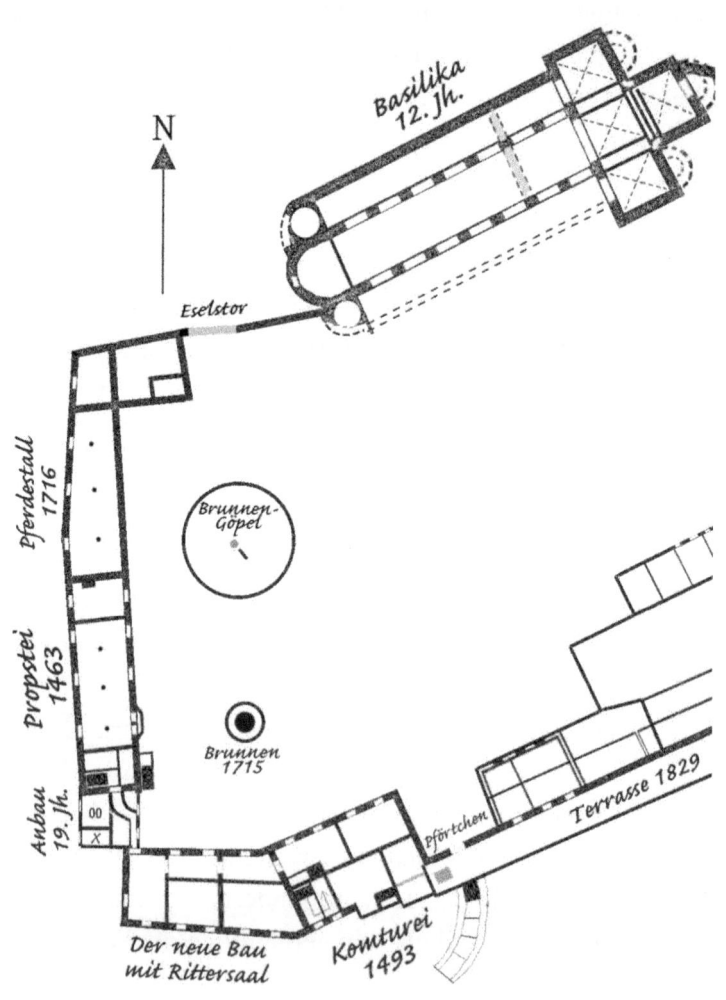

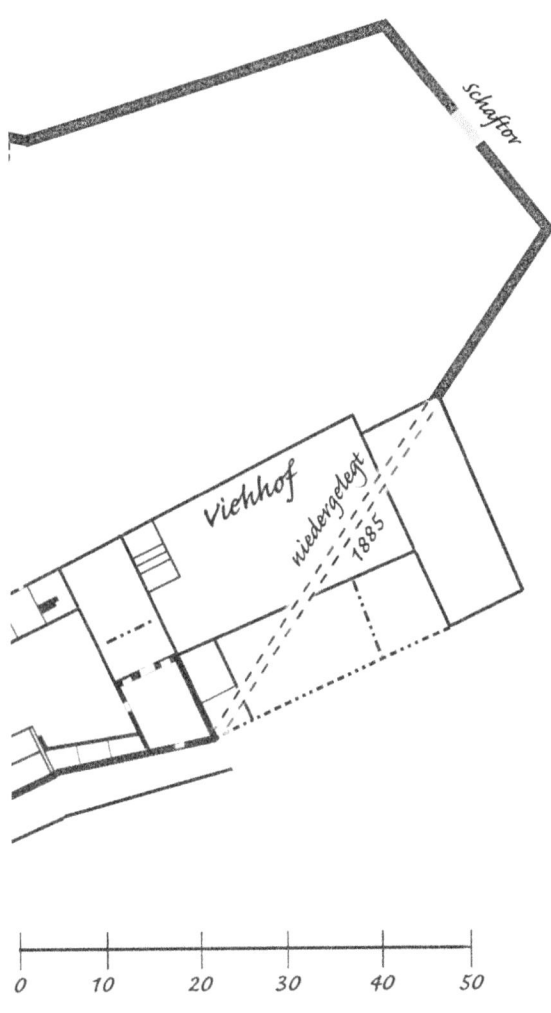

Grundriss der Domäne Schiffenberg

1. Pinkel ohne Labskaus

Sonntag, 20. Mai 1928

«Bedaure, die Herren, Sperrstunde!» Der Wirt mit dem grau melierten Walrossbart stand vor dem Steintisch in einer Nische am Ende des schmalen Terrassenweges, der an der Südseite des ehemaligen Klosters entlang führte. Die drei Männer, die es sich rund um die basaltene Platte gemütlich gemacht hatten, die Mai-Bowle hatten sie schon am späten Nachmittag ausgetrunken, sahen erst sich und dann den Mann vor ihnen enttäuscht an. Andere Gäste verließen im Rücken des Wirtes den Innenhof durch den kleinen Torbogen. Diejenigen, die es nicht geschafft hatten den Rollbraten, das Cordon bleu oder das Wildgulasch aufzuessen, hatten für die Reste einen Henkelmann mitgebracht, nicht wenige das alte Feldgeschirr, um am morgigen Arbeitstag noch einmal lächelnd an diesen herrlichen, wolkenlosen Tag und die laue Frühlingsnacht bei Musik und Tanz zurück zu denken.

«Sie müssen verzeihen, aber ich will keinen Ärger mit der Polizei haben, die Gießener Schupos sind da wenig konziliant», und grinste Simon Rau an, den Kommissar von der Wache am Gießener Landgraf-Philipp-Platz. Der schmächtige Dreißigjährige mit dem Menjou-Bart, die Jacke seines beigefarbenen Frühlingsanzugs und der schmalkrempige Strohhut ruhten auf der halbhohen Bruchsteinmauer neben ihm, die Krawatte hatte er längst gelockert, winkte schmunzelnd ab. Auch der jüngere, deutlich größere Mann an seiner Seite grinste. Der dritte und mit Abstand älteste am Tisch, schlohweißer Schnurrbart, sonnengegerbte Haut, zeigte feixend nach oben in den noch immer nicht zu kühlen Nachthimmel:

«Ein Glück, dass es die Glocke der Deutschherren nicht mehr gibt, sonst hätte er euch schon längst abgeklingelt.» Rau stutzte, während sein Blick dem Fingerzeig des Pächters des Wirtschaftshofes auf dem Schiffenberg folgte:

«Was für eine Glocke, Rudi?»

«Genau über euren Köpfen hing früher die Komturei-Glocke. Sie wurde bei Feuer und anderen Notlagen geläutet, oder aber, wenn es eben Zeit war zu gehen!» Wie um das Gesagte zu unterstreichen, leerte er sein Bierglas und fügte an: «Irgendwann wurde sie ausgebaut und tut seither ihren Dienst am Daubringer Schulhaus. Interessant an ihr ist, dass sie eine hebräische Inschrift trägt. Vermutlich aufgrund der Verbindung des Deutschherrenordens zum Heiligen Land. Schließlich wurde dort der Orden der Brüder vom Deutschen Hospital begründet. Und genau unter jener Glocke, an eben diesem uralten Tisch, vereidigten die Ordensherren jahrhundertelang ihre Leihgesterner Schützen, selbst als sich der ehedem streitbare Ritterorden schon längst zu einem geistlichen Konvent gewandelt hatte, der der Seelsorge und der Pflege von Kranken und Bedürftigen verpflichtet war. Hier bezeugten die Männer dem Komtur ihre Treue und schworen, Kommende und zugehörigen Wirtschaftshof zu verteidigen. Ihr wisst ja, der Neuhof liegt ganz in der Nähe von Leihgestern, daher kamen die meisten Schützen auch von dort. Und später saß Georg Büchner hier, auf einem dieser Bänke. Er lobte diesen Ort als ideal für diskrete und geheime Treffen und um frei über die Politik disputieren zu können.» Darauf wandte Rudi Striegler sich wieder dem Wirt zu.

«Aber da die Glocke nun nicht mehr da ist, kann sie auch nicht mehr läuten. Und weil sie nicht mehr läuten kann, könntest du doch eine Ausnahme machen und uns noch einmal drei große Blonde zapfen. Für unseren jungen Freund und Pathologen hier wird es nämlich für lange Zeit das letzte Mal sein, dass er ein ordentliches Bier bekommt, der Mann schlürft bald nur noch Alsterwasser», und blinzelte mitleidig. Karl Wiesenholder, der Mann mit dem dunklen Lockenschopf, neben Rau sitzend, nickte artig zur Bestätigung. Der Wirt lachte:

«Pfui Deibel, da steht zu Befürchten, dass es bei Ihrer eigenen Todesursache wohl keinerlei Zweifel geben wird, mein Beileid! Angesichts dieser Tragik will ich nochmal ein Auge zudrücken.» Er warf Simon Rau einen ironischen Blick zu: «Wo habe ich diesen Satz nur schon mal gehört?», und zückte seinen Schreibblock, um die letzte Order des Abends aufzunehmen.

Ein Aufschrei, der von innerhalb der Klostermauern kam, ließ Simon Rau und Karl Wiesenholder aufhorchen. Rudi Striegler dagegen zeigte keine Reaktion, während er ein Streichholz entzündete, an seine frisch gestopfte Pfeife hielt und durch das Paffen und Nuckeln hindurch nuschelte:

«Hört sich an, als wäre wieder jemand über den Stumpf vom alten Pferde-Göpel gefallen.» Der Wirt trat einen Schritt zurück, lugte durch die Rundbogenpforte und nickte darauf dem Betreiber des Wirtschaftshofes zu, zum Zeichen, dass er richtig gelegen hatte. Die Bestätigung in Form einer wilden Schimpftirade des Mannes, der sich mühsam wieder aufrappelte, ließ nicht lange auf sich warten. Wenig später kam der Mann kopfschüttelnd und leicht humpelnd durch den Torbogen zum Vorschein. Noch immer zeterte er vor sich hin, es war seine Frau, die seinen Ärger abbekommen und ihn zu beruhigen versucht hatte. Schließlich hätte sie, die hinter ihm die Restauration verlassen hatte, ihn vor dem Stumpf warnen sollen, an dem bis vor einigen Jahren der Trensenbaum für das Zugpferd der Brunnenpumpe befestigt gewesen war. Zudem ärgerte sich der Mann darüber, dass das Eselstor geschlossen und die schmale Pforte durch die südliche Ringmauer der einzige Ausgang war, den man offen gelassen hatte. Rudi Striegler sah ihn und die ihm folgende Gattin mit dem altmodischen, breitkrempigen Hut gelassen an sich vorbeistiefeln, wobei die Pfeife in seinem Mund ein Schmunzeln überdeckte.

Der Strom derer, die den Klosterhof verließen, verebbte zusehends. Darunter waren nicht wenige, bei denen der Gang mitunter beträchtlich schwankte, als sie durch den kleinen Torbogen traten. Ein Kriegsversehrter griff sich im Vorbeigehen an Striegler zum Gruß an seinen Melonenhut. Nur seine linke Hand lugte aus dem deutlich zu langen Ärmel hervor, der Mantel schien gut zwei Konfektionsgrößen zu üppig ausgewählt. Zwei Corpsstudenten, die weinrote Schildmütze drohte ihnen jeden Moment vom bierseligen Haupt zu rutschen, stützten sich gegenseitig und ließen auch nicht voneinander ab, als sie versuchten sich Seite an Seite gleichzeitig durch das enge Pförtchen zu schieben. Der Versuch schlug fehl. In einer bemitleidenswerten Choreographie stolperte erst der eine über die Steinstufe, riss im Fallen seinen Kameraden der Juristerei mit herunter, worauf der mit einem sehenswerten Purzelbaum über die Beine des anderen fiel und erst kurz vor der Brüstungsmauer zum Liegen kam. Simon Rau sprang auf, um dem aufzuhelfen, der noch im Torbogen lag. Karl Wiesenholder eilte zu dem anderen am

Mauersockel. Sowohl dem Kommissar als auch dem Gerichtsmediziner schlug eine gewaltige Alkoholfahne entgegen, die zu gleichen Teilen aus Bier und Korn zu bestehen schien. Rau hatte den Eindruck, dass der Pausbäckige zu schlafen schien, ein wundersamer Umstand hatte dazu geführt, dass die Schildmütze noch immer auf seinem Kopf ruhte. Erst sanft, dann etwas kräftiger tätschelte Rau ihm die Wange:

«Hallo? Aufwachen! Sind Sie in Ordnung?» Simon Rau nahm die Hand des Studenten, um ihm den Puls zu fühlen. Während er zählte, geriet die junge Kellnerin in sein Blickfeld, die ihn und seine beiden Freunde schon den ganzen Abend versorgt hatte, seit sie sich an Rau's Lieblingsort niedergelassen hatten. In der Hand hielt sie ein Tablett mit drei Biergläsern, die wohl für die Gesellschaft am Steintisch bestimmt waren, im Gespräch mit einem Mann in dunklem Anzug, etwa in ihrem Alter. Rau hatte den Eindruck, als redete er auf sie ein, mit einer Zigarette in der Hand zeichnete er nervös gestikulierend dunkelgraue Kringel in die Luft:

«Du musst mir die Wahrheit sagen!» Sie entgegnete:

«Gar nichts muss ich!», das Funkeln in ihren Augen war selbst im schwachen Schein der Hoflaterne zu erkennen. Der Mann mit dem von Pomade glänzenden Seitenscheitel nahm einen tiefen Zug:

«Doch, das musst du und das wirst du! Du wirst mich nicht zum Narren halten!» Die Kellnerin mit den dunklen Haaren und dem strengen Pagenschnitt, der Kommissar entsann sich, dass sie Adele gerufen wurde, presste die Lippen aufeinander:

«Das muss ich gar nicht, das machst du schon selber!», ihre Augen verengten sich zu Schlitzen, «und jetzt lass mich vorbei, ich muss arbeiten. Schlimm genug, dass das wohl auch so bleiben muss.» Es hätte nicht viel gefehlt, dass sie mit dem Tablett an seinem Jackett hängen geblieben wäre, aber mit einer behenden Bewegung schlängelte sie sich an ihm vorbei und bewegte sich auf den kleinen Torbogen zu.

Simon Rau war zu abgelenkt, um zu bemerken, dass der Pausbäckige zwischenzeitlich die Augen geöffnet hatte. Noch etwas benommen blinzelte dieser seinem Kommilitonen zu, bevor ein Grinsen über sein Gesicht huschte. Der andere lag zwar noch immer reglos am Mauersockel, doch auch seine Augenlider öffneten sich langsam wieder. Rau sah ungläubig, wie der eben noch ernsthaft verletzt Geglaubte die Melodie anstimmte, die die beiden vor ihrem Sturz gesungen hatten:

«*Hier schenkt des Wissens köstlich Nass Professor und Dekan, und mancher Spunden springt vom Fass zu Gießen an der Lahn!*» Karl Wiesenholder wusste, wie die nächste Strophe von "Lob auf Gießen" lautete, schmunzelnd stimmte er mit ein:

«*Wer nie von Gleibergs Mauerkranz erschaut das weite Land, vom Staufenberg im Sonnenglanz des Flusses Silberband, wem holder Maitrank nie gelacht von Schiffenbergs Altan, der kennt nicht deiner Gegend Pracht, mein Gießen an der Lahn.*» Darauf brummte Rudi Striegler, Rau war zwar überrascht, aber nicht verwundert, die nächste Strophe mit. Auch der zweite Student hatte wieder seine Stimme gefunden:

«*Und abends bei der Pulvermühl', still zieht die Lahn einher, dann rudre ich auf leichtem Kiel mein Lieb zum Wehr. Die letzte Sonne färbt die Flut, im Schilfe ruht der Kahn, wie schmeckt ein heimlich Küsschen gut zu Gießen an der Lahn!*» Rau schüttelte den Kopf, während er dem von ihm wieder aufgerichteten Studenten einen Klaps auf die Schulter gab, der Tadel und Aufmunterung zugleich signalisieren sollte. Und er wunderte sich nicht, als die beiden, wieder Arm in Arm, den schmalen Pfad in westlicher Richtung nach Gießen nahmen und nicht die gut befestigte Straße die Serpentinen hinunter bis nach Hausen zu Füßen des Hanges.

Adele hatte mittlerweile den Steintisch erreicht und die drei Glas Bier serviert, mit einer ungewöhnlich hektischen Bewegung hätte sie dabei beinah eines der Gläser umgekippt. Für Simon Rau war es keine Kunst ihr anzusehen, wie sehr sie der Disput mit dem jungen Herrn aufgewühlt hatte.

«Sonst noch'n Wunsch?», murmelte sie abwesend.

«Ehrlich gesagt: ja. Ob Sie vielleicht noch ein paar Wiener Würstchen aus dem Siedetopf übrig hätten?», fragte Simon Rau. Seit er denken konnte, hatte die Restauration auf dem Schiffenberg die besten Würstchen der Welt. Zumindest war das für ihn so, seit er als fünfjähriger Bub das erste Mal mit seinen Eltern von Gießen bis hier hinauf gewandert war, nach seiner allerersten Bahnfahrt von ihrem Heimatort Allendorf an der Lumda in die große Stadt. Ein Ausflug auf den Gießener Hausberg und das Würstchen mit Brötchen im Klosterhof gehörte daher für ihn zu den liebsten Kindheitserinnerungen. Es war die schönste und leckerste Belohnung, nach einem mitunter doch beschwerlichen, aber immer wieder auch erlebnisreichen und frohgemuten Weg. Natürlich vor allem dann, wenn er auf den Schultern seines Vaters Platz nehmen durfte und von dort oben das Gefühl hatte, er wäre ein Riese und würde in dieser luftigen Höhe die Spitze des Turms der Basilika zuallererst entdecken können. Und das war das Wichtigste: wer die Spitze zuerst gesehen hatte, hatte gewonnen.

«Muss gucken, sind aber wahrscheinlich geplatzt», dann war Adele wieder hinter der Ringmauer verschwunden.

Simon Rau hob sein Glas und sah Karl Wiesenholder an. An seinem Blick war abzulesen, wie gerne er diesen Moment hinausgezögert hätte, da er zum letzten Mal für lange Zeit mit seinem besten Freund und Weggefährten anstoßen würde. Doch es war soweit, schon am nächsten Tag würde Karl Wiesenholder Gießen verlassen.

«Auf dich, Karl. Auf dass sich die Bande zwischen Lahn und Elbe niemals lösen.» Rudi Striegler stieß mit an, die Pfeife im linken Mundwinkel, durch den rechten hindurch zischend:

«Auch wenn ich nicht verstehen kann, wie jemand unseren guten Hüttenberger Handkäs' gegen so etwas Ekliges wie Labskaus eintauschen kann, wünsche ich euch beiden viel Glück und, wie sagt man da oben, allseits eine Handbreit Wasser unterm Kiel!» Rudi wusste um Karls Geschichte und um die der Frau, die es geschafft hatte, den Ur-Gießener und tüchtigen Pathologen in ihre Heimat nach Hamburg zu locken. Zudem war er mit diesem Wissen nicht allein. Schließlich hatte es nicht nur in der Lokalpresse gestanden, wie die kecke, junge Hanseatin erst vor wenigen Wochen Kommissar Rau dabei geholfen hatte, einen dramatischen Kriminalfall aufzuklären, mit der ihr eigenen Schlagfertigkeit und Klugheit, die Karl auf Anhieb begeistert hatte. Nicht nur deswegen hatte es sofort bei ihm gefunkt. Vor allem war es ihr Lachen, das ihn in den Bann gezogen hatte. Dass das Gießener Institut für Rechtsmedizin, kaum dass es als eigenständige Fakultät eröffnet werden sollte, schon wieder geschlossen worden war und zeitgleich mit Riekes Eintritt in sein Leben ihre Heimatstadt Altona einen Pathologen gesucht hatte, musste Karl fast schon als Wink des Schicksals verstehen. Rieke Hansen dagegen hatte sich nicht nur in Karls wilde Locken verliebt, sondern auch in seinen einzigartig trockenen Humor. Wie zum Beweis hierfür erwiderte Karl Rudis Salut:

«Besser einen feinen Labskaus mit Pinkel als einen feinen Pinkel ohne Labskaus!», und ließ schwungvoll die Gläser erklingen, wobei Simon Rau rief: «Auf Karl, Rieke und den Labskaus ohne Pinkel!»

«Hab's ja gesagt, sind alle geplatzt.» Die junge Kellnerin servierte den drei Männern am Steintisch je einen Teller, jeweils mit einem Wiener Würstchen, das als solches allerdings nur noch schwerlich zu erkennen war. Rau bedankte sich dennoch und übergab ihr zwei Groschen Trinkgeld, bevor er das Würstchen in das Senfschälchen tunkte, um dann genüsslich hineinzubeißen. Adele hatte sich gerade bei Rau mit einem gequälten Lächeln bedankt, als Rudi einen Mann in einer erdfarbenen Tweed-Jacke begrüßte, der sich ihnen vom Terrassengang jenseits der Klostermauer genähert hatte. Er war der einzige, der den heimwärts strebenden Gästen entgegen kam:

«Wird's nicht langsam etwas zu duster zum Arbeiten?» Der Mann, circa Mitte dreißig, sein Alter war schwer zu schätzen, trug einen rotbraunen, gestutzten Vollbart. In der Hand hatte er eine Tasche aus Segeltuch. Daraus ragte ein in eine Wolldecke eingewickelter, länglicher Gegenstand hervor. Er war schon halb im Mauerdurchgang verschwunden, als er abrupt stoppte und Striegler irritiert ansah. Für Rau schien es, als wäre er geradezu erschrocken. Zwei Schritte später stand er vor dem altehrwürdigen Tisch und neben der jungen Kellnerin, die ihn mit einem scheuen Lächeln bedachte.

«Oh, nein, nein, ich war, ich habe nur ...», stammelte er. Rau nahm kleine Schweißperlen im Bart des Neuankömmlings wahr.

«Schon gut, war doch nicht ernst gemeint», erwiderte Rudi jovial, «kommen Sie her, setzen Sie sich doch noch ein bisschen auf einen Schoppen zu uns, ich lade Sie ein!»

«Nun, ich bedaure, aber leider muss ich ablehnen», Rau registrierte, wie der Mann sich langsam fing, «Ich muss nach oben. Habe noch eine Aufgabe zu erledigen.»

«Gewiss, Herr Lotner. Aber betrachten Sie meine Einladung auch für die nächsten Tage als aufrechterhalten», erwiderte Rudi Striegler freundlich. Der Mann namens Lotner nickte flüchtig und machte kehrt, Adele folgte ihm auf dem Fuß. Die beiden waren schon auf der Stufe des Pförtchens, als Rau die Kellnerin sanft sagen hörte:

«Wir haben oben noch frische Würstchen, die nicht aufgeplatzt sind.» Soso, dachte Kommissar Simon Rau, offensichtlich war sein Trinkgeld wohl doch etwas zu knapp bemessen gewesen.

«Wer war denn das?», fragte Karl Wiesenholder. Rudi wischte sich den Bierschaum von seinem Schnurrbart:

«Das ist unser Schliemann Junior.»

«Du meinst, er ist Archäologe?», war Rau sicher, sich die richtige Antwort bereits selbst gegeben zu haben. Striegler nickte, bevor er fortfuhr:

«Arnd Lotner. Vom Reichsamt für Archäologie. Ein echter Kopfgeldjäger!» Rau's gekräuselte Augenbrauen drückten Belustigung und Neugierde zugleich aus:

«Hört sich an, als müsste ich mich von Berufs wegen für ihn interessieren?» Rudis Schnurrbart verbreitete sich zu einem Grinsen:

«Nicht wirklich. Die Köpfe, auf die er es abgesehen hat, waren nie am Leben und sind aus weißem Sandstein. Du kennst doch diese Skulptur der Madonna im Flur des Komturei-Gebäudes, vor dem Eingang zur Wirtschaft. Ihr Kopf wurde erst vor einigen Jahren von spielenden Kindern im Wald wieder gefunden, wohingegen das Jesuskind auf ihrem Schoß weiterhin verschollen ist.» Rau überlegte, ob er sich an solch eine Skulptur überhaupt erinnern konnte. Unsicher zog er die Mundwinkel nach unten.

«Mach dir nichts draus, die wenigsten tun es. Wie auch, der Wirt stellt die Bildhauerei meistens mit dem Bilderrahmen der Tageskarte zu.» Kommissar Rau kombinierte:

«Aber jetzt hat sie dieser Lotner entdeckt und sich auf die Suche nach dem Jesuskind gemacht? Ist die Skulptur denn alt?»

«Nach seinen Schätzungen frühes 14. Jahrhundert», Karl nickte anerkennend, «sie befand sich wohl ursprünglich in einer Nische im Querhaus der Basilika.»

«Seit wann ist die Heilige Mutter eigentlich so kinderlos und wann hatte sie ihren Kopf verloren?», ungewollt verfiel Rau fast in seinen dienstlichen Befragungston.

«Tja, wenn man dass wüsste. Doch nachdem die Deutschherren den Schiffenberg in 1809 verlassen hatten, war sie, wie auch das Kloster, erst einmal sich selbst überlassen. Die Basilika wurde von Tieren und Vandalen gleichsam heimgesucht. Ihr wisst, wie das Kirchenschiff heute noch aussieht, selbst mein Pferdestall ist in einem besseren Zustand. Wenn ihr mich fragt, käme es einem Wunder gleich, wenn, nach der Wiederkehr des Madonnenkopfes, auch noch das Jesuskind wieder auftauchen würde. Aber natürlich hat Lotner den Auftrag, das gesamte Areal hier oben wissenschaftlich zu untersuchen. Und er ist tüchtig, die Wiesen jenseits der nördlichen

Ringmauer sehen aus, als wären sie von Riesen-Maulwürfen heimgesucht worden.» Karl nahm sein Glas in die Hand:

«Freunde, darauf trinken wir: Auf die Madonna vom Schiffenberg, auf dass sie bald wieder mit ihrem heimgekehrten Sohn über euch wachen kann, wenn ihr schon auf mich verzichten müsst!»

«Auf die Maria und den Hamburger Michel!», stießen die drei Männer noch einmal miteinander an.

2. Gießen bei Nacht

Im Treppenhaus der Komturei hielt Arnd Lotner inne, sein Blick streifte die Tageskarte in dem Brokatrahmen, der flach auf dem Tisch direkt hinter dem Eingang ruhte. Die Menüfolge und die Empfehlung des Tages waren von einer schwungvollen, geradezu kunstvollen Handschrift verfasst worden. Dann erklomm er gemächlich die Steinstufen. Adele folgte ihm, das Tablett mit den geleerten Biergläsern in der Hand, bis beide den ersten Stock erreichten. Auf dem oberen Treppenabsatz angekommen, ließ er sie links in den Schankraum vorgehen. Aus Richtung des Gesellschaftssaals auf der gegenüberliegenden Korridorseite, vielen als Rittersaal bekannt, drangen Stimmen und Applaus herüber. Die gebohnerten Holzdielen knarrten unter seinen Schritten. Der Archäologe wusste, dass die tiefen Kerben im Holzboden von den Füßen schwerer Bettgestelle herrührten, die zu Zeiten des Deutschen Ordens in diesem als Hospital genutzten Raum gestanden hatten. Kaum hatte er die Segeltuchtasche vorsichtig auf dem Boden abgestellt, servierte Adele ihm schon einen Teller mit zwei heiß dampfenden Wiener Würstchen, der Duft vom extra scharfen Senf, den er so sehr mochte, stieg ihm in die Nase.

«Lass ... lassen Sie es sich schmecken», ihr Lächeln verharrte für einen Moment auf ihm, bevor ein für andere unsichtbares Zucken ihren Körper durchfuhr. Schnell wandte sie sich den beiden Herren ihr gegenüber zu, sie waren neben Lotner die einzigen noch verbliebenen Gäste im Raum.

«Darf es noch etwas sein, Herr Schurfheim?», fragte sie den Mann mit dem ergrauten Spitzbart und den schütteren, fein säuberlich zurückgekämmten Haaren. Seine hinter dicken Gläsern einer Hornbrille punktförmig erscheinenden Augen fanden den Blick der Kellnerin nur flüchtig:

«Eins noch, auch für den verehrten Herrn hier, dann entlassen wir Sie in den Feierabend», und wandte sich sofort wieder dem Mann an seiner Seite zu. Der nickte Schurfheim dankend zu. Eine purpurfarbene Narbe zog sich quer über seine rechte Wange. Die dunklen Haare und der Schmiss, der ihm bis zum Mundwinkel reichte, bildeten einen starken Kontrast zu einem ungewöhnlich blassen Teint.

«Sie entschuldigen mich für einen kleinen Moment?», fragte er, bevor er zu Lotner hinüber ging, der an einem kleinen Tisch nahe des aus Bruchsteinen gemauerten Kamins Platz genommen hatte, direkt unterhalb eines kapitalen Hirschgeweihs, an dem drei Glühlampen hingen, um den Raum mit warmem Licht zu bescheinen. Die Lampenschirme wollten nicht recht zu dem Kopfschmuck des einst erhabenen Tieres passen, erinnerten sie doch eher an Zipfelmützen von Zwergen aus Grimms Märchen.

Adele stand hinter der Theke und hauchte in ein Bierglas, bevor sie es auswischte und in das Wandregal räumte. Dabei sah sie, wie der Mann mit der Narbe zunächst auf die Segeltuchtasche zu Lotners Füßen schaute, bevor er ihn ansprach. Der am Tisch Sitzende, das eine Würstchen hatte er bereits gegessen, sah zu dem Mann auf:

«Bitte?»

«Gestatten Sie, König mein Name», Lotner hob die Augenbrauen, «ob Sie mir einen kleinen Moment Ihrer Aufmerksamkeit widmen würden?» Adele hatte den Eindruck, dass Arnd Lotner überrascht war.

«Jetzt? Nun, bedaure, aber Sie werden sicher verstehen, dass es heute schon etwas spät ist. Worum geht es denn, um die Ausgrabungen?» Königs Finger rieben nervös aneinander:

«Nein, nein, es handelt sich um etwas ganz anderes. Es geht um eine ... wie soll ich mich ausdrücken», er blickte in das Kaminfeuer, während er überlegte, «um eine Familienangelegenheit.» Die Kellnerin wienerte das Glas schon eine gute Minute lang und auch wenn sie nicht hinsah, konnte sie doch hören, wie der Gast namens König versuchte, mit diesem eher nebulösen Hinweis doch noch Lotners Interesse zu wecken. Doch die Strategie verfing nicht. Einen Bissen vom Brötchen kauend, entgegnete Lotner:

«Tut mir leid, das wird beim besten Willen heute nichts mehr. Zudem habe ich noch etwas Wichtiges zu erledigen.» Erneut glitzerten kleine Schweißperlen in seinem rötlichen Bart, ob sie durch die Schärfe des Senfs oder aufgrund von Königs Ansprache hervorgerufen wurden, war für die Kellnerin nicht auszumachen. Er wischte sich den Mund mit der Serviette ab, stand auf und nahm die Tasche in die Hand:

«Sie finden mich morgen den ganzen Tag an der nordöstlichen Ringmauer, direkt hinter der Basilika, falls es dringend ist. Wenn Sie mich nun aber bitte entschuldigen wollen», und verließ den Gastraum in Richtung des Rittersaals. Das zweite Würstchen ließ er unangetastet zurück. Sowohl der Mann namens König, als auch die Kellnerin sahen Lotner überrascht hinterher.

«Die Wirtschaft hat die Händ' im Sack, Händ' im Sack, Händ' im Sack, die Wirtschaft hat die Händ' im Sack, Händ' im Sack!», skandierte es vom Rittersaal herüber. Adele weitete angestrengt die Augen, öffnete die Schiebetür zur Küche und warf einen Blick auf die kleine Wanduhr über dem Telefonapparat. Es war kurz nach halb eins. Hilflos zuckte sie mit den Schultern und atmete tief durch, dann nahm sie das Tablett und lief hinüber. König kehrte zu seinem Platz an der Theke zurück. Mit nur einem Schluck leerte er sein Glas gut bis zur Hälfte, dann schob er es in Richtung des Wirtes, der mittlerweile die Aufgabe übernommen hatte, die Gläser in den Schrank zu räumen.

«Habe die Ehre, meine Herren», darauf wandte sich der Mann mit dem Schmiss zum Gehen.

«Wissen Sie eigentlich, wie lange der Archäologe noch hier auf dem Schiffenberg bleibt?», fragte der Wirt den einzig verbliebenen Gast im Schankraum, Otto Schurfheim schüttelte resigniert den Kopf:

«Viel zu lange, wenn Sie mich fragen. In all den Liegenschaften, die ich hier im Volksstaat verwalte, hat noch keiner von diesen Maulwürfen so lange gewütet und soviel Erde aufgeworfen wie unser Sportsgenosse Lotner», wieder schüttelte er den Kopf. «Die alte Treppe hoch in den ersten Stock der Propstei hätte ich schon längst abreißen lassen, wenn er mir nicht einen Strich durch die Rechnung gemacht hätte. Schließlich sei sie doch ein Relikt aus den Anfängen der Deutschritter und der Dachstuhl der Propstei der älteste Hessens. Dafür lässt er bald keinen Quadratmeter im Hof unangetastet», er machte eine wegwerfende Handbewegung.

«Nicht zu vergessen das Riesen-Loch direkt hinterm Eselstor», ergänzte der Wirt.

«Sie sagen es, noch dazu die Absperrungen beim Schaftor ... und all das, nur weil der Herr Grabungsforscher meint, dort dem verlorenen Jesuskind auf der Spur zu sein. Hirngespinste, sage ich Ihnen, Hirngespinste. Das Bruchstück ist doch schon seit Jahrzehnten verschwunden. Davon abgesehen würde ich Ihnen ja gerne helfen, die Restauration aufzuwerten. Ich könnte mir sogar vorstellen, in der Propstei ein Hotel einzurichten. Aber solange das Dach nicht neu gedeckt ist, bekomme ich keine Beherbergungs-Lizenz vom Gewerbeamt. Das Dach kann aber erst gedeckt werden, wenn das Reichs-Denkmalamt eine Genehmigung zum Abdecken des alten Daches erteilt.» Der Wirt tat das, was ein Gastronom in einem Theken-Gespräch zu tun pflegte: bestätigend nicken, säuerlich lächeln, auf keinen Fall Stellung beziehen. Im Stillen musste er Schurfheim recht geben, auch wenn er das überhebliche Gehabe des Liegenschaftsverwalters aus Darmstadt nicht mochte. Ebenso wenig würde Schurfheim tatsächlich und schon gar nicht alleine dafür sorgen, dass auf dem Schiffenberg eine Hotellerie eröffnet werden könnte, auch wenn er in den letzten Wochen tatsächlich mehr Präsenz auf dem Schiffenberg gezeigt hatte.

Der Beamte des hessischen Volksstaates blickte zum Flur, wieder drang vom Rittersaal Applaus herüber.
«Was ist das eigentlich für eine Truppe da drüben?» Der Wirt prüfte mit zusammengekniffenen Augen ein Glas auf Sauberkeit:
«Die Allegorische Gesellschaft.»
«Was für eine Gesellschaft?», Schurfheim sah erneut zum anderen Eingang hinüber, auch wenn er von seinem Platz aus keinen freien Blickwinkel auf die Gruppe hatte. Der Mann hinter dem Tresen wiederholte:

«Die Allegoristen, sie treffen sich sonst immer mittwochs, sind nur ausnahmsweise heute hier. Ein Gesellschaftsverein, der sich einer heiteren Lebensanschauung und der gegenseitigen Belustigung verschrieben hat, so zumindest hat ihr Präsident, Manteufel heißt der, es mir mal erklärt.»

«Na, wie es scheint, sind sie zumindest fähig den Begriff "Sitzfleisch" in eine Allegorie zu übersetzen», bemerkte Schurfheim und nahm den letzten Schluck aus seinem Glas.

Otto Schurfheim durchquerte den Rittersaal, um zur Toilette zu gelangen, die sich jenseits einer Tür in der Stirnwand in einem erst vor einigen Jahrzehnten errichteten Anbau befand. Dieser schloss sich im rechten Winkel nahtlos der neuen Komturei an. Wer dem Flurgang folgte, gelangte in den ersten Stock des Propsteigebäudes, dessen Zugang vom Hof aus über die historische Steintreppe aufgrund der Baufälligkeit der Stufen gesperrt war. Zwei massive Holzständer trugen die hell gestrichene Holzdecke des Rittersaals. An den Wänden oberhalb der Wandvertäfelung machten ausgestopfte Bussarde, Rotmilane und Falken den Eindruck, als setzten sie im nächsten Moment an sich auf ihre Beute zu stürzen. Doch wären sie ins Leere gestürzt, der große Saal war verwaist. Die im Schankraum gegenüber zu hörenden Stimmen und das Gelächter drangen durch die offene Tür des Nebenzimmers, das sich links der Stirnwand des Rittersaals anschloss, direkt neben dem großen, mit dunkel glänzenden Fliesen versehenen Kachelofen. Im Vorbeigehen konnte Schurfheim hören, wie einer der Anwesenden in launigem Ton vortrug:

«Ich brüllt' es gern in jedes Grammophon,
Ins Radio auf jeder Funkstation,
Möcht's autospuren in den Wüstensand,

Wortbildtelegraphieren weit ins Land,
Als Flieger möcht ich's an den Himmel schreiben,
Dein ist mein Herz und soll es ewig bleiben!»
Unter einer mit geschwungenen Linien versehenen Stuckdecke und einem weiteren Hirschgeweih als Deckenkandelaber saß Kasimir Manteufel am Kopfende eines Tisches, der Platz für ein gutes Dutzend Gäste bot. Die Hälfte der Stühle war jedoch unbesetzt. Neben ihm stand Adele, die er an der Hüfte umschlungen hielt. Der Blick, mit dem sie ihn bedachte, war noch schärfer als vor einer halben Stunde im Innenhof.

«Lieber Kurt, ich danke dir für diesen wunderbaren Vortrag, du hast auf beeindruckende Weise gezeigt, dass die klassische Dichtkunst noch immer in unsere neue, moderne Zeit passt! Applaus für unseren tüchtigen Kurt Wattmer und seine Allegorie des Monats, die Herren, Applaus!» Das halbe Dutzend gehorchte ihm aufs Wort und spendete dem vortragenden Endzwanziger reichlich Beifall. In den Lärm hinein ergänzte Manteufel und zog Adele dabei noch stärker zu sich heran:

«Schöner hätt ich's dir gar nicht sagen können!» Noch bevor er mit der Hand ausholen konnte, um ihr einen Klaps aufs Gesäß zu geben, befreite Adele sich aus seiner Umklammerung, aus ihren Augen sprach Verachtung:

«Sieben Bier, aber wie gesagt, danach ist endgültig Schluss.» Mit kleinen schnellen Schritten verließ sie den Raum. Einer der am Tisch Sitzenden räusperte sich peinlich berührt, auch Kurt Wattmer fühlte sich dazu berufen, die letzten Worte der Kellnerin als zwingend doppeldeutig aufzufassen, schließlich entbehrte ihre Erklärung doch jeglicher Allegorie. Manteufel versuchte die umgeschlagene Stimmung zu überspielen, indem er aufstand und eine auf einer Staffelei angebrachte Papptafel umdrehte. Während der Karton auf der eben noch sichtbaren Rückseite papierweiß war, zeigte er sich auf der anderen Seite komplett schwarz. Die Männer am Tisch versuchten auch nur das kleinste Motiv auf der tiefdunklen Fläche auszumachen, allein, es gelang ihnen nicht. Einer der Männer am Tisch gluckste leise, Verwunderung als auch Unverständnis ausdrückend. Manteufel aber feixte:

«Meine Herren, darf ich vorstellen: das erste Motiv unserer neuen Postkartenserie!» Erst jetzt machte er einen Schritt zur Seite, um einen vom Tisch aus gerade so lesbaren Schriftzug am unteren rechten Rand des Kartons sichtbar zu machen:

Gießen bei Nacht

Kurt Wattmer kratzte sich in seinem hellbraunen Haarkranz, gleichzeitig versuchte er ein gekünsteltes Schmunzeln zu formen. Manteufel konnte es besser, sein Grinsen ging ihm übers ganze Gesicht:

«Liebe Freunde, das wird der Renner! Ich habe bereits mit sämtlichen Cigarren-Importhäusern, Drogerien und Buchhandlungen im Seltersweg, in der Bahnhofstraße und am Marktplatz gesprochen. Fast alle werden die Postkarte ins Sortiment aufnehmen. Des Weiteren bin ich selbst bereit», er wurde gönnerisch, «jedem verkauften Päckchen "Canaria"-Zigaretten eine Karte beizulegen, zu einem verminderten Verkaufspreis von fünf Pfennig pro Karte, ansonsten wird sie für zehn Pfennige erhältlich sein. Und jetzt kommt's: ganze fünfzehn Prozent, nach Abzug der Herstellungskosten selbstredend, kommen unserer Vereinskasse zugute! Ach ja, und wenn wir schon dabei sind: Zufällig habe ich von unseren vorzüglichen "Canaria" einige wenige Päckchen mitgebracht, ihr als meine lieben Freunde erhaltet sie heute zum Vorzugspreis von nur zwanzig Pfennig für sechs Stück!», und begann, zwei Dutzend Päckchen auf dem Tisch zu verteilen. Nach wenigen Augenblicken stand der erste auf, hastig kramte er aus seiner Hosentasche die Zeche hervor. Dass bei den Pfennigstücken auch eine silbrig glänzende Mark dabei war, hielt ihn nicht davon ab, nur noch schnell zur Verabschiedung einen Finger an den Kopf zu legen, begleitet von der halbherzig gemurmelten Begründung :

«Schon spät, meine Frau wird sich bereits Sorgen machen.» Ein anderer hüstelte etwas von einer plötzlichen Erkältung, bald waren fast alle verschwunden. Ein Mann mit Vollglatze und besonders buschigen Augenbrauen wartete, bis er meinte außer Manteufels Hörweite zu sein, dann raunte er dem Mann ins Genick, der vor ihm den Rittersaal verließ:

«So etwas Despektierliches gegenüber unserer Heimatstadt, als wäre ganz Gießen vom Qualm seiner "Canaria" verschluckt worden.»

«Widerwärtig!», krächzte der andere bestätigend zurück.

Innerhalb kürzester Zeit saßen nur noch Wattmer und Manteufel am Tisch. Der Vorsitzende stand auf und rief den Letzten hinterher:

«Aber meine Herrschaften, wir hatten doch noch gar nicht über die baldige Premiere unseres Winnie-Stockwurf-Wettbewerbs an der Lahn gesprochen?!» Kurt Wattmer, überzeugter Nichtraucher, legte nacheinander vier Fünfpfennig-Stücke auf die weiße Tischdecke und sah betreten unter sich. Er hasste sich dafür, nicht mit den anderen aufgestanden zu sein. Auch Adele hatte genug von Kasimir gesehen. Nur aus den Augenwinkeln und schnellen Schrittes den Rittersaal durchquerend sah sie, wie Manteufel wild gestikulierend auf Wattmer einredete, wie so oft mit einer seiner ekelhaft stinkenden Zigaretten in der Hand. Dabei war sie Wattmer sehr dankbar, dass er ihr zuvor aus der Entfernung zugerufen hatte, die letzte Bierbestellung anderweitig servieren zu können, bezahlt worden wären sie ohnehin. Und so machte sie sich mit dem halben Dutzend Halblitergläser auf den Weg zur Propstei.

Im Flur des Anbaus zwischen Rittersaal und Propsteigebäude sah sie, wie ein Mann vor der Toilette wartete, die Strähnen seines penibel frisierten Seitenscheitels wechselten auffällig regelmäßig die Farbe zwischen Pechschwarz und Schlohweiß, wie bei einem Zebra. Die Tür zum Abstellraum daneben stand hingegen offen. Adele lugte kurz in den Raum hinein und schloss die Tür. Schon sprang rechts daneben die Toilettentür auf und Schurfheim trat heraus. Mehr fühlend als sehend registrierte die Kellnerin, dass der andere zögerte, den Raum mit der Abtrittsrinne zu betreten. Sie ließ beide hinter sich und betätigte mit einem Ellenbogen die Klinke zur Propstei, die Biergläser auf ihrem Tablett veränderten dabei weder Position noch Neigung. Die Tür schwang auf und blieb offen stehen, sodass Schurfheims Blick Adele bis in das altehrwürdige Gebäude folgen konnte.

Nur drei Schritte weiter stand sie in dem großen Saal mit den mächtigen drei Steinsäulen und dem Chörlein gleich rechts. In der Nische des Erkers befand sich auf einem quadratischen Tischchen die weiße Sandstein-Skulptur der Madonna vom Schiffenberg. Es war das erste Mal, dass Adele sie hier in diesem Saal stehen sah, hatte die Bildhauerei doch sonst immer im Treppenhaus vor dem Eingang zur Gaststätte ihren Platz. Zudem war die Mariengestalt nicht allein. Zwei Männer leisteten ihr Gesellschaft. Auf den ersten Blick wirkte es, als würden sie die Mutter Gottes bewachen oder zumindest das, was von ihr und dem Jesuskind übrig geblieben war. Als entstammten sie den Zeiten, in denen hier in diesem Saal noch die Ordensritter vom Deutschen Hospital Sankt Mariens in Jerusalem zusammen kamen. Denn jeder von ihnen hielt in der rechten Hand einen Säbel, der genauso aus der Zeit gefallen schien, mit einem altertümlichen Korbgriff und fast beinlanger Klinge. Die jungen Männer standen sich gegenüber, die Skulptur genau in ihrer Mitte. Der eine hatte sich dabei leicht auf die Klinge gelehnt und sah Adele erwartungsvoll an. Der vielleicht 20-Jährige hatte dunkle, lockige Haare, die er zu bändigen suchte, indem er sie nach hinten gegelt hatte. Er trug ein schnittfestes Plastron, sein Hals stak bis zum Kinn in einer festen, dunklen Krause. Beide Arme steckten in ebenso undurchdringlich wirkenden, abgesteppten Stulpen, der rechte Arm war zusätzlich durch eine Ledermanschette geschützt. Wie alt der andere Mann war, konnte Adele nicht erkennen. Er trug zusätzlich zu der Schutzausrüstung des anderen eine recht martialisch wirkende, stählerne Brille, die nicht nur die Augen sondern auch die Nase mit einem breiten Steg schützte, die Ohren waren von Lederriemen überdeckt, die den Augenschutz fixierten. Durch den schweren, aufwändigen Körperschutz schien seine Bewegungsfähigkeit deutlich eingeschränkt. Bar jeder Regung stand er einfach nur da, die Fechtwaffe hielt er in der Horizontalen und damit parallel zu den Steinfliesen des Bodens. Es dauerte einen Moment, bis er Adeles Anwesenheit gewahr wurde.

«Sie haben Glück, die Herren, es hat sich zu später Stunde noch ein Freibier-Spender gefunden. Wie viele darf ich hier lassen?», und deutete mit ihrem Kinn auf das Tablett in ihren Händen. Der

Lockenschopf folgte ihrem Blick, seine Reaktion überraschte sie hingegen:

«Bedaure, Fräulein, aber der Meister duldet keinen Alkohol während der Pauk-Stunden.» Der Zweite nickte kaum merklich, was bei gutem Willen als Bestätigung verstanden werden konnte. Das sanfte Heben und Senken seines Säbels war demgegenüber schon klarer mit "leider" zu übersetzen.

«Aber vielleicht können Sie sagen, ob Sie Herrn Lotner gesehen haben?», fügte der Mann ohne Maske an.

«Arnd Lotner? Der müsste eigentlich bald bei Ihnen sein. Ist vor einer halben Stunde reingekommen. Er macht sich gewiss nur noch ein wenig frisch. Soll ich ihn suchen?» Der 20-Jährige wehrte mit der linken Hand ab:

«Oh, nicht nötig. Wir wollen ihn auch keineswegs bedrängen, wir sind ja froh, dass er zu uns kommt. Wer wären wir, dass wir ihm nachstellen?» Der Mann im Vollschutz pflichtete dem anderen bei, mühsam über seine Halskrause zischend:

«Wird schon kommen.»

«Na denn, schade ums Bier. Ich hätte es Ihnen gegönnt», merkte Adele an, während sie schulterzuckend kehrt machte.

3. Maria, hilf!

Wer sie von Ferne her sah, konnte meinen, sie wären Schuljungen, die sich die Pausenstulle teilten oder einen Streich ausheckten: Karl Wiesenholder und Simon Rau saßen nebeneinander auf der Mauer, die den Terrassengang von dem darunter steil abfallenden Abhang trennte. In ihren Rücken stapfte eine Gruppe ausnahmslos männlicher Gäste durch die Pforte, die meisten schienen ganz und gar nicht zufrieden mit dem Ausgang des Abends zu sein. Missmutiges Grummeln, echauffiertes Kopfschütteln und mithin das ein oder andere Schimpfwort begleitete das halbe Dutzend auf ihrem Weg hinunter zum Parkplatz unterhalb des Schaftors. Rudi Striegler, der Pächter des Wirtschaftshofes im Kloster, hatte sich bereits vor einer Viertelstunde von dem Kommissar und dem Gerichtsmediziner verabschiedet und seinen Drahtesel bestiegen, um sich in der lauen Frühlingsluft die Serpentinen in Richtung Hausen hinunter rollen zu lassen. Gedankenversunken betrachtete der junge Pathologe die einer Perlenkette gleichenden, bernsteinfarbenen Punkte in der Ferne, die sich weiter im Süden im Dunkel der Nacht verloren. Er wusste, dass dies die Straßenlaternen der Ausläufer seiner Heimatstadt waren.

«Gib's zu, du vermisst Gießen jetzt schon», befand Rau und stieß mit seinem Glas in der rechten Hand das in der linken von Wiesenholder an.

«Was? Gießen bei Nacht?»

«Und von einem 280 Meter hohen Hügel und einem echten Bier in der Hand auf die Welt schauen zu können», grinste Rau.

«Ach, weißt du, Rieke schwärmt immer von einer Stelle namens Altonaer Balkon, von dieser Anhöhe hat man wohl einen sagenhaften Blick über Elbe und Hafenbecken, vom Hasselbrack ganz zu schweigen, der höchste Berg Hamburgs hat eine schwindelerregende Höhe von, halt dich fest ...»

«Na, sag schon, wieviel?», fragte Rau erwartungsvoll.

«116 Meter», hörten sie in ihrem Rücken den Wirt an Karls Stelle antworten, «das lernt doch jedes Kind!», grinste er dabei, «Geografie gibt's bei mir frei Haus, für Speis und Trank bekomme ich zwei Mark und vierzig Pfennige.»

«Womit wir wieder bei schwindelerregenden Höhen wären.» Ein dumpfer Schrei, der vom Innenhof zu kommen schien, unterbrach Wiesenholder, der sich ausbedungen hatte, die Zeche von seinen Tischgesellen zu übernehmen.

«Na, wieder einer über den Göpel gefallen?», vermutete Rau. Der Wirt, den großen Geldbeutel hatte er bereits zum Kassieren geöffnet, trat noch einmal drei Schritte zurück, um durch das Pförtchen in den Innenhof sehen zu können:

«Nee, diesmal nicht. Kann aber auch von den Mensurfechtern der Scephenburgia kommen, die haben hier heute wieder Übungsstunde. Unser Archäologe ist heute ihr Fechtmeister.»

«Der Mann, der vorhin hier vorbei gekommen ist?», wollte Rau wissen.

«Eben der. Er genießt wohl einen sehr guten Ruf unter den Paukschülern.» Wieder war ein Geräusch zu vernehmen, diesmal hörte es sich an, als ob etwas Metallisches klirrend zu Boden gefallen wäre, erneut war das Geräusch jenseits der Mauer zu verorten.

«Offenbar zu Recht, den ersten Schüler hat er wohl schon entwaffnet», folgerte Rau, «pass auf, Karl, nicht dass du heute doch noch einmal was zu tun bekommst!»
«Mal den Teufel nicht an die Wand!», entgegnete Wiesenholder säuerlich schmunzelnd.

Es kam wie so oft bei einem Besuch der Schiffenberg-Restauration: Der Abschied verzögerte sich, weil noch immer so vieles nicht besprochen worden war, beispielsweise der vermutete Ausgang der just an diesem Tag stattgefundenen Reichstagswahl und dem damit verbundenen Besuch des Präsidenten des Volksstaates. Bernhard Adelung hatte Gießen am vergangenen Freitag anlässlich einer Wahlkampfveranstaltung der Sozialdemokraten in "Rappmanns Colosseum" einen Besuch abgestattet. Der Zeitpunkt, nur zwei Tage vor der Wahl, verdeutlichte dabei, welche Bedeutung er der Provinzialhauptstadt beimaß. Simon Rau hatte den Mann an der Spitze Hessens zwar schon des Öfteren im Radio gehört, aber noch nie so engagiert und eindringlich wahrgenommen wie an diesem Abend. Der Staatsmann war sonst eher für seine besonnene, zurückhaltende Art bekannt. Doch vor allem das schleichende aber stetige Erstarken der Braunhemden, so hatte es Adelung in seiner Rede selbst beschrieben, hatte dazu geführt, dass er in beeindruckender Weise den Zusammenhalt der demokratischen Kräfte in Reich und Volksstaat beschworen und auf die Gefahren hingewiesen hatte, derer sich die noch junge Republik immer ernsthafter erwehren müsse, insbesondere durch Nationalisten und Militaristen, die von der Wiederbewaffnung der Reichswehr träumten und die Legenden vom Dolchstoß und dem absichtlichen Erdrosseln der Staatsfinanzen durch die Reparationszahlungen pflegten. Und dass gerade jetzt die schwere Erkrankung Stresemanns zur Unzeit käme, wäre er doch einer der wichtigsten Garanten für Stabilität und Fortschritt auf dem Wege der Aussöhnung mit den europäischen Nachbarn. Adelung war sogar soweit gegangen zu behaupten, ein Ausfall Stresemanns wäre in der gegenwärtigen Lage schlichtweg nicht zu verkraften, die stramme Rechte würde nur darauf warten. Wiesenholder, Rau und der Wirt waren gerade dabei, die unglaubliche Ozeanüberquerung der "Bremen" mit ihrer Notlandung auf einer winzigen Insel zwischen dem kanadischen Festland und Neufundland zu diskutieren – der Gastronom wies darauf hin, dass es ohnehin einem Wunder gleich kam, dass das Flugzeug aufgrund der schweren Extrakanister Sprit überhaupt abgehoben war, nur wenige Meter vor dem Erdwall am Ende der Startbahn – als der Klang eiliger Schritte im Innenhof widerhallte, bevor eine Gestalt im Torbogen des Pförtchens erschien und hastig nach rechts und links schaute. Im nächsten Augenblick hatte der Mann mit dem Spitzbart den Gastwirt ausgemacht:

«Da sind Sie ja! Haben Sie ihn gesehen?» Rau kräuselte die Augenbrauen und antwortete zuerst, auch wenn der Herr mit den starken Brillengläsern den Wirt angesprochen hatte:

«Verzeihung, wen sollen wir gesehen haben?»

«Also nicht?», der Neuankömmling wischte sich mit einem Taschentuch über die Stirn.

«Nunmal langsam, Herr Schurfheim: Immer de' Reih' nach, wie die Klöß' gegesse' wern'. Von was reden Sie eigentlich?», übernahm der Gastronom. Auch wenn seine tiefe und immer noch gemütliche Stimme auf Karl Wiesenholder geradezu beruhigend wirkte, bei Otto Schurfheim schien sie keinen derartigen Eindruck hinterlassen zu haben.

«Wenn ich das wüsste», entgegnete er, «wenn ich das wüsste», und wandte sich wieder an den Wirt: «Haben Sie den Schlüssel für die Pforte dabei?» Der hob verwundert den Kopf:

«Ja, aber warum fragen Sie das?»

«Sie müssen abschließen! Sofort! Er darf nicht enkommen!» Rau machte einen Schritt auf Schurfheim zu:

«Der Herr, bitte beruhigen Sie sich, was geht hier vor?» Schurfheim mühte sich, nicht vollends die Fassung zu verlieren:

«Tun Sie mir bitte den Gefallen, schließen Sie ab und kommen Sie mit, dann werden Sie schon sehen!» Der Gastwirt schüttelte unwirsch den Kopf, kramte aber dennoch den Schlüsselbund hervor und wies mit der Hand auf das Pförtchen:

«Wie's aussieht, wäre es wohl besser, Sie kämen erst noch einmal mit rein, Herr Kommissar» Zu Schurfheims angespannten Gesichtszügen gesellte sich ein fragender Blick. Dabei war es Wiesenholder, der als erster durch den Torbogen stieg und dabei Rau vorausahnend ansah:

«Wehe, Simon, wenn da jetzt ein Teufel von der Wand grinst, wehe!»

Otto Schurfheim eilte mit schnellen Schritten die Treppe der Komturei empor. Der schlaksige Karl Wiesenholder folgte ihm, indem er zwei Stufen auf einmal nahm, darauf im Stakkato der nicht besonders große, aber drahtige Simon Rau. Beim Treppensteigen sah er auf seine Armbanduhr, es war kurz vor eins. Währenddessen entsprach der Wirt Schurfheims Bitte und verschloss mit dem Gittertor des Pförtchens den einzigen noch geöffneten Ausgang des Klosterhofs. Schurfheim schlug den Weg durch den Rittersaal ein, ließ das Nebenzimmer, in dem die Allegorische Gesellschaft getagt hatte, links liegen und stieß die Tür an der rückwärtigen Stirnwand auf. Die drei Männer befanden sich nun in dem Korridor, der rechter Hand zu den Toiletten und zur Propstei führte.

Rau war rasch klar, dass sie den von Schurfheim angesteuerten Ort offenbar schon erreicht hatten. Vis-a-vis der Korridortür schloss sich ein Zimmer an, dessen Tür offen stand und den Blick auf nicht einmal eine Handvoll Personen freigab. Im Halbkreis stehend, füllten die Anwesenden den gedrungen wirkenden Abstellraum schon zu einem guten Teil aus und blickten die Hinzukommenden erwartungsvoll an. Die Schutzbrille und das Kettenhemd des einen, er stand der Tür am nächsten, verrieten ihn als Paukanten. Neben ihm ein weiterer Fechter, dieser trug jedoch weder Handschuhe noch einen Halsschutz, dafür aber dicht gelocktes Haar, das er mit viel Pomade zu bändigen versuchte. Das Trio wurde durch einen Mann mit einem mächtigen Schmiss quer über die Wange komplettiert. Angesichts der unsicheren Mienen, die ihn und Wiesenholder ansahen, hielt Rau es für das Beste, hinsichtlich seiner Person schnell für Klarheit zu sorgen:

«Meine Herren, mein Name ist Simon Rau, ich bin Kommissar der Gießener Polizei. Herr Wiesenholder begleitet mich.»

Ich bin der, der eigentlich nur noch austrinken wollte, dachte Karl und nickte den Anwesenden flüchtig zu.

«Was ist hier vorgefallen?», wollte Rau wissen. Niemand antwortete, stattdessen fielen die Blicke der meisten auf den Dielenboden. Dort, ziemlich in der Mitte des Raums, lag ein beigefarbenes Plastron, ganz ähnlich denen, wie sie von den Paukschülern getragen wurden. Rau erkannte sofort, dass sie mit Blutflecken übersät war. Als er sich über die dick aufgesteppte Jacke beugte, um sie genauer in Augenschein zu nehmen – das Blut war frisch und noch nicht eingetrocknet, weitere Blutspritzer glitzerten auf dem Dielenboden – brach der Fechter mit der Schutzbrille das Schweigen: «Die gehört Herrn Lotner!»

In diesem Moment betraten zwei weitere Männer den Raum. Rau erkannte einen von ihnen als denjenigen, der vorhin im Innenhof mit der Kellnerin einen Disput gehabt hatte. Der strenge Geruch der Zigarette in seiner Hand, Rau erinnerte sich daran, wies ihn zusätzlich aus. Hinter ihm folgte der andere mit schon lichtem Haupthaar und deutlich dichterem Haarkranz.

«Was ist denn hier los?», fragte Kasimir Manteufel. Der Kommissar ignorierte die Frage. Noch in der Hocke über der mit dunkelroten Placken befleckten Schutzweste gebeugt, bedeutete er Karl mit einem Blick zu ihm zu treten, während er selbst wieder aufstand. Ein Windstoß durch das offene Fenster auf der Westseite ließ ihn für einen Moment frösteln, zum ersten Mal in dieser Nacht. Gleichzeitig wehte der Duft von Fichtennadeln, Waldmeister und der muffige Geruch von erdigem Waldboden herein.

«Wer ist auf diese ...», Rau überlegte, was er eigentlich wissen wollte, worum es hier überhaupt ging, «Weste zuerst aufmerksam geworden?» Otto Schurfheim zeigte mit einer zaghaften Handbewegung auf den Fechtschüler mit den dichten, dunklen Locken, der, ohne dass er den Fingerzeig Schurfheims wahrgenommen hatte, sogleich antwortete:

«Das war ich.»

«Und weshalb? Ich meine, warum haben Sie dieses Zimmer überhaupt betreten?» Rau merkte, wie schwer es ihm zu diesem Zeitpunkt fiel, in seine gewohnte Routine zu gelangen, mitten in der

Nacht, nach einem so fröhlichen, heiteren Abend zu Ehren von Karl Wiesenholder. Dem, der gerade zu seinen Füßen kniete und den Einruck machte, er hätte wesentlich schneller in seinen geschäftsmäßigen Ablauf zurück gefunden, so konzentriert wie er die Jacke betrachtete und sie vorsichtig und nur mit den Fingerspitzen anhob, um die andere Seite zu untersuchen.

«Na, um ihn zu suchen. Er wollte eigentlich schon um elf bei uns sein.»

«Er ist aber erst deutlich nach zwölf hier erschienen, richtig?», schätzte Rau den Zeitpunkt, da Lotner bei ihnen am Steintisch vorbeigekommen war.

«Das weiß ich nicht. Wir, also Hanno und ich», der Student nickte seinem Kommilitonen im Ganzkörperschutz zu, «haben ihn heute noch gar nicht zu Gesicht bekommen. Eben deshalb bin ich hier rüber gekommen, um nach ihm zu sehen. Zuerst habe ich in den Toiletten nachgeschaut, dann bin ich hier rein, die Tür stand einen Spaltbreit offen. Sein Pauk-Zeug fiel mir sofort ins Auge.» Er deutete auf die Segeltuchtasche, die unter einem der quadratischen Tische rechts des Eingangs stand. Rau erkannte sie wieder und konnte sich gleichsam vorstellen, was sich wohl darin befunden hatte: der Fechtsäbel und die obligatorische Schutzausrüstung. Und natürlich nicht, wie von Rudi scherzhaft vermutet, die Skulptur des Jesuskinds vom Schoße der Madonna. Allerdings fehlte nun die Waffe. Die Wolldecke, in der sie Lotner eingewickelt hatte, war aufgeschlagen, nur ein paar Handschuhe lagen noch darin. Im Unterbewussten tastete Rau nach seinem kleinen Notizheft in der Jackentasche, musste aber im nächsten Moment über sich selbst den Kopf schütteln, seine Jacke lag unten auf der Mauer, und das Notizbuch hatte er ohnehin im Kommissariat gelassen.

Noch während er sich gedankenverloren abtastete, hörte er das nervöse Klackern von Damenschuhen, kurz darauf lugte die junge Kellnerin herein, winzige Schweißperlen glänzten auf ihrer Stirn. Schnell suchte sie den Blickkontakt zu Schurfheim:

«In der Komturei ist er nicht, weder im Dachgeschoss, noch im zweiten Stock.» Der Angesprochene schüttelte enttäuscht den Kopf.

«Fräulein Adele», Rau wählte die Anrede deshalb, weil ihm ihr Nachname noch nicht bekannt war, «könnten Sie mir einen Gefallen tun?» Die Kellnerin, ihre Augen waren wässrig, schreckte regelrecht auf und fuhr zu dem Kommissar herum:

«Wie, was?»

«Ob Sie mir wohl einen Ihrer Schreibblöcke leihen würden und einen Bleistift?», ergänzte Rau sanft. Mit zittrigen Fingern kramte Adele in der Bauchtasche ihrer weißen Spitzenschürze Block und Stift hervor:

«Bitte. Wenn Sie mich nun entschuldigen», und machte auf dem Absatz kehrt. Otto Schurfheim strich sich derweil über seinen Spitzbart und bedachte die beiden Paukschüler mit einem prüfenden Blick:

«Aber hatten Sie nicht bereits mit den Fecht-Übungen begonnen? Ich habe doch schon Rufe gehört, zumindest einen?», fragte er in Richtung der Paukanten. Rau sah zuerst Karl und dann Schurfheim an, zeitgleich erinnerte er sich. Das, was der Mann sagte, deckte sich mit seiner Wahrnehmung von vor einer Dreiviertelstunde.

«Von wo genau haben Sie den Ruf vernommen, Herr ...?»

«Schurfheim ist mein Name, Otto Schurfheim. Ich war drüben im Schankraum, es schien mir aus Richtung der Propstei zu kommen.»

«Aber nicht von uns. Wir hatten mit der Paukstunde noch gar nicht begonnen. Ohne Fechtmeister ist das strengstens untersagt», zischte der Mann mit der Schutzbrille über seine Halskrause hinweg.

«Das stimmt», merkte der Mann mit dem Schmiss an.

«Weshalb sind Sie so sicher? Bitte Name und Vorname!», Rau hatte bereits die zweite Seite des schmalen Blocks beschrieben. So konnte es nicht weitergehen, dachte er, diese Befragung hatte weder Struktur, noch Linie, noch Logik.

«Weil ich bei ihnen war, mein Name ist König, Rainald. Ich bin Alter Herr der Scephenburgia.» Rau war klar, dass der Mann, der gut doppelt so alt schien wie die beiden Fechtschüler, als sogenannter Alter Herr Mitglied derselben studentischen Verbindung war wie die beiden Paukanten, ohne aber selbst noch die Mensur zu fechten.

Karl Wiesenholder hatte das blutbefleckte Plastron inzwischen aufgehoben und hielt es hoch, um es im Schein einer einsamen, von der Decke baumelnden Glühlampe zu begutachten. Bald murmelte er Rau zu:

«Wir müssen reden. Allein.»

«Du kommst wie aufs Stichwort», raunte Rau zurück, dann gab er bekannt: «Verehrte Herrschaften, ich ersuche Sie sich allesamt im Schankraum einzufinden. Ich möchte mich mit Ihnen gerne einzeln unterhalten, mit Ausnahme von Ihnen», er meinte den Wirt, der sich zwischenzeitlich hinzugesellt hatte, «Sie möchte ich bitten, Fräulein Adele auf der Suche nach Herrn Lotner zu unterstützen, wobei ich denke, dass er eigentlich gar nicht weit sein kann. Denn wenn ich es recht verstanden habe, dann war das kleine Pförtchen der einzige

Ausgang, der noch geöffnet war. Gleichsam war es die ganze Zeit über, zumindest aber seit Herr Lotner den Innenhof betreten hatte, unter Aufsicht und zwar zufällig durch Herrn Wiesenholder und meine Person. Bitte entschuldigen Sie uns zuvor jedoch für einen Moment», worauf er Wiesenholder bedeutete, ihm in den Korridor zu folgen.

Noch bevor die beiden kehrt gemacht hatten, deutete König auf den jungen Fechtschüler namens Rodenscheit ihm gegenüber, der Augenblicke zuvor ein Blatt Papier von der Stelle auf dem Boden aufgehoben hatte, wo sich bis eben noch die blutbefleckte Weste befunden hatte:

«Herr Kommissar, wollen Sie das nicht auch mitnehmen?» Edwin Rodenscheit hatte den Papierbogen interessiert betrachtet, nun sah er König mit zusammengekniffenen Augen an. Kasimir Manteufel hob überrascht die Arme, seine Handflächen zeigten nach oben:

«Und wie lange soll das dauern? Es ist bald halb zwei!» Rau reagierte gelassen, während er sich von Rodenscheit das Blatt aushändigen ließ:

«Wollten Sie nicht wissen, was hier vorgeht? Ich möchte nur höflich sein und Ihre Frage beantworten», dann war der Kommissar mit dem Pathologen hinter der Zwischentür zur Propstei verschwunden.

Adeles Rufe hallten durch den großen Propstei-Saal, es hörte sich an, als kämen sie von dem Stockwerk über Rau's und Wiesenholders Köpfen:

«Herr Lotner? Hören Sie mich? So melden Sie sich doch! Arnd Lotner?!» Doch sie erhielt keine Antwort. Der Torso der

Madonnenfigur ruhte ebenso stumm auf seinem hellen Sandsteinsockel, während ihn der gedankenversunkene Blick des Kommissar streifte, um sogleich wieder auf das Blatt in seiner Hand zu fallen.

«Was ist das nur für ein Tohuwabohu?», seufzte er, während sich Karl Wiesenholder ärgerte:

«Wenn mich doch Rudi auf seinem Fahrrad mitgenommen hätte, nur zehn Minuten vorher …»

«Dann würden wir wohl möglicherweise nicht nur nach einem Archäologen suchen müssen, sondern auch noch nach einem Pathologen, irgendwo im Straßengraben.»

«Tu mir bitte einen Gefallen und nenne mich heute Abend nicht so, ich bin nicht im Dienst!», blaffte Karl zurück. Simon Rau sah auf seine Armbanduhr:

«Ich fürchte doch, es ist Montagmorgen», er bereute die Bemerkung sofort wieder, «bitte verzeih, natürlich hätte mir auch einen anderen Ausklang deines Abschieds gewünscht und es tut mir auch leid, dass ich dich hier hinein gezogen habe in diesen …», er überlegte, fand aber keine Worte, die die Situation auch nur annähernd richtig beschreiben konnten, «… Murx!» Karl Wiesenholder atmete tief durch und fuhr sich mit ein paar heftigen Bewegungen durch seinen Lockenschopf, dann trat er näher zu Rau heran und hielt ihm das Blatt in seiner Hand hin:

«Nein, kein Murx. Das ist Büttenpapier.» Rau betrachtete die Seite zum ersten Mal eingehend: Das Papier war tatsächlich ungewöhnlich dick, zudem so vergilbt, dass es eher einem Eigelb glich. Dabei war die Seite so glatt und ohne Knickstellen, dass sie den Eindruck erweckte, sie wäre eben erst aus einem mehrere hundert Seiten dicken Buch herausgetrennt worden. Beschriftet worden war das Blatt mit tiefschwarzer Tinte. Der Inhalt glich dem Augenschein nach einer Aufzählung, auch wenn die schwungvoll, fast schon künstlerisch anmutenden, eng zusammenhängenden Buchstaben Worte formten, deren Sinn sich dem Kommissar nicht erschließen wollte. Die Rückseite war fast blank, von leichten Farbschattierungen abgesehen. Wiesenholders Vermutung ging in die gleiche Richtung:

«Scheint jahrhundertealt zu sein. Und siehst du das Wasserzeichen, am oberen Blattrand, scheint mir ein Kreuz und ein Tierkopf darüber zu sein. Das spricht für eine namhafte Papiermühle. Die Schrift ist für mich nicht zu entziffern. Allerdings wurde es wohl erst vor Kurzem entzwei gerissen, siehst du die Abrisskante?»

«Ja, der obere Rand ist wesentlich heller als der Rest des Blattes und die Fasern an dieser Kante sind noch weich», fuhr Rau mit einem Finger über die abgeschrägte Oberkante des nach der Schriftausrichtung zu ordnen unteren Teils des Blattes. Wiesenholder nickte bestätigend. Er schien schon wieder voll in seinem Element. Simon Rau aber musste sich eingestehen, dass ihm noch immer ganz und gar nicht nach nächtlicher Forensik war. Lieber hätte er sich doch noch ein wenig länger in Selbstmitleid gesuhlt:

«Das kann doch alles nicht wahr sein. Da verschwindet ein Archäologe, der nebenbei Fechtmeister ist nahezu spurlos. In einem Kloster, das nur einen Ausgang hat ...»

«Der zudem die ganze Zeit überwacht war, polizeibehördlich sozusagen», ergänzte Karl, worauf Rau fortfuhr:

«Und das einzige, was wir von ihm finden, ist ein alter Fetzen Papier.»

«Büttenpapier ...»

«Und sein Plastron.»

«Womit wir bei dem Thema wären, weshalb ich mit dir reden wollte», Wiesenholder hob die Schutzweste an und deutete auf die Stelle mit dem dicksten Blutfleck:

«Das Blut ist vor allem hier ausgetreten», der Pathologe kreiste mit dem Zeigefinger eine Stelle in der Mitte der Weste ein, «am Saum, der im Rücken des Fechters verschnürt wird. Die Schnürung wurde durch, nennen wir es zunächst einmal "äußere Einwirkung mittels eines scharfen Gegenstands", an eben dieser Stelle aufgetrennt, teilweise wurde am Saum in den Stoff hineingestochen.»

«Genau an der Stelle also, wo der Stoff am dünnsten und der Rücken des Fechters am wenigsten geschützt ist, mit anderen Worten: wo er am meisten verwundbar ist.» Simon Rau musste unweigerlich an Siegfrieds Lindenblatt in der Nibelungensaga denken.

«Wobei der scharfe, spitze Gegenstand nicht mehr da ist. So scharf muss eine Waffe übrigens gar nicht sein, um eine solche Wirkung zu erzielen. Es genügt die stumpfe aber noch immer spitze Klinge eines Sekundanten.»

«Lotners Blankwaffe», langsam aber sicher meldete sich Rau's Denkfähigkeit zum Dienst zurück, in Gefolgschaft seines kriminalistischen Instinkts, auch wenn ihm klar war, dass die getätigten Folgerungen noch nicht einmal einen Bruchteil dieser Einsatzkräfte erforderten.

«Im Rücken, lieber Simon, im Rücken des Paukanten oder eben des Fechtmeisters. Es braucht gewiss ein wenig Übung, sich eine solche Verletzung selbst zuzufügen», erklärte er süffisant. Rau merkte, dass er die Kurbel für seine bis hierhin noch stotternde Denkmaschine allmählich zur Seite legen konnte: Falls der Archäologe in der Schutzjacke gesteckt hatte und falls er angegriffen worden war, möglicherweise wegen dieses eigenartigen, wahrscheinlich

historischen Papiers, von dem der Angreifer, vielleicht im Kampf, die obere Hälfte abgerissen und mitgenommen hatte, machte ihn ein Element in dieser These stutzig:
«Dann stellt sich letztlich eine Frage: wo ist Lotner?»
«Und seine Blankwaffe.»
«Und die obere Blatthälfte.»
«Und der Täter.»

4. Brunnen, Klinge, Papier

Rau und Wiesenholder durchquerten schnellen Schrittes den großen Gesellschaftssaal, während der Kommissar laut nachdachte:

«Nur so kann es gewesen sein. Der Schrei, den wir unten am Steintisch hörten, kam mit hoher Wahrscheinlichkeit von Lotner, nicht von einem weiteren Stolperer über den Stumpf der alten Brunnenpumpe. Und zwar erst, als fast alle anderen Gäste das Kloster verlassen hatten.»

«Somit ist es nur logisch, dass derjenige, der Lotner angegriffen hat, nun drüben im Gastraum sitzt. Wenigstens einer sollte also Auskunft darüber geben können, wo er abgeblieben ist, er muss nur wollen», schlussfolgerte der Pathologe, um unvermittelt stehen zu bleiben:

«Womit du dir eine Menge Arbeit aufhalst, mein Freund.»

«Wie meinst du das?», wollte Rau wissen.

«Na, bis du mit den Befragungen von insgesamt, warte mal …», er blickte zur Kassettendecke des Rittersaals, während er in Gedanken zählte, «acht Personen fertig bist, den Wirt und die Kellnerin eingerechnet, servieren die das Frühstück und ich sitze schon längst im Zug nach Hamburg.» Rau trommelte nachdenklich mit seiner Zunge gegen die Innenseiten seines Unterkiefers, bis er seinen Weggefährten auf eine Weise ansah, als hätte er eine plötzliche Eingebung:

«Nicht, wenn wir uns die Arbeit aufteilen. Wie heißt es so schön: Geteiltes Leid ist halbes Leid.» Wiesenholder sah zu dem einen

Kopf kleineren Kommissar herunter und steckte die Hände in die Hosentaschen seines dunklen Anzugs:

«Oh nein. Nein, nein, nein, nein, nein, das kannst du vergessen. Ich bin Gerichtsmediziner und kein Ermittler, falls du es noch nicht bemerkt haben solltest. Ich kann doch keine polizeiliche Vernehmung durchführen.» Rau hielt dies nicht davon ab, die Reichsgesetzgebung, zugegeben etwas abgewandelt und gedehnt interpretiert, wiederzugeben:

«Einerseits geht es nur darum, den Anwesenden einige wenige Fragen zu stellen, um Klarheit über Lotners Verbleib zu erhalten. Das ist keine Vernehmung. Vielmehr eine der Lage angemessene Vorgehensweise. Schließlich wissen wir nicht, wie ernst es um den Verschwundenen steht. Andererseits hat ohnehin jeder Bürger des Volksstaates den Anweisungen der Ordnungsbehörden Folge zu leisten, wenn dadurch eine Gefahrenlage vermieden oder eine Straftat verhindert werden kann.»

«Ich soll also deinen Anweisungen Folge leisten, ja? Und was für eine Straftat soll damit verhindert werden? Lotner wurde vermutlich schon schwer verletzt, wenn ihm nicht sogar noch Schlimmeres zugestoßen ist.»

«Eben das gilt es doch so schnell wie möglich aufklären. Außerdem meine ich eher die Gefahrenlage, die entstehen würde, wenn du nicht pünktlich in Hamburg ankommen und deine stundenlang am Bahnsteig wartende Zukünftige versetzt haben solltest. Das würde für dich dann nämlich wirklich Gefahr im Verzug bedeuten, ohne dich im richtigen Zug.» Karl schüttelte stoßseufzend den Kopf:

«Du mit deinen Totschlag-Argumenten. Also, wie willst du vorgehen?» Rau war bereits dabei, den von Adele überreichten Notizblock in zwei Hälften zu teilen, Wiesenholder erhielt den unteren, der Kommissar behielt den oberen Stoß, von dem er die ersten Seiten bereits beschrieben hatte:

«Ich übernehme die beiden Pauk-Schüler und diesen König mit dem Schmiss. Zudem Herrn Manteufel, also den, dem es nicht schnell genug gehen konnte und den anderen namens Wattmer. Somit blieben für dich nur der Wirt, die Kellnerin Adele und dieser Schurfheim, der Liegenschaftsverwalter. Zudem werden wir nach jeder Befragung die Notizen austauschen, um stets den in etwa gleichen Kenntnisstand zu haben. Ich werde mich in dieses Hinterzimmer begeben.» Rau deutete auf den Raum hinter dem Rittersaal, wo die Allegorische Gesellschaft getagt hatte, «du könntest hier im großen Saal Platz nehmen. In Ordnung?»

«Tja, in meiner zukünftigen Heimat sagen sie zu sowas wohl: wat mut, dat mut.»

«Alleweil», Rau gab Karl Wiesenholder einen aufmunternden Klaps auf die Schulter, während er voran ging, um in dem Schankraum vor acht müde, nervös an einer Zigarette ziehende oder genervt dreinschauende Gesichter zu treten.

Wenige Minuten später saß Kommissar Simon Rau den beiden jungen Männern gegenüber, die sich mittlerweile ihrer Schutzkleidung entledigt hatten. Hinter Rau stand ein plakatgroßer, nachtschwarzer Karton auf einer Staffelei, den unscheinbaren Schriftzug "Gießen bei Nacht" hatte er noch nicht realisiert. Die Ecken des quadratischen Tisches, wo die Tischdecke nicht hinreichte, waren mit eingeritzten Zitaten und Initialen übersät, mittels derer sich Generationen von Studenten verewigt hatten.

«Dem Freund die Hand, dem Feind die Stirn?», las Rau und sah Edwin Rodenscheit fragend an: «Gilt das immer noch?» Rodenscheit strich sich über seine pechschwarzen Locken:

«Na ja, diese Tische gibt es wohl seit die erste Mensur hier auf dem Schiffenberg gefochten wurde, also seit über hundert Jahren. Das Pauken hat hier eine große Tradition. Sowohl bei den beiden anderen großen Gießener Verbindungen, als auch bei uns. Wir von der Scephenburgia sind allerdings freischlagend, bei uns wird also keiner gezwungen, sich der Mensur zu stellen.» Der andere Corpsstudent, von dem Rau nun erstmals Augen und Nase zu Gesicht bekam, ergänzte:

«Und darauf kommt es ja an. Ein Mensur-Gang ist schließlich keine Kampfhandlung, auch keine Sportart. Es geht allein darum Contenance zu wahren, um die aufrechte Teilnahme. Um die Prüfung des eigenen Charakters, der man sich aus freien Stücken stellt.»

«Wobei man dabei hofft, in einem Stück zu bleiben?» Rau musste an sich halten. Das Mensur-Fechten war ihm seit jeher fremd, die in ihr vorzeitliches Korsett gefassten Gepflogenheiten ihm aus der Zeit gefallen vorgekommen. Zwar hatte er nichts gegen die Pflege der Traditionen, die in den Gießener Verbindungshäusern und auch hier auf dem Schiffenberg seit Generationen hochgehalten wurden. Schon zu Büchners Zeiten hatten die Füxe und Burschen im Rittersaal ihre Kommersbücher aufgeschlagen, um daraus ihre Trinklieder anzustimmen, um fünf Uhr nachmittags, beim sogenannten Bauernfrühstück. Wobei Rau zu wissen meinte, dass der berühmteste aller Gießener Studenten gar keiner herkömmlichen Verbindung und erst recht keiner schlagenden angehört hatte. Georg Büchner war lediglich während seiner Straßburger Zeit "hospes perpetuus" gewesen, also dauerhaftes Gastmitglied einer 1834 schon wieder aufgelösten, nur aus einem Dutzend Theologen bestehenden Verbindung namens "Eugenia", bevor er kurz darauf selbst die Gießener Sektion der sogenannten "Gesellschaft der Menschenrechte" gegründet hatte. Beide Vereinigungen waren entweder theologische oder politische Debattier-Kreise und samt und sonders fern von jeglicher Mensur. Genauso wenig wie Georg Büchner konnte der Kommissar von der Wache am Landgraf-Philipp-Platz mit dieser Form des Waffengangs etwas anfangen, mochten die beiden Paukschüler diese Betätigung als noch so hehr und charakterbildend begreifen wie auch die meisten ihrer Verbindungsbrüder es wohl taten. Vielleicht hing seine Skepsis aber auch mit dem ihm eigenen Ethos als Polizist und der damit verbundenen Ansicht zusammen, dass das Gewaltmonopol und der Besitz von Waffen, gleich wie altertümlich oder modern, scharf oder stumpf sie sein mochten, dem Rechtsstaat vorbehalten sein sollten. Gerade jetzt, in Zeiten, in denen vor allem die Braunhemden, aber auch die militanten, Opfer nicht scheuenden Rotbannerträger die Republik zu ihrem Todfeind erklärt hatten. Die längst nicht mehr nur hinter vorgehaltener Hand meinten, die Demokratie, die immer noch junge Weimarer Verfassung mit Waffengewalt erschlagen zu können. Das waren die wahren Feinde, denen es die Stirn zu bieten galt. Die Mühlsteine, die von oben und unten, von rechts und von links Recht und Freiheit zu zermahlen drohten, wie Adelung es am vergangenen Freitagabend in "Rappmann's Colosseum" beschrieben hatte. Allerdings war Rau froh, dass Karl Wiesenholder ihn gerade weder denken noch sprechen hören konnte, wäre er doch sonst Gefahr gelaufen, dass dieser ihm garantiert seine Faszination und Leidenschaft fürs Boxen vorgehalten hätte:

«Ach ja, Simon, wenn dein Lokalmatador einen anderen in der Volkshalle mit einem doppelten Kieferbruch auf die Bretter schickt, dann ist es großer Sport. Aber wenn ein Paukant innerhalb eines über Jahrhunderte hinweg tradierten Rituals, reguliert durch Dutzende von Schutzvorkehrungen und Verhaltensregeln, unter Aufsicht des Unparteiischen und zudem von je einem Sekundanten begleitet und durch diesen im Fall des Falles sogar physisch beschützt, einem anderen einen Schmiss ins Gesicht ritzt, dann ist es aus der Zeit gefallen?», hörte er ihn in Gedanken von der anderen Seite des Kachelofens herüber rufen, verbunden mit dem ebenso imaginären Nachsatz, dass übrigens auch der allseits hochgeschätzte Herr Außenminister ein überaus talentierter Säbelfechter sei.

Als wenn ihm eben diese Überlegung ein Weckruf gewesen wäre, ermahnte er sich selbst zur Sache zurückzukehren. Die beiden Studenten schienen schon darauf zu warten, erwartungsvoll sahen sie den Kommissar an.

«Sie beide waren also die ganze Zeit über zusammen?»

«In der Propstei, ja», gab Hanno Bahl, der Blonde, zu Protokoll, «Später kam noch König dazu.»

«Also Rainald König», wiederholte Rau, der sogenannte Alte Herr der Scephenburgia, erinnerte er sich gleichsam, «Wann genau ist er zu Ihnen gestoßen?» Rodenscheit sah Bahl unsicher an, dann antwortete er:

«Keine Ahnung. In dem Saal gibt es keine Uhr. Und eine Armbanduhr trage ich nicht.»

«Während der Paukstunden sowieso nicht», ergänzte Bahl. Für Rau war das verständlich, unter all den Arm-Bandagen wäre eine Uhr auch nicht sichtbar gewesen. Rau blätterte zwei Notizblockseiten zurück:

«Ich habe unten von der Terrasse aus einen Schrei vernommen, auch andere haben den Ruf gehört. Sie sagten eben, dass Sie die Pauk-Übungen noch nicht begonnen hatten, weil Ihr Fechtmeister, also Herr Lotner, noch nicht da war und der Laut daher nicht von Ihnen gekommen sei. Die Frage, die ich mir jedoch stelle, ist die, ob Sie den Schrei nicht auch gehört haben?»

«Nein», gab Rodenscheit sofort zurück, gefolgt von Bahls Kopfschütteln, «Wie auch? In den Propsteisaal kommen Sie nur über zwei Zwischentüren, zudem sind die Wände dort über einen Meter dick.»

«Und König war zu diesem Zeitpunkt zugegen?» Rodenscheit blickte Rau unsicher an:

«Zu welchem Zeitpunkt? Als wir den Schrei gehört haben sollen? Wie gesagt, eine Uhr gibt's da drüben nicht.» Rau weitete die Augen, dann strich er sich flüchtig über sein Augenlid. Er schämte sich für den Unsinn, den er den beiden jungen Männern als ordentliche Befragung zu verkaufen versuchte. Es war wohl wirklich schon zu spät, oder aber noch viel zu früh.

Karl Wiesenholder kam da genau richtig, gab doch das altertümliche Schriftstück in dessen Hand Rau die Möglichkeit, die aufgekommene Konfusion zu beenden und wieder vor die Lage zu kommen. Flugs stand er auf und fing Wiesenholder noch im Türrahmen ab.

«Irgendetwas Interessantes?», frage Rau so leise, dass er weder für Otto Schurfheim jenseits des Kachelofens, noch für die beiden Fechtschüler hinter ihm zu hören war. Wiesenholder antwortete ebenso gedämpft:

«Nein. Schurfheim hat nur nochmal das wiederholt, was er schon im Abstellraum gesagt hat. Er hat wohl denselben Schrei wie wir gehört. Und dass er Lotner zuletzt im Schankraum gesehen habe, der hätte da kurz etwas gegessen ...»

«Die frischen, nicht geplatzten Wiener Würstchen», frotzelte Rau, «... und sich nach wenigen Minuten wieder verabschiedet. Lotner hat im zweiten Stock der Komturei seit einigen Wochen ein Gästezimmer. Deshalb hat die Kellnerin ihn auch zuallererst dort vermutet.» Rau machte sich eine weitere Notiz.

«Das Zimmer werde ich mir wohl ansehen müssen. Noch was?»

«Schurfheim sagte nur noch, dass dieser Mann mit dem Schmiss Lotner im Schankraum angesprochen habe, als der zu Abend aß. Die Kellnerin hat das bestätigt.»

«Ja, und? Die beiden werden sich von den Fecht-Übungen kennen», vermutete Rau. Doch Wiesenholder schüttelte fast unmerklich den Kopf:

«Eben diesen Eindruck hatte die Kellnerin wohl nicht. Sie meinte, König habe Lotner auf irgendeine Familienangelegenheit angesprochen. Kurz darauf sei Lotner aufgestanden und gegangen, mit dem Hinweis, es sei schon spät und dass er noch etwas zu erledigen hätte.» Rau nickte nachdenklich:

«Was König aber hätte bekannt sein müssen, wenn Lotner die Fecht-Übungen gemeint hat. Da passt irgendetwas nicht», schloss Rau und blätterte die nächste Seite des Bestellblocks um, «Hat Schurfheim irgendetwas zu dem Papier gesagt?»

«Fehlanzeige. Er hat es noch nie zuvor gesehen.» Rau spitzte nachdenklich die Lippen:
«Er vielleicht nicht, bei dem ein oder anderen bin ich mir da allerdings nicht so sicher», um Karl durch einen Seitenblick wissen zu lassen, dass er mit den jungen Herren namens Bahl und Rodenscheit noch nicht fertig war, «Du erlaubst?», er ließ sich von Karl Wiesenholder das Papier aushändigen, machte kehrt und setzte sich wieder zu den beiden Corpsstudenten.

Kommissar Simon Rau überflog zunächst noch einmal selbst das altertümliche Schriftstück mit dem eigentümlichen Wasserzeichen, bevor er es vor Edwin Rodenscheit auf den Tisch legte:
«Bevor Sie es mir vorhin überreichten, hatte ich den Eindruck, dass Sie sich sehr dafür interessieren würden. Ist das so?» Rodenscheits Blick lag schon wieder auf dem vergilbten Blatt, bevor er Rau ansah:
«Wie kommen Sie darauf?»
«Nun, ich kann sehen.»
«Und was sehen Sie?»
«Dass Sie das Papier so betrachten, als wäre es Ihnen bekannt.» Rodenscheit schielte auf eines der Zigarettenpäckchen, erkannte aber schnell die Marke und zog seine Hand gleich wieder zurück.
«Ist es denn eine Straftat, sich für Historisches zu interessieren?»
«Sie glauben also, dass es sich um etwas Historisches handelt?» Rodenscheit lächelte müde.
«Mit Verlaub, Herr Kommissar, darf man sich denn in unserem Volksstaat nicht für Geschichtskunde interessieren? Sie haben sicherlich auch schon erkannt, das dieser Fund, den Lotner offensichtlich gemacht hat, mit alten italienischen Gewichtseinheiten zu

tun hat?», Rodenscheit drehte das Papier um, sodass Rau es lesen konnte, und tippte auf eine bestimmte Stelle, «dort ist beispielsweise die Rede von 6 Denaro, hier weiter unten von 4 Oncia, und in der nächsten Zeile von 1 Grano. Es handelt sich um das mittelalterliche Gewichtssystem der Libbra uniforme Toscana», nun lächelte er, «Grundkurs Chemie, irgendwie haben sich diese Einheiten in meinem Kopf festgesetzt. Eine Libbra sind zwölf Onciae gleich 288 Denari gleich 6912 Grani, wobei ein Grano nur etwas mehr als 49 Milligramm entspricht. Schon eigenartig, dass man sich so einen Unfug behält, während man viel Wichtigeres schnell wieder vergisst», erklärte er und nahm sich nun doch eine Packung "Canaria", fingerte eine Zigarette daraus hervor und zündete sie sich mit einem Sturmfeuerzeug an. Simon Rau schwieg für einen Moment. In Gedanken stimmte er Rodenscheit zu. Eigenartig fand er jedoch nicht die sicherlich aus einem logischen Algorithmus heraus entwickelten Einheiten-Übergänge, sondern eher den Umstand, dass Rodenscheit entweder so gut über Kopf lesen konnte oder aber ein hervorragendes fotografisches Gedächtnis haben musste, dass er den Inhalt des Dokumentes so genau rezitieren konnte. Denn alles, was er sagte, stimmte. Für den Augenblick blieb Rau nur, Respekt zu zollen, zumindest, bis er selbst mehr über das Papier herausbekommen haben würde:

«Kompliment. Erlauben Sie mir aber noch eine andere Frage», erneut schien Rau ein Themenwechsel angebracht, «hinsichtlich Ihres Verbindungsmitglieds König.» Hanno Bahl versuchte den Zigarettenrauch fort zu fächern, den Rodenscheit neben ihm verursachte. Fast wirkte es, als wollte der Mann mit dem dunklen Lockenkopf den dichten Qualm als Barriere zwischen ihm und dem

Kommissar nutzen, sodass seine Mimik vor dem Fragenden verborgen blieb.

«Was wollen Sie wissen?», fragte Rodenscheit durch die Schwaden hindurch.

«In welcher Beziehung stehen Sie zu ihm? Die Frage geht übrigens an Sie beide.» Diesmal war es Hanno Bahl, der zuerst antwortete:

«Da gibt es nicht viel zu sagen. Wir sehen uns nicht oft.»

«Nicht?»

«Wir kennen uns nicht besonders gut. Er besucht uns relativ selten. Dann und wann kommt er ins Verbindungshaus, meistens unterhält er sich aber mit den anderen Alten Herren», ergänzte Rodenscheit.

«Aber dieses Mal kam er hierher, zu Ihnen.» Rodenscheit drückte die halb aufgerauchte Zigarette im Aschenbecher aus:

«Ich weiß nicht, weshalb er hier aufgekreuzt ist. Wahrscheinlich eher wegen Lotner.»

Es war offensichtlich: ohne diesen König selbst befragt zu haben, würde er nicht weiterkommen, dachte Rau und sah auf seine Uhr. Es war fast zwei Uhr. Der Kommissar stellte Bahl und Rodenscheit nur noch die Frage, ob einer oder beide zwischendurch den Gebäudetrakt mit der Toilette aufgesucht hätten, bevor sich Rodenscheit auf die Suche nach Lotner gemacht hatte, was der Blonde und der Lockenschopf verneinten. Hanno Bahl verwies auf seine Schutzausrüstung und dass jeder Paukant darauf achten würde, den Toilettengang vor dem Anlegen von Suspensorium und Plastron zu verrichten.

«Andersherum macht es wenig Sinn», ergänzte er mit dem Anflug eines Grinsens. Rau entließ darauf die beiden, verbunden mit der Bitte, noch für einen Moment in den Gastraum zurückzukehren, es würde nicht mehr lange dauern, bis sie würden gehen können.

Es war wie so oft, sobald man über das Wasserlassen redete, verspürte man bald selbst den Druck, sich erleichtern zu müssen. Mit seinem inneren Ohr hörte der Kommissar Rudi, den Pächter des Wirtschaftshofes vom Schiffenberg seinen alten Scherz wiederholen: Was auch immer auf dem Schiffenberg getrunken oder gesagt wird, bleibt auf dem Schiffenberg. Mit irgendwas muss der Hirtenbrunnen schließlich gespeist werden. Also machte Rau sich auf den Weg zu den Toiletten im kleinen Anbau hinter dem Rittersaal. Die Tür zum Abstellraum stand noch immer offen, das Fenster darin ebenfalls. Und auch wenn es draußen stockdunkel war, drängte es ihn dazu, einmal hinaus zu sehen und dabei frische Luft zu atmen, erst recht, nachdem er von dem Paukanten Rodenscheit mit diesem widerlichen Kraut eingeräuchert worden war. Er stellte sich ans Fenster und sog genussvoll die kühle Waldluft ein. Der Duft des Waldmeisters schien ihm noch intensiver als vorhin, genauso wie der Geruch vom erdigem Waldboden. In nicht allzu weiter Ferne jaulte ein Motor auf. Dann sah er nach unten. Dort, es waren wohl mindestens drei Meter bis zum Waldboden, war es jedoch gar nicht so dunkel, wie er geglaubt hatte. Das Licht des durch das in senkrechter Linie darunter liegende Fenster beschien den Boden zumindest so, dass er schemenhaft zu erkennen war, der Wirt und Adele hatten bei ihrer Suche nach Lotner wohl das Licht selbst in der kleinsten Kammer angeschaltet. Rau wollte das Fenster schon wieder schließen, als er instinktiv noch einmal nach unten sah, sich dabei immer weiter hinauslehnte, bis seine Füße den Dielenboden nicht mehr berührten. Mit zusammengekniffenen Augen blickte er hinunter. Plötzlich ließ er sich mit einem Satz in das Zimmer zurückfallen.

«Was sei ich doch fir'n erwichde' Dabbes!», schimpfte er in seiner Muttersprache mit sich selbst, dann rannte er, mehr als dass er lief, zum Rittersaal zurück.

«Wo ist der Wirt?», rief Rau, Karl Wiesenholder war noch ein ganzes Stück im Rittersaal von ihm entfernt.

«Im Schankraum, bei den anderen. Außer der Kellnerin, die sucht immer noch nach Lotner. Was hast du?»

«Keinen blassen Schimmer, das ist es ja, Karl, keinen blassen Schimmer. Zumindest bis jetzt gerade. Sag Adele, sie braucht nicht mehr nach ihm zu suchen. Und dem Wirt, er soll den Ausgang aufschließen, wir müssen hinters Kloster. Beeilung, geht schonmal vor. Ich komme nach, muss nur erst schnell telefonieren.»

Minuten später standen Rau, Wiesenholder und der Wirt an der bruchsteinernen Außenmauer der Komturei, genau unterhalb des Abstellraumfensters im ersten Stock. Rau hatte sich nicht getäuscht. Das Areal, auf das er vor wenigen Minuten von oben herunter geschaut hatte, war tatsächlich nicht eben, vielmehr blickten die drei Männer auf einen gut eininhalb Meter hohen Erdhaufen.

«Hier hat der Lotner den ganzen Aushub hingeschafft», erklärte der Gastronom, «Ihr seht ja die Haufen, die sich fast über die gesamte Breite des Trakts hinziehen. Er meinte, dass nach Grabungsende die Erde wieder an den untersuchten Stellen verfüllt wird.»

Karl war in der Zwischenzeit näher an den Erdhügel herangetreten und zeigte mit dem Lichtkegel der Taschenlampe, mit der der Wirt ihn ausgerüstet hatte, auf eine Stelle an der Spitze des Haufens und auf weitere darunter:

«Das sind Fußspuren, eindeutig. Und sie sind frisch. Hier oben die sind tief in die Erde eingesunken, was tatsächlich für einen Sprung von dort oben spricht.»

«Meinen Sie damit, dass der Lotner aus dem Fenster gesprungen ist?», fragte der Wirt. Rau antwortete, während er nachdenklich nickte:

«Das ist zumindest eine der rar gesäten Schlussfolgerungen, die Sinn ergeben.» Wiesenholder leuchtete mit der Taschenlampe von dem Erdhügel westwärts über den Boden in den Wald hinein.

«Dort sind weitere Fußspuren», er nutzte die Leuchte als Zeiger, «da, da, da und da! Sieht aus, als wäre er geradewegs durch das Dickicht, den steilen Pfad hinunter.» Rau runzelte die Stirn:

«Das wird den Bongässer-Brüdern nicht gefallen.» Karl drehte sich um und blendete Rau mit dem Lichtkegel:

«Du hast deine Schupo-Kollegen von der Wache hierher beordert?»

«Eine kleine Vorahnung, meine allererste in dieser Nacht», antwortete Rau und dachte an die überraschte Stimme zurück, die seinen Anruf vor wenigen Minuten angenommen hatte. Und auch wenn es der recht rüstige Hermann Bongässer war, der den Hörer ab- und kurz darauf die Bitte entgegengenommen hatte, umgehend zum Schiffenberg zu kommen, war Rau gewahr, dass mit ihm auch dessen Bruder Hubert, zwar 20 Minuten später geboren, aber dafür auch zwanzig Pfund schwerer, in Kürze hier erscheinen würde.

5. Guggemüssemer!

«Warte kurz. Mir fällt da etwas ein!», bat Simon Rau den Gerichtsmediziner, gerade als sie das Pförtchen zurück in Richtung Innenhof durchschritten hatten. Wiesenholder sah ihn fragend an.

«Du hast doch auch so ein metallisches Scheppern gehört, kurz nach dem Schrei und nur wenige Minuten bevor dieser Schurfheim angelaufen kam, um uns zu rufen?»

«Ja, habe ich.» Rau stellte sich vor seinen Gefährten und sah ihm direkt in die Augen, er musste seinen Kopf dabei deutlich in den Nacken legen:

«Ich würde zu gerne wissen, was dieses Geräusch verursacht hat.»

«Und du bist sicher, dass uns das weiterbringt?», wollte Wiesenholder wissen, wobei ihm eigentlich schon klar war, dass Rau eine solche Frage nur dann aufwarf, wenn sein kriminologischer Instinkt sich meldete, ganz gleich wie ungewiss die Ahnung zunächst scheinen mochte. Als Karl Wiesenholder unlängst einen Artikel über Sigmund Freud gelesen hatte, musste er sofort an Simon denken. Der Vorreiter der Psychoanalyse hatte darin das Phänomen des Vorbewussten beschrieben. Zudem meinte Karl schon seit Längerem entdeckt zu haben, dass er und der Kommissar sich in ihrer Vorgehensweise durchaus ähnelten. Schließlich hatte er schon einige Male beobachtet, wie der nur drei Jahre ältere Ermittler Tatort, Tathergang und Tatfolgen mit allen Sinnen zu erfassen und zu rekonstruieren versuchte, in dem Streben, das Unbewusste, das Vorbewusste und das Bewusste miteinander zu verknüpfen.

Das was war, mit dem zu verbinden, was daraus folgen musste oder zumindest konnte. Kurz: Ursache und Wirkung zeitlich und räumlich miteinander in Beziehung zu setzen. Indem er die fünf klassischen Sinne, neben der Wahrnehmung von Temperatur und Bewegung, mit einem weiteren, gleichsam allerwichtigsten Sinn verknüpfte: dem menschlichen Vorstellungsvermögen. Eine Herangehensweise, die, wenn man sie einem Gerichtsmediziner nachsagte, von diesem als großes Kompliment verstanden werden musste. Auch wenn für einen Pathologen die Wahrnehmung von Bewegung, selbstredend, untergeordnete Bedeutung hatte.

«Und du möchtest, dass ich danach suche?»

«Wenn es dir nichts ausmacht.» Wiesenholder hob noch nicht einmal mehr eine Augenbraue:

«Mir macht heute gar nichts mehr etwas aus», murmelte er seufzend. Rau drehte sich einmal um die eigene Achse, während er in das weite Rund des Hofs blickte, bevor er das Areal zwischen dem Stumpf der alten Antriebswelle für die Pumpe und dem Brunnen fokussierte:

«Ich meine, das Geräusch kam von irgendwo hier vorne. Der Wirt soll dir beim Suchen helfen. In der Zwischenzeit spreche ich mit König und den beiden von dem Gesellschaftsverein, diesen Allegoristen. Ach, noch was, wenn die Schupos ankommen, richte ihnen doch bitte aus, sie sollen den Schuhspuren hinter der Komturei folgen. Zumindest, bis sie sich verlieren.»

«Sich verlieren? Die Bongässer-Brüder oder die Fußspuren?», Karls ganz eigene Kalauerei blitzte regelmäßig gerade dann hervor, wenn hierfür weder Zeit noch Geist zu bestehen schien.

«Oder Lotner aufsammeln», rief Rau, er war schon hinter der Tür zur Komturei verschwunden und äußerte damit die eigentliche

Hoffnung, die er mit der Aufgabe für seine Schupo-Kollegen verband.

«RK. Sieh an, Ihre Initialen», Rau saß wieder an dem alten, von Generationen an Studenten bearbeiteten Tisch vor der schwarzen Papptafel, Rainald König ihm genau gegenüber. Schon der erste Satz, der dem Mann mit der unübersehbaren Narbe über die Lippen kam, machte Rau unmissverständlich klar, dass, je weiter die Nacht fortschritt, die Geduld der Befragten ihm gegenüber rezi progressiv abnahm:

«Sie haben fünf Minuten. Dann werde ich aufstehen und mir eine Taxe rufen lassen. Also: Zeit ist Geld und Sie zahlen den Deckel.» Rau sah auf seine Armbanduhr, es war kurz nach halb drei.

«Keine Sorge, der Herr, wir können dieses Gespräch rasch beenden, wenn Sie mir nur ein paar Fragen beantworten. Das schaffen wir in fünf Minuten. Und dann haben Sie knapp zwei Stunden Zeit, bis die Taxi-Zentrale wieder Anrufe entgegen nimmt.» Der Kommissar wusste, was für eine Wirkung Ironie mit einem Schuss Chuzpe auf solche Alpha-Tiere wie Rainald König hatte. Einem Mann, von dem man denken musste oder sollte, dass er sich seinen Nachnamen selbst hatte aussuchen dürfen, oder zum Höchstpreis, koste es was es wolle, erstanden hatte. Oftmals beförderte eine solche kleine Spritze Impertinenz die Ungeduld des Befragten so sehr, dass die Wahrheit ziemlich ungefiltert und schnell aus ihm herausbrach. Und schon war man sich einig. Zeit ist eben Geld. Sein Missfallen verdeutlichend, rutschte König auf seinem Stuhl hin und her, bevor er einmal fest an seiner Zigarre zog:

«Schießen Sie los.» Alleweil, dachte Rau in seiner Muttersprache, giht' doch.

«Was verstehen Sie unter einer familiären Angelegenheit?» König sah aus, als hätte er vergessen, den Rauch auszublasen: «Unter was?», und blickte für einen winzigen Moment in Richtung des Schankraumes auf der anderen Seite des Treppenhauses. Lange genug, um Rau zu bedeuten, dass er auf der richtigen Fährte war.

«Sie haben mich schon verstanden. Sie fragten Lotner doch, als Sie ihn vorhin im Gastraum angesprochen hatten, ob er Zeit hätte mit Ihnen über eine familiäre Angelegenheit zu reden?»

«Warum fragen Sie mich das?», Rau merkte, wie bei König der Wert der Zeit den des Geldes deutlich zu übersteigen begann.

«Das möchte ich Ihnen gerne erklären. Sehen Sie, ich frage mich, weshalb Sie Arnd Lotner im Gastraum darauf ansprachen, wenn Sie ihn doch sowieso in der Propstei bei den Fechtübungen sehen würden.» Doch der Mensuren-König schien sich gefangen zu haben. Zunächst drückte er langsam die Zigarre im Aschenbecher aus, dann setzte er sich gerade hin und strich sich sorgfältig, geradezu andächtig über die Hosenbeine:

«Sie wollen wissen, warum ich Herrn Lotner dort drüben angesprochen habe und nicht im Pauklokal? Und weshalb es mir um die Familie ging? Nun, das will ich Ihnen sagen. Die Scephenburgia ist für die allermeisten Korporierten die Familie, die im Stellenwert unmittelbar der leiblichen folgt, bei einigen ihr sogar vorsteht. Das hat mit Brüderlichkeit zu tun, mit Kameradschaft. Das Verbindungshaus steht jedem Scephenburgianer stets und immer offen, beständiger als manches Elternhaus. Vor allem aber hat Familie mit Verantwortung zu tun. Und dieser Verantwortung muss man sich stellen. Wenn also ein Mann wie dieser Lotner das erste Mal als Winkelfechter bei uns auftritt, dann will ich vorher mit ihm gesprochen haben. Ich will wissen, welche Techniken er lehrt, wie seine Philosophie aussieht, ob er den für mich unverzichtbaren Grundsatz beherzigt: Übe langsam, lerne schnell. Sprich, ob unsere Jungs bei ihm gut aufgehoben sind. So etwas Essentielles diskutierte ich nicht vor den Füchsen.» Rau notierte das Gesagte, verharrte jedoch bei einem Wort, das er auf dem Notizblock augenblicklich unterstrichen hatte:

«Sie nennen Lotner einen Winkelfechter. Das hört sich ziemlich despektierlich an?» Doch König schüttelte den Kopf:

«Sie kennen sich nicht besonders gut aus in der Mensur?», Rau sah, wie König dies als Punktgewinn für sich verbuchte. «Lotner steht für mich in der Tradition der in der Historie als Winkelfechter bezeichneten Fechtmeister, die nicht von einer bestimmten Universität privilegiert waren. In der Tat genießt Lotner einen ausgezeichneten Ruf, obwohl er nur nebenberuflich lehrt. Er ist für sehr unkonventionelle Übungen bekannt, die einseitige Muskelbelastungen kompensieren und so Störungen im Bewegungsapparat vermeiden sollen. Und das ist nötig, wenn man 40 Gänge durchhalten will.»

«Gänge?», ließ Rau den Stift sinken.

«Durchgänge, bei uns werden 30 Gänge à vier Hiebe gefochten, wobei dem Hieb des einen der des anderen folgt, immer abwechselnd. Lotner aber lehrt grundsätzlich 40 Gänge à sechs Hiebe. Das mag zunächst unwesentlich mehr klingen, wenn man nur die Dauer eines Ganges berücksichtigen würde, ein Gang dauert nur wenige Sekunden.» Seine weiteren Ausführungen über Prim und Quart, über die Drehwinkel der Handgelenke bei der Ausführung eines Hiebs, über Rhythmus und Geschwindigkeit und das Antizipieren der nächsten Aktion des Kontrahenten gingen am Notizblock des Kommissars vorbei, bei einem bestimmten Eintrag auf seinem

Notizblock verharrend: War es vielleicht möglich, dass der Schrei, den er gehört hatte, doch schon ein Ruflaut war, den einer der Paukanten im Übungsgefecht ausgestoßen hatte? Konnte das sein?

«Auf gar keinen Fall, niemals ohne Fechtmeister und sowieso nicht während meiner Anwesenheit», lautete jedoch die Antwort Königs, nachdem Rau seinen Gedanken geäußert hatte.

«Sie waren also bei den beiden Studenten, bis Rodenscheit sich auf die Suche nach Lotner begab, sind mit Bahl in der Propstei zurück geblieben, haben keinerlei Schreie gehört und Lotner das letzte Mal gesehen, als Sie ihn im Schankraum angesprochen hatten?»

«Besser könnte ich es nicht zusammenfassen», gab König in einem fast zu neutralen Tonfall zurück. Genau das war es, was Rau störte. König hatte mit dem Ausdrücken seiner Zigarre einen imaginären Schalter betätigt, wie bei einem Projektor im Lichtspieltheater, und einen Film ablaufen lassen. Wie bei einem Filmstreifen stotterten auch bei König die ersten Bilder, bis sich die Rolle in ihre Führung schmiegte und die bewegte Illusion ihre Zuschauer bis zum Ende der Vorstellung in ihren Bann zog.

«Eine Frage hätte ich noch, dann können Sie sich tatsächlich nach einer Mitfahrgelegenheit umhören, auch wenn ich weiß, dass Sie nicht aus Gießen kommen: Was machen Sie beruflich?»

«Dies und das. Sie kennen sicherlich das Solaris-Filmtheater in der Straße Hinter der Westanlage?»

«Ja, sicher.»

«Das gehört mir.»

Eine halbe Stunde später öffnete Simon Rau das Fenster des Nebenzimmers hinter dem Rittersaal und ließ die Qualmwolke nach draußen entweichen, die sich während der Befragung von Kasimir Manteufel und Kurt Wattmer über den Enden des Hirschgeweihs an der Decke verfangen zu haben schien. Die Luft war zum Beißen, zwischenzeitlich war es dem Kommissar nicht leicht gefallen, die Gesichter der beiden Männer der sogenannten Allegorischen Gesellschaft auseinander halten zu können. Auch wenn es nicht schwer war, sie zu unterscheiden, denn an sich redete nur der Vorsitzende namens Manteufel, sogar dann, wenn Rau Kurt Wattmer eine Frage stellte. Beispielsweise, als er wissen wollte, welchen Aufgaben und Vorhaben sich der Gesellschaftsverein verschrieben habe. Manteufel erzählte von einer Deutschen Meisterschaft, bei der Stöckchen die Lahnbrücke hinunter geworfen werden und derjenige gewänne, dessen Hölzchen zuerst auf der anderen Brückenseite zum Vorschein käme. Die Idee hierzu beruhe auf der Handlung eines englischen Kinderbuchs, in dem die Hauptfigur, ein kleiner Teddybär, sich diesen Wettbewerb ausgedacht habe. Während Manteufel von dem kommenden Wettbewerb schwärmte und ihn als Großereignis von nationalem Range zu zeichnen suchte, bemühte Wattmer sich, das Vorhaben auf eine lokale Gießener Veranstaltung, einen ersten Versuch einzudampfen. Rau musste sich eingestehen, dass ihm einige Details entgangen waren. Es war einfach zu früh des Morgens, auch wenn er versucht hatte, sich die Ausführungen hinsichtlich der Wettbewerbsregularien so vollständig wie möglich zu notieren. Doch wenngleich Wattmer weitaus weniger zu sagen hatte als Manteufel oder zumindest sehr viel weniger zu Wort kam, hatte Simon Rau bald den Eindruck, dass der eigentliche Organisator, Macher und Ideengeber des Vereins der unscheinbar wirkende Nichtraucher war. Zum Verschwinden des Archäologen indes konnte weder der eine noch der andere etwas beitragen. Sie gaben an, beide wären die ganze Zeit über im Nebenzimmer sitzen geblieben, nachdem sich die Versammlung bald nach zwölf aufgelöst hatte. Rau erinnerte sich an das halbe Dutzend Männer, das an ihnen vorbei das Kloster verlassen hatte, noch vor dem Schrei und dem Geräusch im Innenhof. Die Tatsache, dass beide bestätigten, zwischendurch die Toilette neben dem Abstellraum aufgesucht zu haben, machte das Gespräch nicht eben aussagekräftiger. Von einem Ruflaut hatte weder der eine noch der andere etwas mitbekommen, wenngleich der Kommissar registrierte, dass auch bei dieser Frage Wattmer zunächst wartete, bis Manteufel sich geäußert hatte. Beide hätten lediglich von dem Vorfall erfahren, als dieser ältere Herr mit dem Spitzbart aufgeregt durch den Gesellschaftssaal gelaufen und nach dem Wirt gerufen hatte. Lediglich eine Information stach unter all den Nebensächlichkeiten zu ihrem Verein hervor, nämlich die Antwort auf die Frage, in welcher Beziehung Manteufel zu Adele Vollmer stünde. Der Kommissar hätte ihn und sie zufällig vorhin im Innenhof miteinander im Gespräch gesehen:

«Sie meinen meine Zukünftige? Eine wunderbare Frau, nicht wahr?»

«Guggemüssemer.»

«Neijd dein Ernst», Hubert Bongässer wischte sich mit seinem Taschentuch den Schweiß aus dem durch eine Speckfalte zweigeteilten Nacken, zwischen Tschako und dunkelblau eingefasstem Kragen seiner Uniform. Sein Bruder Hermann leuchtete bestätigend den steilen, bewaldeten Hügel hinauf, auf dessen Plateau, es lag vielleicht fünfzehn Meter höher, sich schemenhaft ein hölzerner Aufbau abzeichnete.

«Erm Ernst neijd, das ist Georgs Tempel», was Hubert in dieser Herrgottsfrühe nur ein sehr müdes Lächeln abrang. Geschlafen hatte er vor Beginn des Nachtdienstes nicht und gewonnen bei der Skatrunde im "Aquarium" erst recht nicht. Schon ging Hermann Bongässer vorneweg und öffnete den Lederriemen seines Pistolenhalfters:

«Hallo? Wer da? Ist da jemand?» Der Wald schwieg. Ächzend stampfte Hubert seinem Bruder hinterher, den schmalen Pfad hinauf. Die Anstrengung verhinderte, dass sein sonst recht durchdringendes Stimmorgan zu voller Geltung kommen konnte, Hermann musste geradezu die Ohren spitzen. Doch vielleicht war es auch das, was sein Bruder ihm erzählte, was ihn so andächtig flüstern ließ:

«Wär' net der erste Mordfall uf'm Schiffenberg. Wusstest du das?» Hermann zuckte die Schultern, während er einem Erdloch auswich:

«En junge' Augustiner, den se da unne beim Hirtenbrunnen erschlage hatte, mein' ich ...»

«Und kennst du auch das Motiv?», Hubert nahm den strengen Geruch von Wildschwein wahr und lieferte sogleich selbst die Antwort:

«Eifersucht!» Hermann quittierte die Erzählung seines Bruders mit einem Laut, der sich wie eine Mischung aus Seufzen und Prusten anhörte und blickte nach oben, mittlerweile war die achteckige Konstruktion der Wetterhütte zu erkennen.

«Zwischen den Mönchen?» Hubert Bongässer schüttelte den Kopf, auch wenn es nicht als solches zu erkennen war:

«Naa. Der arme Kerl war derjenige gewese', dem die Aufgabe zugefalle' war, die Tettettetts zu organisieren», Hermann musste kurz überlegen, was sein Bruder wohl meinte, «also den

Briefverkehr zur heimlichen Verabredung seiner Brüder aufrechtzuerhalten», jetzt hatte Hubert sich den Begriff noch einmal selbst erklärt, «mit den Nonnen vom Cellanerstift da unten bei der Klosterwiese.» Hubert drehte sich in Richtung des nun vor ihnen liegenden Abhangs um und wies in die Dunkelheit, die beiden Schutzpolizisten hatten das Hügelplateau beinahe erreicht. Der jüngere der Zwillinge drehte sich wieder um, erkannte, dass sie unmittelbar vor der pavillionartigen Hütte standen und flüsterte:

«Irgendwann hawwe seine ach so fromme' Brüder wohl rausgekricht, dass ihr junger Götterbote, der gar neijd wink gewitzte Hermes, sich die hübschesten der Klosterfrauen für sich selber uffgespart hat. Was das Schicksal des Postillion d'Amour besiegelte: Am Hirtenbrunnen hieß es für den dann nämlich ziemlich schnell, in einer kalten, verhängnisvollen Nacht: auf zum Pater noster, schneller wie im Pater ...», das "noster" verschluckte er, weil sein Bruder ihm mit erhobener Hand bedeutete, augenblicklich still zu sein, dabei wies Hermann auf das offen stehende Fenster der Hütte. Zu hören war nur ein gluckerndes Röcheln.

Simon Rau hastete die Treppe hinunter und rannte durch den kleinen Torbogen. Er war schon zehn Meter an der Außenmauer des Klosters in Richtung des Parkplatzes entlang gerannt, als in seinem Rücken jemand rief:

«Chef, wir sind hier!» Dort, wo vor nicht einmal vier Stunden er, Karl und Rudi einen bis dahin makellosen Abend verlebt hatten, vergrößerte sich nun das Chaos: Die beiden Schupos standen am Steintisch und blickten auf die Sitzbank, auf der Rau zuvor gesessen hatte. Nun lag dort eine Gestalt, die einen entsetzlichen Eindruck machte: Das Hemd des Mannes war blutrot eingefärbt, das

Gesicht kalkweiß, der Kontrast hätte nicht stärker sein können, die Augen fest geschlossen. Das einzige, was den Eindruck eines fürchterlichen Desasters in eigentümlicher Weise störte, war die Schildkappe, die der Mann trug, sie saß auf seinem Haupt, als ob er sie eben erst gerichtet hätte.

«Ich fürchte, Chef, wir haben ihn gefunden», konstatierte Hermann Bongässer und wischte sich übers Gesicht, «sieht übel aus. Konnten noch nicht einmal mehr Blutaustritt feststellen.» Wie aufs Stichwort erschien die schmächtige Gestalt von Karl Wiesenholder im Pförtchen. Augenblicke später hatte er sich über die leblos wirkende Gestalt gebeugt, mit seinem Kopf ganz nahe an dem des Mannes auf der Bank. Zunächst schien er nur zu horchen und zu schnüffeln, um sogleich angewidert die Miene zu verziehen:

«Schade ums feine Wildschweingulasch. Und um die Maibowle.»

«Das ist doch einer der Studenten von vorhin?!», bemerkte Simon Rau. Karl Wiesenholder nickte:

«Mit dem Unterschied, dass er jetzt das Wildschwein mit Grazie auf der Brust trägt. Verletzt ist der aber nicht. Höchstens im Stolz, wenn er aufwacht und merkt, in was für einem bedauernswertem Zustand er von der Polizei aufgegabelt wurde.»

«Wo haben Sie denn den gefunden?», fragte Kommissar Rau seine Kollegen. Noch bevor einer der beiden antworten konnte, sah Rau, wie sich von der gegenüberliegenden Seite des Steintisches eine Hand erhob:

«Uns. Plural!» Für einen kurzen Moment war Rau verwirrt, dann begriff er, als er hinter der Hand den dunklen Haarschopf des zweiten Studenten wieder erkannte.

«Meinetwegen auch zwei Germanisten, obschon es bei den beiden nur fürs Summa cum laude im Zechen reicht», worauf Schutzmann Bongässer berichtete, dass er und Hubert die beiden in der Georgshütte aufgefunden hatten, die aufgrund ihrer oktagonalen Form im Volksmund Tempel genannt wurde. Während sie bei dem Blonden mit dem rot eingefärbten Hemd schon vom Schlimmsten ausgegangen waren – zumal der keinen Mucks mehr von sich gab – habe der andere sogleich geflucht, man sollte sie doch endlich mal in Ruhe lassen.

«Warum denn das? Ist bei der Hütte im Wald nachts um drei noch soviel los, dass man nicht dazu kommt, den Rausch auszuschlafen?», wunderte sich der Kommissar.

«Das isses ja!», stöhnte erneut der Student mit den dunklen Haaren, noch immer ohne den Kopf zu heben. Zwischenzeitlich hatte Karl Wiesenholder einen Eimer Wasser aus dem Pferdestall geholt und leerte ihn mit einer schwungvollen Bewegung über dem Studenten aus, befand der sich jäh in der Senkrechten:

«Es geht doch nichts über die guten alten Hausrezepte!» Mehr als ein verhaltenes:

«Das wäre jetzt aber nicht nötig gewesen», traute sich der Student zwar nicht zu sagen, fuhr aber dennoch fort: «Bevor die beiden da», worauf Rau ihn darauf hinwies, dass den beiden Beamten eine respektvolle Anrede zustünde, genauso wie ihm selbst als Kommissar, «also bevor die beiden Herren Schutzpolizisten uns weckten, waren schon zwei andere bei uns gewesen.»

«Polizisten?», fragte Rau.

«Wohl eher nicht. Kamen mit einem Motorrad mit Beisitzer die Schneise hinauf, sind wie Bekloppte durchs Gehölz geheizt, bis zur Hütte hoch. Justus hat sowieso nichts mitbekommen, nicht mal, als die zu uns rein gestürmt gekommen sind und erst ihn und dann mich wie wild herum gerissen haben. Sind dann schnell wieder raus, aufs Motorrad und ab.» Rau hatte seinen Notizblock schon wieder hervorgeholt und notierte:

«Wie sahen die beiden aus?» Der Student wiegte den Kopf hin und her, das Wasser aus Karls Eimer tropfte ihm dabei von den Haarspitzen:

«Schwer zu sagen, waren ganz in Schwarz gekleidet, dazu trugen sie dunkle Schiebermützen, wenn ich mich recht erinnere. Das ging alles so schnell.»

«Offensichtlich waren Sie beide aber wohl nicht weiter von Interesse für Ihre Besucher?», wollte Rau bestätigt wissen.

«Offenbar nicht.» Der Corpsstudent setzte sich gerade hin, blickte für einen Moment gedankenverloren auf dem leeren Steintisch herum und fragte dann in die Runde der ihn Umstehenden:

«Glauben Sie, der Wirt hat noch ein paar Wiener Würstchen aus dem Siedetopf?», während Karl Wiesenholder Simon Rau zur Seite nahm, irgendetwas in der Hand in seinem Rücken haltend:

«Übrigens, du hast dich doch für ein Geräusch interessiert?»

«Ja», gab Rau, eben noch den Studenten zugewandt, zurück.

«Irgend etwas Klirrendes, Schepperndes, richtig?»

«Richtig?!», ahnte Rau, dass Karl Anstalten machte, sich für irgend etwas feiern lassen zu wollen.

«Etwa wie bei Schere, Stein, Papier?», Karl genoss es, Simon noch ein letztes Mal vor seiner Abreise für einen kleinen Moment wie einen kleinen Schuljungen hinzuhalten:

«Na gut, eher wie bei Schere und Stein ohne Papier, wenn die Klinge einer Schere auf Stein fällt, oder noch präziser, eine Klinge in einen Stein ...», und holte hinter seinem Rücken etwas hervor, das Simon Rau verständig nicken und für einen Augenblick lächeln ließ. Es war eine bei den Paukanten Korbschläger genannte Fechtwaffe, die Klinge an der Spitze blutrot eingefärbt.

«Hat der Froschkönig vom Schiffenberg aus seinem Brunnen ausgespuckt!», schloss Karl Wiesenholder und grinste.

6. Hier Amt, was beliebt?

Telefon- und Telegrafenamt Gießen, in derselben Nacht

Das kleine weiße Lämpchen an dem Schaltschrank flackerte, dann begann es zu leuchten. Geschwind steckte die davor sitzende junge Frau mit der einen Hand die Kabelklinke in die Buchse oberhalb des Lämpchens, mit der anderen richtete sie ihren Kopfhörer:

«Hier Amt, was beliebt?», fragte sie in den Sprechtrichter, der zwischen Kinn und Kragen ihres königsblauen Arbeitskleides baumelte. Einen Moment lang hörte sie dem Anrufer zu, dann antwortete sie:

«Das Wasser- und Gaswerk, sehr wohl. Ihr Fernsprecher bitte ... Danke», worauf die Telefonistin mit den schier unzähligen dunklen Löckchen ein weiteres Kabel in den Klappenschrank steckte und in einer fließenden Bewegung mit ihrem Bleistift die Messing-Wählscheibe auf dem Pult vor ihr bediente, ein paar Mal an der kleinen Kurbel daneben drehte und wenige Sekunden später ankündigte:

«Hier Amt, Anschluss 183 wünscht eine Verbindung, möchten Sie annehmen?» Während der Angerufene bestätigte, hatte die Telefonistin eine neue Registerkarte hervorgeholt, die Anfangszeit für das Gespräch mit 12 Uhr, 42 Minuten und 30 Sekunden notiert und die Taste für die Gesprächsdauer-Messung betätigt. Während sie auf ihrem rechten Ohr, dem mit dem Kopfhörer, verfolgen konnte, wie die beiden Teilnehmer zu sprechen begannen, bekam sie mit, wie die Kollegin links von ihr die Stimme hob:

«Bedaure, gnädige Frau, aber die Tierklinik ist bis morgen früh um sieben Uhr nicht erreichbar. Allerdings kann ich Ihnen versichern, dass ohnehin keine Hamster mehr verfügbar sind ... Nein, kein einziger mehr, seit gestern früh schon.» Die blonde, pausbäckige Telefonistin, auf dem Namensschild an ihrem Revers stand Trude Krekel, warf ihrer Nachbarin einen konsternierten Blick zu, dann wiederholte sie in den Sprechtrichter:

«Nein, nicht mal ein Zwergkaninchen, alle weg, leider ...» Die verzweifelte Dame war erst nach weiteren drei Minuten tiefsten Bedauerns und einer Beteuerung, die einer Versicherung an Eides statt gleichkam, dazu zu bewegen aufzulegen. Dabei hatte die zitternde, vollkommen aufgelöste Stimme der jungen Mutter von der Plattenmann-Siedlung darauf hin gedeutet, dass sie nicht den Hauch einer Ahnung hatte, wie sie es ihrem achtjährigen Sprössling erklären sollte, dass aus dem herbeigesehnten Haustier erst einmal nichts werden würde, obschon der Käfig aus selbst geschnitzten, in wochenlanger Fleißarbeit zusammen gesteckten Weidenholzstöcken bereits seit Tagen auf seinen neuen Bewohner wartete. Kopfschüttelnd zog Trude Krekel die Kabel heraus und warf die nur halb beschriftete Registerkarte auf das Pult vor ihr:

«Was glauben die bei der Veterinärklinik wohl, was passiert, wenn sie im Anzeiger annoncieren, dass Hamster und Karnickel gratis abzugeben sind? Und dann machen sie es sich einfach, ziehen flugs den Telefonstecker, das Fräulein vom Amt mag's richten!», klagte sie in Richtung der acht verwaisten Plätze links von ihr, Marlene Bellring zu ihrer Rechten war die einzige Kollegin in der heutigen Nachtschicht.

Der Telefonistin mit der hoch gesteckten Lockenpracht blieb nicht einmal Zeit ihrer Kollegin beizupflichten, die kleine weiße Lampe kündete den nächsten Ruf an. Bellring steckte die Strippe mit der Amtsleitung in die Buchse, um Augenblicke später eine Stimme zu vernehmen, die ihr geläufig war. Bedauerlicherweise, wie sie fand:

«Guten Abend, Schätzchen», die junge Frau rollte mit den Augen, «hier Anschluss 2397, tu mir doch einen Gefallen und verbind' mich mal schnell mit dem Stadttheater, die Garderobe. Wollen doch mal sehen, was die kleine Prudence zu den Kamelien und den Katzenzungen sagt! Und nu steck mal geschwind dein Strippchen ins Löchlein», hörte sie diese hohe Männer-Stimme, die so unangenehm träufelnd klang, dass Marlene Bellring sich unbewusst an den Kopfhörer fasste, als ob sie sich seinen Speichel von der Ohrmuschel wischen wollte. Trude Krekel nebenan war zwar selbst schon wieder dabei, eine Verbindung zu vermitteln, trotzdem verfolgte sie aus den Augenwinkeln ihre Kollegin. Marlene Bellring war vor zehn Monaten eingestellt worden, ihr erster Arbeitstag fiel mit dem Einzug in das brandneue, hoch moderne Fernmeldegebäude zusammen: unter dem Mansardwalmdach war in den durch große, quadratische Fenster lichtdurchfluteten Räumen, neueste Schalttechnik verbaut worden, elektrische Lichtsignale hatten die antiquierten Metallplättchen am Klappenschrank ersetzt. Vor allem aber gab es hier nun eine tadellos funktionierende Zentralheizung, kein Vergleich zu dem altehrwürdigen Sandsteinbau gegenüber, mit seinen feuchten Wänden und zugigen Fenstern, wo Krekel vor nunmehr fünf Jahren begonnen hatte. Mittlerweile galt sie schon als alte Häsin. Als solche merkte sie recht schnell, was für eine Verbindung rechts oder links ihres eigenen Pults anstand. Sie sah es ihren Kolleginnen an der Körpersprache an, an ihren Gesten, in welchem Tonfall sie antworteten. So auch eben, weshalb sie, während sie den Gesprächsbeginn der gerade hergestellten Verbindung notierte, ihren Sprechtrichter zuhielt und zur Seite fragte: «Schon wieder die Opern-Schnecke?», jede Telefonistin nannte ihn so, aufgrund der verbalen Schleimspur, die er regelmäßig hinter sich her zog. Zudem wusste Krekel aus den für ihn hergestellten Verbindungen, bei denen sie sich nicht schnell genug aus der Leitung verabschiedet hatte, welcherlei Damen er Rosen und Konfekt in die Garderobe liefern ließ. Welchen Typ Frau der sich als Theater-Rezensent ausgebende unmittelbar nach der Vorstellung anrief, um sie mit Komplimenten zu überhäufen, ganz gleich, ob gerechtfertigt oder nicht. Nur um schon nach wenigen Sätzen voll triefender Schmeichelei eine Einladung zu einem Rendezvous auszusprechen: Es waren samt und sonders die noch jungen, unbekannten Nachwuchs-Miminnen, die unerfahrenen Elevinnen vom Ballett, jene, die sich derlei Avancen noch nicht zu erwehren wussten, noch nicht gelernt hatten – nicht gelernt haben konnten – wahrhaftigen Beifall von schmählicher Anbiederung aus geradezu niederen Beweggründen zu unterscheiden. Anschluss 2397 wusste das genau. Und so meinte er sich auch an die kleine Prudence heran machen zu können, an die im Stück junge, unbedarfte Bekannte der Marguerite, in dem Wissen, dass die Kameliendame selbst für ihn auf ewig unerreichbar war. Erst recht, wenn eine Asta Nielsen diese gab, eben jene Lichtgestalt des deutschen Theaters und des Films, die mit ihrem Berliner Ensemble heute Abend im Gießener Stadttheater gastierte, mit Überlänge, außerhalb des Theater-Abonnements und selbstredend seit Wochen ausverkauft.

Marlene Bellring hatte gerade die Nummer des Theaters über die Messing-Drehscheibe gewählt, ein Blick in die Register-Kladde oben am Klappenschrank hatte genügt, als Trude Krekel auf ihrem Rollstuhl zu ihr herüber fuhr und die Ziffer 7 drehte, um sich sogleich wieder an ihren Platz zurück zu begeben. Marlene sah nur, dass ihre Kollegin entspannt die Lippen spitzte, es schien, als wäre Trude mit irgendetwas sehr zufrieden. Im nächsten Moment meldete sich eine Stimme in Bellrings Kopfhörer:

«Bühne? Wer spricht?», im ersten Augenblick war Bellring sicher, dass es sich um einen Mann handeln musste, so laut, so grob, so krächzend, wie es sich anhörte, zudem, als ob der Gesprächspartner eine Zigarette im Mund hatte, während er redete. Und doch war da eine Farbe in der Stimme, die sie an dieser Vermutung zweifeln ließ.

«Hier Amt, Anschluss 2397 wünscht eine Verbindung, möchten Sie annehmen?»

«Ist das nicht die Nummer von der Opern-Schnecke, Fräulein?» Nun klang nur noch das "Fräulein" männlich, «Auf den hab' ich schon lange gewartet. Ich bitte drum, Goldschätzchen!», das letzte Wort klang mild und liebenswürdig. Marlene sah mit gekräuselten Augenbrauen zu Trude hinüber, während sie den Knopf zur Gesprächsfreigabe drückte. Die grinste und flüsterte:

«Das ist Daphne Zeughaus, die Chefin von den Bühnenbauern. Eine Pfundstype, ein echtes Prachtstück! Eins kann ich dir garantieren, ein Rendezvous mit ihr im Café "Bück-dich" wird für die Schnecke ein unvergessliches Erlebnis!» Marlene Bellring verstand, schmunzelte und gab mit einem beschwingten Fingerdruck auf den Schalter die Verbindung frei. Bedauerlicherweise bekam die Telefonistin mit den dunkeln, kleinen Locken nur die ersten Sätze der Bühnenbauerin mit, aber genug, um sicher zu sein, dass sich die Opern-Schnecke so schnell nicht mehr aus ihrem Haus trauen würde, geschweige denn im Theater anzurufen.

Ein weiteres Lämpchen leuchtete auf. Bellring meldete sich wie gewohnt, um sogleich interessiert aufzuhorchen:
«Fernverbindung nach Italien. Wie beliebt. Bitte bleiben Sie in der Leitung.» Gespräche ins Ausland wurden über das internationale Fernsprechamt in Frankfurt am Main vermittelt. Bellring achtete darauf, den exakten Gesprächsbeginn und den anrufenden Anschluss festzuhalten, erneut war es Nummer 183. Bei den enorm teuren Auslandstelefonaten wurde penibel kontrolliert, wie viele Sekunden Sprechzeit abzurechnen waren. Nach einer routinierten Absprache mit der Frankfurter Kollegin war innerhalb von zwei Minuten die Verbindung hergestellt. Bellring wartete gespannt auf die ersten in Italienisch gesprochenen Sätze, besuchte sie doch bei der Volkshochschule schon den zweiten Italienisch-Kurs innerhalb eines Jahres, nach dem Grundkurs in Französisch. Für die, die im Amt weiterkommen wollten, waren Fremdsprachen unerlässlich. Daher bedauerte sie es, dass der Gießener Anschluss und derjenige in Venedig ausschließlich Deutsch miteinander sprachen. Mit einem unterdrückten Gähnen widmete sie sich dem nächsten Ruf. Es war schon bald zwei Uhr, Zeit für einen starken, schwarzen Tee.

Ein Himmelreich für einen heißen, starken Bohnenkaffee, dachte Kommissar Simon Rau, als er sein Fahrrad im Laubengang der Wache abstellte, genau in dem Moment, als die Straßenlaterne vor dem Neuen Schloss erlosch, auch wenn die Sonne bereits längst aufgegangen war. Das Gebäude der Polizeiinspektion ähnelte im Baustil dem der Frankfurter Hauptwache, mit dem Unterschied, dass die Gießener Version nur über zwei Geschosse verfügte. Das Erdgeschoss mit dem Säulengang und die Etage im Mansardwalmdach schienen noch genauso im Tiefschlaf zu sein wie die benachbarten Gebäude: das die Wache deutlich überragende Regierungsgebäude mit dem von einem Schieferturm gekrönten Fachwerkerker, die Feuerwache weiter vorne am Landgraf-Philipp-Platz und das Neue Schloss schräg gegenüber. Rau entnahm dem Gepäckträger die noch druckfrische Ausgabe des Anzeigers und trat durch die Pforte ein. Hinter dem hohen Tresen der Wachstube saßen sich zwei Schutzpolizisten gegenüber, ebenfalls über der Morgenausgabe der Zeitung brütend. Noch bevor sie den Kommissar herein kommen sahen, las einer der beiden das Inserat:

«*Das Veterinärinstitut weist darauf hin, dass keine Hamster und Zwergkaninchen mehr verfügbar sind.* Na, das kommt wohl ein bisschen spät. Der Fritz und der Konrad von der Wache in der Liebigstraße mussten drei Tage lang den Andrang vor der Tierklinik regeln, die Schlange ging bis rauf auf die Frankfurter Straße.» Nun wurden sie auf den Eingetretenen aufmerksam, erhoben sich und grüßten:

«Guten Morgen, Herr Kommissar, wünsche wohl geruht zu haben!»

«Die eine Stunde schon ...», erwiderte er, die Kollegen konnten ja nicht wissen, wie wenig Schlaf bei so viel Nacht übrig geblieben war:

«N' Morgen, die Herren. Gibt's Neuigkeiten?» Schupo Meyer, der Kollege mit dem Bürstenhaarschnitt, antwortete:

«Ein Paket liegt auf Ihrem Schreibtisch, hat der Wiesenholder von der Gerichtsmedizin vorhin gerade abgegeben. Hatte der nicht gekündigt? Der wollte doch wegziehen.» Simon Rau stand schon auf der Treppe, die zu seinem Büro im Obergeschoss führte: «Ja, heute! Ach, übrigens, bitte richten Sie den Kollegen Schulz und Weber aus, sie sollen gleich nach ihrem Dienstbeginn die Herren Bongässer auf dem Schiffenberg ablösen ... und wenn Sie eine Tasse von Ihrem Bohnenkaffee für mich erübrigen könnten, heute mal nicht von dem Muckefuck», schon war er in seinem Büro verschwunden.

Zehn Minuten später hielt Rau den Emaillebecher mit dem heiß dampfenden Kaffee in seiner Hand, in der anderen den von Karl Wiesenholder an ihn adressierten Brief mit dem amtlichen Ergebnis der letzten kriminaltechnischen Untersuchung, die der Gerichtsmediziner für den Gießener Kommissar vorgenommen hatte. Vor ihm auf dem Schreibtisch ruhte das dazugehörige Asservat, der Korbschläger. Eben jene blutbeschmierte Waffe, die Rau Wiesenholder vor nicht einmal drei Stunden übergeben hatte, kurz bevor sie den Schiffenberg verlassen hatten, zusammen mit den anderen Anwesenden. Die beiden Corpsstudenten hatten er und Karl im Adler mitgenommen. Der Gestank des einen würde wohl noch eine Zeit lang im Polster der Rückbank haften bleiben. Auch der Mensuren-König, die Herren Manteufel und Wattmer sowie die beiden Paukanten hatten das Kloster verlassen. Der Liegenschaftsverwalter namens Schurfheim blieb indes zurück, die nächtliche Rückfahrt nach Darmstadt ersparte er sich, auch die junge Kellnerin Adele übernachtete in einem der Gästezimmer. Die Bongässer-Brüder waren mit der strikten Anweisung zurück geblieben, Ein- und Ausgänge streng zu kontrollieren und ungewöhnliche Vorkommnisse unverzüglich zu melden, insbesondere aber für den Fall parat zu stehen, dass Lotner doch wieder zum Kloster zurückkommen würde – wenn er es denn überhaupt verlassen hatte. Genau das war das Problem. Die Lage war nach wie vor vollkommen unübersichtlich, ein Zustand, der sich durch die jüngsten Erkenntnisse der Nacht, eher des Morgens, noch verschlimmert hatte: Kurz bevor der Kommissar mit Wiesenholder aufbrechen wollte, hatte Adele Vollmer sie darüber informiert, dass sie kurz vor dem Verschwinden Lotners eine Person in der Komturei gesehen hätte, die sie bisher noch nicht erwähnt hatte. Ein Mann mittleren Alters hatte vor der Toilette gestanden, dessen tiefschwarzes Haupthaar in ungewöhnlich regelmäßigen Abständen von schlohweißen Strähnen durchzogen war. Rau folgerte, dass er genau in dem Zeitraum das Kloster verlassen haben musste, als er und Karl auf der Brüstungsmauer gesessen hatten, den Blick in die Ferne und nicht mehr auf den Terrassengang gerichtet. Also noch eine Person, die mit dem Verschwinden des Archäologen zu tun gehabt haben konnte, zudem eine, von dem noch nicht einmal der Name bekannt war.

Das von Karl Wiesenholder schriftlich verfasste und nun in den Händen von Simon Rau befindliche Untersuchungsergebnis über die Hiebwaffe machte es nicht besser: Die Klingenstärke passte zu den Spuren, die Karl an der Schutzweste festgestellt hatte. Die Waffe war 47 Millimeter in den Körper des Angegriffenen eingedrungen, was, je nach spezifischer Einstichstelle im Rücken, zu schwerwiegenden Verletzungen, oft auch zu Infektionen führen konnte. Allerdings beschrieb Wiesenholder es als bemerkenswert, dass die Blutspuren an der Klinge nicht abgewischt worden waren. Der Gerichtsmediziner schloss daraus, dass der Angreifer wenig Zeit hatte, Spuren zu verwischen. Ebenso wenig wollte er offenbar die Waffe in dem Zimmer liegen lassen. Stattdessen hatte er sich dazu entschieden, sie vom Flur des Anbaus aus in den Brunnen zu werfen, in der Hoffnung, dass sie dort in der Tiefe versinken und nie mehr auftauchen würde. Der Kommissar ließ das Briefpapier sinken und nahm einen weiteren Schluck Kaffee, während er überlegte, dann hob er die Augenbrauen. Er hatte wohl die allererste Information über den Täter erhalten: Die Person kannte sich nicht besonders gut im Kloster aus. Denn hätte sie es getan, dann hätte sie oder er gewusst, dass der Brunnen nicht viel tiefer war als dessen Sandstein-Einfassung, also nur knapp zwei Meter. Auch aus den weiteren Umständen, auf die Wiesenholder in seinem Bericht hinwies, zog Rau die ersten Schlüsse dieses Morgens, während der erste Sonnenstrahl durch das östliche Mansardfenster auf den Fund der vergangenen Nacht fiel: auf das Papier, genauer, das Büttenpapier, wie Karl korrigiert hatte.

«Geplant war hier so gut wie nichts. Der Täter stand unter großem Zeitdruck. Wahrscheinlich wurde er erwartet, entweder in der Komturei vorne oder in der Propstei von den Mensur-Fechtern. Das Schriftstück ist vollkommen sauber, ohne auch nur den kleinsten Blutfleck. Das kann nur bedeuten, dass sich der Täter mit dem Archäologen um das Papier gestritten hat, bevor es zu einem Handgemenge kommt, das Schriftstück wird dabei entzwei gerissen, worauf die Hälfte hier zu Boden geht, der Angriff in den Rücken von Lotner folgt erst danach», erklärte er dem Schutzpolizisten, der gerade zur Tür herein gekommen war und überlegte, was ihm der Kommissar mit diesen Ausführungen sagen wollte. Zumindest schien der Chef nun wesentlich wacher als noch vor einer Viertelstunde, der Kaffee hatte die erwünschte Wirkung nicht verfehlt.

«Mehr noch: Lotner hatte wohl etwas, was der Täter trotz des Angriffs noch immer nicht in seinen Besitz nehmen konnte. Deshalb verfolgte er ihn.» Kaum hatte er seine Gedanken geordnet, indem er sie ausgesprochen hatte, kam Rau das in den Sinn, was die beiden Studenten über die unheimlichen Besucher beim Georgs-Tempel berichtet hatten. Die dunklen Gestalten auf dem Motorrad schienen überhaupt kein Interesse für die Studenten in der Hütte gehegt zu haben. Dies legte für Rau den Schluss nahe, dass sie sich demgegenüber deutlich stärker für den flüchtenden Lotner interessiert haben könnten. Also mussten sie auch gerufen worden sein.

«Höchstwahrscheinlich blieb der Täter aber im Kloster, ansonsten hätten wir ihn schließlich den Innenhof verlassen sehen.» Plötzlich stockte er, ein mulmiges Gefühl durchfuhr seinen bis auf den Kaffee noch nüchternen Magen. Erneut musste er an den Unbekannten denken, von dem Adele Vollmer berichtet hatte. Sogleich versuchte er sich selbst wieder zu ermutigen. Es hatte noch nie Sinn gemacht, eine Ermittlung damit zu beginnen, die große Gleichung nach der Unbekannten X auflösen zu wollen, ohne zuvor geklärt zu haben, was unter dem Bruchstrich und auf der anderen Seite steht. Eben genau in jener Seite lag jedoch seine größte Hoffnung: in der Papierseite, dem Bogen Büttenpapier. Der Rest war zunächst einmal Routine. Ohne darauf zu warten, ob Schutzmann Meyer etwas fragen würde, erklärte Rau:

«Ich muss in die Stadt. In der Zwischenzeit bitte ich Sie, soviel wie möglich über die in der Nacht befragten Personen herauszubekommen, Meldedaten, Beruf, Familie, Umfeld, Sie wissen schon. Ansonsten das normale Programm, Telefongespräche vom

Anschluss Schiffenberg vom gestrigen Tage und so weiter und so weiter.»

«Wird gemacht, Chef. Ich habe aber auch eine Nachricht für Sie.» Rau war bereits in sein Jackett geschlüpft und dabei, sich an dem Schupo vorbei aus dem Büro zu schlängeln:

«Die da wäre?»

«Wir haben einen Anruf von der Veterinärklinik erhalten, Einbruch mit Diebstahl, wohl in der letzten Nacht.» Rau war bereits auf der Treppe angelangt und schüttelte ungläubig den Kopf:

«In der Tierklinik? Was gibt's denn da zu stehlen? Zwergkarnickel?» Schutzmann Meyer unterdrückte ein Grinsen.

«Eher weniger, sind ja keine mehr da. Eine Arznei-Kammer wurde verwüstet und ausgeraubt.» Irgend etwas an der Meldung verleitete den Kommissar dazu, dem Schupo nun seine ungeteilte Aufmerksamkeit zu widmen, mochte es nur ein Gefühl sein oder eine Ahnung. Genauso konnte ihm sein leerer Magen ein falsches Bauchgefühl vorgaukeln, er wusste es nicht. Und doch war er neugierig geworden:

«Schmerzmittel für Pferde, so so. Dann kommen wir wohl nicht umhin, uns das Werk dieses schwarzen Schafs mal anzusehen. Ist der Adler startklar?»

Über Brandgasse, Lindenplatz, Marktplatz, Mäusburg und Seltersweg waren es nur wenige Minuten bis zur Veterinärklinik in der Frankfurter Straße. Schupo Meyer stellte den Standard VI direkt vor der Treppe ab, die zu dem mit rotem Sandstein eingefassten Portal des Hauptgebäudes mit dem mächtigen Staffelgiebel hinauf führte. Rau kräuselte die Augenbrauen, während er sich einen Weg durch die gut zwanzig Meter lange Schlange vor der in tiefem Rot gehaltenen Eingangstür bahnte, zumeist waren es Frauen, fast jede hielt ein Kind an der Hand:

«Gibt's hier was umsonst?»

«Nicht mehr, Chef, nicht mehr.» Mehr musste Meyer nicht erklären, er wusste, dass sich der Kommissar sowieso nicht dafür interessieren würde.

Kurz darauf standen Simon Rau und Schupo Meyer in einem zweieinhalb Meter schmalen und vielleicht fünf Meter langen Raum. An der Stirnseite befand sich das einzige Fenster. Die rechte, untere Scheibe des Strebenfensters war zerbrochen, der Griff an der Innenseite blutverschmiert. Die linke Raumseite war bis zur Decke vollständig mit Holzschränken ausgekleidet, bis Hüfthöhe waren Schubladen eingebaut, von denen ein halbes Dutzend offen stand, darüber mit Glastüren versehene Regalschränke. Kaum eine der Schranktüren war unversehrt, nahezu jede zweite Glasscheibe war eingeschlagen worden, offenbar um an das Vitrinen-Innere gelangen zu können. Auf der gegenüberliegenden Zimmerseite befand sich ein langgestreckter, nur vierzig Zentimeter tiefer, weiß lackierter Tisch. Wie die Schränke und Fenstergriffe war auch der Tisch blutverschmiert. Darauf befand sich ein Konvolut an Verbandsmaterial, darunter Mullbinden, eine Flasche mit medizinischem Alkohol und eine Verbandsschere.

«Können Sie schon umreißen, was fehlt?», fragte Rau die Tiermedizinerin, die noch immer geschockt wirkte, auch wenn ihre kompakt und recht stabil wirkende Figur zunächst einen anderen Eindruck vermittelt hatte:

«Wo soll ich anfangen, Herr Inspektor? Es wäre wohl besser, wenn ich Ihnen sage, was noch da ist! Vom Oxycodon beispielsweise fehlt jede Spur.»

«Das Schmerzmittel bekommen auch Tiere verabreicht?», fragte Meyer nach, was Frau Doktor Schmalz bestätigte:

«Es kommt auf die Dosis an, ein Belgischer Kaltblüter verträgt natürlich mehr als ein Dackel.» Erneut schüttelte die Veterinärin den Kopf: «Was für ein Tohuwabohu. Das ist nun schon der dritte Einbruch durch einen Rauschmittel-Süchtigen in neun Monaten.» Simon Rau spitzte die Lippen und verfolgte mit seinen Augen die Blutspuren, die vom Fenster über den Terrazzo-Boden bis hin zum Klappstuhl und der Tischplatte reichten, wo blutgetränkte Watteballen herumlagen.

«Haben die anderen Einbrecher die Arznei-Kammer auch so hinterlassen, als ob sie eine Not-OP an einem Wildschwein durchgeführt hätten?», erwiderte Rau so, dass der Veterinärin die Rhetorik in der Frage schlicht nicht entgehen konnte, aber auch so unpräzise, dass sich ihr die wahren Gedankengänge des Kommissars ebenso wenig erschlossen.

«Ich kann Ihnen versichern, dass wir alles daran setzen, die Einbrüche der letzten Monate aufzuklären und die Täter ausfindig zu machen. Genauso wie wir die Identität des Täters in der letzten Nacht ermitteln werden. Dessen bin ich mir nun sehr, sehr sicher, nachdem, was ich hier gesehen habe.»

«Sie glauben nicht daran, dass es ein gewöhnlicher Einbruch war, richtig?», fragte Meyer den Kommissar auf dem Beifahrersitz, als er den Wagen am Selterstor zwischen Tapetenhandlung und Schuhgeschäft in den Seltersweg lenkte.

«Na ja, Ihnen sind sicherlich auch die Blutspuren an der Außenseite des Fensters aufgefallen, was bedeutet, dass der Einbrecher bereits verwundet war, noch bevor er die Scheibe eingeschlagen hatte. Er säubert die Wunde mit Alkohol, legt sich einen Druckverband an und verschwindet wieder. Zwar mit jeder Menge schmerzstillender Mittel, jedoch ohne die wertvollsten Arzneimittel-Präparate mitgehen zu lassen. Eben jene, die auf dem Schwarzmarkt das meiste Geld einbringen würden. In der Schattenwelt der Kriminellen und Rauschsüchtigen würde so jemand nicht einmal eine Woche überleben. Die Frage, die mich viel mehr umtreibt ist die: Wo ist Arnd Lotner jetzt?», sinnierte der Kommissar, bis er plötzlich mit der Hand auf die vor ihnen liegende Einmündung der Plockstraße in den Seltersweg deutete:

«Bitte anhalten. Hier muss ich raus.»

7. Die drei vorm Café Bück-dich

Der Kommissar stieg auf Höhe des Schuhgeschäftes aus, ließ die Beifahrertür in ihr Schloss fallen, stellte den Mantelkragen hoch und schob seinen Fedorahut tief ins Gesicht. Von der wärmenden Frühlingssonne am gestrigen Tag war an diesem Morgen nichts mehr zu spüren. Mit den Wolken kam diese unangenehme Kälte, von der Simon Rau geglaubt hatte, dass sie sich für die nächsten Monate verabschiedet haben würde. Er überquerte die Plockstraße an der Nahtstelle zum Seltersweg und passierte dabei einen im Gespräch mit einer Frau vertieften Mann, offenbar ging es um die Ergebnisse der Reichstagswahl. Rau wusste aus der Zeitung, dass der Wahlausgang bereits gestern Abend ab halb neun mittels Lautsprechern in den Restaurationen und Hotels wie dem "Hindenburg" oder dem "Prinz Carl" bekannt gegeben worden war. Der Endfünfziger, an dem Rau vorbei ging, hatte eine lange Nase, die sich ansatzlos in seiner hohen Denkerstirn verlor, die Hände hatte er in den Hosentaschen seines Anzugs vergraben. Die nur unwesentlich jünger scheinende Frau trug in ihrer linken Hand eine selbst gehäkelte Einkaufstasche, in der sich in Zeitungspapier eingewickelte Heringe vom neu eröffneten Fischhaus "Cuxhaven" befanden, zwei der Fische waren in der Schlagzeile von Seite 1 verpackt: "*Starke Zunahme der radikalen Linken. – Gute Haltung der Mittelparteien.*" Die anderen beiden Heringe mussten sich damit begnügen, in die Reklame eines Bekleidungsgeschäfts in der Marktstraße eingewickelt worden zu sein: "*Reste – Reste – Reste*". Auch wenn die robust gebaute Frau dem Herrn ihr gegenüber Gesicht und Oberkörper zugewandt hatte, zeigte ihre Hüfte in Richtung Seltersweg, wohin sie sich während der Konversation dann und wann drehte, darauf bedacht mitzubekommen, welche weiteren bekannten Gesichter zu dieser Stunde unterwegs waren.

«Sicherlich wieder einer dieser Morphium-Süchtigen. Wenn ich mich nicht gänzlich täusche, wurden in den letzten acht Wochen bei uns an der Uni schon sechs Arznei-Kammern ausgeräumt. Zwei in der Chirurgie, zwei im chemischen Institut und mit dem Fall heute morgen zwei in der tiermedizinischen Fakultät», näselte der Beamte der Universitätsverwaltung in nahezu perfektem Hochdeutsch, wenn er in der Aussprache nicht jedwedes "ch" in ein rheinhessisches "sch" verwandelt hätte. Wie um das Gesagte zu unterstreichen, ging er ins Hohlkreuz und wölbte seinen sonst eher unauffälligen Bauchansatz in Richtung dessen, der sich in diesem Moment zu den beiden anderen hinzugesellt hatte. Gesicht und Nase dieses Mannes waren von Falten und Narben durchzogen und deuteten in Verbindung mit den unprätentiös in die steile Stirn gekämmten Haaren eher auf eine schwere körperliche und weniger auf eine akademische Beschäftigung hin. Der ungläubige Gesichtsausdruck tat sein Übriges dazu, wie auch, ebenso unfreiwillig, sein Sprachfehler. Er war der Erzählung des erkennbar älteren Mannes mit Interesse gefolgt, dabei hielt er sich, seine Betroffenheit unterstreichend, mit einer Hand das Kinn und entgegnete:

«Das mit dem Einbruch kann diesmal aber auch ganz anders gewesen sein, Siegbert! Ich hab' nämlich gehört, dass sich gestern Nacht auf dem Schiffenberg zwei Mensurfechter so dermaßen in die Woll' gekriegt haben, dass der eine dem anderen die halbe Backe abrasiert hat. Da oben soll es aussehen wie beim Albächer Schlachtfest. Und es kommt noch besser: Der, der so übel zugerichtet wurde, hat sich kurz darauf verdünnisiert, ist spurlos verschwunden.» Emmi Hotz, die Frau mit dem zu einem breiten Dutt zusammengesteckten Haar, bedachte den Nachtschichtler der Gießener Gummiwarenfabrik mit einem abschätzigen Blick:

«Äich gläwe, es ommelt, dou bist ja ein schiene Schläächtschwätzer. Was hat dann ewer e' Duell vo' so zwu Scephenburgianer' offm' Schiffenberg mit dem Bruch in der Tierklinik zu dou?» Doch Schorsch Schmeller blieb dabei:

«Denkt doch mal nach: Der geschlagene Fechter hat sich bestimmt geschämt, dass der andere ihn so übel erwischt hat und wollt' sich, gezeichnet und übertölpelt wie er war, bei den anderen Corpsstudenten so nicht mehr sehen lassen. Wahrscheinlich war er sogar zu stolz, um sich von einem Arzt nähen zu lassen. Also hat er sich die Schmerzmittel und das Verbandszeug anderweitig besorgt.» Der Verwaltungsbeamte der Ludoviciana blies ob dieser These ungläubig die Backen auf, Emmi Hotz schüttelte aus dem gleichem Grund entschieden den Kopf. Sie hielt Schmellers Idee für noch abwegiger als die ihres Volksschul-Kameraden Siegbert, den damaligen Klassenprimus. Bald aber verwandelte sich ihr Kopfschütteln in ein deutendes Nicken, als sie den Kommissar die Tür des Kunstgewerbehauses an der gegenüberliegenden Straßenecke öffnen sah.

«Alleweil, wann me' vom Deufel schwätzt ...»

«Von dem Fechter?», fragte Schmeller.

«Naa, vom Kommissar. Erm' Mäuserichs Simon.» Der Beamte mit dem Vornamen Heiner verengte für einen Moment prüfend die Augen, während er zu dem Geschäftshaus hinüber sah, dann entsann er sich:

«Der Sohn vom Fritz?»

«Der Kommissar heißt Mäuserich?», fragte Schorsch Schmeller ungläubig.

«Vo' weeche Bunn! E' paar Weißbinner-Stifte' hatte' dem Großvater vom Simon, em' Lud', immer mal widder e' dude Maus in die Freuhstücksdasche gedoh. Der hat sich dann immer so schie' uffgeregt, awwer ohne auch nur emual richtig bies se wern. Sei' Schimpfwörter hawwe sich die biese Buwe dann sogar uffgeschriwwe, so zum Lache' war'n die. Seitdem wer'n die Raue in A'norf "Mäuserichs" gehääße. Awwer ich frach' mich was ganz anners': Was will der Kommissar beim Antiquar? Sieht bald so aus, als würd' er eher nach 'em Jesuskind von der Schiffenberg-Madonna suchen und net nach dem schwer verletzte', dahinsiechende', bald halbtote' Mordopfer fahnde'?»

Das Kunstgewerbegeschäft und Antiquariat befand sich im Eckhaus der Plockstraße 1, einem weiß getünchten, dreistöckigen Gebäude mit Sattelwalmdach und dunkelblauen Fensterläden. Die Traufseite mit den Dachgaubenfenstern und der vertikal an der Ecke angebrachten Leuchtreklame mit den fünf Buchstaben des Geschäftsinhabers zeigte in Richtung Selterweg, die Giebelseite zog sich in die Plockstraße hinein, bis zum benachbarten Café "Astoria". Hier befand sich auch der Eingang, eingerahmt von vier großen Schaufenstern, das Gesims des Erdgeschosses war mit einer aufwendig gestalteten Holzvertäfelung verkleidet. Zwischen den Schaufenstern angebracht, zeigten Vitrinen kleinere Ausstellungsobjekte wie Tierfiguren aus Kristallglas, Modeschmuck oder Puderdosen aus Porzellan. Auch eine Kompanie Zinnsoldaten in königlich-preußischen Uniformen stand in Reih und Glied und schien auf das Kommando zu warten, sich rühren zu dürfen. In den großformatigen, mit Borten aus Brüsseler Spitze bekränzten Schaufenstern waren Gemälde und Zeichnungen ausgestellt, die meisten Ölgemälde stammten von Künstlern aus dem vergangenen Jahrhundert, einige Drucke zeigten zeitgenössische Werke wie das "Selbstbildnis mit Muse" von Otto Dix oder Heinrich Zilles "Zirkus auf dem Hinterhof".

Die Ladentür fiel unter einer Kette kleiner Glöckchen mit einer lieblichen Melodie hinter Rau in ihr Schloss zurück. Es war einige Zeit her, seit er diesen Klang das letzte Mal vernommen hatte und ihm der charakteristische Geruch von Leinen, Holz und Ölfarbe in die Nase gestiegen war. Damals war er noch in der Volksschule gewesen und hatte an der Hand seines Vaters ein an den Seiten fein bemaltes Nadelkissen für seine Mutter zum 34. Geburtstag erstanden. Es war ihr vorletztes Geburtstagsgeschenk gewesen, dann war sie ihrer teuflischen Erkrankung erlegen. Für einen Augenblick sah Simon Rau versonnen zu dem Tresen weiter hinten im Raum hinüber, aus dem der Händler das Nadelkissen hervorgeholt hatte.

Jetzt trat derselbe Mann von damals hinter einer Säule hervor. Er hatte noch immer diese dichten Locken, gewiss war der Silberanteil darin nun deutlich höher als noch vor knapp zwanzig Jahren. Anders wie damals trug Justus Bloch heute eine schwarze, weit geschnittene Hose und eine ebenso dunkle Anzugjacke, die eher an einen Umhang erinnerte, der Schnitt war zweifelsohne dem aktuellen Bauhaus-Stil entlehnt. Auf einem sandfarbenen Rollkragenpullover ruhte an einer langen Kette ein Silberamulett mit einem mittig eingearbeiteten, daumengroßen weißen Jadestein in Form einer Träne. Nicht geändert hatte sich die tiefe, sonore

Stimme, die, passend zu seiner voluminösen Gestalt, an die großer Opern-Tenöre erinnerte:

«Guten Morgen, der Herr! Wie kann ich Ihnen behilflich sein?» Rau zögerte für einen Moment, dann ließ er die Gedanken an seinen letzten Besuch hinter sich und kehrte endgültig in die Gegenwart zurück.

«Guten Morgen. Mein Name ist Rau, ich bin Kommissar von der Wache am Landgraf-Philipp-Platz.»

«Von der Sitte?» Diese Frage überraschte Rau.

«Nein. Kriminal», und zeigte ihm seine Polizeimarke.

«Dann kann ich den Zille wohl hängen lassen», Bloch zeigte auf einen Druck an der Wand rechts hinten, der die "Modellpause" des Berliner Künstlers zeigte. Eine Lithographie, die acht zumeist junge Frauen zeigte, die vor dem Hintergrund eines Ateliers auf die nächsten Akt-Maler zu warten schienen. Rau hatte von dem Gerichtsverfahren gelesen, in dem Zille zu einer Geldstrafe von 150 Mark verurteilt worden war, nachdem er das Werk im "Simplicissimus" veröffentlicht hatte. Das mochte drei Jahre her gewesen sein. Dass Zille darüber hinaus zur Vernichtung aller Druckplatten verurteilt worden war, hatte allerdings eher dazu beigetragen, dass die vorhandenen Exemplare im Wert ungemein gestiegen waren. Das kleine Preisschild unten rechts gab Rau Recht, mehr noch, es überbot seine Vermutung noch einmal deutlich.

«Angebot und Nachfrage. Ich habe mal gehört, dass Galileis gedrucktes Hauptwerk "Dialog" für das Zwölffache gehandelt wurde, nachdem die Inquisition es verboten hatte», setzte Rau zu einem schmalen Lächeln an. Und auch wenn Bloch seine Mimik nicht spiegelte, verstand er doch seinen Humor, vor allem aber las er daraus, dass durch diesen Ermittler hinsichtlich der "Modellpause" kein Ungemach drohte:

«Nach zehn Jahren sind wir wohl immer noch nicht richtig in der freiheitlichen Gesellschaft angekommen. Dabei ist das einzige, was man Zille vorwerfen kann, dass er das wahre Leben zeichnet», traute Bloch sich zu sagen und erinnerte Rau ungewollt daran, weswegen er hier war. Auch dem Kommissar ging es darum, das wahre Leben zu sehen, das nachzuzeichnen, was wirklich geschehen war. Er holte den Umschlag hervor, dem er das Schriftstück vom Schiffenberg entnahm und vor Bloch auf den Tresen legte.

«Eben deshalb bin ich hier. Der Wahrheit wegen», Rau ließ seine Worte zunächst unkommentiert, er war sicher, dass Bloch in wenigen Momenten verstehen würde, was er meinte.

«Was können Sie mir zu diesem Papier sagen?» Bloch zog seine buschigen Augenbrauen hoch, dann beugte er sich zu dem Schriftstück herunter. Nach einem ersten Augenschein holte er aus der Jackentasche ein an einer silbernen Kette befestigtes Einglas hervor. Den dadurch geschärften Blick ließ er darauf über den Bogen wandern. Rau sah eine ganze Weile nur den lockigen Hinterkopf des Kunsthändlers, der recht schnell das Blatt gewendet hatte, von der dicht beschriebenen Seite auf die rückwärtige, nur wenige Zeichen aufweisende. Irgendwann hörte er ihn sagen, sein Gesicht noch immer über den Tresen gewandt:

«Das Antoniuskreuz und das heraldische G über dem Ochsenkopf. Eindeutig die Basler Gallician-Mühle. Eine der ersten in Basel und zeitweise eine der bedeutendsten Papiermühlen Europas.»

«Nicht zufällig das Tatzenkreuz der Deutschordensritter?», dachte Rau laut nach, schämte sich aber schon kurz darauf für seinen völlig haltlosen Einwurf, schließlich stand der Experte vor ihm.

«Nein. Das Antoniuskreuz wurde wohl von Anton Gallician aufgrund seines Vornamens gewählt. Seine Familie stammte aus Italien, bevor Anton in eine Basler Familie einheiratete und eine Mühle Mitte des 15. Jahrhunderts in der ehemaligen Benediktiner-Abtei St. Alban übernahm und zur Papiermühle umbaute. Er stieg schnell in die mächtigsten Kreise der Stadt auf. Allerdings endete die Ära dieser Papiermacher- und Buchdruckerfamilie schon nach 70 Jahren. Politische Unruhen und Umstürze führten dazu, dass die Papiermühle um 1521 wieder verkauft wurde.»

«Wenn ich Sie richtig verstehe, heißt das aber doch, dass dieses Schriftstück zeitlich ziemlich genau zugeordnet werden kann, in den Zeitraum zwischen circa 1450 und 1521?», war Rau froh wieder auf den Pfad der Logik zurück gefunden zu haben. Endlich schaute Bloch auf und rieb sich seine voluminöse Nase, in die Rau versucht war, eine Vorliebe für Entrecôte, französischen Weichkäse und Calvados hinein zu interpretieren.

«Das Papier ja, das Schriftstück nein. Papier ist bekanntlich geduldig.»

«Und wie geduldig könnte es gewesen sein?» Bloch stützte sich mit seinen Händen auf dem Tresen ab, dazwischen das Papier:

«Das ist natürlich wesentlich schwerer zu sagen. Hinweise ergeben sich nur aus den alten italienischen Maßeinheiten auf der Rückseite.»

«Auf der Rückseite?», wunderte sich Rau, «wie können Sie erkennen, was Vorder- und was Rückseite ist?»

«Das "G" im Wasserzeichen.»

«Das nur auf der Vorderseite richtig herum steht, natürlich», begriff Rau.

«Allerdings wundert es mich ein wenig, dass die Vorderseite fast blank ist. Schließlich hatte man früher wesentlich mehr Respekt vor dem Wert sündhaft teuren Papiers. Jeder, der des Schreibens mächtig war, achtete darauf, auf der Vorderseite zu beginnen. Aber wahrscheinlich stand auf dem oberen, offensichtlich abgerissenen Teil des Blattes mehr, ich kann hier nur ein paar Buchstaben erkennen.» Erneut holte Bloch sein Einglas hervor und beugte sich über das Schriftstück.

«Dort ganz oben, knapp unterhalb der Abrisskante, sind nur drei Buchstaben zu sehen, ein "g", ein "i" und ein "o", also "gio", offensichtlich eine Wortendung, wenn ich es richtig deute, mit einem geschnörkelten Strich darunter. Und die deutlich erkennbare Bezeichnung "Numero 35".»

«Und die Gewichtseinheiten auf der anderen Seite?», kam Rau auf dass zuvor Gesagte, ihm nun interessanter scheinende zurück. Und damit auf das, was ihm dieser junge Fechter Edwin Rodenscheit in der letzten Nacht über Libbra und Grano zu berichten wusste. Je mehr er darüber nachdachte, desto mehr wunderte er sich darüber, wie gut der Scephenburgianer hierüber Bescheid gewusst hatte.

«Ja, richtig, die toskanische Maßeinheit der Libbra uniforme wurde im Mittelalter bis in die napoleonische Zeit hinein verwendet. Bis der kleine Korse das metrische System einführte.»

«Daraus folgt aber doch, dass das Blatt Basler Papier in der Zeit zwischen 1450 ...»,

«1453, ist mir gerade wieder eingefallen», korrigierte sich Bloch,

«Umso besser, also im Zeitraum zwischen 1453 und dem Beginn des 19. Jahrhunderts beschriftet wurde.»

«So könnte man das sehen. Gewiss aber mit einer Tendenz zum 16. Jahrhundert. Schlicht deshalb, weil es sehr viel wahrscheinlicher ist, dass das Papier nur einige Jahre oder Jahrzehnte nach seiner Herstellung verwendet wurde.» Rau notierte sich die Zeitangaben in seinem Block, noch immer hatte er den der Schiffenberg-Restauration im Gebrauch, um dann einige Seiten zurückzublättern, bis er bei seinen Notizen zu der Befragung der beiden Fechtschüler angelangt war:

«Verehrter Herr Bloch, könnten Sie mir auch etwas zu dem Inhalt der Aufzählung sagen?» Der Kunsthändler drehte das Blatt um, hielt das Einglas vor sein rechtes Auge und studierte ein weiteres Mal das Büttenpapier. Nach einer Weile sah er auf:

«Verde di Montagna, zu Deutsch Berggrün, Verderame, das ist Grünspan und Bianco di Piombo, wir nennen es Bleiweiß, und …», Bloch hielt das Einglas ungewöhnliche lange über eine Stelle auf dem Papier, «nein, bedaure, das letzte Wort kann ich nicht entziffern. Jedenfalls handelt es sich um Pigmente, also um Bestandteile für die Herstellung von Farben.»

«Was für Farben?», fragte Rau.

«Nun, das können die unterschiedlichsten Verwendungszwecke gewesen sein, genau wie heute noch. Farben wurden für Weißbinder gemischt, für die Textilfärberei, für Kunstmaler und so weiter.»

«Und was halten Sie hinsichtlich dieser Aufstellung hier für am wahrscheinlichsten?»

«Für am wahrscheinlichsten?», Bloch setzte dazu an mit den Augen zu rollen, «in Mathematik war ich nie besonders gut und in Stochastik erst recht nicht. Aber wenn ich mir die Maßangaben bei den einzelnen Pigmenten ansehe, fällt auf, dass die meisten in Oncia und Denaro gezählt werden, da sind wir im ein- bis zweistelligen Grammbereich. Das deutet für mich darauf hin, dass hier nur sehr kleine Mengen gemischt werden sollten, was wiederum für die Kunstmalerei spricht. Jeder Maler, also Künstler, hat seine eigenen Farben gemischt, ein jeder hatte seine ganz eigenen Rezepturen, oft wurden sie sogar geheim gehalten und nur von Generation zu Generation weitergegeben, sozusagen als Betriebsgeheimnis. Zum Teil ist das sogar heute noch so. Möchte sagen, zum Glück nicht bei allen», und wies mit einer Hand auf die Stirnseite mit dem Regal, in dem einem Regenbogen gleich Dutzende von Glasfläschchen mit Pulvern unterschiedlichster Farbnuancen standen. «Doch leider ist mein Wissen bezüglich der Geschichte der Farbherstellung begrenzt, da müssten Sie mit einem Fachmann ...», Bloch hatte bis hierher in das Blatt Papier vor ihm hinein gesprochen, nun hielt er inne, um dann zu Rau aufzusehen, «mit einem Experten sprechen, der heute Abend bei der großen Ausstellungseröffnung im alten Rathaus zugegen sein wird. Ein Schweizer, international anerkannt als Spezialist für die Zeit der Renaissance. Sie sind ein Glückspilz», stellte er fest, ohne dass sich seine Miene auch nur im Ansatz änderte.

«Die große Ausstellung?»

«Die größte seit Jahrzehnten in Gießen. Sogar ein Vermeer wird zu sehen sein!» Rau meinte, ein begeistertes Blitzen in Blochs braunen Augen wahrzunehmen, «Ich könnte Ihnen den Sachverständigen vorstellen, wenn Sie möchten.»

«Heute Abend?»

«Eröffnung ist um sieben», bestätigte Justus Bloch.

«Dann um sieben.»

Nur Augenblicke später erklang die helle, klare Melodie der Ladenklingel über den eiligen Schritten des Kommissars. Die Tür war bereits im Begriff sich zu schließen, als Rau den Händler fragen hörte:
«Und was ist mit dem Zille?»
«Mit der "Modellpause"?»
«Nein, mit dem "Zirkus auf dem Hinterhof". Ich habe gesehen, wie interessiert Sie ihn im Schaufenster betrachtet haben. Ich mache Ihnen einen Sonderpreis.» Rau lachte amüsiert:
«Bedaure, aber ich muss trotzdem ablehnen. Zum einen würde auch ein heruntergesetzter Zille noch immer die Möglichkeiten eines Polizeibeamten in unserem Volksstaat übersteigen, zum anderen muss man nur durchs Teufelslustgärtchen gehen, um einen echten Zirkus auf dem Hinterhof zu erleben», und schwieg darüber, dass er momentan in Gedanken viel mehr bei den Geschehnissen rund um den Innenhof vom Schiffenberg war.

Für den Fußweg zurück zum Kommissariat über Seltersweg, Sonnenstraße und Brandplatz benötigte Rau nur acht Minuten, auch wenn er dabei mehrmals aus seinen Gedanken gerissen wurde, als er mal einem mächtigen Horch, mal der Straßenbahnlinie der Linie Grün auf ihrem Weg zum Selterstor ausweichen musste. Simon Rau war aufgefallen, dass der Automobilverkehr in den letzten Monaten ungemein zugenommen hatte, nicht erst seitdem mit den neuen, günstigen Modellen von Ford, Opel oder Citroën Autos auch für Normalverdiener erschwinglicher geworden waren. Auch die Unfall-Statistik der Kollegen vom Streifendienst, immer mehr mit lebensbedrohlichem oder gar tödlichem Ausgang, sprach eine klare Sprache. Machten die Zahlen doch geradezu dramatisch deutlich, dass die engen Passagen durch Schulstraße oder Mäusburg eben weder für Automobile, noch für die elektrische Straßenbahn geplant worden waren. Erneut musste er an den einen der beiden Bongässer-Zwillinge denken, der vor einiger Zeit den Vorschlag postuliert hatte, die Fahrbahnen von Straßenbahn und sonstigem Verkehr zu trennen, auf dem Anlagenring sei doch genügend Platz dafür. Man müsste einfach Einbahnverkehr einrichten und schon sei das Problem gelöst. Den Hinweis seines Bruders, dass Hubert dabei komplett vergessen hätte, wo dann bitteschön die Pferdefuhrwerke und die Radfahrer bleiben sollten und ob diese wohl nur noch innerhalb des Rings verkehren dürften, überging er mit dem Hinweis, man müsste es eben erst einmal probieren:

«Nur Versuch macht kluch!»

Zurück im Kommissariat erfuhr Rau von Schupo Meyer, was der vom Telefon- und Telegrafenamt in der Bahnhofstraße in Erfahrung gebracht hatte:

«Es gab im betreffenden Zeitraum am gestrigen Sonntagabend bis tief in die Nacht hinein Gespräche, die vom Anschluss Schiffenberg mit der Nummer 183 abgegangen und vermittelt worden waren.» Dass mindestens einer registriert worden sein musste, war Rau klar, schließlich hatte er selbst ein Fräulein vom Amt bemüht, um seine Kollegen zur Domäne zu beordern. Zwar war ihm selbstredend die Nummer des Kommissariats bekannt, aber der Fernsprecher auf dem Schiffenberg stammte noch aus der Vorkriegszeit und verfügte daher nicht über eine Wählscheibe. Eine Vermittlung war somit unumgänglich gewesen und daher schon für sich genommen eine nicht unwesentliche Erkenntnis. Denn so war klar, dass jedwedes Telefonat vom Schiffenberg über die Damen der

Vermittlung abgewickelt werden musste, und somit bezeugt werden konnte.

«Zufällig liefen alle Vermittlungen über eine einzige Telefonistin», erklärte der Polizist mit dem streichholzlangen Haar in der Wachstube hinter dem hohen Tresen, «Sie hatte bis heute um sechs Uhr Dienst. Ist mittlerweile zu Hause. Hier ist ihre Anschlussnummer. Marlene Bellring ist ihr Name. Ich bin ferner davon ausgegangen, dass Sie die Vermittlungsprotokolle einsehen möchten und habe daher mit dem Leiter des Telefonamtes bereits die Herausgabe geklärt.»

«Ausgezeichnet, Meyer, ausgezeichnet!», schon erklomm Rau die Holztreppe hinauf ins Dachgeschoss.

Es vergingen keine zwei Minuten, bis Kommissar Simon Rau in seinem Büro angekommen war und die Nummer der Telefonistin gewählt hatte. Die gewohnte Routine, zunächst das Fenster hin zum Landgraf-Philipp-Platz zum Lüften zu öffnen, wich seinem Interesse, mehr noch seiner Neugierde, endlich mehr über die Geschehnisse der vergangenen Nacht in Erfahrung zu bringen. Und so nickte er dankbar, als sich bereits nach wenigen Sekunden dieselbe Stimme meldete, die er zuletzt in der vergangenen Nacht gehört hatte. Zugleich war es die, von der er den Einruck hatte, dass sie ihn nicht zum ersten Mal vermittelt hatte. Diese junge, weiche, nicht zu hohe, nicht zu tiefe und damit recht angenehme Stimme kam ihm schon beinahe bekannt vor. Sogleich stellte Rau sich vor, verbunden mit der Entschuldigung, sie nur ungern zur Schlafenszeit nach dem Nachtdienst gestört zu haben. Doch Marlene Bellring zeigte sich entspannt. Einerseits wäre sie noch gar nicht zu Bett gegangen; in den Nachtschichtwochen ginge es ihr wie vielen anderen auch, dass sie noch gar nicht schlafen könnte, ohne zu Abend gegessen oder in ihrem Falle gefrühstückt zu haben. Andererseits war sie bereits über den Grund von Rau's Anruf informiert worden, offenbar von ihrem Vorgesetzten. Sie hätte ihn daher schon erwartet, nicht ganz ohne Aufregung, gab sie zu.

«Nun, wenn das so ist und Sie schon wissen, um was es geht, stellt sich die Frage, ob das eine mit dem anderen nicht zu verbinden wäre.» Er wollte gerade ansetzen, um das Gemeinte zu erklären, als sie bereits antwortete:

«Das ließe sich einrichten. Café Bück-dich, in einer halben Stunde?» Verblüfft verzog Rau die Mundwinkel. Eine schnelle Auffassungsgabe wurde den Damen vom Amt zwar nachgesagt, doch so gewitzt zu sein, war überraschend. Und imponierte ihm.

8. Das rollende R

«Horreschugehort?», fragte die Frau mit dem Dutt die beiden in etwa gleichaltrigen Damen ihr gegenüber. Sie saßen an ihrem angestammten Tisch hinter dem Fenster gleich rechts des Eingangs des Kaffeehauses im Seltersweg, das bei den Gießenern als "Café Bück-dich" bekannt war, seit vor einigen Jahren das Straßenniveau angehoben, die Eingangstür des jahrhundertealten Fachwerkhauses mit der verputzten Fassade und den symmetrischen Fensterreihen aber in Höhe und Position unverändert belassen worden war. Und so mussten sich Großgewachsene mitunter deutlich ducken, um in den Gastraum zu gelangen. Im Gegenzug wurden sie von dem aus Österreich stammenden Wirt mit einer Verbeugung und einem freundlichen: «G'schamster Diener», begrüßt.

«Stellt och veer: Da hot doch offm Schiffenberg so'n Korporierte' erm annern das Ohr abgeschnitte'! Dej hu sich wohl darum gestritte, wer vo' beide' hau ewwer de wahre Finder vom lang verschollene Jesuskind vom Schiffenberg wär. Den horre se nämlich im Waald gefunne.» Beiden Zuhörerinnen stand entgeistert der Mund offen. Doch die Frau, deren Einkaufstasche neben ihr auf der Sitzbank lag und schon einen deutlich wahrnehmbaren Fischgeruch verströmte, die Heringe sehnten sich nach einem frischen Eiskleid, fuhr ungerührt fort:

«Den, dem se die Kartoffel geschält hatte, hu se dann zur OP in die Tierklinik gebrocht, weil se da uff so e Sauerei wohl besser ingestaalt sei.»

«Ech wär verrigd. Awwer von wem hast du das dann gehort, Emmi?», fand die mit den roten Haaren endlich wieder zur Sprache, die Sahne mit dem Stück Mandelraspel in ihrem Mundwinkel war schon beinahe eingetrocknet. Emmi Hotz beugte sich weit vornüber:

«Ei, vom Siegbert, awwer ...», legte sie verschwörerisch einen Zeigefinger an ihren Mund, um dann genüsslich einen Schluck Kaffee zu nehmen, wissend, dass die Sensation des Tages ihr gehörte.

Kommissar Simon Rau hatte an dem Tisch links des Eingangs Platz genommen und schüttelte den Kopf. Er wusste zwar nur zu gut, dass sich Gerüchte in Gießen in Lichtgeschwindigkeit verbreiteten, und dies schon lange bevor Physiker sie zu messen begonnen hatten. Dennoch musste er sich zusammennehmen, um nicht aufzuspringen und die Frau mit dem Dutt am Tisch gegenüber wegen Verbreitung groben Unfugs festzusetzen. Oder wenigstens wegen Geruchsbelästigung. Doch die sich öffnende Tür lenkte seinen Blick weg von dem Kaffeekränzchen und hin zu der jungen Dame, die gerade eingetreten war. Rau sah, wie die Frau mit dem dunkelblauen Glockenhut den Kellner ansprach und von diesem sogleich an seinen Tisch verwiesen wurde. Kurz darauf stand sie ihm gegenüber:

«Herr Kommissar Rau? Guten Tag, mein Name ist Bellring, Marlene. Bitte verzeihen Sie die Verspätung, aber ich musste erst noch beim Amt vorbei, die Aufzeichnungen holen. Die wollen Sie doch sicherlich einsehen.» Simon Rau sah, wie die zierliche Dame ihn verlegen anlächelte. Ihre Hand, die sie ihm zur Begrüßung hin hielt, die vielen kleinen Löckchen, die keck unter ihrem Hut hervorlugten, die dunkelbraunen Sommersprossen auf ihrer Nase, die ihrem Antlitz einen mediterranen Ausdruck verliehen, versetzten Simon Rau schlagartig in eine andere Welt. Er wusste nicht, wie ihm geschah, es musste wohl an der schlaflosen Nacht liegen, doch sah er sich plötzlich an einem völlig anderen Ort. Statt durch das Fenster des Kaffeehauses hinein in die Plockstraße zu blicken, sah er das große, lichtdurchflutete Rosettenfenster der Stadtkirche. Anstelle der rosa Tulpe in der schmalen Vase auf der Spitzen-Tischdecke wähnte er einen ganz in Weiß gehaltenen Blumenschmuck auf dem Altar, er sah sich direkt davor sitzen, neben ihm, ebenso ganz in Weiß ...

«Wollen Sie die», Simon Rau nickte versonnen, dann erkannte er den Ober, «Tageskarte?» Rau blinzelte, als wäre er aus einem Traum erwacht:

«Was haben Sie gesagt?»

«Wir haben heute schwäbische Hochzeitssuppe!», erklärte der Mann mit der Schürze.

«Ja! Die nehme ich. Ehrlich gesagt habe ich einen Bärenhunger, und Sie?», erwiderte die Dame mit der weißen Bluse unter dem hellblauen Strickjäckchen.

Wie um gänzlich neu zu beginnen, stand Rau auf, gab Bellring nun endlich die Hand, wunderte sich nicht, dass sie ihn leicht irritiert ansah und beeilte sich die Bestellung mit einem starken schwarzen Kaffee zu komplettieren.

«Ich muss mich zunächst für Ihre Bereitschaft bedanken, uns so kurzfristig zur Verfügung zu stehen. Und es liegt mir fern Ihre Zeit zu lange in Anspruch zu nehmen», erklärte Rau, schon bezichtigte er sich selbst insgeheim die Unwahrheit zu sagen, während er in ihre bernsteinbraunen Augen sah. Bellring blinzelte, als wollte sie damit den Augenkontakt unterbrechen, ohne ihr Gegenüber zu sehr zu kompromittieren.

«Mein Chef hat mir schon gesagt, um was es Ihnen geht, um die Ruf-Vermittlungen von Anschluss 183 in der letzten Nacht, nicht wahr?» Rau nickte, worauf Bellring ihrer braunen Handtasche einige karteikartengroße Zettel entnahm. «Ich hatte drei Rufe von dort, nein, vier, Ihren Anruf mitgerechnet, als Sie die Wache am Landgraf-Philipp-Platz zu sprechen wünschten.» Rau presste bestätigend die Lippen aufeinander, während Marlene Bellring ihm die Registerzettel übergab. Auf dem obersten war im Feld "Gesprächsbeginn" die Uhrzeit 12.42 Uhr und 30 Sekunden notiert worden, unter "Anschluss-Ziel" die Zahl 62.

«Das ist das Gas- und Wasserwerk», erläuterte die Telefonistin.

«Das Gas ...?»

«Und Wasserwerk. Kommt natürlich öfter vor, Defekte im Leitungsnetz sind mittlerweile an der Tagesordnung. Ich glaube, das hängt damit zusammen, dass Gießen zu schnell wächst, der Leitungsbau kommt einfach nicht mehr hinterher.» Trotzdem hob Rau die Augenbrauen:

«Aber soweit ich weiß, verfügt der Schiffenberg doch über gar keinen Gas-Anschluss? Und mit Trinkwasser versorgt wird die Domäne doch gewiss nicht über das städtische Leitungsnetz, sondern vielmehr über das nahe Dorf Hausen?» Marlene Bellring weitete die Augen, dann spitzte sie den Mund:

«Da haben Sie wohl recht.»

«Und wer war der Anrufer?»

«Ich denke mal, der Anschluss-Inhaber. Im nämlichen Fall der Wirt der Schiffenberg-Schänke.»

«Aber mit Sicherheit sagen können Sie es nicht?»

«Nun, ich bitte um Nachsicht, aber leider ist es mir nicht möglich, die Stimmen der Anschlussinhaber immer zweifelsfrei zuordnen zu können. Also manchmal schon, bei denjenigen, die sich regelmäßig verbinden lassen, da erkenne ich die Stimme oft schon beim ersten Satz, aber bei anderen ...», sie unterbrach sich, um ein Taschentuch hervorzuholen und sich die Nase zu putzen. Rau erkannte, dass es sich um eine Verlegenheitsgeste handelte. Offensichtlich fühlte sie sich unwohl dabei, nicht sofort über jedes Detail Auskunft geben zu können. Nichts lag dem Kommissar aber ferner, als zu sehen, wie sich diese junge Frau mit diesen zarten, hübschen Händen nicht wohl fühlte, schon gar nicht in seiner Gegenwart. Er versuchte daher die Spannung mit einer humorigen Bemerkung aufzulösen:

«Das wäre ja auch vermessen. Ich bin schon froh, wenn ich die Anschluss-Nummer meiner Vermieterin nicht vergesse.»

«Ihrer Vermieterin? Welcher Anschluss ist es denn, wenn ich fragen darf?», Rau erkannte, dass sein Plan aufgegangen war und beantwortete daher nur allzu gerne ihre Frage:

«Nummer 387.»

«Frau Dietzel ist Ihre Vermieterin? Menschenskind, das ist ja nett. So eine liebenswürdige Dame. Sie erzählt immer so gerne vom aktuellen Stadtgeschehen, vor allem von den neuesten Kriminalfällen, wo eingebrochen wurde, was die Diebe haben mitgehen lassen und was nicht ...», wieder spitzte Marlene Bellring die Lippen, doch diesmal verbunden mit dem eindeutigen Ausdruck, ertappt worden zu sein. Mehr und schlimmer noch beschlich sie aber das Gefühl, diese liebenswerte, rüstige Kriegerwitwe und deren Redseligkeit ihrem Mieter auf dem Silbertablett serviert zu haben. Das wissende Schmunzeln des Kommissars verstand sie daher als Segen und Rettung zugleich, schnell erkennend, dass er seine

Vermieterin selber bereits bestens kannte. Flugs deutete sie auf die nächste Registerkarte:

«Der zweite Ruf um 1 Uhr 57 und 23 Sekunden war eine Auslandsvermittlung, wie Sie sehen. Nach Italien.»

«Venedig, Albergo di Gondola», sprach er den auf dem Zettel notierten Zielort aus. In die Stadt der Verliebten, dachte er dabei.

«Ein Hotelanschluss. Allerdings haben beide Teilnehmer deutsch gesprochen. Nur derjenige, der den Anruf angenommen und weitergeleitet hat, war Italiener, wahrscheinlich der Portier. Es hörte sich an, als wäre der Ruf innerhalb eines Hotels weitergegeben worden», vermutete Marlene Bellring. Rau hatte mittlerweile seinen Notizblock hervorgeholt und zu notieren begonnen, Bellring erkannte, dass es sich um den Bestellblock einer Gaststätte handelte. Unvermittelt hielt Rau inne und zeichnete mit dem Bleistift in geringem Abstand über dem Papierstreifen imaginäre Kreise in die Luft:

«Glauben Sie, dass es sich bei den beiden Anrufern um ein und dieselbe Person gehandelt hat?» Bellring überlegte kurz:

«Ich bin nicht sicher. Wenn ich mich recht erinnere, haben beide sehr leise, fast schon im Flüsterton gesprochen. Je leiser die Stimme, desto schwieriger wird es, sie voneinander zu unterscheiden, wissen Sie? Aber ich denke, es waren unterschiedliche Anrufer.»

«Im Flüsterton ...», murmelte Rau, während er mit seinen Notizen fortfuhr und dabei stumm nachdachte: Wenn die Anrufer geflüstert hatten, dann um zu verhindern, von anderen gehört zu werden. Was es wiederum wahrscheinlich machte, dass weitere Personen in Hörweite gewesen waren. Dieses Szenario passte zu dem Geschehen in der letzten Nacht. Schließlich befand sich der Telefonapparat in dem kleinen Flur der Restauration zwischen Schankraum und Küche. Vor allem aber waren seines Wissens in dem genannten Zeitraum immer wieder Gäste in dem betreffenden Gebäudetrakt der alten Komturei unterwegs, vor allem zu der Uhrzeit kurz vor zwei. Er erinnerte sich daran, nach den Befragungen der jungen Paukanten auf die Uhr gesehen zu haben. Es war der Zeitabschnitt, als die einen auf das bevorstehende Gespräch mit Karl und ihm gewartet hatten oder dieses schon hinter sich gebracht und dort das Signal des Kommissars herbeigesehnt hatten, den Schiffenberg endlich verlassen zu dürfen.

«Was ist mit dem dritten Anruf?», fragte Rau die junge Dame, der soeben die Hochzeitssuppe serviert worden war. Sie hatte sich die Stoffserviette auf ihren Schoß und damit auf den dunklen, knielangen Rock gelegt und blies auf den heiß dampfenden Löffelinhalt:
«Der war um siebzehn Minuten nach drei», und kaute eines der kleinen Markklößchen, «hat auch geflüstert. Diese Stimme schien etwas höher als die anderen beiden.» Zu diesem Zeitpunkt hatten die meisten Zeugen die Domäne bereits verlassen, vergewisserte Rau sich seiner Erinnerung, indem er ein halbes Dutzend Bestellzettel zurück blätterte. Gleichsam versuchte er sich die nächtlichen Befragungen gedanklich in seinen Gehörgang zurück zu holen. Kurt Wattmer, der Mann von der Allegorischen Gesellschaft, hatte von allen gestern Befragten tatsächlich die hellste Stimme, stellenweise hatte er geradezu fiepsig geklungen, auch wenn Rau dies jetzt erst bewusst wurde, während er darüber nachdachte.
«Und dieser Anruf ging an die Pension Bauer am Bahnhof?», setzte er nach.
«Ja. Vielleicht, um eine Logis-Möglichkeit zu erfragen?», mutmaßte Bellring.

«Wäre möglich», der Ermittler registrierte, dass die junge Dame begann mitzudenken, «wenn auch reichlich spät in der Nacht», zweifelte er aber. Er nippte an seiner Tasse, worauf ein Tropfen des noch deutlich stärker als erhofften Kaffees auf seinen Notizblock und dort genau auf den Satz "Wer rief wann wen warum an?" fiel. Er tupfte den tiefdunklen Fleck mit seiner Serviette vom Papier, dann sah er Marlene Bellring mit wachem Blick an:

«Verehrte Frau Bellring»,

«Oh, Fräulein bitte, Herr Kommissar, nicht nur von Amts wegen», korrigierte sie, worauf bei Simon Rau für den Bruchteil eines Augenblicks ein Lächeln aufblitzte:

«Sehr gerne, und vice versa nennen Sie mich bitte auch bei meinem Namen», erwiderte Rau und dachte, ich heiße Simon!

«Nun, ich halte es für den Erfolg unserer Ermittlungen für unerlässlich herauszufinden, wer die Gesprächsteilnehmer waren, die Sie um Vermittlung baten und wen diese sprechen wollten. Eben darum hätte ich eine vielleicht etwas ungewöhnliche Bitte.» Marlene Bellring tupfte sich den Mund mit der Serviette ab und legte ihren Löffel neben den geleerten Suppenteller:

«Sie wollen, dass ich versuche, die Stimmen der Anrufer wiederzuerkennen.» Rau hatte gerade die Kaffeetasse zum Mund geführt, verblüfft ließ er sie wieder sinken:

«Also, ich denke, dass ... ich meine», sein Gestammel musste geradezu lächerlich auf die Telefonistin wirken und wurde dem gewitzten Verstand der jungen Frau in keiner Weise gerecht. Sie hatte es verdient, aufrichtig zu ihr zu sein:

«Genau darum geht es.» Marlene Bellring sah aufmerksam zu ihm hinüber:

«Verstehe. Wie genau haben Sie sich das vorgestellt?»

«Hätten Sie noch eine halbe Stunde Zeit? Für den ein oder anderen Anruf von der Wache aus?» Daran, dass die junge Frau sich zum Gehen bereit machte, erkannte Rau sofort, dass weitere Erläuterungen obsolet waren und winkte dem Ober für die Rechnung:
«Danke, Leo, der Kaffee hatte genau die richtige Stärke!»

Während Simon Rau Marlene Bellring die Tür aufhielt, sah er noch einmal zu der verspiegelten Rückwand ganz hinten im Kaffeehaus. Dort saß einer der drei Passanten, denen der Kommissar vor einer guten Stunde in der Plockstraße begegnet war, ihm gegenüber ein Mann, der wie der andere auch einen blauen Arbeitsanzug trug:
«Mit der Knochensäge, im Schlachthof?»
«Ei, wenn ich's dir sag'!»
«Und das verschollene Jesuskind?»
«Hat er wohl mitgenommen.»
«Kerle, aber von wem weißt du das denn?» Schorsch lehnte den Ellenbogen auf dem Tischchen auf, formte mit der Handfläche einen Schallschutz und antwortete:
«Hab' ich aus erster Hand, vom Siegbert ... aber das bleibt unter uns, hörste?!»

Eine Viertelstunde später, die Straßenbahn der Linie Rot hatte just in dem Moment gehalten, als Rau und Bellring die Haltestelle am Kreuzplatz erreicht hatten, saß die Telefonistin im Obergeschoss der Wache am Landgraf-Philipp-Platz dem Kommissar an dessen Schreibtisch gegenüber. An ihr rechtes Ohr hielt sie eine Hörmuschel, die mit Rau's Telefonapparat verbunden war. Der war froh, dass schon nach wenigen Sekunden die kräftige Stimme des Wirtes vom Schiffenberg ertönte.

«Bedaure, noch nicht», antwortete Rau auf die Frage des Gastronomen, ob es schon Erkenntnisse hinsichtlich Lotners Schicksal gäbe, «wir haben zwar Hinweise, dass er am Leben ist, aber noch keine Information darüber, wo er sich derzeit aufhält.» Um dann zu erklären, aus nämlichem Grund angerufen zu haben, eben um sich zu erkundigen, ob sich nach seiner Abreise am frühen Morgen noch Wissenswertes rund um die Komturei ereignet hätte. Der Wirt verneinte und gab an, sich im Falle ungewöhnlicher Beobachtungen natürlich sofort an die beiden Schutzpolizisten zu wenden. Schon sah Marlene Bellring zu Rau hinüber und schüttelte den Kopf, auf einem Notizblock notierte sie in großen Lettern die Nachricht, die der Kommissar schon Bellrings Mimik hatte entnehmen können:

Nein! Rollt das "R" zu sehr. Die Frage des Kommissars, ob sowohl die Kellnerin Adele Vollmer, als auch der im Kloster verbliebene Liegenschafts-Verwalter Schurfheim zu sprechen wären, verneinte er. Adele wäre zu Besorgungen in die Stadt unterwegs und wo Schurfheim sich aktuell aufhielt, wüsste er nicht. Er hätte lediglich noch in der Nacht angemerkt, dass er sich beim Reichsamt für Archäologie erkundigen wollte, wie es mit den Ausgrabungen Lotners weitergehen sollte, nur für den tragischen Fall, dass dieser nicht mehr auftaucht.

«Wie vorausschauend», meinte der Kommissar. Und wie kalt!, dachte er.

«Da kommen wir wohl nicht umhin, es später noch einmal zu versuchen», stellte er fest, nachdem er sich verabschiedet und aufgelegt hatte. Marlene Bellring zog die Augenbrauen zusammen:

«Es tut mir leid, Herr ...», sie hielt kurz inne, «Rau, aber Sie verstehen sicherlich, dass ich Ihnen nicht den ganzen Tag zur

Verfügung stehen kann. Ich habe heute meinen einzigen freien Tag respektive Nacht der Woche ...»

«Natürlich, verzeihen Sie, ich habe gewiss nicht die Absicht, Ihre Gesellschaft über Gebühr zu beanspruchen.» Auch wenn genau diese gerade am wichtigsten war, dachte er. Und außerdem höchst angenehm, wie er empfand, nicht nur wegen ihres dezenten, wohlduftenden Parfums. Aber auch. «Umso dankbarer wäre ich, wenn wir noch einen Anruf tätigen könnten.» Marlene Bellring nickte und zeigte ein verständnisvolles, freundliches Lächeln, während sie die Hörmuschel wieder an ihr Ohr hielt.

«Guten Tag, hier Rau, Kriminalinspektion Gießen. Mit wem spreche ich?» Der Kommissar hatte sich mit dem Anschluss der Familie Rodenscheit verbinden lassen. Es war die Rufnummer, die der junge Fechter mit dem bemerkenswert ausführlichen Wissen über toskanische Gewichtseinheiten genannt hatte. Gleichsam stellte sie in den Augen des Kommissars die mitunter wichtigste Verbindung in diesem noch so jungen und undurchsichtigen Fall dar, zu dem Blatt Schweizer Büttenpapier, der darauf verfassten Aufzählung von Farbpigmenten und damit zu dem kleinen Zimmer, wo Lotner höchstwahrscheinlich angegriffen worden war. Marlene Bellring merkte umgehend, dass die Stimme, die antwortete, so gut wie gar nichts mit den Geschehnissen auf dem Schiffenberg zu tun hatte. Schließlich war es die der Haushälterin einer alteingesessenen Unternehmerfamilie, über die Rau erfahren hatte, Schupo Meyer hatte während seiner Abwesenheit ganze Arbeit geleistet, dass sie eine der ältesten Farben- und Lackfabriken in Gießen betrieb. Und da war sie wieder, die Verbindung zu Libbra und Grano und zu Bleiweiß und Berggrün. Umso mehr sah Marlene Bellring Rau die

Enttäuschung an, als die Bedienstete erklärte, Edwin Rodenscheit wäre nicht im Hause. Ebenso wenig konnte sie sagen, wann er zurückkehren würde; nur dass der Junior der Familie, zusammen mit seinem Vater, einer Einladung zur Vernissage der großen Gemäldeausstellung im alten Rathaus folgen wollte.

«Um 19 Uhr, ich weiß, gnädige Frau, ich bin Ihnen sehr verbunden», bekannte Rau, legte auf und sah zu Marlene Bellring hinüber. Die konnte mit dem Blick des Kommissars zum ersten Mal an diesem Tag recht wenig anfangen. Bis hierhin hatte der drahtige, noch recht jung wirkende Mann aus seinen Empfindungen kein Geheimnis gemacht. Zumindest konnte sie den Veränderungen seiner Stimmlage, seinem sich mal schneller, mal langsamer werdenden Sprechtempo oder der Betonung bestimmter Worte entnehmen, auf was er hinaus wollte. Zugleich hörte sie ihm recht gerne zu, diese Wärme in seiner Stimme gefiel ihr, zumindest in den zugegeben rar gesäten Momenten innerhalb der letzten eineinhalb Stunden, in denen er sich entspannt gezeigt hatte. Jetzt aber sah er sie nur an und schwieg. Bellring erkannte, dass Rau's Mundwinkel zuckten, als wollte er ansetzen etwas zu sagen, tat es aber dann doch nicht. Fast erschrak sie daher, als er nach einer Weile unvermittelt den Mund öffnete:

«Vermeer.»

«Wie meinen?»

«Das Mädchen mit dem Perlenohrring?» Marlene Bellring fasste sich unsicher an ihr rechtes Ohr, obschon sie keinerlei Ohrschmuck trug.

«Sie haben bestimmt schon einmal davon gehört, hab ich recht?» Es klingelte bei Bellring, langsam begann sie den Kopf zu schütteln: «Herr Rau, ich muss Sie bitten ...»

«Es ist die größte und erlesenste Ausstellung alter Meister in Gießen überhaupt!», der Mann mit dem Menjou-Bärtchen, mit gezwirbelten Enden würde er nach Marlenes Empfinden noch besser aussehen, gerierte sich schon bald wie ein Ziegenkäse-Verkäufer in den Marktlauben, «Gibt es etwas Schöneres an einem freien Abend?», lächelte er. Gleichzeitig sah er, wie sich eine ihrer zahllosen Lockensträhnen widerspenstig zur Seite gedrallt hatte. Gleich einem Korkenzieher ragte sie aus dem dunklen Schopf hervor.

«Herr Kommissar, ich glaube, Sie verstehen nicht ganz. Natürlich weiß ich, wer Vermeer ist, und auch, dass ein Holbein zu sehen sein wird. Aber wie stellen Sie sich das vor? Als Telefonistin habe ich einen tadellosen Leumund zu wahren, das dürfte Ihnen geläufig sein. Sie wissen sicherlich auch, dass ich sogar gezwungen bin den Dienst zu quittieren, sobald ich ...», sie stockte, um neu anzusetzen, «eigentlich hätte ich schon dem Treffen im Kaffeehaus nicht zustimmen dürfen. Ich höre jetzt schon das Getuschel in meinem Rücken, sollte man mich mit Ihnen gesehen haben: einem fremden Mann.»

«Gibt es denn auch einen bekannten?», Marlene Bellring registrierte, wie Rau das Gesicht verzog, offenbar hatte er die Unangemessenheit seiner Bemerkung schon bereut, noch bevor er den Satz beendet hatte. Den eigentlich fälligen Tadel ersparte sie sich daher. Gleichzeitig erkannte sie, dass der Polizist sich bemühte auf die Sachebene zurückzukehren:

«Verehrte Frau Bellring» sie verstand, dass er zum Zeichen des Respekts die Anrede bewusst gewählt hatte, «ich bitte Sie um Verständnis. Da draußen läuft jemand herum, der mit einem Säbel höchstwahrscheinlich schwer verletzt wurde, sich aber aus noch unerfindlichen Gründen im Verborgenen hält, jedoch gewiss in

Lebensgefahr gerät, wenn er es nicht schon ist, sollten wir ihn nicht bald finden, ihm helfen und seinen Angreifer ausfindig machen können. Dabei sind diese Anrufer momentan die einzige Spur, die wohl einzige Verbindung zwischen Opfer und Täter. Verstehen Sie?» Marlene Bellring blickte auf die Hörmuschel, die neben dem Telefonapparat auf Rau's Schreibtisch lag, spitzte die Lippen und überlegte, dann entschloss sie sich:

«Wir werden nur wie zufällig nebeneinander stehen, wenn Sie Ihre Zeugen ausgemacht haben und ins Gespräch mit ihnen gehen.»

«Und wie erfahre ich, dass Sie eine Stimme als die eines Anrufers erkannt haben?», fragte Rau.

«Ich werde mich schon bemerkbar machen.» Marlene Bellring fiel es nicht schwer zu erkennen, wie erleichtert der Kommissar war. Sie konnte es seiner Stimme anhören, die wieder dieses warme, angenehme Timbre annahm:

«Ich danke Ihnen verbindlichst. Also um kurz vor sieben? Wo darf ich Sie abholen?»

«Unterstehen Sie sich!», erwiderte Marlene Bellring und achtete darauf, das Kommissariat so zu verlassen, dass der Kommissar das Lächeln auf ihren Lippen nicht erkennen konnte.

Simon Rau stand an dem Gaubenfenster, das einen Panoramablick über den gesamten Landgraf-Philipp-Platz, das Neue Schloss gegenüber und den Botanischen Garten vis-a-vis gestattete und sah der jungen Dame hinterher, bis sie in die Marktlaubenstraße abgebogen war, auf ihrem Weg zur Straßenbahnhaltestelle am Lindenplatz. Dann schwang er sich zurück auf seinen Schreibtischstuhl und nahm den Hörer in die Hand.

Gut zwei Stunden später passierte der Kommissar den großen Steintisch am Ende der Südterrasse der Klosterdomäne. Die heiteren, unbeschwerten Stunden mit Karl und Rudi schienen ihm jetzt, es war nicht einmal ein ganzer Tag vergangen, eine Ewigkeit her. Während die Zeit für andere wie gewöhnlich verging. So auch für die Arbeiter des Wasser- und Gaswerks, weshalb dort selbstverständlich zu diesem Zeitpunkt keiner mehr von der gestrigen Nachtschicht zu erreichen gewesen war. Und auch wenn der tüchtige Kollege Meyer gut nachgearbeitet hatte, die beiden Männer, die für den Telefondienst in Frage kamen, konnten nichts Erhellendes beitragen; der eine, weil er nicht zu Hause war, obwohl einer von Meyers Kollegen seine Wohnung in der Plattenmann-Siedlung aufgesucht hatte. Der andere konnte sich an keinen Anruf vom Schiffenberg erinnern. Demgegenüber hatte Rau Herrn Bauer erreicht, den Betreiber der Pension nahe des Bahnhofs. Der bestätigte den vom Amt avisierten Anruf mitten in der Nacht. Allerdings endete auch diese Nachfrage in einer Sackgasse, gleich dem Wendehammer des Bahnhofsvorplatzes: Kaum hatte der Hotelier die merkwürdige Frage des Anrufenden negativ beschieden, ob vor Kurzem ein Pensionsgast eingetroffen wäre, war schon wieder eingehängt worden. Wiewohl er Fragen abgestiegene Gäste betreffend aus Gründen der Diskretion sowieso nicht beantwortet hätte, hatte Bauer ergänzt, verbunden mit der Bemerkung:

«Es war wohl nur ein dämlicher Telefonstreich!» Doch Simon Rau war anderer Meinung. Für einen Dummejungenstreich hatte es an dummen Jungen am anderen Ende der Leitung gefehlt, hier, auf dem Schiffenberg, im ersten Stock der alten Komturei, um siebzehn Minuten nach drei in dieser verhängnisvollen Nacht.

Im Innenhof herrschte gespenstische Ruhe. Kein Mensch war zu sehen. Nicht einmal die nimmermüden Diskussionen der Bongässer-Zwillinge, der Redeanteil des zwanzig Minuten jüngeren Hubert bewegte sich regelmäßig bei rund siebzig Prozent, waren von hier aus zu hören. Nicht ohne Grund, wie der Kommissar wusste. Schließlich war es gewesen, der den beiden Schupos aufgetragen hatte sich ein genaues Bild von der Arbeit des verschwundenen Archäologen zu machen und dazu die Grabungsorte eingehend zu inspizieren. Dabei hatte der Historiker die jüngsten Ausgrabungen jenseits von Schaf- und Eselstor durchgeführt.

Im Eingangsbereich der alten Komturei wurde noch immer das in dem Brokatrahmen gefasste, in lieblicher Handschrift verfasste Sonntagsmenü beworben. Dem Umstand, dass zumindest bei der Tageskarte die Zeit nach den tragischen Ereignissen der letzten Nacht stehen geblieben war, maß Rau jedoch keine weitere Bedeutung bei, schließlich war montags Ruhetag. Sein Interesse an diesem Nachmittag galt ohnehin einem anderen Ort, dem Raum im zweiten Stock, in dem Lotner in den letzten Wochen übernachtet hatte.

Geschwind hatte er das nicht einmal kleine Zimmer erreicht. Die auf einen Blick erfassbare Ausstattung entsprach der eines gewöhnlichen Pensionszimmers: ein Bett, ein Schrank, an der Wand ein Waschtisch, darüber ein in einem dunkel gebeizten Holzrahmen gefasster Spiegel. Lotner hatte sich hinsichtlich der Zimmerausstattung wohl nur einen Sonderwunsch ausbedungen, ein einfach gearbeiteter Schreibtisch mit nur einer Schublade unter der Tischplatte stand unterhalb des Fensters, das nach Süden wies und so denselben

Blick über Watzenborn, Grüninger Warte, Neuhof und Leihgestern gestattete wie vom Steintisch auf der Südterrasse. Von hier oben aus ging die Aussicht indes noch viel weiter und bot somit ein geradezu sagenhaftes Panorama. Der Blick des Kommissars streifte die Flasche Kölnisch Wasser und das Stück "Kosmata" Fichtennadel-Seife neben der Waschtischschüssel. Auf der anderen Seite der Schüssel lag eine Packung "Kola-Dultz"-Pastillen, Rau kannte sie bereits. Auch er hatte die Kolanuss- und Koffein-Bonbons schon einmal probiert. Nur hatte er jeweils den Eindruck, dass das Präparat regelmäßig erst dann begann seine Wirkung zu entfalten, wenn er schon zu Bett gegangen war, um dann die halbe Nacht wach zu liegen. Die Tür des Kleiderschranks stand offen, im Hängeabteil befand sich ein Tweed-Anzug, die Staufächer waren fast leer, bis auf ein wenig Unterwäsche. Bald wendete Rau sich dem Schreibtisch zu. Auf diesem waren eine Handvoll Schriften aufeinander gestapelt: ein kürzlich erschienener Grabungsbericht über die jungsteinzeitlichen Hügelgräber bei Muschenheim in der Wetterau, die Dissertation eines Historikers mit dem Thema: "Neuordnung der Besitztümer der Deutschordens-Kommenden nach Umsetzung des Reichsdeputationshauptschlusses" und ein Heft, das eine zwanzig Jahre alte Veröffentlichung des Oberhessischen Geschichtsvereins zum Inhalt hatte. Dann noch ein Büchlein über den Neuhof und eine Abhandlung über historische Inventarlisten der Gesamtanlage Schiffenberg aus den Jahren 1660 und 1741. Rau blätterte das schmale Heft durch und zog die Mundwinkel herunter, es war genau die Art von Literatur, die man bei einem Archäologen an diesem Ort erwarten konnte. Nichts daran war ungewöhnlich. Und doch stutzte er. Nicht, weil er etwas vorfand, was er nicht erwartet hätte, sondern weil eben etwas nicht da war, was auf dem Schreibtisch eines

Archäologen als obligatorisch anzusehen gewesen wäre: Notizen, Skizzen, eigens angefertigte Aufzeichnungen. Doch davon war hier keine Spur. Blieb nurmehr die kleine, nur wenige Zentimeter hohe Schublade unterhalb der Tischplatte. Ohne zu zögern machte er sich daran sie zu öffnen, nur widerwillig ruckelnd ließ sie sich aufziehen. Dennoch konnte Rau deren Inhalt schnell erkennen: es war ein Gedichtband, der Titel lautete "Herz auf Taille". Rau war erst vor wenigen Tagen in der Universitätsbuchhandlung im Seltersweg auf den Autor namens Erich Kästner aufmerksam geworden. Eben jener Band, den er jetzt in Händen hielt, hatte dort im Regal der Neuerscheinungen gestanden. Der Kommissar ließ die Seiten des Buches durch seine Finger gleiten, bis sein Daumen an einer bestimmten Stelle verharrte; zwischen den Seiten steckte eine Postkarte, ohne Motiv und unfrankiert, dafür mit einer ausdrucksstarken, geschwungenen Handschrift versehen. Die Karte, vielleicht diente sie als Lesezeichen, befand sich an der Stelle des Buches, an der auf der linken Seite das Gedicht "Ansprache einer Bardame" abgedruckt war, die rechte Buchseite wurde von der handschriftlichen Botschaft auf der Postkarte überdeckt. Auch sie gab einen Schriftsteller wieder, allerdings nicht den jungen Kästner, sondern Kafka, wie Rau sogleich erkannte:

Deine Hand ist in meiner,
so lange Du sie dort lässt.

9. Das Mädchen mit den spitzen Ohren

Der große Zeiger der Rathausuhr, hoch oben an der Spitze des geschieferten Giebels, glitzerte in der Abendsonne, die VII-Uhr-Markierung hatte er bereits vor zehn Minuten überschritten. Gut zwölf Meter weiter unten auf dem Marktplatz näherte sich ein Mann in dunklem Anzug, Stehkragenhemd und sorgfältig gestutztem Menjou-Bart dem Fachwerkgebäude, das die benachbarten Häuser, links das Café und rechts die Metzgerei, fast um das Doppelte überragte. Der schmale, nicht sehr große Mann sah hinauf zu den Fachwerkschnitzereien, die wagenradartige Ornamente zeigten, und zu den Fenstern im ersten und zweiten Geschoss, in deren schier unzähligen Butzenscheiben das Licht sich nicht minder gülden brach wie auf dem fein ziselierten Zifferblatt. Es war einige Zeit her, dass Simon Rau die von zwei Bögen aus graubraunem Londorfer Lungstein überspannte Rathaus-Vorhalle betreten hatte. Seit das Gießener Stadtoberhaupt nebst Verwaltung in der neuen Bürgermeisterei in der Südanlage residierte, wurde der gotische Fachwerkbau vorzugsweise für repräsentative Anlässe, Vorträge oder eben Ausstellungen genutzt. Dabei war die weitläufige Rathaushalle, deren Holzdecke von vier mächtigen, gut vierzig Zentimeter dicken Eichensäulen getragen wurde, für Jahrhunderte der Ort, wo sich ein großer Teil des Handels- und Gemeindelebens abgespielt hatte. Hier waren noch bis vor gar nicht allzu langer Zeit Steuern in Talern und Tournosen entrichtet, in Heller und Pfennig gehandelt und auf Ehr' und Gewissen disputiert, gestritten und geschlichtet worden. Oder aber, noch bis ins letzte Jahrhundert hinein, darauf gewartet worden, dass die Armensünder-Glocke hoch oben im Giebelreiter das letzte Stündlein für die Delinquenten schlug.

Simon Rau stieg die drei Stufen bis zur Geschossebene empor und durchquerte die Vorhalle. Ehe er die Pforte öffnete, atmete er tief durch. Der Gedanke, dass Zuspätkommen heutzutage nicht mehr mit Karzer im Verlies geahndet wurde, tröstete ihn nicht darüber hinweg, dass der erwartet strafende Blick Marlene Bellrings durchaus mehr weh tun konnte als durch das Angstloch in den Gewölbekeller eine Etage tiefer geworfen zu werden. Tatsächlich fragte er sich, wie er es schaffen konnte zu verbergen, wie unwohl er sich fühlte, bei dem Gedanken daran die Dame, mit der er sich zu dieser ganz speziellen Mission verabredet hatte, warten zu lassen. Er ahnte, wie die Telefonistin darüber denken würde: Da ließ man sich schon dazu überreden an einer öffentlichen Veranstaltung teilzunehmen, unter den Gästen die höchsten Honoratioren der Stadt, nur um, einem Spitzel nicht unähnlich, möglicherweise völlig unschuldige Fernsprecher an die Polizei zu verraten. Ohne zu wissen, ob man die richtige Stimme wiederzuerkennen glaubte, ohne Kenntnis darüber, was den Beschuldigten blühte. Und wer kam zu dieser, bei genauer Betrachtung eher zweifelhaften Verabredung zu spät? Er, der werte Herr Kommissar.

Die stattliche Rathaushalle erstrahlte in ungewohnt hellem Glanz. Die sonst eher warmes, weiches Licht aussendenden Glühbirnen auf den wagenradgroßen Eisenringen an der Holzbalkendecke waren zugunsten einer weißlich hellen Lichtfarbe ausgetauscht worden. Die links und rechts der vier Eichensäulen in Längsrichtung angebrachten Gemälde wurden auf diese Weise bald taghell angestrahlt, ebenso die sich auf gleicher Höhe an den Längswänden befindlichen. Einige Rahmen verdeckten die fast einen halben Meter breiten Säulen in Gänze, andere Werke maßen gerade die Hälfte ihres Hintergrunds. Aufgrund der streng symmetrischen Anordnung im Raum war für den eben eingetretenen Kommissar schnell auszumachen, dass sich in der Halle sechzehn Werke befanden, auch wenn nur die wenigsten Gemälde direkt sichtbar waren, vor fast jedem befand sich eine mal größere, mal kleinere Anzahl Betrachter. Allerdings schien sich die Ausstellung auch auf die ehemalige Hausmeisterwohnung hinter der Stirnwand zu erstrecken. Durch deren offenen Eingang trat gerade eine kleine Gruppe in die Halle. Rau erkannte unter ihnen Justus Bloch, den Antiquar von der Plockstraße, der die ihn umgebenden Personen deutlich überragte, in der Größe wie auch in der Breite. Bloch näherte sich dem vorderen Bereich der Rathaushalle und mit ihm ein deutlich kleinerer Mann. Die Gestalt dieses vielleicht 60-Jährigen glich in der Form einem nahezu perfekten Globus. An seinem Südpol befanden sich Füße mit Schuhgröße 38, höchstens. Sein Äquator war von einem beigen Hemd bedeckt, dessen Knöpfe aufgrund der Hochspannung, der sie unterlagen, in jedem Moment davonzuspringen drohten. Das Jackett, dunkelbrauner, grober Loden, verweigerte wohl bereits seit geraumer Zeit seinem Träger das Schließen der Knöpfe und passte sich der Schlichtheit der übrigen Kleidung dieses Mannes mit dem breiten Schnauzbart nahtlos an. Der Kontrast konnte nicht größer sein, dieser kugelrunde, kleine Mann wirkte in der Menge monochrom gekleideter Königspinguine wie ein neuseeländischer Kiwi. Abgesehen von den beiden kobaltblau gefiederten Diademhähern, die sich mit ihrer Aufmachung und dem hohen Kopfschmuck deutlich von ihrer Umgebung absetzten: zwei Schutzpolizisten mit

Tschako und cyanfarbener Paradeuniform flankierten die Gemälde an dem vorderen Säulenpaar.

Simon Rau kam Justus Bloch entgegen. Gerade als er sich dem Antiquar gegenüber bemerkbar machen wollte, hielt er verblüfft inne. Die Schupos, die die Gemälde an der zweiten Säule flankierten, waren Zwillinge, besser bekannt als die Gebrüder Bongässer und somit genau diejenigen, die Rau in der vergangenen Nacht als Sicherungsposten auf den Schiffenberg beordert hatte und davon ausgegangen war, dass sie zu ihrem Schichtende von ihren Kollegen abgelöst und in den Feierabend entlassen worden wären. Allerdings währte Rau's Verwunderung nicht lange, ahnte er doch, dass die beiden sich freiwillig für diese Extra-Schicht gemeldet hatten. Vor allem Hubert Bongässer traute der Kriminale zu, dass dieser einen Auftritt inmitten der von ihm als "Hottvolee" bezeichneten besseren Gesellschaft durchaus zu genießen wusste.

Umso mehr erstaunte ihn ein anderes Pärchen, das nun hinter den breiten Rücken von Bloch und dessen Nebenmann hervortrat, eine zierliche Dame mit einer Unzahl gedrillter Löckchen in einem dunklen, knielangen Voile-Kleid mit langem Arm und mit Silberfaden eingestickten Mustern unterhielt sich angeregt mit einem Mann, dessen Schmiss magentafarben leuchtete. Die Frau war Marlene Bellring, der Mann unverkennbar Rainald König. Rau schüttelte unbewusst den Kopf. Da unterhielt sich doch tatsächlich diejenige, die von ihm den Auftrag erhalten hatte, so unauffällig wie möglich auf die Suche nach der richtigen Telefonstimme zu gehen, offenkundig recht leger und angeregt eben genau mit einem der Männer, die zum engsten Kreis der in Frage Kommenden zählte.

Bellrings Ärger über sein Zuspätkommen war wohl noch weitaus größer als gedacht.

Justus Bloch unterbrach seine Überlegungen, indem er ihm die Hand reichte:
«Sie kommen genau richtig, Herr Kommissar!»
«Das sehe ich auch so, verehrter Herr Bloch», und sah zu Marlene Bellring hinüber, die wohl noch keine Notiz von ihm genommen zu haben schien. Noch immer war sie im Gespräch mit dem mittlerweile auch Rau als Mensuren-König bekannt gewordenen Mann, während sie sich locker an dessen Seite schlendernd näherte. Justus Bloch, wie so gut wie alle anderen in Schwarzweiß gekleidet, wenngleich er einen extravagant geschnittenen dunklen Seidenumhang über einem weißen Rollkragenpullover trug, wies auf seinen Nebenmann:
«Ich darf Sie mit dem heutigen Ehrengast aus Zürich bekannt machen», und beugte sich zu dem kugelrunden Mann an seiner Seite hinunter:
«Herr Magister, wenn ich vorstellen darf, Herr Kommissar Rau von der hiesigen Polizei-Inspektion», worauf der Mann Rau sogleich seine kleine, fleischige Hand entgegenstreckte:
«Pfyn.» Im Rücken des Ehrengastes wünschte Hubert Bongässer gedämpft:
«Gesundheit.»
«Urs Pfyn.»
«Hatschi, mein Schatzi», fügte Huberts Bruder Hermann grinsend und so leise an, dass nur sein Zwilling es hören können sollte, auch wenn Rau es von seinen Lippen ablas.

«Sehr angenehm, Herr Magister», bekannte Rau. Die Art und Weise, wie Bloch den Gast ansprach, wirkte auf ihn ungewöhnlich. Es schien, als war der Antiquar darauf bedacht, kein falsches Wort, keine dem kugelrunden Herren ungefällig erscheinende Formulierung zu gebrauchen. Für Rau hörte Bloch sich fast schon ehrerbietig an, als er erklärte:

«Der Herr Kommissar würde Ihnen gerne nachher, falls es Ihre Zeit erlaubt, ein historisches Dokument zeigen, das als wesentlich für den Fortgang aktueller Kriminalermittlungen betrachtet wird. Eine Handschrift auf Gallician-Papier. Der Inhalt gibt auch mir einige Rätsel auf.»

«Vom Gallician?», fragte der Mann namens Urs Pfyn nach, gefolgt von der unvermittelten Bemerkung: «Will er mi beleidige?» Schlagartig verfiel Justus Bloch in Schockstarre, offensichtlich hatte er den Vorwurf auf sich bezogen und wartete gebannt darauf, was von Pfyn nun folgen würde:

«E Zürcher söll e Papier vo em Baasler anluege? Das wird nit grad gschänkt[1]», und ließ ein kurzes, heiseres Lachen ertönen, das schnell wieder erstarb, worauf er mit einer Handbewegung den Kurator der Ausstellung, einen hochgewachsenen Kunst-Professor der Ludovicina mit krausem, roten Haarkranz und Nickelbrille dazu aufforderte mit seinen Erläuterungen zu den ausgestellten Werken fortzufahren. Justus Bloch atmete hörbar erleichtert aus. Rau, ein flüchtiges Schmunzeln war über sein Gesicht gehuscht, beobachtete, wie auch Marlene Bellring ob der in Schweizerdeutsch geäußerten Bemerkung gelächelt hatte, was gleichsam bedeutete, dass sie die Konversation von ihrer Position aus verfolgen konnte und mit

---

1 Ein Zürcher soll ein Papier von einem Basler anschauen? Das wird nicht billig.

ihr auch der Mann an ihrer Seite, Rainald König. Dessen Gesichtsausdruck hatte sich allerdings nicht im Geringsten verändert. Er wirkte wie ein Poker-Spieler, bedacht darauf, sich keinesfalls in die Karten schauen zu lassen.

Die Gebrüder Bongässer hatten sich zwar nach Rau's strafendem Blick zuvor ein, zwei Schritte von der Gruppe um den Schweizer herum entfernt, waren aber ebenfalls in Hörweite geblieben.
«Der hört sich an wie mein Phonograph, wenn die Nadel in der Rille hängen bleibt ...», merkte Hermann Bongässer flüsternd an. Sein Bruder Hubert entgegnete murmelnd:
«Damals in Frankfurt hatten die von dem Sachsenhäuser Ringverein einem ihrer niedrigen Handlanger die Zung' rausgeschnitten, damit er bei uns net würd' singe' könne'. Hernach im Verhör hat der arme Wicht dann genauso geklunge'», und grinste, räusperte sich und nahm den Kurator wieder in den Blick. Der hatte mittlerweile direkt neben einem Gemälde an der vordersten Säule Position bezogen:
«Die Renaissance – man hätte den Begriff für die Epoche der Wiedergeburt des menschlichen Geistes nicht trefflicher wählen können. Das Mittelalter hinter sich lassend, erlebte die abendländische Kultur eine wahre Wiedergeburt, allen voran Wissenschaft und Kunst. Der Mensch wurde in den Mittelpunkt gerückt, in all seiner Komplexität. Es entstand ein fundamentales Interesse, das wahre Wesen des Menschen zu ergründen und zu beschreiben, in der Literatur, in den bildenden Künsten, in den wieder neu entdeckten Naturwissenschaften. In diesem Zusammenhang wurde gleichsam aufgebrochen, was Kirche und Klerus jahrhundertelang unterdrückt hatten. Man besann sich der Lehren der Antike und verband sie mit

neuen Erkenntnissen: Das Universalgenie Leonardo da Vinci nahm detaillierte Obduktionen vor, gewiss noch immer unter größter Geheimhaltung, und fertigte anatomische Zeichnungen an, die zum Teil über Jahrhunderte als Lehrmaterial verwendet wurden. In der Malerei wurde der Mensch nackt gezeigt, unverstellt. Zudem wurde sehr viel Wert gelegt auf die präzise Darstellung der Perspektive, auf eine perfekte Dreidimensionalität. Ein nahezu perfektes Beispiel für all das ist Tizians Danaë», und deutete auf das Bild neben ihm. «Der Meister stellt die Geliebte des Zeus und durch ihn Mutter von Perseus in seinem um 1545 geschaffenen Werk als antike Göttin dar, die von einer Engelsgestalt christlicher Prägung aufgesucht wird, just in dem Moment, in dem sie den Goldsegen des Zeus erwartet. Tizian hat über mehrere Jahrzehnte hinweg von dem Motiv der Danaë mehrere Versionen gemalt. Dieses Werk hier zeigt mit der Engelsgestalt, wahrscheinlich ist Cupido, der römische Liebesgott gemeint, ein für die Renaissance typisches Merkmal: die Darstellung einer Allegorie, die Versinnbildlichung eines Gedankens, einer Idee.» Simon Rau horchte auf. Sofort musste er an die Allegorische Gesellschaft denken, an die Mitglieder dieses Gesellschaftsvereins und vor allem an diese beiden Herren, die sich in der letzten Nacht im Rittersaal der Komturei aufgehalten hatten. Wattmer und Manteufel, erinnerte er sich. Wobei Manteufel derjenige gewesen war, der im Innenhof, nur kurze Zeit vor Lotners Verschwinden, den Disput mit der Kellnerin Adele Vollmer ausgefochten hatte. Noch bevor Rau den Satz gedanklich zu Ende geführt hatte, bemerkte er, dass er selbst wohl gerade eine Allegorie entworfen hatte, eingedenk der Blutspuren und dem Verschwinden von Lotners Blankwaffe. Sein Augenmerk zurück auf das Geschehen in der Rathaushalle lenkend, fiel sein Blick erneut auf

Marlene Bellring. Die stand nun alleine hinter einer Reihe anderer Besucher, von König an ihrer Seite keine Spur mehr.

Augenblicke später stand Rau neben ihr und bedeutete ihr, ihm ein paar Schritte nach hinten zu folgen, weg von der Ansammlung rund um Tizians Danaë. Den Blick noch immer auf das Gemälde gerichtet, flüsterte er:

«Was tun Sie da? Wissen Sie, wer das war?»
«Nein, keine Ahnung. Warum, sollte ich?»
«Das war Rainald König, einer der Männer vom Schiffenberg!», entgegnete Rau, der Acht geben musste, seine Stimme zu mäßigen.
«Ach, wirklich? Das hab ich nicht gewusst.»
«Nein, haben Sie nicht ...», grantelte Rau leise.
«Macht aber auch nichts», antwortete die junge Dame.
«Weshalb soll es nichts ausmachen?», fragte Rau verständnislos, die Verärgerung war ihm trotz Flüstern anzumerken.
«Er hat nicht angerufen. Seine Stimme ist zu markant, viel zu schneidend. Aber das, was er sagte war durchaus interessant. Wussten Sie, dass man bei Schiffen an einem völlig neuen Antrieb forscht, durch den Frachter bald ohne Treibstoff werden fahren können, nur durch Windkraft, aber ohne Segel? Hat kürzlich ein Mann namens Flettner erfunden ...»
«Oh, fabelhaft, das bringt uns ein ganzes Stück weiter», gab Rau zurück, sein Sarkasmus war unüberhörbar, «Sie können sich aber schon auch noch an das erinnern, weswegen wir hier sind?!» Marlene Bellring sah in von der Seite an, dann blickte sie wieder nach vorne:
«Selbstverständlich. Ich besuche eine Ausstellung, wie von Ihnen gewünscht! Was erwarten Sie eigentlich von mir? Dass ich

die Leute vorher warne, mich auf keinen Fall anzusprechen, weil ich im Dienst wäre zwecks Durchführung einer Abhöraktion? Und überhaupt, eine hervorragende Idee, zu versuchen Stimmen während einer Ausstellungs-Eröffnung wiederzuerkennen, wo ja auch so unglaublich viel geredet wird», und schüttelte enerviert den Kopf. In Puncto Ironie stand es wohl jetzt eins zu eins, musste der Kommissar schweigend anerkennen. Er wollte sich gerade wieder von ihr entfernen, als ein Mann durch die Pforte der Vorhalle in den Saal eintrat. Es war Edwin Rodenscheit, der junge Fechtschüler, der nach hinten gegelte Lockenschopf war unverkennbar. Schnell flüsterte Rau Marlene Bellring zu:

«Vielleicht kann Ihnen dieser junge Herr erklären, wie der Flettner-Rotor genau funktioniert. Sie könnten ihn ja mal darauf ansprechen», und warf ihr einen vielsagenden Blick zu, bevor er sich wieder zu Justus Bloch in die erste Reihe vor dem Tizian gesellte. In seinen Augenwinkeln hatte er zuvor noch ihr verständiges Nicken wahrgenommen. Wie attraktiv Cleverness doch sein konnte, dachte er und lenkte seinen Blick zurück auf die nackte Danaë.

«Bei all der Präzision und Pracht war Tizian ein wahrer Schnellmaler, zudem arbeitete er mit einem nur eineinhalb Zentimeter breiten Pinsel. Noch erstaunlicher, wenn man bedenkt, dass manche seiner Werke ganze Kirchen füllen, wie beispielsweise in Venedig», hatte der Kurator zwischenzeitlich ausgeführt, «Bezeichnend für Tizian ist die unvergleichlich starke Strahlkraft seiner Farben. Bei diesem Werk sticht natürlich Zeus Goldsegen, genauso oder noch mehr das Blau des Himmels neben der Figur des Cupido hervor. Diese Farbnuancen sind absolut einzigartig. Hier kommt es auf eine bestimmte, eine aufs Gramm genaue Mischung der Pigmente an. In diesem Falle wohl von Marienglas mit Smalte, einer Variante von Kobaltblau.» Die Augen des Kommissars weiteten sich. Sein Blick wanderte vom Tizian über Justus Bloch und dem Sachverständigen Urs Pfyn zu Marlene Bellring, wobei Rau es vermied, sich vollständig umzudrehen. Sie stand schräg versetzt hinter ihm. Auf diese Weise konnte er erkennen, dass die junge Telefonistin sich dem heran getretenen Rodenscheit bereits genähert hatte, dazu bereit, ihn in Kürze anzusprechen. Währenddessen fuhr der dürre Herr mit der Nickelbrille fort:

«In der Renaissance wurde teilweise noch mit Ei-Tempera gemalt. Leonardo da Vinci war einer der ersten, der mit Öl malte. Ei und darauf basierende Pigmente trocknen schnell und sind quasi nicht mehr veränderlich. Öl dagegen trocknet teilweise über Jahrzehnte, zieht tief in den Untergrund ein und ist auch wesentlich einfacher retuschierbar. Zu den ersten Meistern der Ölmalerei zählt beispielsweise Giacomo di Canareggio, ein Venezianer. Und gerne hätten wir Ihnen ein Bild auch dieses Künstlers der Renaissance gezeigt. Doch bedauerlicherweise war der Dogenpalast zur Leihgabe eines der Gemälde, die transportfähig sind, nicht bereit. Dafür haben wir hier», der Kurator begab sich auf die andere Seite der Säule, die ihn umgebende Menschentraube verschob sich mit ihm, «eine zweite Danaë, nicht minder ausdrucksstark, aber mit einem vollkommen anderen Impetus. Wir sind sehr stolz, Ihnen hier eine wunderbare zeitgenössische Neuinterpretation zeigen zu dürfen, Gustav Klimt, quasi als Kontrapunkt des Wiener Jugendstils, schien uns hierfür ideal», erklärte er und wies auf das Gemälde. Rau war augenblicklich fasziniert, von der feuerroten, fast die gesamte obere Bildfläche füllenden Haarpracht der abgebildeten jungen Frau. Wie in Embryonalstellung erfasst, stach ihre freiliegende Brust hervor, ihr linkes Bein mit einem geradezu lustvoll dargestellten Oberschenkel füllte nahezu die gesamte untere Bildhälfte.

Der Kurator ließ die Ausstellungsbesucher noch ein wenig vor dem Klimt verweilen, dann begab er sich zur nächsten Säule:
«Kommen wir nun zum Barock und zu Jan Vermeer van Delft. Und damit zu jenem Meister, der es wie kein anderer vermochte, aus Schatten Licht zu schaffen. Einer der bedeutendsten Maler dieser Epoche, wahrscheinlich der bedeutendste. Dabei ist sein heute noch existierendes Gesamtwerk ungemein schmal. Lediglich 37 Gemälde ...»
«Vielleicht au no siechsunddrissg, oder?[2]», unterbrach ihn Pfyn.
«Sie sehen, da scheiden sich bei den Gutachtern in der Tat die Geister. Wobei man bei der Brieflesenden am offenen Fenster», er wies auf das Gemälde links von ihm, «recht sicher ist. Dieses wie auch so gut wie alle anderen strahlen eine einzigartige, geradezu poetische Ruhe aus. Die Sinnlichkeit der Farben ist unnachahmlich. Und seine Technik ist bis heute unerreicht. Bei manch anderem Maler sieht man feinste Staubkörner, die sich in die Farbe gemischt haben, bei Vermeer kein einziges. Man weiß bis heute nicht, wie er das gemacht hat!» Wieder zeigte er auf das Gemälde, das eine junge Frau mit zu einem Dutt gefassten, rotblondem Haar und verspielt an den Schläfen herunter hängenden Löckchen an einem offenen Fenster zeigte. In den Händen hielt sie ein Schriftstück, offensichtlich einen Brief, den sie mit großer Aufmerksamkeit studierte. Ihr Gesicht spiegelte sich in den rechteckigen, von Bleiband eingefassten Fensterscheiben. Ein Aspekt beeindruckte Simon Rau ganz

---

2 Vielleicht auch nur 36, oder?

besonders: das im Gemälde sichtbare Spiel von Licht und Schatten, der unglaublich echt erscheinende Faltenwurf des goldgelben Ärmels des jugendhaften Mädchens durch den Einfall sanftem, weißlich-gelben Lichts. Vor allem der in einem hellen Grünton gemalte Vorhang auf der rechten Bildseite sowie der rote, über das Fenster drapierte schienen so real wie der, den Rau am Fenster seines Zimmers in der Löberstraße hängen hatte. Wenngleich die hier dargestellten fast 270 Jahre älter waren. Rau war fasziniert von dem Detailreichtum, beispielsweise von dem des blaurot gewebten Teppichs im Vordergrund. Nahezu jede Webschleife war zu erkennen, auf der darauf ruhenden Schale jedes Detail des darin befindlichen Obstes. Gleichzeitig wunderte er sich. So sehr, dass er die Hand hob, um gleich darauf die Frage zu stellen:

«Bitte verzeihen Sie, aber bei all dieser perfekten Komposition erscheint mir das aus der Schale kullernde Obst ungewöhnlich. Wie erklären Sie sich das?» Eigentlich hatte er sich bemüht, die Frage nicht wie die eines Kommissars klingen zu lassen, sondern so wie beabsichtigt: als die eines interessierten Laien, der den Meister zu verstehen versucht. Allerdings musste er sich insgeheim eingestehen, dass er wohl doch nicht aus seiner Haut eines Kriminalen kommen konnte. Dennoch ließ eine Antwort nicht lange auf sich warten, sie kam vom Schweizer Ehrengast:

«Huere guet. Sie hend d'richtig Frog gfragt, Herr Inspektor![3]» Womit sich gleichsam für alle Anwesenden die Frage nach seiner Profession geklärt hatte, dachte Rau pikiert.

«S'Trüüli isch eben: Den Vermeer muess ma läse, nid nume anluege.[4]» Gleichzeitig begann die Gesichtsfarbe des Kurators die

---

3 Ungeheuer gut, Sie haben die richtige Frage gestellt, Herr Inspektor!
4 Die Wahrheit ist: Den Vermeer muss man lesen, nicht nur anschauen.

gleiche wie die seines Haarschopfs anzunehmen. An der Seite des Magisters kam er sich offenbar wie ein Pennäler vor. Gleichsam sah er sich in der Pflicht, ihn zu übersetzen:

«In der Tat eine sehr gute Frage. Die Antwort ist: nichts ist zufällig bei Jan Vermeer, wie auch bei den meisten anderen großen Künstlern seiner Epoche. Nahezu jedes Objekt steht für ein Symbol. Wie schon in der Renaissance, bei Tizian oder da Vinci, sind Vermeers Werke voll von Allegorien. Nehmen wir das offene Fenster, es symbolisiert das Verlangen der Frau nach Öffnung zur Außenwelt. Dazu muss man wissen, dass Mitte des 17. Jahrhunderts die Haltung vorherrschte, der Ehefrau die Welt außerhalb des häuslichen Bereichs vorenthalten zu müssen. Noch spannender aber ist tatsächlich das von Ihnen angesprochene Obst. Seit dem Alten Testament steht der Apfel für den Sündenfall, so auch bei Vermeer. Das aus der Schale herausfallende Obst ist daher als Hinweis auf einen möglichen Ehebruch zu verstehen, der wiederum mit dem Brief in den Händen der jungen Frau korrespondiert.»

Simon Rau sah sich um und erkannte, dass Marlene Bellring mit ihren Nebenleuten den äußersten Ring der das Gemälde Umstehenden bildete. Für einen kurzem Moment erwiderte sie seinen Blick. Er meinte sogar ein anerkennendes Lächeln gesehen zu haben, wahrscheinlich in Zusammenhang mit der eben von ihm gestellten Frage. Edwin Rodenscheit indes stand mittlerweile deutlich weiter vorne. Ob die Telefonistin zuvor mit dem jungen Korporierten in Kontakt treten konnte, war für den Kommissar nicht auszumachen. Befasst mit dem Gedanken daran, zuckte er zusammen, als im nächsten Augenblick eben dieser Lockenschopf namens Rodenscheit die Hand hob:

«Erlauben Sie mir auch eine Frage?», worauf Urs Pfyn bereitwillig nickte, der Kurator tat es ihm gleich, wohl nur, um nicht hintan zu stehen.

«Sie sagen, dass bei Vermeer nichts zufällig und so gut wie alles wohl überdacht arrangiert ist. Wenn das so ist, frage ich mich, warum da diese große leere Fläche ist, inmitten des Bildes. Obwohl die von Vermeer gewählte Perspektive und Bildkomposition den Blick des Betrachters doch eben hier hin lenkt: auf die Briefleserin und das Zentrum über ihr?»

«Feini! Mir chömed uf de Punkt!», gab darauf Pfyn zurück. Der Kurator räusperte sich, längst wähnte er sich nurmehr als Übersetzer aus dem Schweizerdeutsch:

«Tatsächlich gibt es hier unterschiedliche Erklärungsansätze und Theorien unter den Kunsthistorikern. Die einen vertreten die Ansicht, dass der weiße Hintergrund mit seinem Schattenwurf bewusst den Blick des Betrachters auf die junge Frau lenken soll und dass weitere Objekte den kompositorischen Fokus stören würden. Andere meinen ...»

«Vermeer hat net chönne wie er wotted oder er het nid wölle wie er dörf, oder[5]?!»

«Dass er sich den Gepflogenheiten hatte fügen müssen, die ihm seine Zeit vorgab. Vielleicht hatte er tatsächlich daran gedacht ein Objekt einzufügen, das die Botschaft des Motivs verstärkt hätte. Beispielsweise war die Darstellung von Nacktheit, eines Amors vielleicht, wie in der Renaissance bekanntlich üblich, im Barock verpönt, erst recht in den prüden Niederlanden des 17. Jahrhunderts. Daher kann es durchaus sein, dass Vermeer es der Phantasie des Betrachters überlassen wollte, das Bild im Geiste zu vervollständigen

---

5 Vermeer hat nicht gekonnt, wie er wollte oder er wollte nicht, wie er durfte.

und die sich aufdrängenden Fragen selber zu beantworten: Wer hat den Brief geschrieben, mit welcher Intention und wie soll die Brieflesende damit umgehen?», erläuterte der Hochgewachsene.

«Dänn hät er sich für de Rest aber nid eso Muä gä mässe[6]», gab Urs Pfyn zu bedenken.

«Das lasse ich jetzt mal so stehen!», erklärte der Kurator zerknirscht und bedeutete der Menge, ihm zum nächsten Werk zu folgen.

---

6   Dann hätte er sich für den Rest aber nicht so eine Mühe geben müssen.

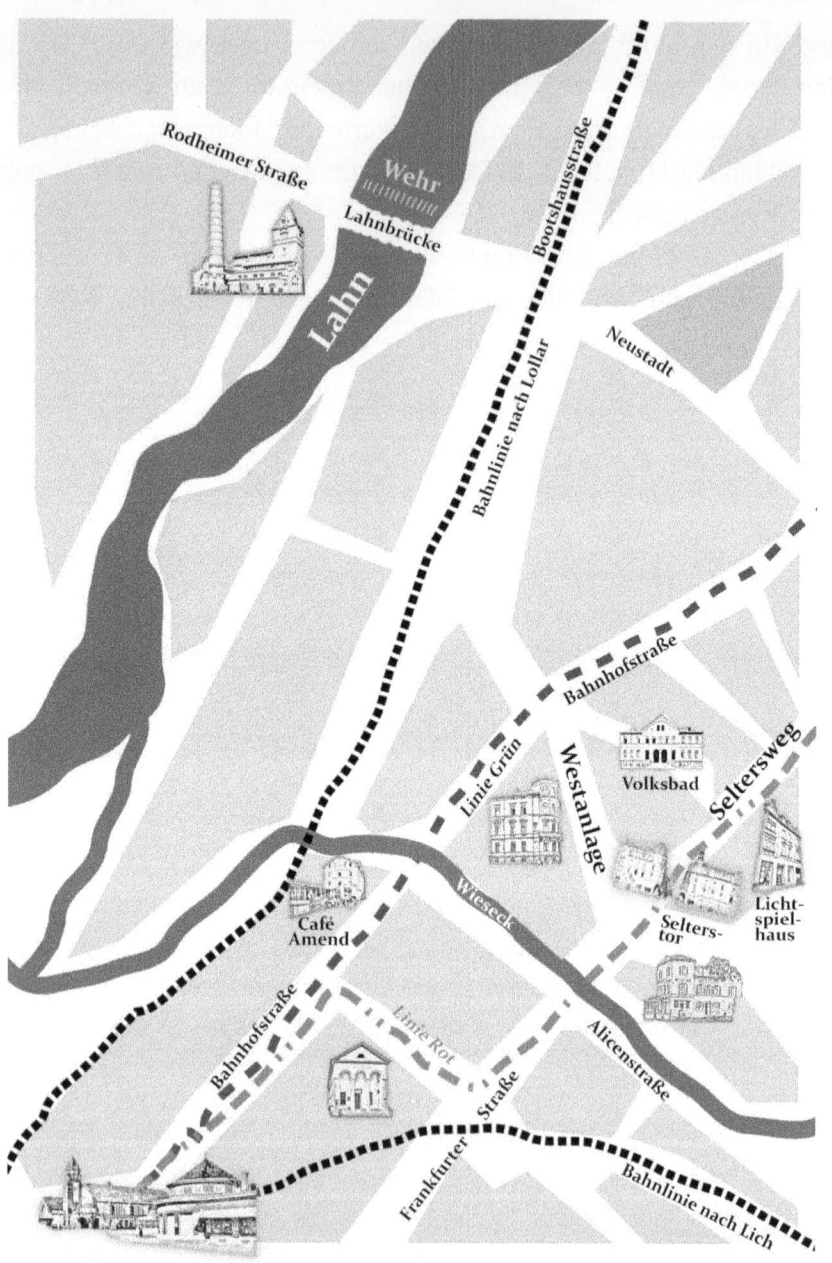

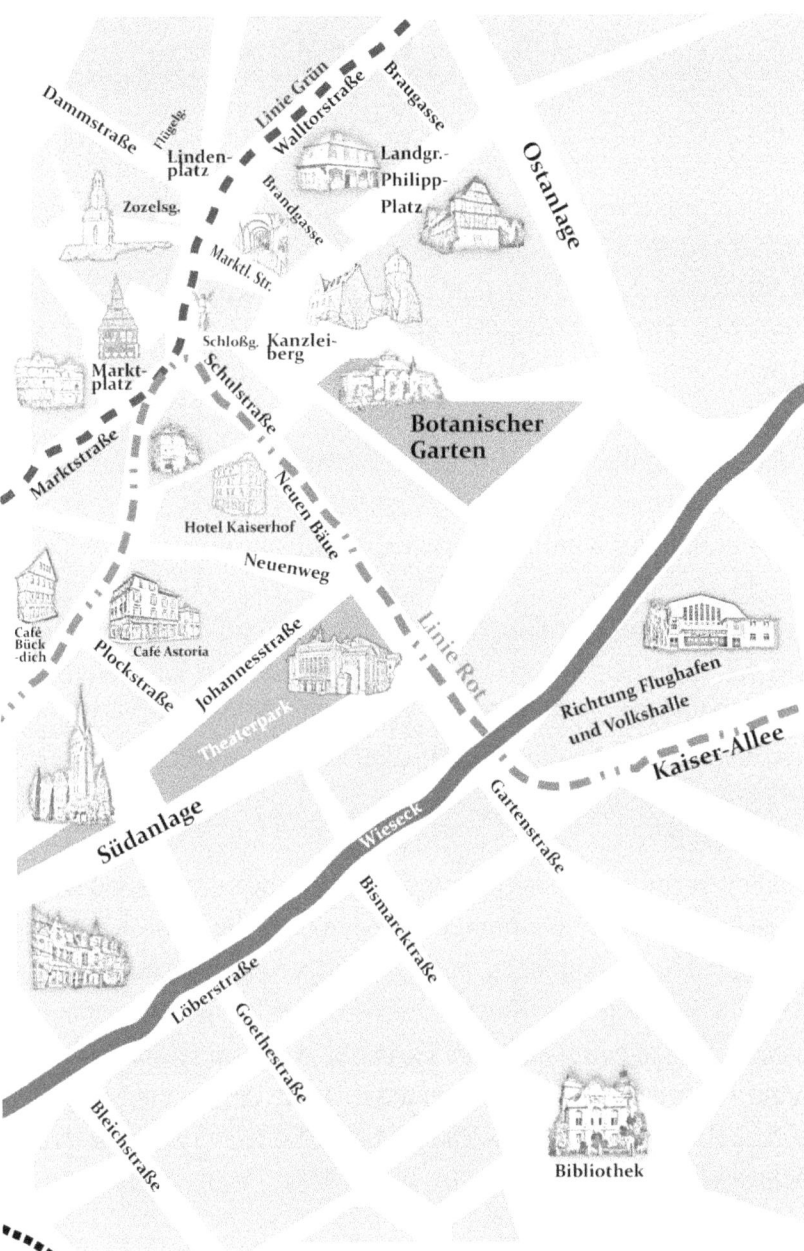

10. Dä feini Herr Komtur

An der Seite von Magister Pfyn steuerte der Kurator den hinteren Gebäudeteil an, die ehemalige Hausmeisterwohnung, die sich hinter der Stirnwand der Halle befand. Der Pulk der Kaiserpinguine folgte ihnen. Mit eiligen aber nicht hastigen Schritten schloss Rau zu Marlene Bellring auf. Dadurch, dass er sie dicht an ihrer linken Seite flankierte, nötigte er sie, mit ihm den Treppenabgang hinunter in den Gewölbekeller zu nehmen. Zunächst bedachte sie ihn mit einem fragenden Blick, dann verstand sie. Schon nach wenigen Stufen drehte der Kommissar sich zu Marlene Bellring um. Nebenbei achtete er darauf, die Menschenmenge von seiner Position aus, wie auf Periskophöhe dicht über dem Boden, im Blick zu behalten.

«Und? Konnten Sie mit Rodenscheit sprechen?» Die Telefonistin antwortete flüsternd, obwohl niemand in Hörweite war:

«Sprechen nicht. Aber gehört habe ich ihn natürlich trotzdem, so wie Sie und alle anderen.»

«Das heißt?»

«Der Anrufer, der die Fernverbindung nach Italien wünschte.» Sie sträubte sich noch immer dagegen, das ihr auferlegte Fernmeldegeheimnis zu brechen, auch gegenüber einem Polizisten.

«Nach Venedig, der Stadt Tizians, dieses großen Künstlers der Renaissance und Meister aller Farben», sinnierte Kommissar Rau. Darauf reichte er der jungen Dame die Hand, um ihr die Stufen hinauf zu helfen, zurück in die Rathaushalle. Selten zuvor hatte er eine solch zarte Hand gehalten.

«Danke», sagte Bellring höflich.

«Der Dank liegt ganz auf meiner Seite!», bekannte der Kommissar aufrichtig, dabei blieb sein Blick vielleicht eine Spur zu lang auf ihren braunen Augen haften.

Simon Rau stand noch auf dem Treppenabsatz, als er im Türrahmen des Eingangs zur Hausmeisterwohnung zwei Männer ausmachte, die sich miteinander unterhielten. Mit Rainald König hatten sich seine Blicke heute Abend schon gekreuzt und Marlene Bellring hatte seine Stimme bereits vernommen. Den anderen aber hatten weder er noch seine Begleitung bisher gesehen oder gehört: Es war Otto Schurfheim, der Liegenschaftsverwalter der Domäne Schiffenberg. Jetzt aber sahen sie sich. Rau ärgerte sich maßlos darüber, wissend, dass er es nicht rückgängig machen konnte, dass Schurfheim ihn in Gesellschaft von Marlene Bellring gesehen, mehr noch ertappt hatte. Da brauchte es für den Verwalter des Volksstaates keine ausgefeilte Symbolik, kein offenes Fenster und keinen Apfel, um bei der dunkel-gelockten Dame eher vorsichtig zu sein.

Auch wenn es nun schon fast einerlei war, ließ Rau Marlene Bellring vorgehen und betrat erst zwei Minuten später den weiß getünchten Raum, der vor wenigen Jahren noch als Wohn- und Schlafzimmer des Pedells gedient hatte. Die im Laufe des Rundgangs deutlich angewachsene Besuchergruppe zwängte sich vor die einzigen beiden dort ausgestellten Werke. Erneut ergriff der ungemein schmale Kurator das Wort, während er den Blick auf ein nur vielleicht vierzig Zentimeter im Durchmesser messendes Gemälde frei gab:
«Verehrte Gäste, zum Schluss ein Ausflug ins 19. Jahrhundert und in die hiesige Region. Hier eine romantisierte Ansicht des

Schiffenbergs in Öl, mit dem ehemaligen Kloster als zentralem Element, eine pittoreske Darstellung von Gerhard-Wilhelm Reutern. Eine sehr ausgewogene, den Betrachter geradezu beruhigende Ansicht, mit einem klassischen Motiv der Romantik am linken Bildrand: Der Schäfer wacht mit dem Hund an seiner Seite über die Herde.» Darauf trat Otto Schurfheim wortlos hervor und begab sich an die Seite des Kurators, den Sachverständigen namens Pfyn zu seiner rechten. Offenbar begriff der Ausstellungsleiter die unausgesprochene Botschaft und erklärte:

«Im Übrigen bedanken wir uns bei Herrn Oberamtsleiter Schurfheim vom staatlichen Liegenschaftsamt für die Leihgabe des Werkes, wie auch für die großzügige Zurverfügungstellung dieser Arbeit», und wies auf ein Gemälde daneben, das Motiv vom Schiffenberg sah im Vergleich dazu winzig aus. «Befinden sich doch beide für gewöhnlich in den Räumen der alten Komturei auf dem Gießener Hausberg.» Kommissar Rau nickte und spendete gemeinsam mit den anderen Gästen Beifall. Immerhin war nun die Funktion des Mannes klar, den er vor 24 Stunden zum ersten Mal gesehen hatte. Derweil bedeutete Schurfheim der Menge vor ihm, mit dem Klatschen aufzuhören und den Ausführungen des Kurators zu folgen:

«Dieses Porträt stammt ebenfalls von einem deutschen Maler, Nikolaus Hegel, und datiert auf das Jahr 1809. Es zeigt den letzten Komtur der Deutschordens-Kommende auf dem Schiffenberg.» Kommissar Simon Rau erinnerte sich, an der Wand der Propstei, hinter der Skulptur der Schiffenberg-Madonna und gleich rechts des Erkerfensters hatte er gestern Nacht, wenngleich nur im Unterbewusstsein, einen kahlen, hellen Bereich inmitten des vergilbten Putzes wahrgenommen. Die Abmessungen dieses Porträts passten exakt zu den Umrissen in der Säulenhalle. Das Gemälde zeigte einen Geistlichen des Ordens der Deutschritter im vollen Ornat, das große silberne Kreuz auf der Mantelseite war unverkennbar. Der Blick des Porträtierten war ernst, fast schon verzweifelt, so wirkte es zumindest auf den Kommissar. Aber was wusste er schon von der Kunst der alten Meister, dachte Rau bei sich, während der Ausstellungsleiter ausführte:

«Der Maler Nikolaus Hegel hatte sich als Porträtist einen exzellenten Ruf erworben. Seine Detailversessenheit sucht seinesgleichen, exemplarisch zu bewundern anhand der Darstellung der im Umhang eingewebten Silberfäden oder der Gravur im Siegelring des Komturs. Regelmäßig malte er Personen des Adels und des Klerus, unter anderem den Erzbischof von Köln und eine ganze Reihe von Konvent-Oberen. Ob Äbte der Zisterzienser oder Komture des Malteser- und wie in diesem Falle des Deutschherrenordens. Künstler verdienten sich mit Auftragsarbeiten einen Großteil ihres Lebensunterhalts, so erstellte beispielsweise da Vinci die Felsgrottenmadonna für die Bruderschaft der unbefleckten Empfängnis. Caravaggio malte das Bildnis Johannes den Täufers, das noch heute in der St. John's Co-Kathedrale in Valetta auf Malta zu bestaunen ist, im Auftrag des Malteserordens.» Urs Pfyn trat vor das Gemälde, verweilte dort für einen Moment und krächzte dann, ohne den Blick davon abzuwenden:

«Ganz schö blass, dä feini Herr Komtur.» Hubert und Hermann Bongässer hatten hinter ihrem vorgesetzten Kommissar Position bezogen, sodass der es gar nicht vermeiden konnte, dem Getuschel in seinem Rücken beizuwohnen:

«Wann ein Feldhas' Schnupfen hat, hört er sich genauso an.»

«Du meinst das feini Feldhäsli mit dem Schnüpfli, das dem Füchsli guts Nächtli sagt?», gluckste Hermann amüsiert, worauf Rau seine Kollegen mit einem strafenden Blick bedachte, während er zischte: Jetzt ist's auch mal gut, die Herren, das grenzt ja an kulturelle Aneignung!» Unterdessen fragte Pfyn:

«Het der Hegel Schüler gha?» Es war zu beobachten, wie die Hautfarbe des Kurators einen ähnlich aschfahlen Farbton anzunehmen begann wie der Porträtierte. Er sah sich genötigt, den Einwand des Sachverständigen vor den Anwesenden zu erläutern, in dem Wissen, dass Pfyn die Farbgebung Hegels nicht als vom Meister stammend vermutete, sondern eher der noch lernenden Hand eines seiner Schüler zuschrieb.

«Nun, Sie alle erkennen sicherlich die bemerkenswerte Farbgebung der Wangen des Komturs. Die gräuliche Schattierung gilt bei vielen als einzigartig, nur vergleichbar mit Meisterwerken wie beispielsweise Leonardo da Vincis "La belle Ferroniere". Sowohl da Vinci, als auch Hegel spielen mit dem Lichteinfall und geben ihn auf der Gesichtspartie der Porträtierten wieder.

«Oder wie gsait, au beim Leonardo isch en Schüler dra gsy.[7]» Die Gesichtszüge des Kurators glichen sich immer mehr denen des Komturs an, hilflos sah der Rothaarige zu Otto Schurfheim hinüber. Rau hatte den Eindruck, dass dem deutlich anzumerken war, wie unangenehm ihm die Meinungsverschiedenheiten der beiden Kunstexperten waren, betrafen sie doch in gewisser Weise seine Werke. Schlimmer noch, Pfyn war mit seiner Analyse noch nicht fertig:

«Abgseh vo dem isch d'Komposition e Katastrophe! Da isch ja gar nüt, oder?!» Simon Rau hörte einen Mann in der Reihe vor ihm flüstern:

---

7   Oder wie gesagt, hat auch bei Leonardo einer seiner Schüler daran gearbeitet.

«Wohl wahr. Um den Porträtieren herum ist wirklich gar nichts, als ob der Hegel plötzlich mit dem Malen aufgehört hat.» Der Kurator schien indes genug zu haben:
«Nun, verehrte Herrschaften, ich danke Ihnen für Ihre Aufmerksamkeit und für Ihr Kommen, in der Rathaushalle ist ein kleiner Umtrunk vorbereitet», und beeilte sich den engen Raum zu verlassen. Otto Schurfheim folgte ihm. Keiner der beiden würdigte den Schweizer auch nur eines Blickes.

Die Pedellwohnung leerte sich schnell. Der Großteil der Gäste strömte zurück in die Säulenhalle. Kommissar Simon Rau packte die Gelegenheit am Schopf und trat noch einmal an Urs Pfyn heran. Der stand noch immer kopfschüttelnd vor dem Porträt des Komturs und murmelte:
«Wie wenn er en Geist gseh hät», ehe er sich zu Rau umdrehte: «Ah, dr Inspektor mit em Gallician. Händ Sie en drbi?» Rau musste erst in Gedanken übersetzen, dann holte er das Büttenpapier hervor:
«Nur wenn es Ihnen nichts ausmacht.»
«Ach vo wome, dr Zug fahrt sowieso erscht um 11i[8]», und zückte eine Hornbrille, dann betrachtete er das Schriftstück eingehend. Rau konnte sehen, wie sich nach einer Weile Pfyns rechte Augenbraue hob, gleichzeitig weiteten sich seine grauen Augen, fast schien es, als wollten sie durch die Brillengläser hervortreten.
«Das isch würklich interessant», bekannte Pfyn abwesend, «quasi ungloublig ... wenn's wohr isch.»
«Wissen Sie, was das ist?», konnte Rau sich kaum mehr zurückhalten.
«Ich vermute es, aber um sicher z'si si, hani brucht meh Zyt.»

---
8 Ach woher, der Zug fährt sowieso erst um 11 Uhr.

«Und wie lange bräuchten Sie?»

«Schwiirig z'säge, vielleicht ein, zwo Tagä.» Rau überlegte, was er darauf antworten sollte. Allein der Umstand, wie dieses Schriftstück auf den Kunstsachverständigen wirkte, wie es ihn beeindruckte, geradezu elektrisierte, ließ den Kommissar nicht mehr im Geringsten daran zweifeln, dass dieses alte Papier der Schlüssel zu so gut wie sämtlichen verschlossenen Räumen war: der blutgetränkten Schutzweste, der Blankwaffe im Klosterbrunnen, dem Verschwinden Lotners und die Ursache all dessen. Gleichzeitig wähnte Rau, dass Pfyn nur auf die wohl einzig logische Frage wartete:

«Herr Magister, könnten Sie sich vielleicht vorstellen, noch ein, zwei Tage länger in Gießen zu bleiben?» Und er wunderte sich noch nicht einmal, als Pfyn antwortete:

«Uf em Wäg zum Ratschuel hani en ganz passabli Pension gseh. Wenn Si d'Logis übernäh, würd i en Mögligkeit gseh.[9]»

«Eine Pension, das lässt sich gewiss einrichten, verehrter Herr Magister», bestätigte Simon Rau, drehte sich zu Marlene Bellring um, die in der gebotenen Distanz auf ihn gewartet hatte, und nickte ihr zufrieden zu. Mehr noch, er lächelte erleichtert, übergab dem Sachverständigen das Papier und verabschiedete sich.

«Auf ein Wort, Herr Rodenscheit?», sprach wenige Minuten später Rau den jungen Mann in der Rathaushalle an.

«Herr Kommissar, was kann ich für Sie tun?», drehte der sich, mit einem Glas Sekt in der Hand sich an einem der Stehtische aufhaltend, zu ihm um.

---

9 Auf dem Weg zum Rathaus habe ich eine ganz passable Pension gesehen. Wenn Sie die Logis übernähmen, sähe ich eine Möglichkeit.

«Oh, ich weiß nicht, aber vielleicht können Sie etwas für mich tun? Möglicherweise wollen Sie mir ja freiwillig erzählen, weshalb Sie noch gestern Nacht, kurz nach dem Verschwinden Lotners, mit einem Anschluss in Venedig verbunden werden wollten? Und vor allem, mit wem Sie gesprochen haben?» Rodenscheits Augen verengten sich zu Schlitzen, sein Blick streifte die Schulter des Kommissars und blieb dahinter auf der Gestalt Marlene Bellrings haften, die vor dem Eingang der Hausmeisterwohnung stehen geblieben war.

«Natürlich, gerne. Ich habe meinen Bruder angerufen, der ein Praktikum auf Murano absolviert, bei den weltberühmten Glasbläsern. Er interessiert sich im Besonderen für die Herstellung der Glasfarben – natürlich auch im Interesse unseres Betriebes. Und ich gebe zu, als ich den Zettel mit den toskanischen Gewichtsangaben sah, war ich geradezu elektrisiert. Vor allem, weil ich von meinem Bruder wusste, dass die venezianischen Glasbläser noch heute die Farbpigmente in Libbra und Denaro abwiegen. Ich musste ihm einfach sofort davon erzählen. Also, muss die Befragung noch heute Abend sein, oder kann es nicht doch warten, bis wir beide ausgeschlafen haben?» Rau überlegte. Edwin Rodenscheit hatte erstaunlich offen gesprochen. Allerdings konnten ihn unterschiedliche Überlegungen dazu bewogen haben. Entweder war es schlicht die Wahrheit, oder aber der Versuch, die Flucht nach vorn anzutreten, um in der seinem Vorpreschen folgenden Staubwolke die wahren Hintergründe des Telefonats zu verbergen. Ganz gleich was stimmte, Rau hielt eine Abwandlung der Vorgehensweise für angebracht. Der erste Impuls forderte eine eingehende Befragung stante pede, doch sein Verstand empfahl ihm, ein weiteres Gespräch gut vorzubereiten. Außerdem hielt es der Kommissar für möglich, dass mit etwas Glück schon innerhalb des nächsten Tages erste Erkenntnisse von Magister Pfyn dazu beitragen könnten, der Vernehmung ein stabileres Fundament zu verleihen.

«Nur keine Eile, junger Mann», entgegnete Rau, auch wenn er wusste, dass zwischen Rodenscheit und ihm gerade einmal fünf, sechs Jahre lagen, «Kein Problem. Wenn Sie mir nur den Gefallen tun, die Stadt zwischenzeitlich nicht zu verlassen.» Zunächst schien Rodenscheit erleichtert, dann aber, sobald Rau den Satz beendet hatte, geradezu empört:

«Wie darf ich das verstehen: zwischenzeitlich?» Für den Kommissar klang Rodenscheits Nachfrage wie der Tritt mit einem Pferdefuß aus der sinnbildlichen Staubwolke.

«Solange, bis Arnd Lotner wieder auftaucht.»

«Und was, wenn er gar nicht mehr auftaucht?»

«Nun, irgendwie hege ich das Gefühl, dass das von Ihnen abhängen könnte, oder nicht?», und entfernte sich zügig von dem jungen Fechtschüler.

Kommissar Simon Rau blickte noch einmal zum Eingang der Hausmeister-Wohnung zurück und nickte Marlene Bellring zu, zum Zeichen dafür, dass er genug gesehen und durch sie genug gehört hatte. Sie hatten vereinbart, dass er sie vorgehen lassen und er in unauffälligem Abstand folgen würde, sodass sie sich diskret voneinander verabschieden konnten. Und so sah er sie an ihm vorbei durch die Halle schreiten, ihre Schuhabsätze klackerten dabei über den Steinboden.

Kurz darauf betätigte er selbst die Pfortenklinke. Ohne dass er ihn kommen gesehen hatte, stand Schupo Hermann Bongässer plötzlich neben ihm und hielt ihm die Tür auf, ein fast unmerkliches Grinsen huschte über seine mit einem Nasenbart überkränzten Lippen, als er der schon bald zwanzig Meter entfernten weiblichen Silhouette hinterher blickte:

«Gute Nacht, Chef», er räusperte sich, «übrigens soll ich Ihnen vom Chef-Chef ausrichten, dass er Sie morgen früh um sieben im Regierungsgebäude erwartet.» Rau erkannte, dass Bongässer versuchte einen möglichst ausdruckslosen Gesichtsausdruck beizubehalten.

«Um sieben?»

«Der frühe Vogel …»

«wird zuerst geschossen», ergänzte Rau, ahnend, dass er in wenigen Stunden zur ersten Tontaube des Tages werden könnte, ohne zu wissen weshalb. Zumindest gab die Miene des Herrn Polizeirates, den Rau weit hinten in der Halle im Gespräch mit dem Bürgermeister von Allendorf und Justus Bloch erkannte und der ihm zum Abschied nur flüchtig zunickte, keinerlei Auskunft.

Simon Rau stand an der Straßenbahnhaltestelle in der Schulstraße, diejenige am Marktplatz wäre direkt vor dem Rathaus und damit zu nah gewesen. Knapp drei Meter neben ihm sah Marlene Bellring auf ihre Armbanduhr. Der Kommissar sprach nach vorne, ohne sie anzusehen:

«Nochmals, haben Sie vielen Dank. Das war sehr hilfreich.» Auch die junge Dame sah in Richtung der Jugendstilfassade mit den elegant gewölbten Rundbogenfenstern des Kaufhauses Salomon auf der anderen Straßenseite:

«Gern geschehen. Also, fast … das Blau der Duft-Veilchen in diesem Stillleben in der großen Halle fand ich jedenfalls faszinierend, nicht nur, weil es meine Lieblingsblume ist.» Der Kommissar musste schmunzeln, was Bellring nicht entging und ihr selbst ein Lächeln abrang. Rau ahnte nicht, dass sie nur noch deshalb mit ihm gemeinsam auf den gelben Triebwagen der Linie Rot wartete, weil er ihr für einen kurzen Moment einen Blick hinter die von ihr vermutete Fassade dieses Kommissars gestattet hatte. Es war die Frage gewesen, die Simon Rau dem Schweizer Kunstgelehrten gestellt hatte. Bis zu diesem Zeitpunkt, angefangen mit ihrem Treffen am Vormittag im Café Bück-dich, hatte der nicht sehr große, gleichsam nicht unattraktive Mann auf sie wie ein sturer Karrierist gewirkt, wie ein Polizist, der ungeachtet der Welt, die sich um ihn herum abspielte, nur seinen Fall, die Ermittlungen, die Jagd nach Antworten auf die von ihm gestellten Fragen sah. Die eine Frage aber, die nach Vermeer und seiner Brieflesenden, nach der Obstschale auf dem Teppich, hatte ihr gezeigt, dass unter dieser eher kühlen Oberfläche etwas oder besser jemand war, der dann doch auch Interesse an dem Wahren, Schönen, Guten zeigte. Und es in ihren Augen wert erscheinen ließ, mehr über diese Person im Untergrund zu erfahren. Wenn sein Interesse an der Kunst aufrichtig war – das war zunächst noch zu ergründen:

«Sagen Sie, weshalb haben Sie Herrn Pfyn eigentlich nach der Obstschale gefragt? Ich meine, was beabsichtigten Sie damit?» Rau tat so, als betrachte er die Schaufensterdekoration um das Meißener Porzellan herum, während er antwortete:

«Eigentlich kann ich es gar nicht sagen, ich wollte wohl einfach nur verstehen. Ich habe letztens im Feuilleton einen Artikel über die Bauhaus-Kunstschule in Dessau und einen ihrer jungen Professoren namens Paul Klee gelesen. Der wurde mit einem Satz zitiert, der einer Erklärung möglicherweise nahe kommt. Er sagte: Die Kunst gibt nicht das Sichtbare wieder, sondern Kunst macht sichtbar.» Simon Rau sprach in Richtung der Straßenbahngleise, ohne Marlene Bellring anzusehen. «Offen gestanden bin ich völlig fasziniert von der Fähigkeit dieser großen Meister, den Betrachter an einer komplexen Geschichte teilnehmen zu lassen, über die Jahrhunderte hinweg, bar jeder zeitlichen Limitation. Vermeer öffnet der Brieflesenden ein Fenster zur Außenwelt, dem Betrachter ein Fenster zu ihrer Seele und damit uns allen einen Blick in seine eigene.» Rau musste die letzten Worte rufen, da der Lärm der heran ratternden Straßenbahn sie bald übertönten. Kurz darauf gab er Marlene Bellring die Hand, um ihr auf das Trittbrett zu helfen, er selbst würde den kurzen Heimweg in die Löberstraße zu Fuß antreten. Ihr Lächeln zum Abschied von ihrer erhöhten Position zu ihm hinunter ließ ihn kurz entschlossen fragen:

«Was halten Sie davon, wenn …»

«Ja, das könnten wir …», gab sie zurück, während die Straßenbahn klingelte zum Zeichen, dass sie in Kürze anfahren würde.

«Also nur, wenn Sie …»

«Ja, doch, morgen Abend ließe sich einrichten.»

«Um 7 Uhr? Oder ist das zu …»

«Aber ja, 8 ist perfekt.»

«Hervorragend. Dann sehen wir uns im …»

«Gute Idee, das Vanille-Eis im Amend ist 'ne Wucht!», schon nahm die Bahn Fahrt auf. Rau hob die Hand, um ihr hinterher zu winken, besann sich jedoch sofort wieder und nahm sie herunter, um in sich hinein lächelnd und beschwingten Schrittes, an den in goldfarbenem Licht strahlenden Kronleuchtern des mondänen Hotels "Kaiserhof" vorbei, die Straße "In den neuen Bäuen" hinunter zu gehen.

11. Camera Helvetica

Es war zehn vor sieben am nächsten Morgen, als Simon Rau die Wachstube im Erdgeschoss des Kommissariats betrat. Der erdig süßliche Geruch einer bestimmten Zigarrenmarke stieg ihm in die Nase, er schien von oben zu kommen, vom ersten Stock, dort, wo sich sein Büro befand. Hinter dem brusthohen Tresen saßen Hermann Bongässer und sein Kollege Meyer an sich gegenüber stehenden Schreibtischen. Sie hatten sich die noch druckfrische Dienstagsausgabe vom Anzeiger aufgeteilt, der eine studierte die vordere, der andere die hintere Hälfte.

«'Morgen die Herren», begrüßte Kommissar Rau die beiden und wies in Richtung Decke, «sagten Sie nicht, dass ich um sieben zu ihm kommen soll?» Rau hatte keine Mühe, das kräftige Zigarrenaroma der Marke seines Vorgesetzten zuzuordnen.

«Ja, doch, Chef. Wir haben uns auch gewundert, als er bereits vor einer Viertelstunde hier in der Wache stand», erklärte Bongässer und tat so unbeteiligt wie möglich. Schnell lenkte er den Blick wieder auf die Schlagzeile von Seite 2:
Stresemanns Befinden – Wie die „B. Z." berichtet, sind die Aerzte der Ansicht, dass Lebensgefahr für den Reichsaußenminister im gegenwärtigen Augenblick nicht besteht.

«Na, wenigstens was», seufzte Rau in sich hinein, blickte noch einmal nach oben und begab sich zur Holztreppe, die in die Etage mit den Dachgauben führte. Wachtmeister Meyer weitete interessiert die Augen, als er einen Artikel im Wirtschaftsteil entdeckte:
Neue Versuche mit dem Opelraketenwagen.

Gleichzeitig vernahm er, trotz geschlossener Türe zu Rau's Büro, die Stimme des Polizeirates. Dessen Crescendo ignorierend, begann Meyer zu lesen:

Heute fand in den frühen Morgenstunden auf der Eisenbahnstrecke bei Burgwedel bei Hannover ein neuer Start des Opelschen Raketenwagens statt. Rak 4 und 5 waren etwa drei Meter lange rot lackierte Fahrzeuge, die 800 Kilogramm wogen und von denen Rak 4 mit 29, Rak 5 mit 30 Raketen bestückt waren.

Währenddessen dröhnte die Stimme von oben immer lauter:

«Ich hatte Sie gewarnt, Rau, ich hatte Sie gewarnt! Und doch haben Sie den Bogen überspannt!»

Noch nach kaum 200 Meter war die Fahrt an derselben Strecke, wo früher Rak 3 explodierte, zu Ende.

«Aber jetzt ist Feierabend!»

Auch Rak 4 explodierte.

«Ein Desaster!»

Etliche Raketen und zwei Räder wurden fortgeschleudert;

«Man könnte meinen, Sie hätten die Nerven verloren!»

Menschen wurden nicht verletzt.

«Da reißt man sich ein Bein aus, um das Budget für Ihr Kommissariat trotz angespannter Haushaltslage noch halbwegs zusammenzuhalten, und was ist der Dank? In einem Fall, der keiner ist – ich kann mich jedenfalls nicht erinnern, eine Vorermittlung genehmigt zu haben. Warum auch? Es gibt ja noch nicht einmal eine Vermisstenmeldung. Vielleicht hat ja dieser Archäologe von sich aus das Weite gesucht.»

Nach Ansicht der Konstrukteure Fritz von Opel und Sander zündeten 5 Raketen, von denen sich eine nach innen entlud, wodurch die Explosion und das Hinauswerfen aus den Schienen erfolgte.

«Können Sie mir erklären, wie ich das dem OB beibiegen soll? Unbescholtene, hochangesehene Bürger ohne stichhaltigen Anhaltspunkt bei einer öffentlichen Veranstaltung zu beschatten, zudem unter Zuhilfenahme einer Zivilistin, vor allem aber, geradezu verwerflich, ohne richterlichen Beschluss. Sie dachten wohl, man könnte es ja mal probieren?!»
Der Versuch mit Rak 5 konnte nicht gemacht werden, weil der anwesende Reichsbahnpräsident sie untersagte.
«... und darüber hinaus jegliche Spesen in jedweder Höhe, außer ich genehmige sie persönlich!»
Es wurden deshalb die weiteren Versuche auf unbestimmte Zeit vertagt.
«Bis auf Weiteres und ausnahmslos!» Die Tür im ersten Geschoss schwang auf und wurde Sekunden später mit einem solchen Knall geschlossen, dass Meyer befürchtete, man würde ihn noch in Burgwedel hören.

Wenige Minuten, nachdem der Polizeirat grußlos an Hermann Bongässer und Wachtmeister Meyer vorbeirauschend die Wache verlassen hatte, stieg Kommissar Simon Rau die Treppe herunter, doch ohne den gewohnten Rhythmus im Dreivierteltakt, seine Schritte klangen eher synkopisch nachdenklich. Als Bongässer seinen Vorgesetzten am unteren Treppenabsatz ankommen sah, tippte er auf eine kleine Annonce:
Der Herr, der am Sonntag, 20. d. M. auf d. Schiffenberg grauen Mantel vertauschte, wird gebeten, selbigen dort umzutauschen.
«Da muss sich aber einer am Sonntag ganz schön von innen mit Maibowle gewärmt haben, dass er das nicht bemerkt hat!», mutmaßte Bongässer, während er gekünstelt lächelte. Dabei vermied er

es, zum Flur und zu dem sich von dort nähernden Rau hinüber zu blicken. Der machte sich jedoch selbst bemerkbar:

«Schon gut, Bongässer, Sie brauchen nicht so zu tun, als hätten Sie es nicht mitbekommen. Helfen Sie mir lieber auf die Sprünge, wer von den gestrigen Ausstellungsbesuchern mich beim Herrn Polizeirat angeschwärzt haben könnte.» Auch wenn die Kandidaten hierfür geradezu auf der Hand lagen, wie er in Gedanken nachvollzog. Schließlich war er von König und Schurfheim mit Marlene Bellring gesehen worden. Genauso gut konnte die Ankündigung der Befragung des jungen Rodenscheit von diesem als Wink mit dem Zaunpfahl angesehen worden sein. Dass der Vater des Studenten als einer der größten Farben-Fabrikanten der Stadt und daher auch Mitglied der besseren Gesellschaft, sicherlich über hervorragende Kontakte zu OB und Polizeirat verfügte, verstand sich da von selbst.

«Ach, vergessen Sie es, das bringt uns sowieso nicht weiter», legte Rau das nutzlose Gedankenspiel schnell wieder ad acta.

«Vielleicht aber Folgendes», hob Meyer seinen Bleistift, «ich habe ein paar Dinge über Arnd Lotners Umfeld herausgefunden.»

«Schießen Sie los», bat der Kommissar, worauf Meyer erklärte:

«Arnd Lotner, geboren zwölfter Januar 1893 in Hanau. Nicht verheiratet und kinderlos. Mutter Irmgard war vor fünf Jahren der Spanischen Grippe erlegen. Vater Ottokar lebt noch, befindet sich aber seit einigen Wochen nach einem schweren Schlaganfall nicht ansprechbar in einem Sanatorium. Laut behandelnder Ärzte ist Hoffnung auf Genesung nicht mehr ernsthaft gegeben, ein Ableben in naher Zukunft umso wahrscheinlicher. Bis dahin war Vater Lotner wohl ein viel beschäftigter, umtriebiger Geschäftsmann in diversen Branchen, vor allem in Hanau und Umgebung. Des Weiteren hat Lotner eine ältere Schwester namens Irmtraud, hat vor ein paar Jahren nach Amerika geheiratet. Mit ihrem Vater hat sie sich zerstritten, da der nicht wollte, dass sie in die Staaten geht. Allerdings hat sie eine gute Partie gemacht, hat den Nachfahren eines aus Deutschland ausgewanderten Brauereigründers geehelicht.» Rau spitzte die Lippen und nickte anerkennend:

«Chapeau. Das ist 'ne ganze Menge.»

«Und noch nicht alles, das Beste kommt zum Schluss», erklärte Meyer, worauf Rau ihn erwartungsvoll ansah. «Vater Ottokar Lotner hat, kurz bevor er den Schlaganfall erlitt, hier in Gießen eine Immobilie erstanden. Seine allererste in der Stadt. Im Seltersweg. Das Nachbarhaus vom "Schwarzen Walfisch".» Rau's verblüfften Gesichtsausdruck hatte Meyer geradezu erwartet.

«Die Restauration mit den Riesen-Bellschuh-Portionen?», fragte Hermann Bongässer.

«Das Nachbarhaus davon, aber sonst hast du recht», bestätigte Meyer nickend, «die Ladenfläche im Erdgeschoss steht momentan leer.» Simon Rau stand noch immer jenseits des hohen Tresens der Wachstube, den Kopf nachdenkend auf seine ineinander verschränkten Hände gestützt:

«Weiß man, was Lotner Senior mit dem Anwesen vorhatte?» Meyer schüttelte den Kopf:

«Fehlanzeige, bisher zumindest.»

«Dann sollten wir uns in der Nachbarschaft mal ein wenig umhören. Vielleicht schaffe ich es ja heute noch einen Abstecher dorthin zu machen.» Den Weg zurück nach oben legte Rau darauf zwar noch immer nicht so schnell wie sonst zurück, aber wenigstens zügiger als zuvor hinunter.

Hermann Bongässer wartete, bis Rau die Tür zu seinem Büro hinter sich geschlossen hatte, dann griff er zum Hörer und betätigte die Wählscheibe dreimal. Kurz darauf klingelte das Telefon im Gastraum des Wirtshauses "Lotzekasten" im oberen Seltersweg. Durch die Hörmuschel drang bald geschäftiger Lärm von klirrenden Kaffeetassen und von Rufen nach dem Kellner zur Bestellung von Rührei mit Speck oder zwei weiteren Scheiben Schinken.

«Guten Morgen, Bongässer hier, könnten Sie bitte meinen Bruder Hubert an den Apparat holen? Danke … ja, ich warte.» Der Schutzpolizist trippelte nervös mit den Fingerspitzen auf der Schreibtischunterlage herum, bis er endlich die von Kindheit an bekannte Stimme vernahm:

«Ich bin's. Es ist gekommen wie befürchtet.» Hermann hörte zu, dann antwortete er: «Ja, wie geplant. Hast du den Wanderstock von Onkel Severin gefunden?», was sein Bruder bestätigte.

«Gut, Operation Confoederatio Helvetica ist somit angelaufen!»

Die folgenden Stunden nutzte Rau, um sich, zum ersten Mal seit dem Verschwinden Lotners, einen eingehenden Überblick über die Lage zu verschaffen. Für jeden der Anwesenden auf dem Schiffenberg vor nunmehr 30 Stunden legte er eine eigene Seite an, beim Wirt der Restauration angefangen über die Kellnerin Adele Vollmer und den Liegenschaftsverwalter namens Schurfheim, die beiden Herren von der Allegorischen Gesellschaft, Manteufel und Wattmer, sowie die Paukschüler Bahl und Rodenscheit. Den alten Herrn der Scephenburgia und Kinobesitzer Rainald König nicht zu vergessen. Rau übertrug daraufhin die Notizen von seinem Notizblock und fügte die genauen Zeitangaben hinzu, wer wann wo in dem betreffenden Zeitraum abgeblieben war oder zumindest das, was die

Befragten diesbezüglich behauptet hatten. Schließlich ergänzte er die Dossiers um seine noch in der letzten Nacht angefertigten Aufzeichnungen zu den Begebenheiten während des Ausstellungsbesuchs, ohne aber Marlene Bellring zu erwähnen. Dabei wunderte es ihn nicht, dass die Akte über den Zeugen Edwin Rodenscheit den größten Raum einnahm. War es doch der Sohn des Farben-Fabrikanten, der mit dem historischen Schriftstück im Vergleich zu den anderen Befragten das mit Abstand meiste anzufangen wusste.

Eben genau zu dem Zeitpunkt, als Rau sich fragte, ob der Schweizer Sachverständige dazu beitragen konnte, das Rätsel des Büttenpapiers aufzulösen, klingelte das Telefon. Es war Bongässer. Der Mann in der Wachstube ein Stockwerk tiefer informierte ihn darüber, dass sich Magister Pfyn gemeldet und gefragt habe, ob man ihn in seiner Bleibe aufsuchen wolle. Es gäbe einige frappante Neuigkeiten das Gallician-Papier betreffend.

«Wo hält Herr Pfyn sich auf?», fragte Rau und sah auf seine Armbanduhr.

«Sprichwörtlich um die Ecke, in der Schulstraße», erklärte Bongässer, sich räuspernd, als hätte er eine Fliege verschluckt.

«Sehr gut, wir beide machen uns gleich auf den Weg. Sagen Sie mal, wo ist eigentlich Ihr Bruder, haben Sie sonst nicht immer gemeinsam Dienst?» Wieder hörte er ein Räuspern, als hätte sich die Fliege in einen veritablen Frosch verwandelt.

«Er ... er wird in Kürze zu uns stoßen», gab Bongässer zurück und legte auf.

Vom Landgraf-Philipp-Platz aus, vorbei am Alten Schloss, dem Verlagshaus des Anzeigers dahinter und die Notariate am

Kanzleiberg rechts liegen lassend, war es nur der sprichwörtliche Katzensprung bis zur Einmündung in die Schulstraße. Und auch wenn der vormittägliche Fußweg denkbar kurz ausgefallen war, hatten sich Schweißperlen auf Bongässers vom Tschako beschirmter Stirn gebildet. Fast heiser erklärte er Rau mit Blick auf das herrschaftliche Gebäude mit der in Bicolor verklinkerten Fassade aus der Gründerzeit, den Dachgauben und den schmiedeeisernen Balkonen an der turmförmig gestalteten Ecke zur Sonnenstraße:
«Wir sind … da.» Rau stutzte, dann entglitten ihm die Gesichtszüge:
«Der Kaiserhof? Die nobelste Adresse von ganz Gießen ist Pfyns Pension?» Bongässers Schritte bis zum Eingangsportal unterhalb des Eckturmes wurden immer raumgreifender, als meinte er, dem ihm auf dem Fuße folgenden Kommissar entkommen zu können. Gleichsam schien es, als ob der Schupo seinen Vorgesetzten mit seinen Schweißperlen angesteckt hätte.

Innen angekommen, eröffnete sich ihnen eine andere Welt: die Teppiche waren so hochflorig, dass Rau's Ledersohlen komplett darin versanken, die Geräuschkulisse gedämpft, das Licht der Kronleuchter golden strahlend. Die Gedanken des Kommissars überschlugen sich: Erneut sah er den Herrn Polizeirat vor sich, seine dampfende Zigarre zwischen den wutentbrannt aufgeblähten Backen, deren Duft nicht im Mindesten mit dem der doppelt und dreifach so teuren Cohibas hier in der Lobby mithalten konnte. Im nächsten Augenblick dachte er an die buschigen Augenbrauen dieses Schweizers, der mit der Umschreibung "passable Pension" offenbar etwas ganz anderes verband als der Kommissar es tat.

«Ich bin erledigt», seufzte er, schloss die Augen und atmete tief durch. Dabei roch er das Aroma von italienischem Kaffee und schwerem französischen Cognac. Als er seine Augen wieder öffnete, hatte er das Gefühl einer optischen Täuschung aufgesessen zu sein: In einem Seitenflügel der Lobby, dort, wo sich die Nischen mit den Fernsprechapparaten befanden, meinte er Hermann Bongässers Bruder Hubert erspäht zu haben, allerdings nicht in der gewohnten Uniform, vor allem aber ohne den obligatorischen Nasenbart, durch den die Ähnlichkeit mit seinem Zwilling nahezu perfekt erschien. Wie um sich dem Wasser einer kalten Dusche zu entledigen, schüttelte Rau den Kopf, sah noch einmal zu den Fernsprechnischen hinüber und war froh, die Vision eines unwirklichen Hubert Bongässer sogleich wieder losgeworden zu sein, der schmale Gang war verwaist.

«Wie auch immer, Bongässer, lassen Sie uns nach dem Zimmer von Pfyn fragen, wir haben Arbeit zu erledigen», bat er seinen Kollegen.

Wenig später stiegen die beiden Männer in der dritten Etage aus dem stählernen Aufzugskäfig aus. Am Ende des langen Ganges erspähte Rau einen Mann in der roten Livree des Hauses, offensichtlich den Empfangschef, der sich mit einem anderen Mann unterhielt, sich vor diesem verbeugte und Sekunden später freundlich nickend an Rau und Bongässer vorbeiging, um in den Aufzug einzusteigen. Der andere verharrte am Flurende. Er trug eine Helmmütze, ähnlich der der Uniform eines Konkurrenten vom Kaiserhof, dem Hotel "Prinz Carl" im Seltersweg. Je näher der Kommissar der Gestalt vor der hintersten Zimmertür kam, desto mehr erinnerte diese ihn an die eigenartige Erscheinung unten bei den Telefonapparaten in Person von Hubert Bongässer. Allerdings wirkte die Mütze des Mannes umso verwirrender, je mehr der Kommissar sich ihm näherte: An der Stelle, an der bei einem Tschako der Stern prangte, befand sich auf einer kleinen, gebogenen Metallplakette ein weißes Kreuz auf rotem Grund. Dem Kommissar kam der Mann, der mit dem Habitus einer Leibwache vor der Zimmertür stand, geradezu unecht vor. Konnte das wirklich wahr sein?

«Bongässer?», traute Rau sich nicht laut zu sprechen. Der Mann mit dem Schweizer Wappen auf der Mütze grinste und flüsterte:

«Gruetzi, Herr Inspektor.»

«Sind Sie wahnsinnig geworden? Was zum Kuckuck machen Sie da?», Rau's Flüstern hatte sich in ein Fauchen verwandelt. Hubert Bongässer ließ sich nicht aus der Ruhe bringen. Als hätte allein schon das Tragen des Wappenschilds an der zylinderförmigen Mütze die berühmte eidgenössische Gelassenheit auf sein Gemüt übergehen lassen.

«Nun, ich habe dem Portier gerade die Adresse übergeben, an die man doch bitte die Zimmer-Rechnung für meinen Chef, den Herrn Magister und eidgenössischen Rat für Kunsthistorie übersenden möge.» Simon Rau kam nicht mehr mit:

«An welche Adresse?»

«Na, an die des Schweizer Konsulats in Frankfurt.» Rau's Blicke die Korridor-Flucht hinauf und hinunter suchten nach einem Ausweg aus diesem, in seinen Augen wahr gewordenen, Albtraum.

«Weiß der Pfyn davon?»

«Um Gotteswillen, nein!»

«Warum, Bongässer, warum?», in seiner Frage lag schiere Verzweiflung, eine rationale Antwort war wohl nicht ansatzweise zu erwarten. Hubert Bongässer gab sie trotzdem, noch immer flüsternd:

«Bereits gestern Abend sollten wir den Herrn Magister hierher begleiten. Da ahnten wir schon, dass das Ärger geben könnte, vor allem für Sie – und so kam es ja heute früh dann auch. Aber zum Glück hatten wir unseren Plan schon in der Tasche», wieder grinste er. Doch Rau reichte es:

«Das war zwar aufmerksam und in gewisser Weise vorausschauend – aber völlig geisteskrank! Und deshalb werden Sie diese Charade stante pede beenden. Sehen Sie zu, dass Sie unverzüglich ins Kommissariat zurück kommen», Rau überlegte einen Moment, dann korrigierte er sich, «nein, besser, Sie lösen den Kollegen auf dem Schiffenberg ab, da sieht Sie wenigstens fast niemand. Am besten wäre es, Sie kleben sich Ihren Bart wieder an», um mit Nachdruck zu ergänzen: «Denken Sie nicht im Traum daran!» Rau schüttelte den Kopf, um dem sich entfernenden Hubert Bongässer eine letzte Frage zuzuflüstern:

«Wo haben Sie eigentlich die Mütze her?»

«Die Plakette? Ist vom Wanderstock von unserem Onkel, 1904 war der schon mal am Matterhorn, na ja, wenigstens an der Talstation», kurz darauf war er im Treppenhaus verschwunden.

Kommissar Rau bedachte Hubert Bongässers Bruder mit einem konsternierten Blick, dann klopfte er an der Tür mit dem goldfarbenen Schild "Suite Imperial" an. Ein gedämpftes "Herein", signalisierte, dass die Tür wohl offen war. Der erste Anblick in das Zimmer hinein, die Bezeichnung "Suite" war überaus korrekt gewählt, schien ungewöhnlich: Rau blickte auf zwei männliche Gesäße, die nebeneinander auf einem riesigen Seidenteppich knieten. Das eine war das von Magister Pfyn. Der andere Mann in dem beigen Anzug und dem dichten Haarkranz um das lichte Haupthaar schien Rau zunächst unbekannt, zumindest in der Draufsicht. Dieser hatte sich über einen würfelförmigen, hölzernen Kasten gebeugt, offensichtlich konnte man in die Kiste hinein schauen.

«Absolut unglaublich!» Der Mann sah auf und betrachtete für einen Moment die großformatige Fotografie neben sich auf dem Parkett, die zweifellos Vermeers "Briefleserin" zeigte, dann stierte er wieder in den Kasten hinein.

«Und Abrakadabra luege mir dur Vermeers Ouge, oder?[10]», merkte der Schweizer an, bevor er sich umdrehte und Rau zu sich winkte:

«Vielleicht will der Herr Inspektor auch mal die Perspektive wächsle.»

Rau tat Pfyn den Gefallen und kniete sich zu den beiden Herren hinunter. Während Pfyn ihm bedeutete, in den Kasten zu blicken, erklärte der Mann an dessen Seite:

«Das gesamte Bild entsteht durch das winzige Loch in der Vorderseite der Camera obscura. Ein Spiegel lenkt das Bild zu der Öffnung, durch die man schaut.» Rau erkannte, dass der Kasten an der Oberseite ein Loch mit dem Durchmesser eines Objektivs aufwies, knapp vier Zentimeter. Es dauerte einen Moment, bis er etwas erkennen konnte. Zudem stand alles, was zu sehen war, auf dem Kopf, die Vorhänge, die drei Fenster, die Bilder an der Wand links und rechts davon. Auch hatte er den Eindruck, er sähe doppelt und dreifach. Während er versuchte, Details auszumachen, erklärte der Mann an Pfyns Seite:

«Achten Sie auf den Lichteinfall durch das Fenster links auf die Scheibe des offen stehenden Fensterflügels und den durch die

---

10 Und Abrakadabra sehen wir mit Vermeers Augen, oder?

Lichtbrechung entstehenden Schatten an der Wand und auf dem Vorhang.» Rau nickte bestätigend und bemerkte:

«Da ist nicht nur ein Schatten, sondern drei. Wie bei einem Prisma, oder brauche ich eine Brille?»

«Ihre Augen sind perfekt, so wie die von Jan Vermeer.»

«Un au die vom da Vinci, der het d'Chamera au gnutzt», ergänzte Pfyn.

«Nur über den Blick durch eine Camera obscura war es den grossen Meistern möglich, dieses phantastische Licht- und Schattenspiel zu erkennen und beispielsweise in der "Briefleserin" so virtuos und lebensnah festzuhalten. Der Herr Magister geht davon aus, dass Vermeer auch deshalb damit gearbeitet hat, um das einfallende Licht und die Zerlegung des Schattenwurfes in unterschiedliche Helligkeits-Nuancen auf dem Vorhang zu erkennen. Nur über den Lichteinfall durch das kleine Loch lässt sich diese Fragmentierung beobachten. Als Naturwissenschaftler teile ich diese These, wenngleich einige Kunsthistoriker das nicht so sehen oder nicht sehen wollen, wie so oft, weil nicht sein kann, was nicht sein darf. Tatsächlich gibt es unter ihnen einige, die den Umstand, dass die grossen Maler zu einem solchen technischen Hilfsmittel griffen, mit der Herabsetzung des Genies und des natürlichen Talents der grossen Meister gleichsetzen. Dabei hat schon Aristoteles das Prinzip der Camera obscura beschrieben.»

«Und wer würd einem Photo-Physiker scho widerspräche?» Im selben Moment merkte Rau auf und sah zu dem Mann mit dem Haarkranz hinüber:

«Herr Wattmer?»

«Ich hätte auch nicht gedacht, dass wir uns so schnell wiedersehen würden, Herr Kommissar», und gab Rau die Hand.

«Sie kenne sich», schloss Urs Pfyn daraus. Kurt Wattmer erläuterte Pfyn sogleich den Grund für Rau's verwunderten Gesichtsausdruck.

«Glaubed Sie jetzt wörkli, dass de respektable Herr Wattmer irgendetwas vrbrache het?[11]», schmunzelte der Schweizer mit zusammengeschobenen Augenbrauen. Ohne eine Reaktion des Kommissars abzuwarten, Rau hütete sich tunlichst auch nur die geringste zu zeigen, schob Pfyn akzentfrei nach:

«Unsere Streiche müssen der Republik nützlich sein, man darf die Unschuldigen nicht mit den Schuldigen treffen.» Rau brauchte nicht lange, um das Zitat zuzuordnen:

«Sagt Georg Büchners Danton. Sie kennen sich mit unserem Gießener Studenten aus? Meinen Respekt.» Worauf der Schweizer erklärte, dass dies für ihn als Zürcher selbstverständlich wäre, hatte sich doch der Gründer der "Gesellschaft der Menschenrechte" nach einigen Umwegen in seiner Heimatstadt ins Exil begeben und dort in der Spiegelgasse eine Bleibe gefunden, «da den "Woyzeck" aagfange het und spöter 26-jährig auch gstorbe un bärabe worde isch.[12]» Simon Rau nickte anerkennend, dann wandte er sich Wattmer zu:

«Aber Sie sind nicht hier, um mit dem Herrn Magister Büchners unvollendeten Woyzeck zu analysieren?»

«Das wäre zwar auch ein vortreffliches Thema, aber nein», und erklärte darauf, dass der Schweizer Kunstsachverständige ihn als Experten für experimentelle Teilchenphysik an der Gießener Ludwigs-Universität eingeladen hatte, um die Möglichkeiten einer

---

11 Sie glauben nicht wirklich, dass Herr Wattmer irgendetwas verbrochen hat?
12 Da den Woyzeck begonnen hat, dort auch gestorben ist und begraben wurde.

Röntgen-Untersuchung von Gemälden zu erörtern. Rau war verblüfft:

«Sie wollen tatsächlich einen Vermeer röntgen?»

«Nit irgende eins, die Briefleserin!», bestätigte Pfyn das, was Rau sofort in den Kopf gekommen war.

«Für Laien mag es unwahrscheinlich klingen, aber genau das ist die Idee des Herrn Magister. Und ich kann ihn nur zu seiner Kühnheit und seinem Ideenreichtum beglückwünschen. Denn in der Tat ist es gut vorstellbar, dass man über die Röntgen-Bildgebung bisher verborgene Geheimnisse der großen Künstler sichtbar machen könnte, indem man unter die oberste Farbschicht blickt. Denken Sie an das, auf was Herr Pfyn gestern Abend hinwies, dass die leere Fläche oberhalb der Briefleserin am offenen Fenster wesentlich Lebhafteres beinhalten könnte als eine kahle Wand.»

«Die Kunst weise zu sein, ist die Kunst zu wissen, was man übersehen hat?», sah Rau ein Zitat als passende Umschreibung an. Es war ihm ihm beim Lesen eines Aufsatzes zum Thema Kriminalpsychologie im Gedächtnis geblieben.

«Jetz zitiert er au no de William James, der Herr Hauptmann wird mer immer symphatischer», lobte Pfyn. Derweil erklärte Wattmer:

«Ich habe mich unmittelbar mit meinem Kollegen Walther Bothe von der Physikalisch-Technischen Reichsanstalt in Verbindung gesetzt, um das Vorhaben zu diskutieren. Bothe ist einer der führenden Köpfe auf dem Gebiet der experimentellen Teilchenphysik. Die von ihm entwickelte Koinzidenzmethode ist in meinen Augen bahnbrechend, vielleicht sogar Nobelpreis-würdig», bevor er in einem gedämpften Ton fortfuhr, «überdies munkelt man, dass er schon bald eine Professur hier an der Ludoviciana annehmen wird. Da kann es nicht schaden, ein wenig vorzufühlen. Außerdem soll Bothe selbst in Öl und Aquarell malen, er kennt sich also bestens mit der zu untersuchenden Materie aus.» Rau spitzte interessiert die Lippen, während Wattmer ergänzte:

«Allerdings gilt es noch eine letzte Hürde zu überwinden, das Amsterdamer Rijksmuseum als Eigentümer des Werkes von dem Vorhaben zu überzeugen.»

«Si füürchted, dass s Gemälde dur d Strahle abna wird.[13]»

«Die Bedenken sind völlig unbegründet», erklärte Wattmer, ergänzt durch den Schweizer:

«Sind halt kei Physiker.»

Der Kommissar dachte einen Moment nach, bevor ihm eine völlig andere Frage in den Sinn kam, eine Frage, deren mögliche Antwort in ihm ein gewisses Unbehagen auslöste, wenn er an Wattmers doch recht ambivalente Rollen dachte, als einerseits mehr oder weniger unmittelbarer Zeuge in einem noch völlig undurchsichtigen Kriminalfall und andererseits in der Funktion als Wissenschaftler, der einem weiteren Beteiligten in dessen Eigenschaft als Sachverständiger in eben diesem Fall zur Hand gehen würde.

«Gehe ich recht in der Annahme, dass Sie in Ihrer Eigenschaft als Wissenschaftler Herrn Pfyn in einer weiteren Angelegenheit unterstützt haben?» Weiter erklären wollte Rau sich nicht, solange er nicht wusste, ob Pfyn Wattmer tatsächlich in die Untersuchung des Büttenpapiers eingebunden hatte. Doch zu seiner Erleichterung beendete Urs Pfyn seine Unsicherheit.

---

13 Sie befürchten, dass das Gemälde durch die Strahlung Schaden nimmt.

«Das het nid müsse sy, d'Gallician het kei Röntge müesse mache.[14]»

«Nun, wenn das so ist, dann hätte ich die Bitte, ob Sie mich für einen Moment mit Herrn Pfyn allein lassen würden?», fragte Rau den Physiker, der sich daraufhin bereitwillig verabschiedete, die weitere Vorgehensweise bezüglich der Röntgen-Untersuchung würde man telefonisch verabreden.

Kaum hatte sich die Zimmertür geschlossen, begab sich Pfyn zu dem zierlichen Empire-Schreibtisch in Fensternähe, betätigte den Schalter für die Schreibtischlampe, nahm das historische Schriftstück von der ledernen Schreibunterlage und hielt es für eine Weile unter die mit grünem Glas beschirmte Glühbirne. Darauf überreichte er es dem Kommissar:

«Wenn es nüt usmacht, was macht das fürne G'ruch?» Rau bedachte erst Pfyn und dann Bongässer mit einem überraschten Blick, dann roch er an dem Papier, genau an der Stelle, die sich zuvor direkt unter der Lampe befunden hatte und immer noch brühwarm war.

«Es riecht nach ...», Rau hielt das Papier nah an seine Nasenlöcher, «... nach Holzkohle.» Rau reichte das Papier an Bongässer weiter, der es ebenso unter seine Nase hielt, währenddessen schnüffelte er wie ein Dackel, der eine Fährte aufgenommen hat:

«Meine ich auch, Chef. Ziemlich deutlich sogar.» Urs Pfyn nickte.

---

14 Es war nicht notwendig, das Gallician-Papier zu röntgen.

«Unerwartet hend Ihri Schnüf an Ihri gruusig Handchäs doch keni Schadä gno.[15]» Simon Rau sah seinen Schupo-Kollegen amüsiert schmunzelnd an, dann wartete er auf Pfyns Begründung: «Das isch Bister. Gnau gseit brauner Karmin. Gottlob!» Eigentlich war es nicht nötig, dass Rau und Bongässer unisono ihre Augenbrauen hoben, Pfyn war ohnehin klar, dass die beiden Polizisten ihm nicht im Geringsten folgen konnten und fuhr daher umgehend fort, indem er erklärte, dass der Geruch von Holzkohle von der Tinte rührte, die der Verfasser des Schriftstücks verwendet hatte. Der Geruch hielt sich über die Jahrhunderte, vor allem bei der gewählten Holzsorte, die der Kunsthistoriker mit Van-Dyck-Braun bezeichnete, also natürliche Braunkohle. Jede Tinte, erklärte der Schweizer weiter, wies eine charakteristische Farbe auf, nachdem man die Kohle zu Pulver eingedampft und später wieder verdünnt hatte, im Falle des braunen Karmins mit Soda. Weiter führte er aus, dass Bister sowohl als Schreibtinte, als auch als Mal- und Zeichenfarbe verwendet wurde, um Werken einen warmen, bräunlichen Hintergrund zu verleihen, aber auch, um Gemälde vorzuzeichnen. Urs Pfyn betonte, dass so gut wie alle großen Meister mit Bister gearbeitet hatten, von da Vinci über Tizian bis hin zu Lorrain und Rembrandt, ein jeder mit einer ganz eigenen Tönung, je nach Verwendung der Holzsorte: der eine arbeitete mit Rotbuche, der andere mit Eiche. Mit erhobenem Zeigefinger unterstrich Pfyn den Hinweis, dass Bister noch immer bei Restaurierungen benötigt würde, «aber das Bischti chummt no!» Rau ahnte:
«Sie wollen uns jetzt erklären, was Sie mit "Gottlob" meinen?» Pfyns Zeigefinger deutete bestätigend auf Rau.

---

15 Unerwarteterweise hat Ihre Nase an Ihrem scheußlichen Handkäse doch keinen Schaden genommen.

«Von all de gröschti Chünstler het's nur eine gäh, wo mit dere Bister-Variante "Brauner Karmin" gschribe het – und auch malt!»

«Sie wollen damit sagen, dass dieses Stück Papier von einem großen Maler beschrieben wurde?» Im Unterbewussten fühlte Rau, wie sich seine Nackenhaare aufstellten.

«Es cha nu einä ghä[16]», bestätigte er und begründete seine These mit der Aufzählung der Farbpigmente auf der Rückseite des Büttenpapiers, aber auch mit dem Wortfragment "gio", direkt unterhalb der Abrisskante des Papiers, das für ihn nur einen in Frage kommen ließ: «Giacomo di Canareggio, oder?!» Rau erinnerte sich daran, dass Pfyn den Maler während der Ausstellung im Rathaus kurz erwähnt hatte, und dass der Künstler ein Gesamtwerk von lediglich 26 Gemälden hinterlassen hatte. Auf die Frage des Kommissars, weshalb der Schweizer das Papier mit genau diesem Künstler verband, antwortete der:

«Gallician – Marienglas – Smalte!» Pfyn wartete nicht darauf, dass Bongässer mit nach oben weisenden Handflächen den Umstand verdeutlichte, dass er ihm nicht folgen konnte. Stattdessen führte er aus, dass die Herstellungszeit des Büttenpapiers – wie bereits vom Kunsthändler Justus Bloch vermutet – auf die frühen Jahre des 16. Jahrhunderts taxiert werden konnte und sich daher mit der Schaffenszeit von Giacomo di Canareggio überschnitt. Der Renaissance-Maler war 1501 in Venedig geboren und 1536 dort auch begraben worden. Pfyn hob hervor, dass bei der Untersuchung die Aufzählung der Farbpigmente auf der Rückseite des Blattes wichtiger gewesen sei als der Untergrund, auf dem sie verfasst worden war. Er setzte die über der Aufzählung stehende Bezeichnung "Numero 35" in Bezug zu den ihr folgenden Gewichtsangaben in

---

16 Es kann nur einen geben.

toskanischen Maßen und äußerte die Vermutung, dass es sich um die numerische Bezeichnung des Malers für einen bestimmten Farbton innerhalb seiner ganz persönlichen Palette handeln konnte, ähnlich der Ordnungszahl im Periodensystem der Elemente. Ein jeder Meister mischte seine Farben nach individuellen Rezepten, Vermeer malte Schatten nicht einfach schwarz, wie da Vinci es tat, sondern warmes gelbes Licht warf in seinen Werken einen hellblauen, kalten Schatten. Blasse, schattierte Haut malte der Delfter mit Grünerde, das Blau des Himmels mit einer ganz eigenen Schattierung von Marienglas, wie es auch bereits Tizian vermocht hatte. Der Mantel der Jungfrau Maria wurde häufig mit jener zart bläulichen, luziden Pigmentierung aus Gipsmineral versehen, «Daher au de Name vo de Färb!», und folgerte, dass die Auflistung der Pigmente auf dem historischen Papier auf einen intensiv blauen Farbton namens Smalte hindeutete, den Canareggio oft verwendet hatte. Der Schweizer erläuterte, dass die Bezeichnung vom italienischen "smaltare", zu Deutsch: "Schmelzen", abgeleitet worden war.

«Wenigschtens de Teil vo de Ufzählig, wo no da isch![17]», Pfyn deutete auf die Abrisskante, um zu verdeutlichen, dass wohl ein nicht unwesentlicher Teil der Farbrezeptur fehlte. Sichtlich betrübt ließ Pfyn ließ den Arm mit dem Büttenpapier sinken:

«Schadä. Uusfinde, wie de Canareggio Smalte gmischet het, wär en Sensation gsi.[18]»

«Ein Vermögen wert? Ein vergilbter Zettel?», staunte Hermann Bongässer, noch während er die Tür der "Suite Imperial" hinter sich schloss.

---

17 Wenigstens der Teil der Aufzählung, der noch da ist.
18 Schade. Herauszufinden, wie der Canareggio Smalte gemischt hat, wäre eine Sensation.

«Wenn er die gut vierhundert Jahre alte Handschrift eines der bedeutendsten Renaissance-Maler beinhaltet, dann schon. Und erst recht, wenn es tatsächlich doch noch gelänge, Canareggios Farbrezeptur zu entschlüsseln. Sie haben gehört, welchen Wert Pfyn dem Papier in diesem Falle beimessen würde», erklärte Rau. Er sah, wie am anderen Ende des Korridors ein Hotelangestellter dem Aufzug entstieg und sich ihnen näherte.

«Mehr als ein Gemälde Tizians wert ist, Gewirrer!», Bongässer bekräftigte sein Erstaunen mit einem leisen Pfiff. Augenblicke später stand der Portier vor ihm und dem Kommissar. Rau konnte beobachten, wie der Mann in der roten Livree geradezu erschrak, als Bongässer sich zu ihm umdrehte.

«Oh, Sie sind gar nicht der Herr Adjutant?» Rau verstand sofort, während Bongässer noch überlegte, was der junge Hotelangestellte meinte:

«Sie meinen den Herrn Sergeanten, die Leibwache von Herrn Geheimrat Pfyn?» Jetzt hatte auch Hermann Bongässer begriffen:

«Ach ja, der Herr Adjutant, ich hatte mich selbst schon gewundert, wirklich frappierend.» Der Page lächelte, noch immer irritiert:

«In der Tat, bis auf den Bart!», worauf Bongässer verlegen grinste, seine Nervosität entging dem jungen Mann offenbar. Simon Rau fing den Blick des Mannes auf die Türklinke des Zimmers auf.

«Sie wissen nicht zufällig, wo der Herr Sergeant abgeblieben ist?»

«Der ist weggetreten, will meinen, austreten», antwortete Bongässer bemerkenswert geistesgegenwärtig, wie Rau fand.

«Wir haben ihm zugesagt ihn für den Moment zu vertreten. Können wir denn etwas für Sie tun, vielleicht dem Herrn Sergeanten etwas ausrichten?» Für einen Augenblick überlegte der Hotelangestellte, wie vorzugehen wäre, ohne gegen den Grundsatz des Hauses strengster Diskretion zu verstoßen, doch der Anblick des Polizeisterns auf dem Tschako des Schupos erleichterte ihm die Entscheidung:

«Nun, das wäre hilfreich», er räusperte sich, «es geht um ein Missverständnis die Rechnungsstellung betreffend. Bedauerlicherweise konnte das Hauptpostamt unter der Adresse Frankfurt am Main, An der Hauptwache 15, kein Konsulat der Schweizer Eidgenossenschaft ausfindig machen. Wir verstehen selbst nicht, welcher Umstand diesem Fauxpas zugrunde liegen könnte.» Dafür verstand Rau sehr gut. Ebenso gut kannte er die genannte Adresse, und das seit Jahren, seit seiner Ausbildungszeit, die er für einige Monate dort absolviert hatte. War die Anschrift "An der Hauptwache 15" in Frankfurt am Main doch die der Hauptwache in Frankfurt am Main. Rau fühlte, wie die aufsteigende Schamesröte begann ihm die Wangen zu wärmen.

«Die Frage an den Herrn Sergeanten wäre, ob unter diesen Umständen nicht doch eine Begleichung der Rechnung in Bar möglich ist?», lächelte der Page gequält. Simon Rau nickte, auch wenn ihm eher danach war, vehement den Kopf zu schütteln:

«Gewiss. Ich werde es dem Herrn Adjutanten», diesem vermaledeiten Hornochsen, dachte Rau, «ausrichten. Sagen Sie, was zahlt denn die Eidgenossenschaft für dieses Zimmer?» Eigentlich wollte es der Kommissar gar nicht hören.

«Für die Suite Imperial erlauben wir uns 290 Mark zu berechnen.»

«Scheint mir für die Woche geradezu preiswert zu sein», schmunzelte Bongässer, der diesen Geldbetrag in sechs Wochenlohntüten vorzufinden gewohnt war.»

«Pro Tag, selbstverständlich.»

«Selbstverständlich», erwiderte Rau und fuhr sich mit zitternden Fingern über die linke Schläfe, an der sich ein winziges Schweißtröpfchen bereits daran gemacht hatte, aus seiner Pore hervorzutreten.

12. Von Füchsen und Walfischen

Es passierte nicht oft, dass Hermann Bongässer sich genötigt sah, auf dem Beifahrersitz nach einem schützenden Halt zu suchen. Doch so, wie Kommissar Simon Rau die Serpentinen den Schiffenberg hinauf nahm, bei jedem Schaltvorgang ließ er den Motor des Adlers bitter aufheulen, blieb dem Polizeimeister nichts anderes übrig, als sich an der Sitzbank festzuklammern. Dabei hatte er ein gewisses Verständnis dafür, dass Rau das Auto so unwirsch den Hang hinauf trieb, sodass die außen liegenden Räder in der schärfsten Linkskurve beinahe abzuheben drohten. Bezog sich der Ärger seines Vorgesetzten doch nicht einmal auf die Tatsache, dass er und sein Bruder diesen, zugegeben recht ungewöhnlichen, Plan ausgeheckt hatten, sondern vielmehr darauf, dass sie es offensichtlich nicht einmal in Erwägung gezogen hatten, Rau einzuweihen. Ungeachtet des Risikos, dass der Kommissar den Plan abgelehnt hätte und das Resultat wahrscheinlich dasselbe gewesen wäre. Wenigstens jedoch hätte er seinem Bruder Hubert die Blamage mit der falschen Frankfurter Adresse erspart. Zumindest das hätte der Chef intelligenter gelöst – und wohl auch einiges mehr.

«Wenn Sie mich nur gefragt hätten, Bongässer, wenn Sie mich nur gefragt hätten!», rief er ihm beim Aussteigen mit einem grimmigen Blick über das Autodach zu und schritt so zügig über den Hof in Richtung der Komturei davon, dass Bongässer kaum hinterher kam.

Erst am Treppenabsatz des ersten Stocks holte er ihn ein, aber nur, weil Rau aufgehalten worden war. Ein Mann im grauen Arbeitskittel versperrte ihm den Weg, einen circa einen mal einen halben Meter großen Gegenstand nach unten tragend. Bei dem Versuch an dem Kommissar vorbei zu kommen, ließ der Mann die Wolldecke fallen, die bis dahin einen Spiegel, eingefasst in einen massiven, rotbraun gebeizten Holzrahmen, verhüllt hatte. Dass der Spiegel einen großflächigen Sprung aufwies, war unübersehbar. Es wirkte, als hätte eine Spinne ein filigranes Netz auf ihm gewoben. Bongässer registrierte, wie perplex Rau auf das Möbelstück sah, während der Mann versuchte an dem Kommissar vorbeizukommen, vermutlich war es ein Möbelschreiner. Irgendwann hatte es der Handwerker geschafft. Demgegenüber war die Breite des Treppenabsatzes, auf dem Bongässer stand, so auskömmlich, dass der andere sich bequem an dem Schupo vorbei bewegen konnte. Kurz bevor er den Ausgang erreicht hatte, rief Rau ihm von oben zu:

«Verzeihen Sie, gehe ich recht in der Annahme, dass der Spiegel aus dem Gästezimmer im zweiten Stock linker Hand stammt?»

«Stimmt genau», antwortete der Mann. Die Bemerkung, dass der Spiegel doch Tags zuvor noch heil war, verhallte unerwidert im Treppenhaus, schon hörte Rau die Eingangstür in ihr Schloss fallen. Kurz darauf jaulte der Motor des im Hof abgestellten Citroën-Kastenwagens auf.

Der Kommissar fand den Wirt der Schiffenberg-Restauration an seinem gewohnten Platz hinter der Theke vor. Von Rau gefragt, ob es irgendwelche Neuigkeiten gäbe, antwortete er schulterzuckend, während er die Spüle ablederte:

«Da müssen Sie Ihre Kollegen fragen. Hier oben regiert nur der ganz normale Wahnsinn. 'N Bier gefällig?», was Rau verneinte, den daraufhin angebotenen Kaffee jedoch nicht ablehnte. «Das Schlimmste ist das dumme Geschwätz. Sie glauben nicht, welchen Ramsch sich die Leute hier erzählen, was mit dem Lotner alles passiert sein soll. Die Gerüchteküche kocht sprichwörtlich über. Und dann verlieren die 1900er auch noch gegen den VfB. In dieser Spielzeit ist es wie verhext. Erst hatten sie kein Glück …»

«Und dann kam auch noch Pech dazu», ergänzte Rau mit verzogener Miene, nachdem er sich den Mund am kochend heißen Kaffee verbrannt hatte, «muss an den Spiegelscherben liegen.» Er erfasste den fragenden Blick des Gastronomen: «Ich meine den Waschtischspiegel in Lotners Zimmer.»

«Ist der kaputt?»

«Das wissen Sie nicht? Ein Schreiner hat ihn doch eben gerade abgeholt», erklärte Rau mit gekräuselten Augenbrauen.

«Nicht die Bohne. Allerdings habe ich es mir abgewöhnt, mich zu wundern, spätestens seitdem ich die Wirtschaft hier oben übernommen habe. Wie gesagt, der ganz normale Wahnsinn.» Der Wirt hatte begonnen, mit dem Spülleder herumzufuchteln, «sehen Sie, da vertauscht ein nicht besonders gut betuchter Gast am Wochenende einen sündhaft teuren Mantel, maßgeschneidert vom Herrenschneider in der Marktstraße, mit seinem eigenen, ungleich älteren und günstigeren Modell. Der Herr, der den Mohair fälschlicherweise mitgenommen hatte, bringt ihn gleich am Montagmorgen zurück, mit hochrotem Kopf, so peinlich berührt war der. Während der hochfeine Schnösel, dem er gehört, nicht das Geringste von sich hören lässt. Ich dachte ja erst, er würde dem Schurfheim gehören. Soweit ich mich erinnere, hat der einen ganz ähnlichen. Aber

Fehlanzeige.» Schon hatte der Wirt den braunen Mantel aus edler Wolle von einem Kleiderhaken neben dem Telefon genommen und breitete ihn vor dem Kommissar aus.

«Verstehen Sie, was ich meine? Der arme Mann schämt sich in Grund und Boden, während der reiche Fatzke schon längst wieder Maß nehmen lässt für einen Neuen. Und was mache ich, ich Tölpel? Schalte auf eigene Kosten ein Zeitungsinserat, um den Eigner ausfindig zu machen. Ich sage Ihnen, so wie es hier bei uns läuft, geht das auf keinen guten Knopf raus!» Darauf weitete der Gastronom die rechte Außentasche des Mantels, um dem Kommissar dessen Inhalt zu zeigen. Zum Vorschein kam eine Biermarke mit einem verschnörkelten Corps-Zirkel, auf dieser Münze war es das Monogramm der Scephenburgia. Es zeigte ein "S", den Anfangsbuchstaben der Verbindung, verschlungen in die ihres Leitspruches: *Vivat circulus fratrum*, es lebe der Kreis der Brüder. Rau war bekannt, dass Korporierte ebensolche Jetons zum Zahlen der Zeche in einer Exkneipe nutzten, einem Stammlokal außerhalb des Verbindungshauses, wie beispielsweise der Restauration auf dem Schiffenberg. Darüber hinaus befanden sich Dutzende von Eintrittskarten für ein Lichtspielhaus in der Manteltasche. «Hatte sogar überlegt, beim Kino anzurufen, um zu erfragen, ob der Mantelträger zufällig bekannt sei», erklärte er, ob der übertriebenen Fürsorge über sich selbst den Kopf schüttelnd. Kommissar Rau fasste in die Manteltasche und entnahm ihr eine Handvoll Billets:

«Aus dem Lichtspiel-Haus im unteren Seltersweg. Eigenartig, immer dieselbe Tageszeit, immer Loge, erkennt man an der Kartenfarbe.»

«Wer um alles in der Welt sieht sich denn zigmal den gleichen Film an?», fragte der Gastwirt, erneut schüttelte er den Kopf.

«Wenn's einer mit Asta Nielsen ist», war Rau's nicht ganz ernst gemeinte Erklärung. Die Gründe für den ohnehin auf dem Nachmittagsprogramm stehenden Besuch des Selterswegs häuften sich, überlegte er, schließlich befand sich die Gaststätte "Schwarzer Walfisch" in direkter Nachbarschaft zum Lichtspiel-Haus und damit auch zu der erst letztens von Ottokar Lotner erworbenen Immobilie.

«Chef», wurde er von Hermann Bongässer angesprochen, Rau hatte nicht bemerkt, dass er den Gastraum vor ein paar Minuten verlassen und erst jetzt wieder betreten hatte, «vielleicht wollen Sie sich mal etwas ansehen, drüben in der Basilika?»

Der Schupo ging vor, Kommissar Simon Rau folgte ihm durch eine der sieben offenen Arkadenbögen auf der Südseite hinein in das Langhaus. Das Kirchenschiff machte einen bemitleidenswerten Eindruck. Zwei Zwischenböden, die ehedem als Obstdarre gedient hatten, ließen den Raum darunter eng und gedrungen erscheinen. Der Bodenbelag bestand aus Kies, in der Nische der Westapsis und an der nördlichen Innenwand befanden sich Bastkörbe, zwei Handkarren und Holzkisten mit einem nicht zu überblickenden Allerlei an Unrat und Dingen, nach denen wohl schon seit Generationen weder gesucht, noch vermisst worden waren: rostige Eisenketten, verschlissenes Riemenwerk für Pferde und Ochsen, ein verbogener Hufkratzer und löchrige Leinensäcke. Die einzige Sache mit gewissem Restwert war ein ältliches Motorrad, eine Triumph. Wären nicht die Rundbogenfenster unterhalb des Schieferdaches und die für einen Kirchenbau charakteristische Apsis gewesen, man hätte dem Innenraum nicht mehr die ursprüngliche Bestimmung als Gotteshaus ansehen können, auch wenn Rau wusste, dass dieser

Zustand schon in vornapoleonischer Zeit berichtet worden war. Vom Innenhof aus betrachtet war zu erkennen, dass fünf der sieben Arkadenbögen zu dem weltlich genutzten Bereich gehörten, die beiden Bögen links des Querhauses markierten demgegenüber den Kirchenraum. Die beiden Abschnitte waren durch eine massive Zwischenwand voneinander getrennt und über eine Tür miteinander verbunden. Durch diese betrat Rau das Gotteshaus, um sogleich dass Gefühl zu haben, sich ducken zu müssen. Der Boden der hölzernen Empore, der sogenannten Herrenbühne, das Baujahr 1595 war in einem Schriftzug an der Vorderseite festgehalten, befand sich nur wenige Zentimeter über seinem Kopf. Begrüßt wurde er mit lautem Geschrei. Schwalbenjunge in einem Nest in der Nische vor dem kleinen Rundfenster knapp unterhalb des Daches im südlichen Querhaus verlangten eindringlich nach Fütterung. Der Dachstuhl des dreiteiligen Sterngewölbes mit dem von außen weithin sichtbaren, achteckigen Turm über dem Schlussstein in der Mitte sollte der älteste im ganzen Volksstaat Hessen sein, hatte Rau sich von einem Schulausflug behalten.

Der Blick des Kommissars streifte das Schwalbennest und mit der Nische in der Ostwand des südlichen Querschiffs diejenige, in der sich früher wohl die Madonnenskulptur befunden hatte. Dann fiel ihm der alte Fahnenstock auf, der in der Säule der vorderen, nordöstlichen Ecke des Chorraumes steckte. Auch dies hatte sich Rau gemerkt: In früheren Zeiten sollte an diesem Mast das weiße Banner eines Deutschordensritters gehangen haben, der im spanischen Erbfolgekrieg in Italien gefallen war. Doch hatte er sich getäuscht. Anstelle des Fahnenmastes steckte in der Säule ein Stahlrohr, daran befestigt ein Flaschenzug mit einer Eisenkette. Der

Schalldeckel darüber, einziges Überbleibsel der nicht mehr existierenden Kanzel, beschirmte den Flaschenzug, als auch den steinernen Altar rechts daneben und davor das bauchige, innen hohle, frühgotische Taufbecken aus grobporigem Lungstein. Doch gab es beim Anblick des rechteckigen Chorraumes einen entscheidenden Unterschied zu Rau's Schulexkursion vor bald zwanzig Jahren: Für gewöhnlich ruhte hier, links des Altars, die basaltene Grabplatte des Gernand von Buseck, vermutlich im 14. Jahrhundert einer der ersten Pröpste des Deutschherrenstiftes, eingelassen in der obersten der drei Stufenebenen. Heute jedoch war die Steinplatte, deren Oberseite das eingemeißelte Wappen des Ordensgeistlichen zeigte – einen stilisierten Lebensbaum und darüber einen Widderkopf – mittels des Flaschenzuges an der Vorderseite angehoben worden, soweit, dass der Untergrund sichtbar war.

Erst jetzt wurde Rau Bongässers Anwesenheit gewahr, nun aber wieder wie gewohnt in doppelter Erscheinung. Die Gebrüder näherten sich ihm, von hinter dem Verbindungsgang zwischen nördlichem Querhaus und Chor hervorkommend:

«Keine Sorge, Chef, die Grabplatte ist nicht zum ersten Mal angehoben worden, zumindest kürzlich. Dabei war es eine Winzigkeit, die uns auf sie hat aufmerksam werden lassen. Sehen Sie den Steinstaub hier?» Hubert Bongässer, aufgrund des fehlenden Bartes war er für Kommissar zum allerersten Mal gut von seinem Bruder zu unterscheiden, deutete auf eine Spur rötlichen Sandsteins auf der zweiten Treppenstufe, direkt unterhalb des Bereichs, wo die Grabplatte sonst eingelassen war. Ober- als auch Vorderseite der Platte des Gernand von Buseck schlossen passgenau mit der obersten Stufe des Chorraumes ab. Simon Rau ging in die Knie, um sich den

Spalt zwischen Untergrund der Grabplatte und benachbarten Steinfliesen aus nächster Nähe anzusehen.

«Das Steinmehl rührt vom Abrieb, der beim Anheben der Platte entsteht. Demgegenüber fehlen an den Nahtstellen zwischen Grabplatte und Steinboden links und rechts Rückstände von Fugenspeis», erklärte Hubert Bongässer. Dessen Bruder ergänzte:

«Wohingegen überall sonst im Chorraum selbst der kleinste Zwischenraum, die winzigste Spalte fein säuberlich verfugt wurde. Den Flaschenzug haben wir direkt dort hinten in dem Quergang gefunden. Der war wohl vor Kurzem noch in Gebrauch, die alte Fahnenstange lag unmittelbar daneben. Das Beste aber kommt noch», erklärte Hubert Bongässer und holte einen schmalen, bläulich-grau schimmernden Kasten hervor. Offensichtlich war er sehr schwer, er musste die rund sechzig mal sechzig Zentimeter in Breite und Tiefe, aber nur rund vier Zentimeter in der Höhe messende Kassette mit beiden Händen greifen, um sie Rau zeigen zu können.

«Der Untergrund unter der Grabplatte unterteilt sich in drei Segmente, ein Sandsteinquader füllt das vordere und einer das hintere, wie Sie sehen.» Rau spähte in den Bereich unterhalb der angehobenen Basaltplatte. «Die Bleikassette fanden wir in der Aussparung dazwischen, unter einer schmalen Deckplatte. Der Kasten passt zentimetergenau hinein. Die muss dafür gemacht worden sein.» Die entscheidende Frage lag für Rau schnell auf der Hand:

«War denn was drin, in der Kassette?»

«Leider nein», musste Hubert Bongässer zugeben.

«Den ganzen Aufwand für nichts? Und dafür laufen Sie Gefahr, unwiederbringliches, jahrhundertealtes Kulturgut zu beschädigen?», rief unvermittelt jemand von der Herrenbühne herunter, «Wenn das Reichsamt für Archäologie das rausbekommt und einen Schaden feststellt, sind allein Sie und Ihre Kollegen im Obligo. Ich für meinen Teil lehne jede Verantwortung für diese Aktion ab!» Rau drehte sich um und erkannte Otto Schurfheim, den Liegenschaftsverwalter, der sich mit den Händen auf dem Geländer der Empore abstützte. Seine Augen funkelten vor Empörung. Der Kommissar reagierte gelassen:

«Glauben Sie mir, verehrter Herr Schurfheim, unsere Polizeiinspektion ist gut versichert. Wenn Sie also während unserer Ermittlungen uns anzulastende Beschädigungen feststellen sollten, lassen Sie es uns umgehend wissen.» Noch während er sprach, fiel dem Kommissar etwas ein:

«Nur für den zersprungenen Spiegel im Gästezimmer der Komturei machen Sie uns bitte nicht haftbar. Als ich das Zimmer gestern verließ, war er noch heil.»

«Was für ein Spiegel?», wiederholte Schurfheim die Frage des Gastwirtes vor einer halben Stunde.

«Na prächtig, Sie sind schon der zweite, der keine Ahnung davon zu haben scheint.» Offensichtlich war man auf dem Schiffenberg wohl in der glücklichen Lage, Schreiner per Telepathie beauftragen zu können, dachte Rau, auch wenn er dieser neuen, ominösen Pseudo-Wissenschaft bisher wenig Glauben schenken konnte. Er schmunzelte in sich hinein, bevor er sich wieder seinen Kollegen zuwandte. Derweil stapfte Schurfheim pikiert die Treppe der Empore hinunter und verließ die Basilika. Und obwohl von dem Verwalter bald nichts mehr zu sehen war, fuhr Rau gegenüber Hubert Bongässer dennoch mit gedämpfter Stimme fort:

«Wenn ich es richtig deute, glauben Sie, dass jemand erst vor Kurzem diese Grabplatte schon einmal hat anheben lassen, bevor Sie es nun noch einmal taten?»

«Könnt' doch sein, Chef, oder nicht?»

«Und Sie meinen, dass es Lotner war. Und dabei auch die Bleikassette entdeckt hat?»

«Das läge zumindest nahe, die Indizien sprechen eine klare Sprache», bestätigte Hermann Bongässer.

«Bei Grimms Hänsel und Gretel waren es kleine Kiesel, die die beiden aus dem Wald führten, nachdem Hänsel sie ausgelegt hatte. Bei uns könnte es der Steinsand sein», bekräftigte der Beamte mit der bleichen Stelle unter der Nase. Ihn ohne Bart zu sehen war noch immer ungewöhnlich.

«Die Frage, die uns allerdings wohl nur der Archäologe wird beantworten können, ist die, ob er die Kassette genauso leer vorgefunden hat wie wir. Und wenn nicht, was es war, das er entdeckt hat», der Kommissar sah zu dem gotischen, mit Butzenscheiben verglasten Fenster im Ostchor hinüber, als ob das von dort hinein flutende Licht seine Gedanken erhellen konnte. Er blinzelte, dann drehte er sich wieder zu den Zwillingen um, wieder fiel sein Blick auf die Bleikassette:

«Vielleicht haben wir aber auch Glück und einen Hänsel im Hexenhaus. Oder besser gesagt, im Kaiserhof!», damit steuerte Rau den Ausgang unter der mit Holzschnitzereien verzierten Empore an. Mit einer Handbewegung forderte er die Gebrüder auf, ihm zum Auto zu folgen:

«Kommen Sie, Bongässer, Sie haben jetzt die Möglichkeit, Ihre Eselei von heute Morgen wieder gut zu machen!»

«Ihre Eselei, wie treffend», wiederholte der Zwilling des Angesprochenen grinsend und zeigte gen Decke in Richtung des Vierungsturms und auf das Wappen in der Mitte des Gewölbes, jenes des Komturs Johann Riedesel, dessen Schildmotiv, ein Eselskopf auf gelbem Grund, seit bald 400 Jahren die Besucher der Basilika begrüßte und verabschiedete.

Eine Dreiviertelstunde später stellte Kommissar Simon Rau den Adler Standard VI direkt vor dem Haus im Seltersweg ab. Vom Eckhaus zur Wolkengasse nebenan, aus dem Concerthaus, drang der schmissige Klang eines Damenorchesters nach außen. Zuvor hatte Rau Hubert Bongässer am Kaiserhof aussteigen lassen, mit dem Bleikasten und der Frage an Magister Pfyn im Gepäck, ob er es als möglich erachte, auf dem Büttenpapier neben den Holzkohlespuren in der Tinte auch Rückstände von Blei nachweisen zu können, erforderlichenfalls unter Mitwirkung des Physikers Kurt Wattmer. Den Zusatz "Je schneller, desto besser – für uns alle", musste sein Chef nicht anfügen. Hubert Bongässer war sehr wohl bewusst, dass die Ersparnisse des Kommissars, als auch seine eigenen gerade einmal für zwei Tage reichten, Frühstück inbegriffen, Abendmenü exklusive, in der Cognacflasche der Zimmerbar der Suite Imperial lag unweigerlich ein unkalkulierbares Risiko.

Währenddessen stieg Simon Rau das herzhafte Aroma der so herrlich dunklen Bellschuh-Soße in die Nase, noch bevor er die Tür des Hauses mit den durch die Holzvertäfelung angedeuteten Arkadenbögen im Erdgeschoss öffnete, in dem sich die Restauration "Zum schwarzen Walfisch" befand. Im Gastraum angekommen, verdichtete sich der Duft der Halbpfünder-Hackbraten mit Zwiebeln und Kartoffeln zu einem unwiderstehlichen Äther, der Rau an diesem Nachmittag noch intensiver vorkam als sonst. Kein Wunder, dachte er, das letzte Mal etwas zu sich genommen hatte er in der Frühe. Eine halbe Graubrotscheibe mit Butter war das Einzige, wozu er vor der morgendlichen Unterredung mit dem Herrn Polizeirat gekommen war. Wenigstens um eine halbe Portion, dazu ein hier ausgeschenktes Exportbier aus Lich, würde er daher nicht herum kommen, auch wenn der eigentliche Grund für den Besuch der Gaststätte darin lag, sich hinsichtlich des von Lotners Vater erworbenen Hauses nebenan umzuhören.

Die Tische mit den schlichten weißen Tischdecken waren größtenteils besetzt, auch wenn die Mittagszeit schon lange vorbei war, die Abendkarte aber noch nicht gereicht wurde. Rau wollte schon einen leeren Tisch in einer der Fensterfront zum Seltersweg abgewandten Ecke ansteuern, da erspähte er die strengen Gesichtszüge von Rainald König. Der Kellner räumte gerade zwei Teller samt Besteck ab, jenen von König und den von dem Platz ihm gegenüber. Schon bedeutete der dem Kommissar als "Mensuren-König" bekannt gewordene Alte Herr der Scephenburgia, sich zu ihm zu gesellen.

«Was für eine Überraschung, der Herr Kommissar hier, in der einfachen Bürgerküche, um diese Zeit?»

«Ist es nicht beste Bauernfrühstückszeit?», konterte Rau, wissend, dass dieser Begriff die traditionelle Mahlzeit der Corpsstudenten zu später Nachmittagsstunde bezeichnete. König quittierte mit einem schmallippigen Lächeln und bot Rau den Platz ihm gegenüber an. Als er sich setzte, blickte König an ihm vorbei, als wolle er den Kellner rufen. Für einen Augenblick schüttelte der Mann mit dem säuberlich gestutzten Oberlippenbart den Kopf, anstatt dem Wirt zuzunicken. Dennoch erschien der kurz darauf im Rücken von Rau, sah König aufmerksam an und nahm die Bestellung von zwei Export entgegen, der Kommissar komplettierte sie

mit dem gewünschten Bellschuh. Wäre Rau Bauchredner gewesen, hätte sein Magen die Order schon längst quer durch den Saal gerufen. König indes zündete sich eine Zigarette an:
«Welcher Verbindung gehören Sie eigentlich an?», fragte er, während er den Rauch zur Seite ausblies. Rau zuckte mit den Schultern:
«Keiner», König hob das Kinn, ob bestätigend oder ungläubig, war für ihn nicht zu erkennen, «Einmal war ich zum Kommers eingeladen worden. Ich glaube sogar, dass es hier im Kneipsaal vom Schwarzen Walfisch war. Und eigentlich hatte es mir auch recht zugesagt, die Gemeinschaft, die Geselligkeit ...»
«Lassen Sie mich raten, bis zur Trinkmensur, da haben Sie gemuckt?», grinste König, ohne den Mund zu öffnen, was seiner Mimik einen sarkastischen Ausdruck verlieh. Rau entschloss sich dazu, sachlich fortzufahren:
«So in etwa. Die meisten zicken sicherlich, wenn ihr erster Schmiss versorgt wird und genießen dann den Bierskandal umso ausgiebiger. Anders als bei mir, mit dem Ritual des Bierjungen werde ich mich wohl nie anfreunden», bekannte der, der zum Essen ganz gerne mal ein Bier genoss, danach aber einen schwarzen Kaffee bevorzugte. Er vertrug einfach nicht besonders viel. Einer der Gründe, warum Rau eher selten im "Landgraf-Philipp" anzutreffen war, der Stamm-Restauration der Gießener Polizeibeamten am Landgraf-Philipp-Platz. König wiegte den Kopf:
«Schade. Im Kreise der Scephenburgianer wären Sie gewiss zu», Rau vervollständigte in Gedanken Königs Anwurf: unbefleckter Ehre und wahrer Männlichkeit gelangt, dafür hätten wir schon gesorgt, während König fortfuhr: «... einem hoch geachteten und gern gesehenen Burschen geworden. Inmitten eines weit über das

Korporationshaus hinaus nutzbringenden Kreises an Gleichgesinnten. Das Wort "Verbindung" kommt schließlich nicht von ungefähr, wenn Sie verstehen, was ich meine. Bekanntlich nützt eine solche nur dem, der einer angehört.» Er nahm einen tiefen Zug, dann sah er Rau mit zusammengekniffenen Augen an:

«Wie weit sind eigentlich Ihre Ermittlungen im Fall des verschwundenen Archäologen gediehen? Gibt es da was Neues?» Rau presste die Lippen aufeinander, obwohl er gerade dabei war, den ersten Bissen Hackbraten in den Mund zu nehmen:

«Nun, Sie werden sicherlich verstehen, dass es mir nicht möglich ist, darauf zu antworten.» König beugte sich zu Rau herüber:

«Natürlich. Aber vielleicht kann ich Ihnen behilflich sein, unter Erbringung des Nachweises meiner These, dass Ihnen mit der Entscheidung, keiner Verbindung beizutreten, mehr entgangen ist als Sie glauben», und wartete mit einem Gesichtsausdruck, der wohl möglichst gleichgültig wirken sollte, auf die Reaktion des Kommissars.

«Und was meinen Sie, das ich glaube?», entgegnete der nur, um seinerseits abzuwarten, auf was König hinaus wollte.

«Nun, ich gehe fest davon aus, dass Sie schon deutlich weiter in Ihrem Fall wären, hätten Sie auch nur einmal an einer Mensur teilgenommen, und sei es als Spefuchs. Denn dann hätten Sie stante pede erkannt, dass der Täter alles sein kann, nur eben kein Paukant.» Rau nahm einen Schluck Bier, dann sah er König neugierig an.

«Erstens: Ein Rapier wird zum Schlagen benutzt, nicht zum Stechen. Die Spitze ist viel zu stumpf, um damit das Plastron nennenswert zu durchdringen. Meister Lotners Übungswaffe sowieso. Somit können Sie guten Gewissens jeden Fechter als Verdächtigen ausschließen.» König beendete seine Ausführungen mit einem überlegenen Gesichtsausdruck. Der Kommissar ließ ein Kartoffelstück in der tatsächlich einmalig sämigen Sauce kreisen, bevor er es in den Mund nahm, genüsslich kaute, bedächtig das Besteck auf den Teller legte, um dann seine Finger ineinander zu verschränken und König in die Augen zu sehen:

«Ja. Das verstehe ich. Nur eines verstehe ich nicht: Woher Sie wissen wollen, dass nicht geschlagen, sondern gestochen wurde? Weshalb Sie denken, dass Lotner nicht am Kopf, sondern an einer anderen Stelle verletzt wurde?», Rau blieb bewusst im Ungefähren, um nicht in die von König möglicherweise ganz bewusst gestellte Falle zu tappen. Auf gar keinen Fall wollte Rau Ermittlungsdetails offenbaren, genau in dem Moment, in dem König meinte, Rau irgendwelche Erkenntnisse bieten zu können, die auf den ersten Blick zwar schlüssig, auf den zweiten aber völlig unlogisch daher kamen. Rau traute König durchaus zu, dass er ihn auf diese geschickte Weise und bei dieser sich zufällig ergebenden Gelegenheit, bei deftigem Bellschuh und Licher Export, schlicht aushorchen wollte. Doch der Alte Herr machte nicht den Eindruck, dass er sich ertappt fühlte:

«Ganz einfach, Herr Kommissar. Es war unschwer zu erkennen, an welchen Stellen auf Lotners Plastron die Blutflecken am größten waren. Vor allem aber, wäre es anders gewesen, wäre Lotner jetzt tot! Wie gesagt, ich bin nur bestrebt zu helfen», wieder schien er gegenüber dem Kellner den Kopf zu schütteln, als ihm zuzunicken, um ihn zu rufen. Rau drehte sich um, der Kellner war schon auf dem Weg, doch hinter ihm entdeckte Rau etwas, was ihn genauer hinsehen ließ. Für einen kleinen Moment meinte Rau im Korridor vor dem Gastraum, von der Toilette kommend, den pechschwarzen Lockenschopf von Ewin Rodenscheit vorbeihuschen zu sehen.

Allerdings war ihm klar, dass es keinen Sinn machte, sein Gegenüber nach dieser vermeintlichen Beobachtung zu befragen und ob der zweite Teller auf dem Tisch, den der Kellner zusammen mit dem von König abgeräumt hatte, nicht zufällig von dem jungen Rodenscheit benutzt worden war. Schließlich hatte König gerade eben klar gemacht: ein Fechter konnte es keinesfalls gewesen sein.

Vielleicht war er aber auf andere Weise aus der Reserve zu locken, dachte Rau, während er den Ober zu sich winkte und für den Herrn ihm gegenüber einen Schnaps und für sich selbst einen Kaffee bestellte:

«Sagen Sie, stimmt es eigentlich, was man sich erzählt, dass das Haus nebenan kürzlich den Besitzer gewechselt hat?» Der Kellner nickte und steckte sich die fünf Groschen Trinkgeld mit einer geübten Handbewegung in die Westentasche:

«Ein Auswärtiger, aus Hanau oder Offenbach oder so», er nahm Rau's Teller auf, «Hat wohl bald das Doppelte vom Üblichen gezahlt, keinen Schimmer warum, bei der minderwertigen Substanz.» Der Kommissar nahm wahr, wie sich Rainald Königs Züge verfinsterten.

«Und, ist dadurch Konkurrenz für Sie zu erwarten?», setzte Rau nach, dabei wechselte sein Blick von der Bedienung zu König und wieder zurück zum Ober.

«Wenn der uns Konkurrenz machen wollte, dann müsste er seinen Bellschuh schon mit Blattgold überziehen», grinste der Mann, der auf Höhe der Tischmitte zwischen König und Rau stand, «Nein, nein, soweit wir wissen, ist da keine Restauration geplant, aber warum fragen Sie nicht …», der Kellner stockte, in dem Augenblick, in dem er Rainald König ansah. Der hatte sein

Benzinfeuerzeug unsanft und mit einem deutlich vernehmbaren Geräusch auf der Tischplatte aufkommen lassen. Der Blick, mit dem der Scephenburgianer den Mann mit der Kellnerweste bedachte, war für Rau unmissverständlich, «... da drüben nach», blitzschnell hatte der Ober den Blick durchs Fenster auf das Gebäude gegenüber gerichtet und räusperte sich.

«Nun, die Geschäfte rufen, ich empfehle mich», erklärte König plötzlich, stand auf und warf geschwind ein paar Münzen auf den Tisch, darunter auch zwei Biermarken. Rau erkannte den verschnörkelten Zirkel der Scephenburgia, dasselbe Erkennungszeichen wie auf der Marke in der Tasche des vertauschten Mantels. Kurz darauf hatte König den "Schwarzen Walfisch" verlassen. Der Kellner hatte keine Mühe zu erkennen, dass bei Königs Zeche weder Rau's Bier, noch auch nur ein Pfennig Trinkgeld für ihn dabei waren.

13. Der Maschinenmensch

Wenige Minuten später stand Kommissar Simon Rau vor dem Gebäude, auf das der Kellner vom "Schwarzen Walfisch" gedeutet hatte. Der Eingang des "Aurora"-Lichtspielhauses befand sich seitlich der zum unteren Seltersweg zeigenden Front, erbaut im Stil des Historismus mit dem verspielt wirkenden Dreiecksgiebel über dem Gebäudeabschnitt linker Hand, den bräunlichen Klinkern, den mit Sandsteinelementen umrahmten Fenstern und der Passage auf der rechten Seite. Ein Blick auf die auf beiden Seiten der Unterführung hinter Schaufensterglas angebrachten Filmplakate gehörte für Rau zum Routineprogramm immer dann, wenn er sich auf dem Weg von der Stadtmitte zum Selterstor oder umgekehrt befand. Die meisten der aktuell laufenden Streifen waren ihm bereits bekannt, vor allem die der Nachmittagsvorstellungen und damit jene, zu deren Eintritt die bald zwei Dutzend Abschnitte berechtigten, die in der Tasche des vertauschten und noch immer nicht vom Schiffenberg abgeholten Mantels gesteckt hatten. Allerdings waren es eben nicht die Kassenschlager, die zwischen drei und fünf Uhr gezeigt wurden, nicht die großen Prachtstreifen wie "König der Könige", "Das weiße Stadion", ein wirklich sehenswerter Sport-Großfilm von den Olympischen Spielen in St. Moritz oder der neueste Film mit der immer noch unwiderstehlichen Asta Nielsen mit dem Titel "Dirnentragödie". Eher waren im Nachmittagsprogramm mit "Der nächtliche Kämpfer" sechs Akte lang das Farmerleben im wilden Westen zu sehen oder mit Kubinkes "Der Barbier und die drei Dienstmädchen" ein eher schlichtes Schauspiel. Rau wusste, dass dieser Streifen erheitern konnte, wenn man ihn zum ersten Mal sah. Sich ihn aber vier, fünf oder sechs Mal anzuschauen, schien ihm geradezu öde. Unter dem Gesichtspunkt der stetigen Wiederholung mutete es ihm da mindestens genauso anspruchsvoll an, dem "nächtlichen Kämpfer" im mittleren Westen Amerikas beim Viehzaunbau zuzusehen. Egal, wie intensiv er die Plakate betrachtete, es wollte nicht in seinen Kopf, weshalb sich das jemand und seiner doch irgendwie begrenzten Lebenszeit antun sollte, auf einem Logenplatz, selbstredend. Rau sah auf seine Armbanduhr. Es war kurz nach sieben, der erste Abendfilm war gerade angelaufen, es lief Harry Piel in dem Abenteuerstreifen "Sein gefährlichstes Spiel". Somit hatte er noch eine gute halbe Stunde Zeit, um sich hier ein wenig umzuhören und dann entspannt und pünktlich im "Amend" einzutreffen. Marlene Bellring würde heute keinesfalls auf ihn warten müssen.

Der Kommissar ließ die Eingangstür hinter sich ins Schloss fallen. Das Foyer des Lichtspieltheaters wies ein klassisches Interieur auf: glänzende, cremefarbene Steinfliesen, ein roter Läufer wies den Weg hin zum Kassenhäuschen, das inmitten des Korridors postiert war. Wer die Einhausung für den Kartenverkauf zum ersten Mal sah, konnte meinen, man hätte das Bugteil einer Straßenbahn in den Flur eingebaut. Der im Art-déco-Stil gestaltete Korpus aus hellem Holz war mit azurblau und goldglänzenden Fliesen verziert, die drei kleinen Fenster nicht verglast, der Kartenerwerb dadurch erleichtert, dass man den Kassierer nicht durch ein winziges Loch in der Scheibe anschreien musste und umgekehrt so gut wie nie verstand. Nach Erstehen des Billets konnte man links oder rechts daran vorbei den kurzen Weg bis zum Kartenabreißer vor dem Eingang des Kinosaals zurücklegen. Momentan war weder ein weiterer Besucher, noch die Einlasskontrolle zu sehen. Die Türen zum Saal waren gerade geschlossen worden, nicht ohne das Türschild auf die Seite mit dem Hinweis "*Vorführung läuft*" umgedreht zu haben.

Das erste, was Rau beim Blick in das Kassenhäuschen sah, war das eine halbe Seite füllende Inserat auf auf Seite 7 der Tageszeitung: "*Infolge des übergroßen Andranges war ich leider gezwungen, mein Haus am gestrigen Tag zeitweilig zu schließen. Ich bitte daher meine geschätzten Kunden, die nicht oder nicht mit der von mir gewünschten Sorgfalt bedient werden konnten, dies zu entschuldigen und mich in den nächsten, noch bis Samstag in acht Tagen dauernden Jubiläums-Verkaufstagen zu besuchen.*" Hinter der Zeitung stieg dichter Rauch auf, es roch nach einer eher preiswerten Zigarrenmarke.

«Der Kaufmann ist clever, wo so viel Betrieb ist, muss man ja annehmen, dass ein günstiges Schnäppchen zu machen ist», bekannte Rau und wartete, dass der Leser die Zeitung niedersinken ließ. Tatsächlich dauerte es nur Sekunden, bis eine kleine Gestalt mit einem kugelrunden Kopf zum Vorschein kam. Dessen Haarsträhnen waren an zwei Händen abzuzählen, eine Knollennase, die überdeutlich an eine vollreife Erdbeere erinnerte, herrschte über das fleischige Gesicht. Der Mann, Rau schätzte ihn auf Mitte 60, hielt die Zeitung mit so knorpeligen Fingern, dass eine Behandlung mit dem auf der unteren Seitenhälfte beworbenen Mittel durchaus angezeigt erschien:

"*Kukirolen Sie! Dazu brauchen Sie zunächst das millionenfach bewährte Kukirol-Hühneraugen-Pflaster.*"

«Sie können noch rein, momentan läuft noch die Dia-Werbung», gab der Mann zurück, dermaßen näselnd, dass man ihm ein Schnupfenmittel wünschte, «Karte ist am Mann?»

«Bedaure, aber der Piel muss heute ohne mich auskommen. Ich hätte nur ein, zwei Fragen.»

«Fragen?», paffte der Kassierer über den Stumpen, «Was wollen Sie denn wissen?»

«Nur interessehalber, ob zufällig bekannt ist, wer das Anwesen gegenüber erstanden hat.» Auch wenn er die Antwort auf diese Frage bereits wusste, wollte Rau es ruhig angehen lassen, unbedarft, ohne jeden Charakter einer Befragung.

«Na ja, fragen kostet ja so gut wie nichts», mit der einen Hand hob der Mann die Zeitung wieder an, mit dem Zeigefinger der anderen wies er auf ein Schild an der Rückwand unmittelbar hinter sich:

"Doppelwacholder, 43%, 2cl, zwei Fl. für nur 5 Groschen"

«So gut wie nichts», wiederholte Rau wissend, kramte die fünf Münzen hervor, bedeutete dem Mann in dem Häuschen mit zwei Fingern, dass es ihm das wert wäre und ließ sich die beiden Fläschchen aushändigen, nur um sie gleich darauf wieder auf dem kleinen Kassentresen zu dem Kassierer zurückzuschieben. Der schüttelte verständnislos den Kopf:

«Was glauben Sie denn? Man ist doch nicht korrupt!», dennoch nahm er eines der Fläschchen, drehte den Verschluss auf, zeigte dann auf den zweiten Wacholder und schließlich auf Rau.

«Natürlich, bitte um Verzeihung, selbstverständlich wollte ich Sie lediglich auf einen kleinen Umtrunk einladen, weil Sie mich sonst immer so freundlich abkassieren», tat Rau ihm den Gefallen und verformte seine Lippen zu einem gepressten Lächeln. Er verzog das Gesicht, noch bevor er die Flasche geöffnet hatte. Den Inhalt in einem Zug zu leeren, hätte er gerne vermieden. Doch der Mann im Straßenbahnführerhaus bestand darauf. Schon bereute Rau es, im "Schwarzen Walfisch" das Halbliterglas Export bestellt zu haben.

«Ein Hanauer, bisher in Gießen ein unbeschriebenes Blatt.» Simon Rau ahnte, dass er sich verzockt hatte, eine Freikarte war von diesem Kassenmeister nicht zu erwarten. Im Gegenteil, mit seiner ersten Frage hatte er wohl eine lupenreine Fahrkarte geschossen. Der Mann im Kabuff sah ihn aber nun wenigstens aufmerksam an.

«Dann wissen Sie doch sicherlich auch, was für ein Gewerbe dort reinkommen soll?» Der Kassierer sah Rau für eine Weile stumm an, der Zigarrenstummel hing wie angekleistert in seinem Mundwinkel.

«Den Versuch war's wert», murmelte Rau und legte zerknirscht einen weiteren Stapel mit fünf Groschen auf den Tresen. Der Inhalt dieses Fläschchens brannte noch mehr als das erste, dachte er, während er versuchte tief durchzuatmen. Er überlegte, dass er sich seine Fragen gut einteilen musste, spätestens ab jetzt.

«Ein Kino!»

«Ein Kino?», wunderte sich Rau.

«War das 'ne Frage?», wollte der Kassierer wissen. Rau stand der Schweiß auf der Stirn, nicht nur vom Wacholder:

«Eine ... um Gotteswillen, ich habe nur laut gedacht!»

«War nur Spaß», das glucksende Röcheln des Mannes im Kassenhäuschen war wohl als Lachen zu interpretieren.

«Ein Kino also. Inter ...», Rau musste aufstoßen, noch schaffte er es, den Mund geschlossen zu halten, «... essant. Als ob es nicht schon genügend Lichtspielhäuser in der Stadt gäbe. Soweit ich weiß, gehören Ihrem Chef, Herrn Evar, doch schon fast alle Filmtheater, das größte, das "Central" in der oberen Bahnhofstraße, das

"Aurora" hier ... nur das kleine in der Plockstraße 12 gibt's nicht mehr? Und nein, das war keine Frage, nur eine Feststellung!», fügte Rau sicherheitshalber an, «Nicht zu vergessen das "Palast-Lichtspiel" am Lindenplatz, im ehemaligen Hotel Einhorn». Der Kassierer nickte erst, korrigierte dann aber:

«Das "Palast" hat der Chef allerdings abgegeben, an das Hessische Wanderkino. War zu klein, um was abzuwerfen. Die zeigen da jetzt Tierfilme und Reiseberichte vom Spreewald für Schulklassen. Aus demselben Grund wurde ja auch das "Estrelle"-Theater in der unteren Bahnhofstraße aufgegeben. Der König mit seiner Bettlaken-Leinwand da hinter der Westanlage ist tatsächlich der einzige übriggebliebene Wettbewerber. Konkurrenz ist der aber keine. Das hätte der gerne.»

«So, was will dann der alte Lotner», Rau merkte, dass seine Zunge leicht und locker wurde, während er vor sich hin sinnierte, «mit einem Lichtspielhaus in einer Stadt, wo der Kuchen doch schon vollständig verteilt und der Käs' gegessen ist? Quasi?» Das letzte Wort quoll ihm ein wenig unförmig aus dem Mund. Zudem erkannte er an der Mimik des Mannes ihm gegenüber, dass der zu Zugeständnissen nicht mehr bereit war und legte, um nicht zu sagen knallte, bereitwillig eine Mark auf den Tisch:

«Der kluge Mann baut vor!», grinste Simon Rau über beide, schon bald rosa leuchtende Backen.

Immerhin war der Kassierer gnädig und wurde ein bisschen redseliger, auch wenn die Fragen weiter kaufmännisch korrekt abgerechnet wurden. Während Rau sich nunmehr demütig in sein Schicksal fügte und den nächsten Wacholder klaglos abkippte, erklärte der Mann im Kassenhäuschen, dass es durchaus einen Grund für das horrende Bietergefecht um das Geschäftshaus gegenüber gegeben hatte, schließlich beabsichtigte die Stadt, die Lizenz für ein weiteres Lichtspielhaus im Seltersweg nur dann zu erteilen, wenn der Betreiber ein Tonfilm-Theater einrichten würde, das Ziel verfolgend, den Seltersweg als Geschäftsstraße gegenüber der dominanten Bahnhofstraße attraktiver zu machen.

«Neueste Nadelton-Technik. Der erste Film ist auch schon gedreht, in den Staaten zeigen sie den schon, "The Jazz Singer", ein Musik-Streifen, selbstredend. Stellen Sie sich vor, endlich wird man Al Jolson im Film singen hören. Wirklich kolossal!» Die Augen des Kassierers begannen zu leuchten. Die von Rau schimmerten schon längst, aber aus einem anderen Grund. Von einer nüchternen Einschätzung der Erkenntnisse konnte bei dem Kommissar keine Rede mehr sein. Während er den Kopf auf der Hand abstützte, sein Ellenbogen war schon zweimal von dem schmalen Kassentresen abgerutscht, nahm er die weiteren Ausführungen des Kassierers wahr, zumindest phasenweise:

«Der Chef hat getobt, als er den Zuschlag nicht bekommen hat. Und der König sowieso, ein Lichtspieltheater mit Tonfilm war seine letzte Chance, gegenüber einem Heinrich Evar Fuß zu fassen. Man muss kein Kenner der Branche sein, um zu wissen, dass das Stummfilmkino tot ist, wenn sich der Ton erstmal durchgesetzt hat. Und das wird er, das ist so sicher wie das Amen in der Kirche», sagte er und leerte den letzten vorrätigen Wacholder.

Die gläserne Eingangstür schwang auf und ein Pärchen, gefolgt von zwei jungen Männern, kam herein, in ihrem Gefolge zwei ebenso junge Damen. Noch ehe die eingetroffenen Besucher das Kassenhäuschen erreicht hatten, war der kleine Tresen geräumt, nicht einmal ein Verschluss eines Wacholderfläschchens war zu sehen, das andersfarbige Rollenband mit den Eintrittskarten für die Abendvorstellung befand sich gebrauchsfertig in seiner Aufhängung. Simon Rau pustete wie der Blasebalg der Stadtkirchenorgel beim "Großer Gott, wie loben Dich". Des Halts durch das Tresenbrett beraubt, das nun wieder von den gewöhnlichen Kinobesuchern okkupiert wurde, stützte er sich auf der Pappmaché-Nachbildung des Maschinenmenschen aus "Metropolis" ab, der recht verloren und mit hängenden Silberpapier-Schultern in der Mitte des Foyers stand, als ob er sich dafür schämte, dass der Streifen als wahres Kassengift schon wieder aus den meisten Sälen verschwunden war. Rau's wie hypnotisiert wirkender Blick fokussierte die Zeiger der Uhr am Kassenhäuschen, ganz präzise den kleinen Punkt der Welle, an der die Zeiger befestigt waren, ohne freilich die Uhrzeit zu realisieren. Es war kurz nach halb neun.

«Ent … entschnulligen Sie, eine Frag … will sag'n … Feststellung noch!», rief er zum Kassenhäuschen hinüber, der Kassierer versorgte gerade das Pärchen mit Logen-Karten für "Der Himmel auf Erden", «Den Mann … im teuren Mohoho … hair … Mantel … den kennen Sie, gelle!? Keine Frage, nur eine Feststellung», lallte Rau, den Maschinenmenschen nun eng umschlungen haltend. Verwundert drehten sich die Verlobten zu dem Mann um, der gerade dabei war, den linken Arm der Roboterfigur wieder in den ursprünglichen Winkel zurückzudrehen und dabei liebevoll dessen metallisch schimmernden Kopf tätschelte. Die nasale, dahin geraunte Antwort des Kartenverkäufers entging ihm erstaunlicherweise nicht, auch wenn sie es nicht in sein, zugegeben arg strapaziertes, Bewusstsein schaffte:

«Graue Haare, Brillengläser wie 'ne Projektorlinse, bleibt nie bis zum Ende.» Zuvor wünschte er den beiden Kinobesuchern einen unterhaltsamen Abend und entschuldigte sich für den Störenfried im Foyer, offensichtlich wäre es jemand, der nicht wusste, wann er genug hatte.

Marlene Bellring saß im neuen, vom glutroten Licht der untergehenden Sonne durchfluteten Wintergarten des nach langer Umbauzeit just am heutigen Abend neu eröffneten Cafés "Amend", unweit des Bahnhofs und schräg gegenüber des Post- und Telegrafenamtes. Für die Telefonistin ging nichts über ein Frühstück mit Rührei und dem hausgemachtem Erdbeergelee nach einer langen Nachtschicht. Nicht nur deshalb war dies ihre Lieblingsrestauration. Zumindest bis heute. Beschämt nippte sie an ihrem Glas Schaumwein und bedauerte es, dass die Blätter der fast bis an die bald fünf Meter hohe Decke reichenden Palmen nicht ihr Gesicht verdeckten. Liebend gerne hätte sie auf den Sekt verzichtet, den ihr der Conférencier des Abends, der sich selbst nur Oscar nannte, spendiert hatte, als Entschuldigung für den Scherz, den er auf ihre Kosten gemacht hatte:

«Die junge Dame dort hinten scheint seit einer geschlagenen Dreiviertelstunde auf ihre Begleitung zu warten, offenbar stellt der werte Herr seine Uhr nach der in Heidar Pascha! Dort nämlich, in der kleinasiatischen Hafenstadt, macht ein Asfer, ein türkischer Wachsoldat, jeden Mittag um zwölf Uhr mit seiner kleinen Kanone Bumm. Irgendwann kommt ein Effendi, ein deutscher Leutnant vorbei und fragt: "Woher weißt du eigentlich, wann zwölf Uhr mittags ist?" "Ich schaue auf meine Uhr", antwortet der Asfer. "Aber deine Uhr kann doch falsch gehen." Der Soldat darauf: "Yok, Effendim. Nein, mein Herr, im Ort wohnt ein Uhrmacher, ein Schweizer, der stellt mir alle Tage meine Uhr." Der wissbegierige Leutnant begibt sich darauf weiter, kommt auch zufällig beim Schweizer Uhrenmann vorbei und sagt zu ihm: "Tag, wohl nicht viel los hier, was?" "Ach nein, ach nein", klagt der Uhrmacher, "Die Zeiten sind schlecht, niemand kommt. Das einzige, was ich zu tun habe, ist jeden Mittag meine Uhren nach dem Kanonenschuss zu stellen."» Johlend und lachend hatten die über 200 Gäste Beifall gespendet, lediglich eine ältere Dame hatte Marlene mit einem mitleidigen Blick bedacht.

Der Applaus auf die nächste Pointe des Conférenciers war noch nicht abgeebbt, irgendwie hatte es der Mann namens Oscar geschafft, von der Hafenstadt Heidar Pascha zum Neuhof zu kommen, dem ehemaligen Wirtschaftshof der Deutschordens-Chorherren vom Schiffenberg, als ein Mann die Eingangstür aufstieß und in den Saal hinein wankte. Der Unterhalter fuhr derweil fort:

«Sie wissen vielleicht schon, dass einer der neuen Eigentümer des Neuhofs nahe Leihgestern – nach Übergabe durch die Deutschherren – die Nichte des großen Romantikers Clemens Brentano, Claudine, ehelichte und neben ihr auch die Tochter von Bettina und Achim von Arnim, Maximiliane von Oriola, regelmäßig ihre Ferien dort verbrachte. Tatsächlich traf sie dort auch Ihren großen Chemiker Justus von Liebig, der ihr beim Besichtigen seines hiesigen Laboratoriums erklärt haben soll: *Das Beste an Gießen ist der Bahnhof!*», was ihm Entrüstung vorgebende Buhrufe, aber auch Gelächter einbrachte.

«Aber, aber, ich wollte doch nur darauf hinweisen, dass selbst die größten Romantiker mit Freuden bei Ihnen im Gießener Land logiert haben. Und ohne sie hätte Franz Schubert wahrscheinlich nie seine *Schöne Müllerin* komponiert, aus der ich Ihnen nun unter Begleitung der wunderbaren Hauskapelle "die Ungeduld" vortragen möchte!» Schon ließ der Pianist die ersten Töne erklingen.

Der neu Eingetroffene hatte sich zwischenzeitlich, torkelnd und schwankend, durch den Saal gekämpft. Auf seinem Weg durch die Tischreihen klopfte er mal einem Magistratsmitglied jovial von hinten auf die Schulter, vor dem Unterhalter verbeugte er sich tief, bis er an dem kleinen Tisch unterhalb der Palme ganz hinten angekommen war. Simon Rau verpasste es abzustoppen, worauf Marlene Bellring aufsprang und zusah, wie Rau den Tisch mitsamt ihres Stuhls gegen die Palme schob. Unbeholfen wankte Rau zunächst zurück, um dann vor die Telefonistin zu treten und ihre rechte Hand ungelenk bis nah an seinen Mund zu führen, um einen Handkuss anzudeuten. Er roch ihr betörendes, so wundervoll nach Blumen und Vanille duftendes Parfüm. Sie roch Wacholder.

«*Ich meint', es müsst' in meinen Augen stehn, Auf meinen Wangen müsst' man's brennen sehn*», sang der Conférencier. Marlene Bellring war peinlich berührt und verärgert zugleich:

«Das einzige, was ich in Ihren glasigen Augen sehe, sind mindestens zwei Promille», flüsterte sie und dachte: Und die roten Backen sind wohl vom Doppelkorn!

«*Zu lesen wär's auf meinem stummen Mund, Ein jeder Atemzug gäb's laut ihr kund ...*»

«So halten Sie doch wenigstens den Mund geschlossen, wenn Sie aufstoßen, ich riech's auch so», sie hatte Mühe, ihre Stimme zu mäßigen, während sie versuchte ihn auf den Stuhl ihr gegenüber zu bugsieren, «Hier setzen Sie sich jetzt erstmal hin!»

«*Und sie merkt nichts von all' dem bangen Treiben ...*»

«Meine Güte, man riecht Sie ja schon zwei Kilometer gegen den Wind!» Sie konnte es nicht fassen.

«*Dein ist mein Herz, und soll es ewig bleiben*», stimmte Rau lallend in die letzten Töne des Tenors ein. Marlene Bellring standen Tränen in den Augen, fassungslos sah sie den Mann an, der laut klatschend in den Beifall der anderen Gäste für den Gesangsvortrag eingestimmt hatte:

«Weshalb, wieso tun Sie mir das an?» Rau zuckte die Schultern, für Marlene Bellring schien sein unschuldiger Blick so weit von der Realität entfernt wie der Mond von der Erde.

«Sie … Sie …», er verstummte für einen gedehnten Moment, dann hob er neu an: «müssen entschuldigen, aber man hat mich gezwungen, von Amts wegen … das müssen Sie mir glauben!»

«Sie wurden gezwungen, mich von Amts wegen so arg zu blamieren wie es noch nie jemand zuvor getan hat? Nach dem, was ich in den letzten beiden Tagen für Sie getan habe?»

Rau's Gesichtszüge änderten sich so sprunghaft, wie man es beinahe nur bei Betrunkenen und Kleinkindern beobachten konnte. Mit einem Mal wirkte er tief traurig und niedergeschlagen, während er mit geschlossenen Augen den Kopf schüttelte, tatsächlich war ihm jetzt anzumerken, wie er versuchte sich zusammenzunehmen:

«Nie, nie, nie wü …», wieder musste Rau aufstoßen, «würde ich das wollen. Und doch …»

«Und doch tun Sie's», gab Bellring zurück.

«Es ist wie ver … ver …», mit einer eigentümlichen Bewegung ließ er seine Hand nach vorn schnellen, doch Bellring deutete die Geste richtig:

«Verhext?»

«Genau. Verhext», mit der letzten Silbe gesellte sich ein Schluckauf hinzu, der sich quer durch seine weiteren Ausführungen zog:

«Mit den Hexen», seinen Versprecher meinte er mit einem weiteren, diesmal gespielten Schluckauf kaschieren zu können «'zeihung, mit den Damen, die sich mir ... nähern oder denen ... ich mich nähere», Bellring hatte Mühe ihm zu folgen, «ist das so eine Chose», er blies die Backen auf, «um ehrlich zu sein, mit den letzten beiden Damen, mit denen ich mir eine Liaison hätte vorstellen können, habe ich recht unterschiedliche Erfahrungen gemacht: die eine hat sich als kaltblütige Kriminelle entpuppt und mich um ein Haar umgebracht. Die andere hat mich im Ruderboot kentern lassen und ist gerade drauf und dran meinen besten Freund und Kameraden zu heiraten. Ist wie im Anzeiger auf der Rätselseite: Finde den Fehler!»

«Na, meistens sieht man den wohl morgens im Spiegel. Abgesehen davon verstehe ich kein Wort. Und da sich das wohl heute Abend nicht mehr ändern lassen wird, sehe ich keinerlei Veranlassung, noch länger hier zu bleiben. Ich wünsche Ihnen noch einen schönen Abend.» Irgendetwas hinderte sie daran, eine endgültiger klingende Formulierung zu gebrauchen, die ihr auf der Zunge lag: Leben Sie wohl!

Sie hatte sich vorgenommen es nicht zu tun. Sie wollte einfach nicht zurück schauen, obwohl die Abfolge von Schluckauf und Aufstoßen noch zu hören war, als sie sich bereits auf Höhe des Liebig-Museums befand. Simon Rau hickste mehrmals hintereinander, stieß darauf ebenso oft nacheinander auf, immerhin mit geschlossenem Mund, aber dennoch deutlich hörbar, gefolgt von einem wiederum dreifachen, spitz klingenden Schluckauf. Marlene Bellring meinte beinahe aus dem Rhythmus ein "S O S" herausgehört zu haben. Entnervt machte sie kehrt und begab sich zurück zu der bedauernswert dreinblickenden Gestalt, die sich noch immer vor dem Eingang des Cafés befand, ohne sich auch nur ein Jota von der Stelle gerührt zu haben. Er gab ein jämmerliches Bild ab.

«Menschenskind, wollen Sie hier Wurzeln schlagen? Na ja, zum Wacholderstrauch fehlt Ihnen ja auch nicht mehr viel», tadelte sie ihn kopfschüttelnd, «Wo wohnen Sie denn?»

«Lö ... Lö ...», der Schluckauf beendete auch dieses Wort.

«In der Löwengasse also. Na schön, ich bringe Sie nach Hause. Aber machen Sie keine Mätzchen. Sonst setze ich Sie in die Grüne Linie, da können Sie sich an der Endstation am Neuen Friedhof eine Parkbank suchen, klar?» Kommissar Simon Rau musste grinsen, zumindest bis zum nächsten Aufstoßen. An der zierlichen Dame war ein astreiner Schupo verloren gegangen.

Es war nicht einfach Rau davon abzuhalten, auf die Fahrspur mit den Straßenbahngleisen abzugleiten. Sobald niemand in Sichtweite war, hakte sie sich bei ihm unter. Seltsamerweise fühlte er sich nicht einmal so unangenehm an wie befürchtet, ein Sandsack war er jedenfalls nicht. Wäre da nicht diese fürchterliche Fahne gewesen. Sie meinte schon fast, ihn im Griff zu haben, da driftete er zur Seite weg, um erstaunlich zielstrebig das Eckhaus zur Seitengasse namens *Hinter der Westanlage* anzusteuern. Marlene Bellring brauchte ein paar Schritte, um ihn einzuholen. Kurz vor dem hell erleuchteten Eingang des SOLARIS-Lichtspielhauses, dessen Besitzer Rainald König war, passte sie ihn ab. Entgeistert betrachtete sie das die gesamte erste Etage bedeckende und mit Glühbirnen umkränzte Schild.

Heute 10.30 abends:
Nacht-Vorstellung
Bis ins dritte und vierte Glied?
Filmvortrag über die Liebe und ihre Gefahren
– Aufklärung und Moral –
Nur für Erwachsene!

«Ich muss da rein!», lallte Rau. Marlene Bellring atmete tief durch:
«Sind das die Handlungen, zu denen Sie von Amts wegen gezwungen werden? Jetzt hören Sie mal gut zu, Herr Kommissar. Ich weiß ja nicht, wie Sie es in Ihrem Metier so halten, aber ich als Fernsprecherin habe stets einen tadellosen Leumund vorzuweisen. Sie haben daher die Wahl: Entweder Sie entfernen sich auf der Stelle von dem Eingang zu diesem Revolverkino und kommen mit mir. Oder Sie verbringen die Nacht tatsächlich auf einer Parkbank auf dem Neuen Friedhof, Bettzeug wird übrigens nicht gestellt, gleichsam sehen Sie mich nie mehr wieder. Ihre Entscheidung.»
Rau's Antwort ließ nicht lange auf sich warten:
«Ich wohne nicht in der Löwengasse. Sondern in der Löberstraße.»

Eine Viertelstunde später stand Simon Rau vor der Eingangstür des Hauses in der Löberstraße, in dem er die kleine Mansardwohnung bewohnte. Marlene Bellring wartete nicht darauf, dass er den Schlüssel aus seiner Manteltasche hervorgekramt haben würde, sondern klingelte stattdessen. Kurz darauf waren Schritte die Flurtreppe hinunter zu vernehmen. Die Dame mit den dunklen Locken wartete nicht, bis jemand öffnete. Die Blöße, an diesem Abend auch nur eine Sekunde länger als nötig mit einem betrunkenen, wirres Zeug daher redenden, weder mit ihr verlobten noch verheirateten Mann gesehen zu werden, würde sie sich in keinem Fall zumuten. Wortlos schloss sie die Gartentür des Hauses hinter sich, dessen Türsturz mit einem steinernen, streng dreinblickenden Löwenkopf verziert war. Sie war bereits einige Schritte entfernt, als sie hörte, wie die Tür aufschwang, gefolgt von dem dumpfen Geräusch, das entstand, wenn ein Mann, der bis jetzt an der Eingangstür gelehnt hatte, der Länge nach auf den Steinfliesen des Korridors aufkam, zu Füßen seiner Vermieterin Elisabeth Dietzel.

14. Rüddingshäuser Bease

Wer in der Gießener Sandgasse wohnte, lebte stets im Schatten der herrschaftlichen Gründerzeitfassaden der Marktstraße, jenseits des Rathausglockenturms, auf der Kehrseite der im Jugendstil errichteten Häuser, die von Ärzten, Advokaten oder Hochschullehrern bewohnt wurden. Die schmale Gasse, die sich durch ein Binnenmeer gedrungener Bauten aus rotem Ziegel und krummem Fachwerk von der Marktstraße bis zur Neustadt schlängelte, beherbergte die Menschen, die oft seit mehr als drei Generationen hier wohnten und davon zu erzählen wussten, dass hier vor weniger als einem Jahrhundert noch das "Eingerinn", der Stadtbach, zwischen Ställen und engen Häuserwinkeln hindurch geflossen war. Zu denjenigen, die hier bereits als Dreikäsehoch auf der Hobelbank des Großvaters gesessen und ihm beim Schnitzen des Schweifes von dem Schaukelpferd zugesehen hatten, das dann an Heiligabend unter dem Christbaum stand, gehörte Arthur Leisel. Die Schreinerei, die er wie selbstverständlich von seinem Vater übernommen hatte, befand sich unweit des Areals, auf dem der Stadtrat Johannes Oswaldt anno 1671 ein Brauhaus errichtet hatte, eine Gedenkplakette erinnerte noch immer an diese Begebenheit, ergänzt um das Zitat des Bauherrn: "*Gedencke, wer du bist und gehest hier vorbey, daß es zum großen nutz der Festung Gießen sey.*" Indes gehörte Leisels Schreinerei nun zu den modernsten in dem Viertel, das auf der Rückseite gen Nordosten noch immer von einer mittelalterlichen Zeile meist im Schatten liegender Häuschen begrenzt wurde. Ein kleiner Hof mit noch schmalerer Zufahrt ermöglichte das Anliefern sperriger Möbelstücke, die seit Neuestem über eine Laderampe direkt in den Werkstattanbau gebracht werden konnten, während die Vorderseite des grau verputzten Hauses zur Sandgasse zeigte.

Es war gegen halb elf, der Abend war durch einen blutorangenrot eingefärbten Sonnenuntergang gekrönt worden, als Arthur Leisel den letzten Pinselstrich Beize auf dem Holzkorpus der Jugendstil-Standuhr aufgetragen hatte. Das Glöckchen über dem Werkstatteingang ließ ihn aufblicken, ohne dass es ihn verwunderte. Bestimmt war es Burkhard, der ihn mit dem ersehnten Teil und vielleicht sogar mit einem Feierabend-Hessenquell beglücken würde. Auch wenn der Nachbar für gewöhnlich von der anderen Seite herein kam, schließlich wohnte er in einem der kleinen Häuser der Laderampe gegenüber.

«Verzeihen Sie die späte Störung, Herr Leisel», hörte er einen Mann sagen, nachdem dieser in die Werkstatt eingetreten war. Es war unschwer zu erkennen, dass es nicht Burkhard war. Wäre es der Schlosser gewesen, hätte er die komplette Tür ausgefüllt, in der Breite wie auch in der Höhe. Zudem hatte Leisel seinen Nachbarn noch nie weder einen solch breitkrempigen Hut tragen sehen, noch eine Sonnenbrille und erst recht nicht abends.

«Ich komme wegen des Waschtischspiegels, den vom Schiffenberg.» Arthur Leisel legte skeptisch die Stirn in Falten.

«Der ist noch nicht fertig. Ich habe ihn ja erst abgeholt.»

«Ja, ja, natürlich. Trotzdem soll ich ihn mir nochmal ansehen.» Der Schreiner steckte den Pinsel in das Weckglas mit dem Reinigungsbenzin und stützte sich mit gestreckten Armen auf der Werkbank auf.

«Wer schickt Sie denn?»

«Der Chef. Er hat mich beauftragt.» Das war schon gelogen, wusste Leisel, wenngleich nicht zu erwarten gewesen war, dass sich der andere so schnell verraten würde. Umso wichtiger war es, sich die Gewissheit darüber nicht anmerken zu lassen.

«Und mit was genau wurden Sie beauftragt?»

«Ich komme von der Inventarversicherung, wissen Sie. Ich müsste nur einen flüchtigen Blick darauf werfen, dann bin ich auch schon gleich wieder weg. Wo haben Sie denn das gute Stück?»

Zwei Flaschen Hessenquell in der einen und den wie neu glänzenden Gewichtszylinder für die Standuhr in der anderen Hand überquerte Burkhard den Innenhof. Schon sah er durch das Fenster der Schiebetür Arthur in seiner Werkstatt stehen. Er schien sich mit jemandem zu unterhalten. Dann wandte sich Leisel von seinem Gegenüber ab, um, so vermutete der Schlosser, sich an dem kleinen Waschbecken die Hände zu waschen. Unvermittelt blieb Burkhard stehen, was er sah, ließ ihn in Schockstarre verfallen: Gerade als Arthur sich über das Waschbecken beugte, stürzte der andere, ganz in Schwarz gekleidete Mann auf ihn zu und schlug, wohl mit irgendeinem harten Gegenstand, auf ihn ein. Bald war von Arthur Leisel nichts mehr zu sehen. Kurz darauf verschwand auch der dunkel Gewandete hinter dem Türfenster der Laderampe. Endlich besann sich Burkhard, rannte über den Hof und die Treppe der Rampe hinauf, um die Schiebetür so hastig aufzureißen, dass sie beinah aus ihrer Führungsschiene sprang. Die beiden Bierflaschen ließ er dabei fallen.

Arthur lag unter dem Waschbecken, schwer atmend und stöhnend.

«Arthur, bist du verletzt?» Selten empfand Burkhard eine Frage als so überflüssig, die grau melierten Locken am Hinterkopf waren blutverklebt. Mühevoll drehte sich Leisel ein wenig zur Seite. Burkhard meinte durch das leise Stöhnen hindurch verstanden zu haben:

«Vorne … raus.» Noch während er neben seinem Nachbarn kniete, um die Wunde zu inspizieren, registrierte Burkhard zuerst ein Scheppern und darauf das Klingeln des Glöckchens über dem Eingang. Als hätte ihn das Geräusch gereizt, sprang er auf und hastete durch die Werkstatt und zur Tür hinaus. Vom oberen Absatz der Außentreppe konnte er sehen, wie der in Schwarz Gekleidete eilig einen großflächigen Holzrahmen die Sandgasse hinauf schleppte. In Sekundenbruchteilen schossen Burkhard mehrere Gedanken gleichzeitig durch den Kopf: War der mutmaßliche Einbrecher bewaffnet? Hatte er Arthur am Ende mit einem Pistolengriff niedergeschlagen? Dann blickte er auf seine eigene Hand, eine, die der Pranke eines Schlossers alle Ehre machte, und auf den Gegenstand, den sie noch immer hielt. Ohne weiter nachzudenken, rannte er die Treppe hinunter, hinter dem Mann her. Er war nur noch wenige Meter von ihm entfernt, als er, einem Kugelstoßer gleich, den erst vor einer halben Stunde neu verschweißten Messingzylinder der Standuhr in Richtung des Mannes warf. Augenblicke später hielt Burkhard verblüfft inne, er hatte wohl tatsächlich einen Volltreffer im Rücken des Angreifers gelandet. Der Holzrahmen fiel krachend zu Boden, das Spiegelglas zerbarst endgültig in unzählige Splitter. All das hielt den Mann jedoch nicht davon ab zu flüchten. Die Sonnenbrille riss er sich von der Nase, bis er kurz darauf hinter der nächsten Ecke verschwunden war.

«Arthur, um Gottes Willen!», besann sich Burkhard und eilte zurück zu seinem Freund und Nachbarn.

Simon Rau saß an seinem Schreibtisch und verfolgte, wie sich das Citrovanille-Pulver langsam in dem Wasserglas auflöste. Dass das Mittel gegen Kopfschmerz damit beworben wurde, dass es keine Magenbeschwerden verursachen würde, kam ihm an diesem Morgen um kurz nach sieben so sinnstiftend vor wie die Reklame für Wacholder, sollte auch der doch so ungemein magenfreundlich sein. Allein, er merkte nichts davon, im Gegenteil, bei dem Gedanken an Kräuterlikör drehte sich ihm der Magen um. Er hatte es ja so gewollt, dachte er. An sich wusste er von Anfang an, dass er gegenüber diesem Mann in seinem Kartenhäuschen, der ihn noch in der Nacht im Traum in Gestalt des Humpty Dumpty aus dem Roman "Alice hinter den Spiegeln" heimgesucht hatte, den Kürzeren ziehen würde. Sich die Müdigkeit aus den Augenwinkeln streichend, stöhnte er:

«Herein», als es klopfte.

«'Morgen, Chef!», begrüßte Meyer ihn, in der Hand die Mappe mit dem Polizeibericht von der vergangenen Nacht.

«Ziemlich ruhig, nur zwei, nein, drei Vorkommnisse», erklärte der Polizist, «eine Meldung über einen alkoholisierten Störenfried in der Bahnhofstraße», Rau weitete die Augen, «in der Klinkel'schen Mühle wurde eingebrochen, ohne dass Nennenswertes entwendet wurde. Der Täter hat sich wohl noch nicht einmal für das Büro des Geschäftsführers mit den Lohntüten interessiert. Vielmehr ist davon auszugehen, dass es ein Landstreicher war. Das einzige, was nämlich fehlt, sind eine halbe Hartwurst, drei Äpfel und eine

Flasche Bier im Frühstücksraum der Arbeiter. Eine weitere geleerte Flasche stand auf dem Tisch.»

«Und ansonsten? War's das?», fragte Rau routinegemäß nach.

«Ein schwereres Delikt gab's doch: Einbruch mit Raub und Körperverletzung in der Sandgasse. Ein Schreiner wurde in seiner Werkstatt niedergeschlagen. Wahrscheinlich Schädelbasisbruch, ist noch nicht ansprechbar. Ich war eben am Tatort und habe den in Augenschein genommen. Ziemlich ungewöhnliche Umstände. Denn auch hier fehlt so gut wie nichts. Ein Nachbar kam dem Opfer zu Hilfe, genau in dem Moment, als der Täter flüchtete. Der Zeuge meinte nur, ihn mit einem Möbelstück weglaufen gesehen zu haben. Der Angreifer soll das Teil aber fallen gelassen haben, ohne aber dass die Kollegen es sicherstellen konnten.» Simon Rau hatte eben noch ob des bitteren Geschmacks des Kopfschmerzmittels das Gesicht zu einer schrägen Grimasse verzogen, jetzt aber signalisierten seine Gesichtszüge Schupo Meyer interessierte Aufmerksamkeit:

«Der Schreiner hat nicht zufällig einen Citroën-Lieferwagen, cremefarben?»

«Doch, einen Fourgonnette, genau in so einem Beige.» Rau war hellwach.

«Sieh an, Meyer, sieh an. Genau so einen C4 habe ich tatsächlich gestern erst vor der Schiffenberg-Restauration stehen sehen. Und wohl auch den passenden Schreiner dazu», was der Polizeimeister mit einem überraschten Blick quittierte. Sogleich bat Rau ihn, zur Schreinerei in der Sandgasse zurückzukehren, um nach einem bestimmten Möbelstück Aussschau zu halten:

«Ein zerbrochener Waschtischspiegel, dunkler Esche-Rahmen. Die Suche bitte penibel und gründlichst.»

«Selbstredend, Chef, selbstredend», bestätigte Meyer, sofort machte er sich auf den Weg.

Kommissar Simon Rau leerte das Glas mit dem bitter-derb schmeckenden Bodensatz. Er ahnte, gerade heute brauchte er einen klaren Kopf. Auch dem flauen Magen würde er in Kürze etwas anbieten können, zum Glück war heute Markttag. Der Saft erntefrischer Tomaten und ein Sole-Ei vom Stand am Brandplatz hinten links würden ihm gut tun. Vor allem aber dachte er an blaue Veilchen. Schon hatte er den Telefonhörer in der Hand.

Jeder, der sich die Fähigkeit erhält, Schönes zu erkennen, wird nie alt werden. Wenn es ein Zitat gab, das auf den Gießener Wochenmarkt zutreffen sollte, dann war es das von dem nur einige Jahre zuvor und viel zu jung verstorbenen Franz Kafka. Es war dieser Sinnspruch, an den Simon Rau so gut wie jeden Mittwoch dachte. Das Schöne war, dass er nur vor die Tür des Kommissariats treten musste, um in das Meer an Farben und Gerüchen einzutauchen, das sich an diesem Wochentag vom Landgraf-Philipp-Platz über den Brandplatz und die Marktlaubenstraße bis zum Lindenplatz erstreckte. Bis auf die leinenweißen Schirme, die den Waren Schatten spendeten, war alles so bunt, dass das menschliche Auge es kaum erfassen konnte: Auf dem Lindenplatz wurden je nach Jahreszeit rotleuchtende Tomaten, tiefgrüne Gurken, lilablaue Zwetschgen und sonnengelbe Zitronen feilgeboten. Dahinter, im Säulengang der im Stil der Romantik erbauten Marktlauben, die 50 Meter lange Galerie erstreckte sich über die gesamte Straßenlänge, brauchten die Blumenhändler mit ihrer einer Malpalette eines Impressionisten gleichenden Farbenpracht schon früh morgens nicht lange auf ihre ersten Kunden zu warten. Ebenso wenig die Eierfrauen, die Rüddingshäuser Besenmacher oder der Gewürzhändler in den weiteren der insgesamt 14 Loggien. Während in den Marktlauben die Macht der Farben vorherrschte, waren es auf dem Brandplatz die Gerüche und Geschmäcker, die die Besucher in ihren Bann zogen, neben dem besonders an Frühlingstagen pittoresken Flair eines Marktes einer Kleinstadt in der Provence. Hervorgerufen durch den hellgelben Sand, da, wo kein Kopfsteinpflaster verlegt war, und dem dunkelgrünen Horizont, geformt von den im Sommer gütig Schatten spendenden, hohen Bäumen des Botanischen Gartens. Neben dem Maronenstand im Winter und dem Pilze-Verkäufer im Frühherbst hatten dort, nahe der Feuerwache, die Hüttenberger Marktfrauen ihren Platz. In ihrer typischen Tracht mit der dunklen Haube über einem geflochtenen Dutt und der blauen Schürze über einem voluminösen Reifrock boten diese neben ihrem Handkäse mit und ohne Musik auch so gut wie alles andere an, was der Käseliebhabernase schmeichelte, wenigstens den meisten.

«Iih, Stinkekäse!», rief ein Dreikäsehoch seiner Mutter zu, die die Frau hinter den Ziegenmilchlaiben entschuldigend ansah. Doch die winkte ab:

«Kei' Sorge, es kimmt die Zäät, dass er für ihn duftet! Auch wenn er dann net' mehr de' Mamme die Haad hält, sondern sei' Verlobte!»

Simon Rau konnte davon ausgehen, dass Marlene Bellring an der Haltestelle am Lindenplatz die Straßenbahn verlassen würde. Und tatsächlich, nur zehn Minuten später als er es erwartet hatte, entdeckte er unter den aus dem Triebwagen Aussteigenden den Kopf mit den gedrallten Löckchen unter einem dunkelroten Cloche.

Rau kratzte sich unsicher am Kopf, ihre Locken lugten wieder einmal wie gefährlich spitze Korkenzieher unter dem Hut hervor.

«Guten Morgen, Fräulein Bellring», begrüßte er sie, sobald sie aus dem Pulk der Ein- und Aussteigenden herausgetreten war.

«Na, Sie trauen sich ja was», das Rot ihres Hutes hatte offensichtlich nicht getäuscht, «Erfüllt das, was Sie da mit mir machen, nicht den Tatbestand der, wie nennen Sie das, Nötigung?» Eine ähnliche Reaktion hatte Rau erwartet. Natürlich wusste er, dass sein Auftreten am Abend zuvor nicht besonders glücklich gewesen war. Die Hoffnung, dass sie sich an Einzelheiten genauso wenig erinnern konnte wie er, musste er aber wohl spätestens jetzt begraben.

«Ich habe mit Ihrem Vorgesetzten gesprochen, Ihnen entstehen keinerlei Nachteile aus der neuerlichen Vorladung. Selbstverständlich habe ich betont, wie wichtig und hilfreich Sie als Zeugin für die Ermittlungen sind», versuchte er sich am Kreidefressen.

«Nacharbeiten muss ich die Fehlzeiten trotz ...», sie stockte, als Simon Rau einen Blumenstrauß hinter seinem Rücken hervorholte.

«Veilchen?»

«Duft-Veilchen», lächelte er verlegen. Bellring suchte ihr Entzücken mit einem skeptischen Blick zu überspielen:

«Wie haben Sie das rausbekommen? Ich meine, dass das meine Lieblingsblumen sind? Sie haben ihn doch nicht etwa bestochen?», und hob das Kinn in Richtung des Blumenverkäufers vis-a-vis. Verlegen presste Rau die Lippen aufeinander, bevor er erklärte:

«Das war nicht nötig. Ich habe Ihnen nur zugehört.»

«Zugehört? Wie denn das? Sie sind ein Mann!» Rau musste lachen:

«Und ein Kriminaler», wie zum Beweis holte er sein Notizbüchlein aus der Hosentasche hervor. «Und sehen Sie, genau das ist der

Grund, weshalb ich Sie gebeten hatte...», versuchte der Kommissar jeglichen Gedanken zu zerstreuen, dass das morgendliche Wiedersehen nicht einer Entschuldigung für sein Verhalten tags zuvor, sondern ausschließlich den Ermittlungen geschuldet war. Und schon gar nicht, dass er sie einfach wiedersehen wollte. Musste.

Er kam nicht dazu, den Satz zu beenden, Marlene Bellring unterbrach ihn jäh: «Das ist sie, das ist die Stimme!», und wies auf die Loggia der Marktlauben mit dem Gewürzhändler. Ein Kunde war gerade dabei, Koriander und Muskat in seiner Tasche zu verstauen, zwei weitere Gestalten wurden durch herunterhängende Knoblauch-Zöpfe verdeckt. «Diejenige, die bei der Pension anrief, das ist sie! Als sie an uns vorbei gegangen sind, habe ich sie erkannt», flüsterte Bellring und machte einen Schritt in Rau's Rücken, als befürchtete sie, von dem Gesprächsteilnehmer erkannt zu werden.

«Sicher?»

«Ganz sicher», nickte Bellring. Simon Rau begab sich bedächtigen Schrittes an der Telefonistin vorbei. Der Gewürzstand befand sich in einer der vorderen Loggien unweit des Lindenplatzes, nur vielleicht sechs, sieben Meter von Rau's Position entfernt. Der Mann dort sagte etwas zu der Frau an seiner Seite, dann drehte er sich um. Rau erkannte ihn sofort:

«Manteufel», bemerkte er leise, um dann zu rufen: «Na, das ist ja ein Zufall. Wenn Sie wohl die Güte hätten und mir einen kleinen Augenlick ...», doch Kasimir Manteufel dachte offensichtlich nicht daran, dem Kommissar auch nur eine Sekunde seiner Zeit zu schenken. Stattdessen drehte er sich wieder zu der Frau mit dem breitkrempigen Hut um, worauf diese begann loszulaufen. Manteufel schnickte hastig seine Zigarette weg und nahm ebenfalls

Tempo auf, freilich nur so schnell, wie es die Menschenmenge zuließ, die sich an den Ständen beiderseits der Marktlaubenstraße vorbei bewegte.

Manteufel wurde immer schneller. Während sich die Frau durch die Masse der Marktbesucher hindurch schlängelte, versuchte der Mann mit den geölten Haaren dem Kommissar dadurch zu entkommen, indem er, einem Hürdenläufer gleich, über die rund einen Meter hohen stählernen Barrieren kletterte, die die Standflächen im Laubengang hinter den Verkaufsständen voneinander trennten. Ohne jede Rücksicht pflügte er dabei durch die gestapelten Eier-Paletten, Tulpen flogen und Mehl stob durch die Luft, Kartoffeln kullerten aus aufgerissenen Säcken über die Straße. Rau musste da mehr Vorsicht walten lassen, was unweigerlich dazu führte, dass Manteufel ihm schon bald zu entwischen drohte. Er war schon an der letzten Loggia angekommen, als ihn der Hartholzstiel eines für Kopfsteinpflaster bestens geeigneten Rüddingshäuser Reiserbesens am Kopf traf, so, als hielte man einen Stock zwischen die Speichen eines Fahrrads in Höchstgeschwindigkeit, und zwar des Vorderrads.

Kommissar Rau fasste sich in die zwickende Seite und atmete tief durch, als er den Stand der Rüddingshäuser Besenmacher erreicht hatte, hinter dem Kasimir Manteufel lag. Benommen blinzelnd stierte er die ihn Umringenden an. Endlich war auch Marlene Bellring an der Stelle angelangt.
«Das ist der Falsche», flüsterte sie Rau ins Ohr, es kitzelte sowohl ihn in seiner Ohrmuschel, als auch die Telefonistin beim Sprechen, was jedoch weder er, noch sie als unangenehm empfanden.

«Ich hatte gesagt, das ist sie!», verdeutlichte sie.

«Ich weiß, Sie sagten, das ist die Stimme», noch immer sah er auf den am Boden liegenden Mann hinunter, «Wo ist der Fehler?»

«Da drüben. Ich sagte doch, es war ihre Stimme!», und deutete auf die Gestalt einer Frau mit breitkrempigem Hut, die aus einer Entfernung von fast hundert Metern, schon fast am Ende des Landgraf-Philipp-Platzes, zu ihnen herüber sah. Kurz bevor sie hinter der Ecke zur Senckenbergstraße verschwunden war, hatte Rau sie erkannt: es war Adele Vollmer, die Kellnerin vom Schiffenberg. Wie war das noch gleich mit Männern und Zuhören? Rau brauchte nicht viel Phantasie, um den Blick Marlene Bellrings richtig zu deuten. Ganz ohne zugehört zu haben.

«Nun, Herr Manteufel, zu den Details. Im Großen und Ganzen wissen wir ja Bescheid», gab Kommissar Rau vor. Möglicherweise wäre er beim Schwindeln errötet, wenn er nicht davon überzeugt gewesen wäre, dass es einen triftigen Grund für den Fluchtversuch desjenigen Mannes gegeben haben musste, der ihm jetzt in dem gedrungenen Eckzimmer der Polizeiwache gegenüber saß. Durch das kleine, vergitterte Fenster der Nordseite fiel fahles Licht auf Manteufels von Pomade und Schweiß glitzerndes Haupthaar. In der einen Hand hielt er die für ihn obligatorische Zigarette, mit der anderen einen Eisbeutel, die Beule an seiner Stirn hatte in Windeseile ein veritables Volumen angenommen. Und so wartete Rau geduldig, bis Manteufel der Stille überdrüssig geworden war:

«Was würden Sie denn tun? Wie würden Sie wohl reagieren, wenn man Sie zum Narren hielte? Zusehen, wie dieser Wicht sich über Sie lustig macht?» Zusehen, wie Arnd Lotner sich über den Gehörnten Kasimir Manteufel lustig macht, übersetzte Simon Rau in Gedanken. Wie durch Zauberhand fügten sich mit einem Mal die Puzzleteile ineinander: Die Postkarte mit Kafkas Liebesbotschaft in Lotners Buchlektüre, zwischen den Seiten von Kästners Gedicht "Ansprache einer Bardame", im Gästezimmer der Schiffenberg-Restauration. Und natürlich, jetzt erst erinnerte Rau, dass die schnörkelige, verspielte Handschrift der Postkarte und die auf der Hinweistafel für das Tagesmenü im Flur der Komturei identisch waren.

«Das konnten Sie sich natürlich nicht gefallen lassen. Nicht von einem wie Arnd Lotner.» Ein flüchtiges Nicken genügte als Bestätigung. Doch damit allein war es noch lange nicht getan:

«Und so beschlossen Sie ihn zu schädigen.» Nun kam es darauf an, die Federn der Puzzleteile in der Bildmitte an die Nuten der schon weit gediehenen Ecken anzufügen, zweifellos die schwerste Übung. Wichtig war es dabei, den dunklen Schatten zu finden, der sich in dem winzig kleinen schwarzen Fleck an der Nut eines ansonsten komplett blankweißen Teils fortsetzte.

«Beziehungsweise sich selbst zu entschädigen. Und somit zwei Fliegen mit einer Klappe zu schlagen. Denn wie wir wissen», Meyer hatte dies tatsächlich ermittelt, «läuft Ihre neue Zigarettenmarke nicht wirklich gut. Verständlich, will ich meinen. Schließlich gilt Gießen als die Hauptstadt der Zigarre.»

«Allerdings, gut die Hälfte der Zigarrenproduktion im Reich stammt aus Hessen, davon der allergrößte Teil aus Gießen», bestätigte Manteufel nicht ohne Stolz.

«Ebendrum. Da haben Sie sich als einzelner Piranha schon ein schaurig schönes Haifischbecken ausgesucht.» Wiederum sah sich Rau durch Manteufels Ausführungen bestätigt, auch wenn noch immer nicht klar war, wo dieser Weg endete, zu welchem Ziel er führte.

«Die Zukunft liegt in der Zigarette, und zwar in der unseren: leicht im Geschmack, tapfer und komplex!», Rau kräuselte die Augenbrauen, in Gedanken musste er ihm zustimmen. Denn in der Tat, tapfer musste man bei einer "*Canaria*" schon sein, und das nicht nur ein bisschen, «Sie werden sehen, schon in ein paar Jahren werden die Zigarrendreher am Erdkauter Weg Geschichte sein, die Treiser sowieso. Auf den langen Atem kommt es an!» Der Kommissar musste schmunzeln, der Gedanke an einen Zigarettenfabrikanten mit einem langen Atem amüsierte ihn in gewisser Weise.

«Wenn einem nicht auf halbem Weg die Luft weg bleibt. Um das zu verhindern, kam Lotner ins Spiel, richtig? Schließlich hatte er einiges zu bieten ...», ließ Rau seine Vermutung im Raum stehen, über dem Tisch schweben, wie die Qualmwolke über ihren Köpfen, in der sich die Wahrheit verbergen konnte, noch immer ohne auch nur den geringsten Anhaltspunkt zu haben, um was es sich dabei tatsächlich handelte.

«Ich habe den Spieß umgedreht. Ich habe sie belauscht. Habe mitbekommen, wie er Adele gegenüber damit prahlte, dass er eine Möglichkeit aufgetan habe, die seine kühnsten Vorstellungen übersteigen würden. Eine, die ihn frei machen würde, von den Almosen, die ihm das Reichsinstitut zur Verfügung stellt. Ohne jemals wieder auf die Kohle von seinem alten Herrn angewiesen zu sein, der seine Ausgrabungen sowieso wohl nur als brotlosen Firlefanz abtut. Hat fabuliert, dass es ihm nun möglich werden würde, eigene, große Forschungsreisen zu unternehmen. Das müssen Sie sich mal vorstellen, der hat sich schon auf einer Stufe mit Schliemann gesehen, oder mit diesem Engländer, der das goldene Pharaonengrab entdeckt hat.» Rau spürte, wie sich seine Muskeln vor Aufregung anspannten. Nun wäre der Moment gekommen, dass er erführe, was der Dreh- und Angelpunkt für die Ereignisse der letzten drei Tage war, der springende Punkt, des Pudels Kern.

«Also haben Sie ihn erpresst», versuchte es Rau, sicher nicht mit der ganz feinen Klinge, zudem im Ungewissen stochernd, aber was blieb ihm übrig.

«Es war doch glasklar, dass der Lotner irgendein krummes Ding dreht. So einer wie der findet doch nicht mir nichts dir nichts irgendeinen Goldklumpen oder den Schatz der Kelten, und schon gar nicht auf dem Schiffenberg. Noch nicht mal den Kopf der Madonna hat der ausfindig gemacht, das waren spielende Kinder. Nein, wenn der was auftut, muss er Dreck am Stecken haben. Und somit verwundbar sein. Aber das wissen Sie ja alles.» Rau setzte sich verblüfft auf, er ahnte Schreckliches:

«Sie setzen ihn unter Druck und wissen nicht, mit was?» Manteufel neigte den Kopf zur Seite, fast belustigt sah er Rau nach einigen Sekunden an:

«Sie wissen's auch nicht, habe ich recht? Sie haben keinen blassen Schimmer und dachten, ich würde es Ihnen verraten?! Tja, Herr Kommissar, da muss ich Sie wohl leider enttäuschen. Gleichzeitig darf ich mich bei Ihnen bedanken», Rau musste schlucken, «für die mir gerade vermittelte Gewissheit, dass Sie absolut nichts gegen mich in der Hand haben.» Simon Rau starrte ihn regungslos an. Bis ihm endlich, nach einer gefühlten Ewigkeit, eine Möglichkeit einfiel, wie er diese Vernehmung halbwegs gesichtswahrend beenden konnte.

«Das wird sich weisen, sobald wir wissen, was Sie mit Arnd Lotner gemacht und wohin Sie ihn gebracht haben. Gleichzeitig stellt sich mir die Frage, woher ich wissen soll, dass Sie nicht doch mit Fräulein Vollmer unter einer Decke stecken und genau wissen, wo sie sich nun aufhält. Weshalb wohl sollten Sie mit Adele Vollmer denn sonst noch über den Wochenmarkt schlendern, obschon Sie sie mir gegenüber als treulose Tomate darstellen, gerade einmal eine Viertelstunde später? Andernfalls sollten Sie besser glaubhafte Beweise dafür liefern, dass der Riesenbär, den Sie mir gerade aufzubinden versuchen, eine optische Täuschung ist. Und nicht zuletzt würde ich gerne von Ihnen erfahren, wo Sie gestern Abend zwischen zehn und elf Uhr gewesen sind.» Einen Zusammenhang mit dem Angriff auf den Schreiner in der Sandgasse herzustellen, war zwar nicht ganz abwegig, eingedenk der Tatsache, dass genau der den Waschtischspiegel aus Lotners Zimmer abgeholt hatte. Zugegeben, ein ziemlich brüchiger Strohhalm, an dem er sich gerade festhielt.

«Nun, ich fürchte, zu Adeles Aufenthalt werde ich Ihnen nicht zu Erhellendem verhelfen können, vielleicht hält sie ja in diesem Moment schon wieder Arnd Lotners Maulwurf-Pfötchen.» Allerdings hatte Manteufel damit dieselbe Vermutung geäußert, die auch Rau gerade durch den Kopf gegangen war, nach all dem, was er über Lotner und seine Liaison erfahren hatte. Vollmers Anruf bei Lotners bisheriger Pension am Bahnhof noch in der Nacht, wenigstens das stand seit einigen Minuten fest, deutete darauf hin, dass sie schon kurz nach seinem Verschwinden herauszufinden versuchte, wo er sich aufhalten würde.

«Und zu meinem Aufenthaltsort gestern, bitte, ich war im "Schwarzen Walfisch", zur Sitzung der Allegorischen Gesellschaft, es waren neun Mitglieder anwesend. Sie werden Ihnen sicherlich ausnahmslos zur Verfügung stehen. Haben wir's dann? Ich würde mir nämlich jetzt gerne eine Togal besorgen, falls es Ihnen nichts ausmacht. Machen Sie sich keine Mühe, ich finde selbst hinaus.»

15. Zuschlag zum Quadrat

Kasimir Manteufel rauschte den Gang entlang, vorbei am hohen Tresen der Wachstube. Links des Ausgangs saß Marlene Bellring auf einer Wartebank und versuchte, den stechenden Blick des Mannes mit der Beule am Kopf ins Leere laufen zu lassen. Erleichtert atmete sie aus, als Manteufel den Portalflügel donnernd in sein Schloss hatte knallen lassen. Im nächsten Moment stand Simon Rau vor ihr:

«Sie können sich nicht vorstellen, wie sehr ich es bedaure, dass Sie diesen Vorfall eben miterleben mussten. Noch mehr tut es mir leid, dass ich Sie nun noch nicht einmal zum Frühstück einladen kann. Die Situation erfordert es, dass ich mich gleich wieder auf den Weg mache. Aber bitte glauben Sie mir, ich möchte es wieder gut machen. Mir ist wohl bewusst, dass Sie mich in den letzten Tagen viel zu selten so erlebt haben, wie man es von mir gewohnt sein darf, mich selber eingeschlossen. Umso mehr würde ich mich sehr freuen Sie noch einmal anrufen zu dürfen?», fragte er mit leiser Stimme und gesenktem Blick. Marlene Bellring war mittlerweile aufgestanden. Doch auch wenn sie den direkten Augenkontakt zu dem nur etwas größeren Mann suchte, schwang in ihrer Antwort eine gehörige Portion Skepsis:

«Sehen Sie, Herr Kommissar», allein die Wahl der Anrede bedeutete Rau, dass der Duft der für die junge Telefonistin gedachten Veilchen wohl schon wieder verflogen war, «ich weiß nicht, ob ich mich daran gewöhnen kann, mich regelmäßig in Kalamitäten, in einem schlechten Licht oder in eine kompromittierende Lage gebracht zu sehen, sobald wir aufeinander treffen.» Für einen Moment schwieg sie, den Augenkontakt hielt sie indes aufrecht. Zudem fühlte sie wieder das Kitzeln an ihren Lippen, so wie vorhin, als sie Simon Rau ins Ohr geflüstert hatte. Ein Kitzeln wie bei einem sanften Kuss.

«Ich bitte daher um Nachsicht, wenn ich sage, dass ich momentan nicht weiß, ob ich eine neuerliche Einladung annehmen möchte.» Rau versuchte, Bellrings Antwort für sich zu transponieren: Wie war das noch, wenn eine Frau ja sagt, meint sie vielleicht, wenn sie mit vielleicht antwortet, dann ist es ein Nein. Aber was, wenn sie sagt, sie wisse es noch nicht? War das dann wiederum ein Ja?, versuchte er sich selbst Mut zu machen.

«Dienstlich natürlich immer, Sie wissen ja, einfach nur die Gabel ...», mit ihrem Zeigefinger ahmte sie die Bewegung nach, die nach dem Drücken der Telefongabel fürs Amt aussah. Noch einmal sah sie ihn entschuldigend lächelnd an, dann betätigte sie die Türklinke.

Zurück in seinem Büro überflog er die Notizen der Schupo-Kollegen, die noch einmal den dem Schreiner in der Sandgasse zu Hilfe geeilten Nachbarn befragt hatten. Dem war eine weitere Beobachtung eingefallen. Kurz nachdem der Täter in Richtung der Marktstraße verschwunden gewesen war, hätte er das laute, knurrende Geräusch eines schnell anfahrenden Motorrads vernommen, eine wohl recht schwere Maschine, eine BMW oder Triumph vielleicht. Rau spitzte die Lippen und nahm die Information in seinem Notizbuch auf, dann nahm er den Hörer ab und wählte die Nummer von Kurt Wattmer:

«Guten Morgen, der Herr», begrüßte Rau ihn und kam gleich zur Sache, «Wie ich hörte, haben Sie gestern mit Ihren Kollegen der

Allegorischen Gesellschaft getagt? Stimmt das?» Es stimmte, versicherte der Mann mit dem rötlichen Haarkranz. Man hätte drei Stunden lang in der Burg, Rau wusste, dass damit das Vereinslokal der Allegoristen gemeint war, über das Regelwerk für die ersten Gießener offenen Winnie-Stöckchen-Wurfmeisterschaften debattiert. Trotzdem wären noch einige Fragen offen geblieben, die mit den offiziellen Regelwächtern in England abgestimmt werden müssten. Ungläubig schüttelte Rau den Kopf: Ein offizielles Regelwerk, um ein Stöckchen die Lahnbrücke hinunter zu schmeißen? Schnell kam Rau noch einmal auf die Person des Kasimir Manteufel zurück, verbunden mit der Frage an Wattmer, ob man sich noch einmal persönlich treffen könnte.

«Das trifft sich gut, insofern, dass auch wir, also Herr Magister Pfyn und ich, Sie über die neuesten Entdeckungen das Büttenpapier betreffend in Kenntnis setzen möchten. Sie werden bass erstaunt sein!», weckte der Physiker die Neugier des Kommissars. Umso praktischer schien es da, dass Wattmer und der Sachverständige in Kürze ganz in der Nähe zum Frühstück verabredet wären, im Café Astoria in der Plockstraße. Zudem hätte Justus Bloch, sein Kunsthandel befand sich genau nebenan, sie darauf aufmerksam gemacht, dass in dem Kaffeehaus zeitgleich eine Auktion stattfände.

«Pfyn meint, dass man nirgends die Menschen und ihre Charakterzüge so trefflich studieren könne als bei einer Versteigerung. Wir wären in einer halben Stunde dort.»

Die Architektur des Café Astoria war so bemerkenswert wie ungewöhnlich, zumindest im Vergleich zu den Gebäuden gegenüber mit ihren zweifarbigen Klinkerfassaden und den Mittelerkern in variierenden Spielarten des Jugendstils, den steilen Giebeln des

Historismus in der unteren Plockstraße sowie dem eher klassischen Bau des Kunsthändlers Bloch mit dessen Mansarddach zur Linken. In Kontrast dazu bestand das Kaffeehaus aus lediglich zwei Geschossen, darüber ein Flachdach mit einer steinernen Balustrade. Hinter den großflächigen Panoramafenstern des Erdgeschosses war das neueste Ford-Modell zu bewundern. Es war nicht das erste Mal, dass einer der Gebäudeflügel als Ausstellungsraum für ein Automobil diente, inmitten der zierlichen Tische und den Thonet-Stühlen, unterhalb der reich verzierten Kassettendecke mit prächtigem Stuck und kunstvollen Schnitzereien. In der Mitte des Raumes bot eine Marmorstatue des Dionysos, dem griechischen Gott des Weines, dem Besucher symbolisch eine Schale vom Getränk der Götter an, gleich rechts neben dem klimatisierten Schrank, in dem die besten Tropfen des Hauses lagerten.

Kommissar Simon Rau nahm an diesem Vormittag den überwiegenden Teil des Stimmengewirrs von der ersten Etage kommend wahr. Die große, rechteckige Öffnung in der Decke erlaubte einen Blick auf die von einem kunstvoll gedrechselten Geländer eingefasste, innenliegende Galerie im Obergeschoss, sie war offensichtlich gut besucht, während sich in der unteren Etage lediglich ein Gast aufhielt, versteckt hinter seiner Tageszeitung. Rau steuerte sogleich die Treppe an, die Handlaufenden des Geländers wurde von dem in den alten Mythen beschriebenen Gefolge des Dionysos bewacht: links war es ein Satyr, ein lüsternes Mischwesen mit Eselsohren und Pferdeschweif, rechts eine Mänade, eine euphorisierte Begleiterin der dionysischen Züge.

Oben angekommen, fiel sein erster Blick auf ein Hinweisschild auf einer Staffelei. Es erklärte:

Auktion im Namen des Magistrats der Provinzialhauptstadt Gießen.

Zum Höchstgebot versteigert werden:
3 Bettgestelle, 2 Kleiderschränke, mehrere Tische, Stühle, 1 Sofa, 1 Kommode, 1 Waschtisch, 2 Nachttische, 2 Spiegel, 1 Küchenschrank. 1 Gemälde gerahmt, 1 Zeichnung gerahmt, 1 Regulator, 1 Barometer, 1 Kassette, 1 Wand-, 1 Fliegenschrank und verschiedenes Andere. Die Möbelstücke sind in der nämlichen Wohnung Rodberg Nr. 5, Zugang von Oekonomie Saltzmann, in Augenschein zu nehmen.

Kurz darauf nahm Rau das Amulett mit dem weißen Jadestein von Justus Bloch wahr, der ihm im nächsten Moment die Hand gab:
«Da hat wohl jemand sein Faible für das Kunstgewerbe entdeckt, Herr Kommissar. Aber leider muss ich Sie enttäuschen, der "Zirkus auf dem Hinterhof" steht heute nicht zur Versteigerung an.»
Rau lächelte nur:
«Ganz nebenbei vielleicht. Auch wenn ich heute eher zufällig hier bin.»
«Es hätte mich allerdings nicht gewundert, wenn Sie gezielt hierher gekommen wären.»
«Wie meinen Sie das, wenn ich fragen darf?»
«Na ja, eine Auktion ist in meinen Augen für einen Kriminalen ein nicht uninteressanter Ort. Sehen Sie», Bloch trat mit ihm in den saalartigen Raum mit den feudalen Vorhangs-Dekorationen ein. Die

beiden blickten auf eine schon gut besetzte Konzertbestuhlung, die Platz für rund sechzig Personen bot, «hier treffen Sie auf alle Nuancen der Gesellschaft und damit nicht selten auch auf die schwarzen Schafe, die daraus hervorstechen. Einige sind Dauergast, ersteigern vielleicht ein Kaffeeservice eines pleite gegangenen Kaufmannes, um es in ihrem eigenen Haushaltsladen wieder zu verkaufen – oder auf dem Flohmarkt, wenn es sich als minderwertig herausstellt. Andere sind Immobilienspekulanten und schauen nur auf zum Spottpreis zu erwerbende Grundstücke. Allein, sogar eine kleine Werkstatt oder ein Garagenplatz in der Stadtmitte sind mittlerweile Gold wert, nur erkennt das noch nicht jeder. Das ist im Kunstgewerbe genauso wie bei Real-Objekten: Nur derjenige, der den wahren Wert richtig einzuschätzen vermag, macht ein gutes Geschäft.»

Eine weitere Hand streckte sich den beiden Männern zur Begrüßung entgegen. Es war die von Kurt Wattmer. Simon Rau und Justus Bloch erwiderten freundlich, bevor der Kunsthändler fortfuhr:

«Und was die schwarzen Schafe betrifft: Sehen Sie beispielsweise den Mann dort ganz vorne links? Der mit den monochrom changierenden Haarsträhnen wie bei einem Zebra? Das ist Richard Mengelshausen, ein branchenbekannter Kopist. An sich ist das natürlich eine durchaus ehrenwerte Tätigkeit. Doch dem dort wird nachgesagt, nach meinen Informationen nicht unbegründet, dass er Kopien von Werken bekannter Künstler herstellt und sie an Unwissende als Original verkauft, zum Preis eines Originals natürlich. Mengelshausen hat sich wohl auf die Epoche der Renaissance versteift. Man erzählt sich allerdings, dass die Farben, die er selbst herstellt, so hochwertig sind, dass sie von den ursprünglichen Pigmenten kaum zu unterscheiden wären, nur die Grundsubstanzen bezieht er von Farben-Fabrikanten, beispielsweise vom Rodenscheit», Rau horchte auf, «wohl einer der Gründe, weshalb er trotz der Fälscher-Gerüchte sehr erfolgreich sein soll.»

«Allerdings frage ich mich, wie das sein kann: Da haftet so jemandem ein zweifelhafter Ruch an und gleichzeitig bleibt er anerkannt. Ist das nicht ein Widerspruch in sich?», wollte der Kommissar wissen.

«Nicht, wenn die Käufer der gefälschten Werke sich nicht offenbaren. Und das tut so gut wie niemand. Schließlich würde man zugeben müssen, einem Betrüger aufgesessen zu sein. Diejenigen aber, die das nötige Kleingeld haben, um einen Cranach, Dürer oder Holbein zu erwerben, gehören zu der Klientel, der nach eigenem Selbstverständnis Fehleinschätzungen völlig fremd sind. Zudem gehen die meisten dieser Käufer ohnehin davon aus, dass ebensolche Werke nur schwerlich mit ausnahmslos lauteren Mitteln auf den Markt kommen können.» Rau, Bloch und Wattmer standen nebeneinander, alle drei sahen zu der Stuhlreihe hinüber, in deren Mitte der Mann mit dem hell-dunklen Haarschopf saß. Sie beobachteten ihn, bis dieser sich ins Profil drehte, um einen Blick auf das Publikum hinter sich zu werfen:

«Den kenne ich», sagte Wattmer, was Rau erneut die Augenbrauen heben ließ, «also kennen nicht, doch gesehen habe ich ihn ein paar Mal, auf dem Schiffenberg, wenn wir mit der Allegorischen Gesellschaft im Rittersaal tagten, in den letzten Wochen sogar öfter.»

«Haben Sie mitbekommen, mit wem er dort verkehrt hat?», fragte Rau ihn rasch, der Tonfall des Kommissars signalisierte gespanntes Interesse.

«Nicht wirklich ...», das Erscheinen von Urs Pfyn sorgte dafür, dass Wattmer abbrach, aus zweierlei Gründen. Zum einen hob der Auktionator, ein Mann im klassischen schwarzen Anzug und allmählich aus der Mode kommendem Stehkragen mit Schleife, zum Aufruf des nächsten Artikels an, gleichzeitig machte Wattmer den Schweizer Magister per Handzeichen auf sich aufmerksam.

«Wir kommen zu Katalognummer 35. Ein Gemälde, gerahmt, Künstler Josef Albers, 1922. Mindestgebot zehn Mark», und wies mit dem Hammer in der Hand auf eine Staffelei rechts von ihm. Darauf war, in einem schlichten, weißen Rahmen, die Darstellung von einem ockergelben Quadrat zu sehen, darin eines weiteres, kleineres und in Sonnengelb verfasstes gleichschenkliges Viereck, letzteres aber von dem zentralen Schnittpunkt beider Quadrate abweichend horizontal nach unten versetzt. Rau's Blick wanderte von Wattmer hinüber zu dem Herrn vorne am Pult. Die genannte Zahl rief eine zu diesem Zeitpunkt nicht sofort zuordenbare Erinnerung in ihm hervor, eine Assoziation ohne Gegenstück. Er holte sein Notizbuch hervor, behielt es aber zunächst nur in der linken Hand, um mit der rechten den Schweizer Sachverständigen zu begrüßen. Der nickte ihm und den anderen beiden Herren nur wortlos zu, wissend, dass jegliche Unterhaltung bei einer laufenden Versteigerung als unschicklich anzusehen war. Auch das sitzende Publikum zeigte keine Regung, geschweige denn, dass eine Hand für ein Gebot gehoben worden wäre. In die Stille hinein hörte Rau einen Mann auf einem Platz ganz hinten und damit in unmittelbarer Nähe zu der vierköpfigen Gruppe um den Kommissar zu dessen Nebenmann sagen:

«Zehn Mark, für ein Quadrat in einem Quadrat ...», und schüttelte belustigt grinsend den Kopf. Dafür regte sich in einer Reihe weit vorne eine Person. Sie stand auf, drehte sich um, blickte in den Saal hinein und begann in Rau's Richtung zu winken. Es war Hubert Bongässer, sein Anblick ohne den Oberlippenbart war noch immer ungewohnt.

«10 Mark sind geboten, wer bietet mehr?», worauf sich der Schupo fragend zu dem Auktionator umdrehte, um innerhalb von Sekunden rot anzulaufen. 10 Mark, das waren die Deckel von acht Abenden im "Aquarium" oder sprichwörtlich die halbe Miete. Hilflos wandte er erneut den Blick zu Rau. Es war selten genug, dass der Schutzpolizist keine einfache Antwort auf eine komplizierte Frage parat hatte, keinen lockeren Spruch in einer kniffligen Lage. Rau dagegen achtete darauf, seine Antwort, ebenso wenig wie Bongässer zu wissen, was jetzt zu tun wäre, in nicht mehr als ein dezentes Schulterzucken zu kleiden. Eines, das auf gar keinen Fall als Gebot zu deuten wäre, um dann sogar aus einer Entfernung von gut zehn Metern beobachten zu können, wie Bongässer sich den Schweiß von der Stirn wischte. Allein, dem Auktionator schien das Mindestgebot nicht zu genügen, was ihn dazu bemüßigte zu erklären, dass es sich um das Werk eines progressiven Bauhausmeisters handelte, der erst kürzlich den Lehrauftrag von dem berühmten Ludwig Mies van der Rohe in Weimar übernommen hatte.

«Und trotzdem bleibt's ein Viereck in einem Viereck», raunte der Mann in der hintersten Sitzreihe.

«Nun, wer hat Geschmack, wer hat Herz?», fragte der Auktionator noch einmal, das Missfallen, eine Position nur zum kleinstmöglichen Gebot abgeben zu sollen, war ihm deutlich anzumerken. Hubert Bongässer rutschte derweil unruhig auf seinem Stuhl hin und her.

«Keiner mehr? Alsdann, zum Ersten, zum Zweiten ...», Justus Bloch hob gemütlich seinen Arm, während er dem neben ihm stehenden Rau zuflüsterte:

«Was soll's. Bauhaus geht immer», worauf dem Auktionator ein erleichtertes Lächeln übers Gesicht huschte, bevor er rief:

«20 Mark sind geboten, wer bietet mehr?» Bloch quittierte die Zahl mit einem verständnislosen:

«Na, der werte Auktionator scheint mir etwas übermotiviert, üblicherweise geht es in Einer-Schritten weiter.» Im selben Moment sah Rau, wie Bongässer sich erneut umdrehte und erleichtert grinsend einen Daumen in Richtung des Kunsthändlers reckte. Rau ahnte sofort das drohende Ungemach:

«30 Mark sind geboten, wer bietet mehr?»

«Zum Tüfel, Hubsi, was machedst du denn da. Hesh wohl no nie bei ere Auktion gsii?[19]» Rau sah den Schweizer fragend an. Pfyns gezischter Tadel warf für den Kommissar gleich mehrere Fragen auf: Woher wusste Pfyn von Bongässer Spitznamen? Weshalb duzte er ihn und warum sorgte er sich überhaupt darum, dass der Schupo nolens volens mitgeboten hatte? Aus Pfyns Sphinx-ähnlichem Gesichtsausdruck ließ sich jedenfalls keine Antwort herauslesen, beispielsweise die Information, dass sich der beleibte Schutzpolizist in den letzten beiden Tagen überaus gastfreundlich um das Wohl des noch beleibteren Schweizers bemüht hatte. Mit Bongässers wunderbarem Solberfleischrezept, dem Sauerkraut und dem

---

19 Zum Teufel, Hubsi, was machst du denn da. Warst wohl noch nie bei einer Auktion?

Kartoffelstampf; die Pinzettenküchen-Menüs des Restaurants im Kaiserhof waren Pfyn sowieso zuwider. Vor allem aber die selbstgebrannte "Zwätschgi" hatte die beiden Herren sich annähern und schätzen lernen lassen. Pfyns Wissen um die Attraktivität eines Albers vom Bauhaus auch am Zürcher Kunstmarkt stellte da nur eine Fußnote dar. Und so hob der Schweizer behäbig seine fleischige Hand. Ein Raunen ging durch das Publikum, nachdem sich ein Gast nach dem anderen zu ihm umgedreht und in dem Konterfei des Bietenden die Schweizer Kunst-Koryphäe wieder erkannt hatte, wie sie in der ausführlichen Berichterstattung des Anzeigers zur Ausstellungs-Eröffnung im Rathaus, ein großformatiges Foto des Magisters aus Zürich inklusive, abgedruckt worden war.

«40 Mark, wir sehen 40 Mark, wer bietet mehr?» Auf das nächste Gebot musste der Auktionator nicht lange warten. Justus Bloch flüsterte Rau zu:

«Tja, wenn der Leitelefant zur Tränke geht, laufen alle anderen hinterher …»

«50 Mark sind geboten.»

«Vielleicht spielt Pfyn aber auch nur ein Spielchen mit den armen Lemmingen hier. Denn unser Freund weiß nur zu gut, dass jeder Auktionsbesucher mit nur einem Portemonnaie herein kommt. Klevere Teilnehmer gehen bei frühen Artikelnummern erst einmal nur deshalb mit, um den Preis für eher uninteressante Stücke hochzutreiben und so zunächst mal den Ramsch zu viel zu hohen Kursen kaufen zu lassen. Alles zu dem Zwecke, freie Bahn zu haben für die wirklich wertigen Artikel. Wenn die kommen, will man doch am liebsten möglichst wenige Gegenspieler haben, die überhaupt noch in der Lage sind mitzubieten. Es ist wie beim Poker. Auch eine Auktion müssen Sie immer vom Ende des Katalogs her denken.

Und die wirklich beachtenswerte Frottage von Max Ernst steht an Position 47!»
«100 Mark, wer bietet mehr? 150? 150 Mark sind geboten ... 200 ... 200 Mark zum Ersten ... 300, 300 Mark sind geboten ...», die Stimme des Auktionators wechselte frohlockend in die nächsthöhere Oktave, während der Mann in der letzten Reihe, der sich vor wenigen Minuten noch über das Viereck im Viereck amüsierte, aufsprang und erregt, «500 Mark! Ich biete 500 Mark!», rief.

Der Auktionator tupfte sich die Stirn mit dem Taschentuch, gleichzeitig ließ er den Hammer durch die Luft wirbeln, um kurz darauf den Untersetzer anzuvisieren:
«1.950 Mark zum Ersten, zum Zweiten und zum ... Dritten, verkauft für 1.950 Mark!», gefolgt von tosendem Applaus für den Höchstbietenden, der mit hochrotem Kopf aufgestanden war und dem Publikum respektvoll zunickte. Kurz drauf ließ er sich wieder auf seinen Stuhl sinken, um einen imaginären Kloß hinunter zu schlucken. Es war, als wäre er von einer rauschenden Ballnacht auf dem Weg zurück nach Hause, fürchtend, dass mit der Morgenröte die unweigerlich folgende Ernüchterung einkehren würde, nicht ahnend, dass in seinem Rücken Urs Pfyn ihn mit einem schelmischen Blick bedachte. Er musste an Zürcher Geschnetzeltes denken und daran, dass der Höchstbietende sich die Nierli wohl erst einmal nicht mehr würde leisten können.

Während Urs Pfyn die Pause nutzte, um ein paar Worte mit dem Auktionator zu wechseln, nickte Simon Rau dem Meistbietenden respektierlich zu. Dann schlug er sein Notizbuch auf, die wichtigsten Zettel des Gaststätten-Bestellblocks mit den noch Sonntagnacht angefertigten Aufzeichnungen hatte er zwischen die Seiten gelegt, nur um es kurz darauf wieder zuzuklappen: Der Stadtkämmerer kam beschwingten Schrittes und mit einem breiten Grinsen auf ihn zu, im Gefolge Hubert Bongässer:

«Was für ein Coup, verehrter Herr Kommissar! Welch selbstlose Tat! Wenn das nicht wahrer, gelebter Gemeinsinn ist!» Rau stutzte, während der oberste Stadtrechner nah an ihn herantrat und sich verzückt eine Hand an die Wange hielt:

«Und clever sind Sie auch noch, Ihren besten Mann vorzuschicken», Rau schloss aus dem Fingerzeig des Mannes im Zweireiher, dass er wohl Bongässer meinte, «um ja keinen Verdacht zu erregen … ich muss schon sagen, ausgezeichnet, mein lieber Rau, oder sollte ich sagen, mein lieber Scholli?!», und klopfte sich frohlockend an die Hosennaht. Rau versuchte derweil, aus Bongässers feinem Lächeln Näheres herauszulesen. Feixend fuhr der Kämmerer fort: «Zweifellos die einträglichste Versteigerung aus dem Nachlass eines Mittellosen, die die Stadt je gesehen hat! Die großmütigste Schätzung lag bei nicht mehr als fünfzehn Mark, mit einem Bild, das mein Neffe in der Quinta akkurater hätte zeichnen können, der hätte die Quadrate wenigstens vernünftig angeordnet!», beseelt schüttelte er den Kopf, «Sie sind ein Teufelskerl, Rau, ein Teufelskerl. Na ja, was will man auch erwarten, wenn man einen Schweizer als Beelzebub hat», um verschwörerisch hinzuzufügen: «Und hinsichtlich der Budgetwünsche Ihr Kommissariat betreffend, es gibt da noch eine nicht genutzte Haushaltsposition im Gartenamt, schließlich wachsen die Palmen im Warmhaus auch von alleine …», er spitzte die Lippen, schloss kurz die Augen und zwinkerte darauf dem Kriminalen zu, bevor er sich umdrehte, die Hände rieb und sich pfeifend, die

Melodie von "Ein Freund, ein guter Freund", auf den Lippen, in Richtung der unteren Etage verabschiedete.

«Bongässer, zum Rapport, unverzüglich», Rau winkte den Schupo in eine ruhige Ecke des Saales, «bis ins kleinste Detail.»

«Och, so viel ist eigentlich gar nicht zu sagen, Chef ...» Bis auf die Nebensächlichkeit, über die Hubert Bongässer den Stadtkämmerer in Kenntnis gesetzt hatte. Diejenige nämlich, dass es Rau's Idee war, der Katalognummer 35 zu ihrem wahren Wert zu verhelfen, aufgrund seines profunden Wissens über die bei einer Versteigerung wirkenden Kräfte der Psychologie und einer ausgeklügelten Taktik. Und unter Einsatz einiger weniger Schachfiguren: einem nach außen hin als Bauernopfer wirkenden namens Hubert Bongässer, einem Springer in Person von Justus Bloch und, nur schwer zu bewegen, aber für jedermann sichtbar, dem König des Spiels, Urs Pfyn, dessen Logie im Kaiserhof mit diesem Schachmatt im Übrigen ganz nebenbei gesichert worden war, wie der Stadtkämmerer schließlich gerade auch noch einmal Rau gegenüber versichert hatte.

«Und das hat er Ihnen abgenommen?»

«Sie doch auch, Chef, Sie doch auch», grinste Hubert Bongässer von einem ehemaligen Bartende zum anderen.

16. Der blaue Engel

Simon Rau saß eine halbe Stunde später an einem der kleinen Tische im Erdgeschoss des Astoria. Urs Pfyn und Kurt Wattmer hatten sich kurz zuvor verabschiedet. Verärgert schüttelte er den Kopf, sein Notizbuch hatte er aufgeschlagen vor sich liegen. Enttäuscht über sich selbst, dass er nicht früher geschaltet hatte. Hätte er sich doch sofort erinnern müssen, als Justus Bloch, er saß ihm noch immer gegenüber, die einem Streifenhörnchen nicht unähnliche Haartracht des Kopisten Mengelshausen beschrieben hatte. Eben das melierte Hellgrau-Dunkelbraun des bisher Fremden, den die Kellnerin Adele Vollmer als einen der anwesenden Gäste zum Zeitpunkt von Lotners Verschwinden erwähnt hatte. Dass der Mann noch vor gerade einmal zehn Minuten bei der Versteigerung des Werkes eines jungen Malers namens Max Ernst mitgeboten hatte, es handelte sich um eine düstere Waldlandschaft mit einer darin gut versteckten Taube, war für den Kommissar Motivation genug, in diese Richtung zu denken.

«Sein Name ist Richard Mengelshausen. Sobald Sie ihn ausfindig gemacht haben, bringen Sie ihn bitte stante pede ins Kommissariat», beauftragte er Schupo Bongässer, der sich sogleich auf den Weg machte. Nachdenklich rührte Rau in seinem Kaffee, obgleich die Kaffeesahne ihn längst in einen homogenen, karamellbraunen Milchkaffee verwandelt hatte. Mengelshausen, der Kopist, oder auch der Fälscher, es kam wohl auf den Standpunkt an, konnte das Puzzleteil sein, das die ganze Zeit unter dem Tisch gelegen hatte und nur deshalb nicht entdeckt worden war, weil es zufällig dasselbe schwarzweiße Muster aufwies wie der Teppich, auf dem es ruhte. Kasimir Manteufel dagegen schien wohl tatsächlich keine große Rolle in dem Gesamtbild zu spielen. Zumindest hatte Kurt Wattmer dem Kommissar vor wenigen Minuten noch einmal bestätigt, dass Manteufel die ganze Zeit über die Sitzung der Allegorischen Gesellschaft geleitet und nach der Tagesordnung noch bis weit nach Mitternacht geblieben war. Zudem hatte sich Manteufel, der "Prätendent", wie Wattmer ihn einmal nannte, so gut wie gar nicht für dessen Erzählungen die Untersuchung des Büttenpapiers betreffend interessiert, auch nicht sichtbar darauf reagiert.

«Was meinen Sie mit Prätendent?» Wattmer hatte die Frage des Kommissars nach der Bedeutung der eigentümlichen Bezeichnung insofern beantwortet, als dass es bei der Allegorischen Gesellschaft Brauch war, dass jedes Mitglied sich einen frei erdachten Namen zulegte und im Vereinsleben auch damit angesprochen wurde. Der Vorsitzende der Allegoristen hatte sich für die altertümliche Bezeichnung eines Thronanwärters entschieden, auch wenn Wattmer daran zweifelte, dass Manteufel den Wortsinn überhaupt kannte; bei dem Tabakunternehmer war vielmehr davon auszugehen, dass ihm die Bezeichnung einfach nur intelligent und wohlklingend genug anmutete. Wattmer selbst ließ sich bei der Vereinigung mit "Alchemist" anreden, was auch Rau als sinnvoll und einem Physiker und Chemiker angemessen erschien. Wattmers Beobachtung zu Manteufels gleichgültiger Reaktion hinsichtlich der Untersuchung der alten Handschrift jedoch ordnete Rau als ziemlich bedeutsam ein, war er doch überzeugt, dass das historische Papier nach wie vor eine zentrale Rolle in den Ermittlungen einnahm. Eben deshalb erachtete es der Kommissar als absolute Priorität, endlich Hinweise zum Verbleib des Archäologen Arnd Lotner und, spätestens seit heute Morgen, zu dem von Adele Vollmer zu erhalten. Wobei die Wahrscheinlichkeit von Stunde zu Stunde wuchs, dass sich diese beiden an ein und demselben Ort aufhalten würden. Solange aber hier noch keine neuen Erkenntnisse vorlagen, würde er sich der Lösung des Falles über die mittelalterliche Handschrift nähern müssen, über die Tinte, mittels der sie verfasst und über die mutmaßliche Farbrezeptur, die mit ihr auf dem Basler Büttenpapier festgehalten worden war. Ein weiteres Treffen mit dem Schweizer Pfyn war für den Kriminalen somit unumgänglich.

«Wollen Sie nicht mitkommen?» fragte Simon Rau den Kunsthändler.

«Nun, warum nicht, das Geschäft hat sowieso gerade Mittagspause. Wo treffen wir den Magister?»

«Interessanterweise an dem mit Abstand am besten bewachten Ort Gießens.»

«Und ich gehe recht in der Annahme, dass Sie damit nicht das Zuchthaus meinen?»

Seit nun schon bald 25 Jahren behütete die gut drei Meter hohe Engelsfigur den Gießener Marktplatz. In luftiger Höhe, auf der welschen Haube des Eckerkers im Südosten des zentralen Platzes, schien die biblische Gestalt mit ihren erhabenen Flügeln regelrecht über den Köpfen der irdischen Geschöpfe zu schweben. Dabei hatten der Himmelsbote mit dem Äskulapstab und das Gebäude mit dem treppenförmigen Staffelgiebel und dem reich verzierten Erker ein geradezu jugendliches Alter, gemessen an der Zeit, die seit Gründung der "Universitätsapotheke zum goldenen Engel" im Jahr 1650 vergangen gewesen war. Seitdem hatte sie sich zu einer der angesehensten Pharmazien der Stadt entwickelt.

«Seit einiger Zeit hat der Apotheker auch die Fabrikation von Human- und Tierarzneimitteln aufgenommen, habe ich gelesen», erklärte Rau, während er an der Seite von Justus Bloch über den Marktplatz schritt. Der Kunsthändler nickte:

«Nur zu verständlich, dass Pfyn sich zur eingehenden Untersuchung des Gallician-Papiers der Möglichkeiten des Goldenen Engels bedient. Wenn er tatsächlich versuchen möchte, die hierauf in Teilen verzeichnete Farbrezeptur zu vervollständigen, gibt es in der Tat keinen besseren Ort. Wo sonst wären die dazu notwendigen Substanzen wie Kobalt oder Mangan erhältlich, zudem aufs Milligramm abgewogen. Ich würde sogar so weit gehen, daran zu zweifeln, dass das Chemische Institut in der Ludwigstraße über bessere Möglichkeiten verfügt.»

Die junge Pharmazeutin führte die Herren Rau und Bloch in das lichtdurchflutete Eckzimmer im dritten Stock. Jetzt, zur Mittagszeit, waren die Gardinen der Erkerfenster beiseite geschoben. In der Mitte des Raumes stand Urs Pfyn, tief gebeugt über einen großen, quadratischen Tisch. Kurt Wattmer stand neben ihm und begrüßte die eben Eingetroffenen mit einem flüchtigen Handzeichen, doch ohne ein Wort zu sagen. Rau nahm eine angespannte, konzentrierte Stimmung wahr. Justus Bloch schien es nicht anders zu gehen, gemeinsam mit dem Kommissar verharrte er in respektvollem Abstand zu dem Physiker und dem Schweizer Sachverständigen. Urs Pfyn trug ein klobiges, an eine Brille erinnerndes Gestell, mit dem Unterschied, dass es mit nur einem Glas versehen war. Bei genauerem Hinsehen war zu erkennen, dass es sich um ein bemerkenswert dickes Lupenglas handelte.

«Sehe ich richtig, Pfyn übermalt gerade ein Gemälde, das offensichtlich nicht erst gestern fertiggestellt wurde?» Simon Rau traute sich lediglich zu flüstern. Justus Bloch pflichtete ihm, nicht minder leise, bei:

«Das Werk erinnert mich an einen Tizian, Die Jungfrau und das Kind mit der Heiligen Katharina.»

«Und einem Kaninchen», ergänzte Rau andächtig, nachdem er den Bildinhalt komplett erfasst hatte. Endlich richtete sich Urs Pfyn auf und klappte das Lupengestell hoch:

«Au so. Iz heist es luege und stune.[20]» Vor allem Justus Bloch kam die Aufforderung zum Sehen und Staunen ausgesprochen überflüssig vor. Immerhin war er gerade Zeuge des denkwürdigen Umstands geworden, dass ein Mann, dem außerordentlicher Sachverstand und eine unerhörte Expertise in der Kunsthistorie nachgesagt wurde, in der Dachstube einer Apotheke in Oberhessen einem Tizian eine zweite Farbschicht hatte zukommen lassen, zumindest stellenweise. Bloch musste tief ein- und ausatmen, bevor er sich dem Gemälde näherte. Rau folgte ihm in respektvollem Abstand. Blochs Unterkiefer begann vor Anspannung leicht zu vibrieren, als er sich über das Gemälde auf dem Tisch beugte. In dieser Position verharrte er eine ganze Weile, bis er sich zu dem Schweizer umdrehte:

«Ich sehe keinen Unterschied?!»

«Oder?», gab Pfyn vielsagend zurück, reichte Bloch die Vergrößerungsbrille und deutete auf den Bildausschnitt, den er zur detaillierten Betrachtung empfahl. Schnell hatte der Kunsthändler das Gestell in Position gebracht und konzentrierte seinen Blick auf einen nur rund zwei mal zwei Zentimeter messenden Bereich im

---

20 Also, jetzt heißt es Sehen und Staunen.

Gemälde, der den blauen Umhang der Jungfrau Maria zeigte, genau besehen den Teil des Umhangsstoffes im Schulterbereich der Madonnendarstellung, der durch das imaginäre Sonnenlicht heller erschien als der Faltenwurf darunter.

«Verblüffend. In der Tat verblüffend. Sie haben nur diese eine Stelle bearbeitet?» Pfyn nickte, während Bloch sich zu den drei Männern in seinem Rücken umdrehte und die Lupe von der Nase nahm:

«Eine solch perfekte Nachbildung von Marienblau habe ich noch nicht gesehen, schon gar nicht bei einem Werk der Renaissance und noch nie bei einem Tizian.»

«Kunststück, es het ja bis jetz au kei Rezept gäh.»

«Die gewünschte Pigmentzusammensetzung wurde durch Beimischen von drei Grano Bleiweiß und vierzehn Denari Marienglas erreicht», ergänzte Wattmer, «womit das Geheimnis gelüftet sein dürfte, wie Canareggio es geschafft hat, seine Smaltefarbe so zu mischen, dass sie nicht verblasst. Bei herkömmlicher Smalte anderer Maler zerstören die Kalium-Ionen mit der Zeit die Farbpigmente.»

Bald sah Justus Bloch sich im Einklang mit den beiden anderen:

«Wobei der gleiche, sphärische Blauton, wenngleich etwas abgetönt, sich in den Wolken wiederfindet, um einen fließenden Übergang des Dunstes um den Berg im Hintergrund in das Orange des Abendrots zuzulassen. Und so nimmt der Meister das Marienblau des Umhangs auf und lässt es im Himmel aufgehen, Mariä Himmelfahrt vorwegnehmend.»

«Und das alles mit de Farb vom Schüeler, wo si Meischter sött überträffe![21]» Ein Schüler, der seinen Meister übertrifft? Rau kräuselte die Augenbrauen. Gerne hätte er zuallererst seine

---

21 Und all das mit der Farbe eines Schülers, die die seines Meister übertrifft.

Annahme bestätigt bekommen, dass das weiße Kaninchen auf dem Rocksaum der auf dem Boden sitzenden Maria tatsächlich wie von ihm vermutet für die unbefleckte Empfängnis stand. Fürs Erste jedoch würde er sich mit der Übersetzung des Großen und Ganzen zufrieden geben.

«Meine Herren, würde es Ihnen etwas ausmachen, mich in Ihr Malerlatein einzuweihen? Nicht, dass ich Sie in Ihrem Diskurs groß unterbrechen möchte ...», erklärte er lakonisch.

«Aber klar doch, Herr Hauptmann. Ums kurz z'säge: Das isch de Farb vom Canareggio!» Simon Rau hatte sich zwar fast schon an das Schweizerdeutsch gewöhnt, nicht aber an Pfyns kryptische Ausführungen, was er mit einem fragenden Blick verdeutlichte. Wattmer war der erste, der dies erkannte:

«Was unser verehrter Herr Magister sagen will, ist, dass er es tatsächlich geschafft hat, das Rätsel um die Farbrezeptur auf dem Gallician-Papier zu entschlüsseln. Was sich am Ende als noch nicht einmal so schwer herausstellte, da fast alle notwendigen Pigmente auf dem Zettel aufgeführt waren. Außer der Mengenangabe für das Marienglas und, vor allem, die Nennung des Cobaltoxid-Anteils. Dieser ist, neben den weiteren beigemischten Pigmenten, essentiell für den Smalte-Farbton, den Canareggio verwendet hat.»

«Un dem vo Tizian so ähnlet, wil Canareggio ein Schüeler vo Tizian gsi isch.[22]» Justus Bloch fügte feierlich an:

«Und deshalb ist dies hier in der Tat ein besonderer Moment. Aufgrund der Tatsache, dass sowohl Canareggios als auch Tizians Rezeptur zur Herstellung von Smalte über vier Jahrhunderte verschollen waren, konnte eine Vielzahl von Gemälden nicht oder nicht

---

22 Und dem Farbton von Tizian so ähnelt, weil Canareggio ein Schüler Tizians gewesen ist.

originalgetreu restauriert werden. Mariens Faltenwurf hier aber ist der Beweis, dass sich das just geändert hat», Bloch atmete tief aus, «jetzt könnte ich einen Calvados vertragen.»

Langsam verstand der Kommissar: «Das bedeutet, dass Sie gar nicht versucht haben, ein Gemälde Tizians zu verändern oder neu zu gestalten, sondern Sie haben lediglich eine schadhafte Stelle ausgebessert?» Es wäre auch ein Kriminalfall zuviel gewesen, dessen Zeuge er innerhalb weniger Tage geworden wäre. Die tonlose Bestätigung des Schweizers hatte er bereits antizipiert, noch bevor er die nächste Frage stellte: «Doch weshalb haben Sie nicht ein Gemälde von Canareggio selbst für diese Übung herangezogen, anstelle eines Tizians, auch wenn der sein Meister war?» Urs Pfyn zeigte einen entgeisterten Gesichtsausdruck, den Bloch übersetzte:

«Weil ein Canareggio extrem selten ist, es existieren nach heutigem Wissen nurmehr 26 Werke. Keines wird außerhalb Venedigs aufbewahrt und die allermeisten befinden sich im Dogenpalast am Markusplatz. Eine Ausstellungs-Leihe hat es in den letzten 200 Jahren nicht mehr gegeben.» Wattmer ergänzte:

«Zudem ergab sich ein sehr glücklicher Zufall: Das Schloss Johannisburg in Aschaffenburg, es beherbergt eine exzellente Sammlung, Holbein, Dürer, Rembrandt, hat gestern erst den Herrn Magister angefragt, ob er einen dort derzeit ausgestellten Tizian hinsichtlich der zur Verfügung stehenden Optionen für eine Restaurierung begutachten könne. Das Ganze musste zwar noch mit dem Louvre als Leihgeber abgestimmt werden, aber letztendlich sind wir hier!»

«Doch weder der Louvre, noch Schloss Johannisburg wissen davon, dass Sie die Restaurierung heute hier und selbst vornehmen

würden, hab ich recht?», worauf Rau, bis auf zwei Münder mit gespitzten Lippen, keine Antwort erhielt. Kurt Wattmer entschied sich dazu, lieber an einer anderen Stelle fortzufahren:
«Schloss Johannisburg zu Aschaffenburg war die Zweitresidenz der Großherzöge von Frankfurt. Einer von ihnen war Eugène de Beauharnais, der an Kindes Statt von Napoleon angenommene Sohn seiner geliebten Frau Josephine. Überdies war er Fürst von Venedig. Und so traf es sich, dass der Venezianer Giacomo di Canareggio unter den Meistern der Renaissance zum absoluten Favoriten von Eugène wurde, dem Herrscher von Stiefvater Napoleons Gnaden über die Lagunenstadt.» Rau hörte interessiert zu und dachte nach. An einem bestimmten Gedanken angekommen, hob er die Hand, um den Redefluss Wattmers zu unterbrechen:
«Ich frage mich eins: Was ist das besondere, das einzigartige an diesem Künstler, das ihn so berühmt werden ließ? War es nur die geringe Anzahl an Werken und weshalb hat er eigentlich so wenig gemalt?» Justus Bloch sah sich bemüßigt zu antworten, er stand im Zentrum des durch die Erkerfenster einfallenden Lichts:
«Tja, das ist so eine tragische Geschichte, wie sie in der Kunst nur allzu oft vorkommt. Canareggio, der Meisterschüler Tizians, zeigte bereits in jungen Jahren sein schier überbordendes Talent. Vor allem verstand er es, Farben zu kreieren, wie es noch niemand zuvor und so gut wie keiner nach ihm vermochte. Zwar wusste auch ein Vermeer, selbstredend bald hundert Jahre später, Schatten nicht schwarz zu malen wie da Vinci, sondern aus beispielsweise warmem gelben Licht einen hellblauen, kalten Schatten realistisch nachzuvollziehen. Doch keiner malte den Umhang der Maria, das Wasser des Canale Grande oder den Himmel des zu Gott auffahrenden Jesus mit einem solch tiefgreifenden, fluiden und doch

geradezu erschütternd zarten Blau wie Giacomo di Canareggio. Er war noch keine 18 Jahre alt, da porträtierte er bereits die Machthaber der Lagunenstadt, die Dogen in ihrem Palast am Markusplatz. Neben den reichen Venezianer Kaufleuten waren es bald auch Äbte, Bischhöfe und Kardinäle, zudem die venezianischen Konventoberen diverser Orden, Malteser, Deutschherren und so weiter, die Schlange standen, um für ein Gemälde vor ihm sitzen zu dürfen. Ein prunkvolles Leben voller Ansehen und Reichtum schien ihm vorbestimmt. Und dann, ja dann beging der junge Giacomo, dieses Jahrtausendtalent, dessen Genie in meinen Augen nur mit dem von da Vinci, Bach oder Mozart zu vergleichen ist, einen einzigen, folgenschweren Fehler: Er entschied sich für die falsche Seite der Medaille. Er malte einen der Anwärter auf den Thron des Dogen. Der war damals, zur Mitte des 16. Jahrhunderts, nicht nur Stadtoberhaupt einer der bedeutendsten Handelsmächte der Welt, sondern herrschte auch über große Teile Oberitaliens und gehörte daher zu den mächtigsten Männern Europas. Gleichzeitig lehnte Canareggio die Anfrage eines Gegenkandidaten für ein Porträt ab, auch aufgrund persönlicher Animositäten. Nun, aus der Dramaturgie meiner Erzählung schließen Sie sicherlich schon, wer von den beiden Kandidaten zum Dogen gewählt wurde.»

«Uf jede Fall het de armselige Giacomo de gweählte wörde Doge nümme molere dürfe.[23]»

«Schlimmer noch, Canareggio bekam den zuvor geschmähten, aber wider Erwarten dann doch gewählten Dogen in seiner herrschaftlichen Gondel nur noch ein einziges Mal zu Gesicht: durch das kleine, vergitterte Fenster der Seufzerbrücke, auf dem Weg in

---

23 Auf jeden Fall hat der arme Giacomo den neu gewählten Dogen nicht mehr malen dürfen.

seine Kerkerzelle, in der er nur wenige Wochen später verstarb. Zu allem Verdruss ließ der neue venezianische Capo eine große Zahl seiner Werke aus dem Dogenpalast entfernen.»

Kommissar Simon Rau hatte während Blochs Erläuterungen begonnen, den Tisch in der Mitte des Zimmers zu umrunden. Sein Blick blieb dabei unablässig auf dem Werk von Canareggios Lehrmeister haften:
«Nachvollziehbar, dass von diesem Unglücksraben nur noch etwas mehr als zwei Dutzend Werke existieren», Rau blieb abrupt stehen und sah Urs Pfyn aufmerksam an:
«Gehe ich dann recht in der Annahme, dass so gut wie jedes dieser 26 Bilder doch ein Vermögen wert sein muss? Kann man das beziffern? Was bekommt man wohl für eines? Ein Stadthaus?»
Justus Bloch, der Kunsthändler, kam Pfyn in der Antwort zuvor:
«Schätzungsweise bekommen Sie für einen Canareggio die Plockstraße 3, inklusive dem Bierhaus "Onkel Franz", die 5 und noch die Plockstraße 2 gegenüber, Schuhe gehen immer.»
«Fur's Gallician-Papier allei guet's scho e Adler.»
«Ein Motorrad?», fragte Rau.
«Es Auto, und fur d'Rezeptur häsch de Apothek do.[24]» Kurt Wattmer musste schmunzeln:
«Womit endlich die Frage beantwortet ist, warum man so oft von Apotheken-Preisen spricht.»

Simon Rau quittierte die Bemerkung nur kurz mit einem Lächeln, die bemerkenswert hohen Bewertungen beeindruckten ihn durchaus, vor allem die für ein doch eher simples Papierstück, das,

---

24 Ein Auto, und für die Rezeptur bekäme man diese Apotheke hier.

wäre es nicht in unmittelbarer Nähe von Lotners Plastron aufgefunden worden, leicht im Papierkorb hätte landen können. Gleichzeitig sah er die Wahrscheinlichkeit deutlich ansteigen, dass es bei dem mutmaßlichen Angriff auf Lotner und seinem darauffolgenden Verschwinden um sehr viel Geld gehen würde. Zudem war für ihn noch eine Frage offen, die er in Richtung des Physikers Kurt Wattmer stellte:

«Was ist eigentlich mit der Bleikassette vom Schiffenberg, konnten Sie schon einen Blick darauf werfen?» Wattmer hob die Augenbrauen, als hätte man ihn beim Zuspätkommen erwischt:

«Ja, richtig, bitte um Verzeihung, dass ich es noch nicht erwähnt habe. Tatsächlich konnte ich die ein oder andere Auffälligkeit feststellen.»

«Na, dann würde ich mich zunächst für die eine und dann für die andere Neuigkeit interessieren», ermutigte Rau ihn. Schon verfiel Kurt Wattmer in den ihm eigenen Singsang, wenn er zu wissenschaftlichen Erläuterungen ansetzte:

«Sie hatten mich gebeten, beide Beweisstücke zu untersuchen, das Gallician-Papier und die Metallkassette», und erklärte, dass bei der Untersuchung des Büttenpapiers auf der Rückseite Bleispuren entdeckt werden konnten, was tatsächlich dafür sprach, dass sich das Blatt mit der Handschrift in dem Kasten befunden haben konnte.

«Haben konnte?», wunderte sich der Kommissar.

«Sie verstehen sicherlich, dass es für einen Physiker jeweils nur eine gewisse Sicherheit geben kann. Wenn Sie den geschätzten Kollegen Heisenberg zu Wahrscheinlichkeiten befragen, wird der Ihnen mit Sicherheit sagen, dass auf subatomarer Ebene gar nichts mehr sicher ist.» Wattmer sah ein, dass diese Bemerkung für den

Kommissar wohl nicht besonders leicht einzuordnen war. Und doch schien Rau seinen Ausführungen folgen zu können:

«Also befand sich das Büttenpapier mit hoher Wahrscheinlichkeit in dem Kasten – unter der Grabplatte des Gernand von Buseck in der Basilika?»

«Wahrscheinlich ja. Doch damit nicht genug. Wir konnten auf der der Farbrezeptur gegenüberliegenden Seite des Büttenpapiers Spuren weiterer Substanzen feststellen», und zählte darauf in Gewichtseinheiten, die Rau nur geringfügig geläufig waren, Zinnober, Leinöl, Naturharz, Azurit und Grünspan auf, «und, wie auch in der Rezeptur aufgeführt, Bleiweiß sowie CobaltIII und Marienglas, in nicht unwesentlichen Mengen. Die kristalline Struktur ist unter dem Mikroskop sehr gut zu erkennen. Vor allem aber die Menge an Ölen auf dem Papier ist beachtlich.» Rau's Augen hatten sich zu Schlitzen verengt, angespannt nachdenkend trommelte er mit der Zunge gegen die Innenseiten seines Unterkiefers:

«Haben Sie sie da? Die Handschrift?»

«Selbstverständlich», bestätigte Wattmer und händigte Rau kurz darauf das Papier aus. Simon Rau nahm es vorsichtig entgegen. Es war frappierend, wie schnell und wie stark der Wert einer Sache sich ändern konnte, allein durch die Handschrift einer Person und dem, was sie auf dem Papier festzuhalten vermochte. Und vor allem dann, wenn andere den Sinn des Geschriebenen zu erkennen in der Lage waren.

Der Kommissar begab sich an die Stelle in dem Erker, an der das helle Licht der Mittagssonne die größte Ausbeute bot und versuchte das Stück Papier noch einmal völlig neu zu betrachten, als hielte er es zum allerersten Mal in der Hand. Er kippte und drehte es in allen erdenklichen Winkeln, beäugte erst die Rück- und dann die Vorderseite. Wieder sah er das Wasserzeichen mit dem Ochsenkopf, das verschnörkelte "G" des Papiermachers Gallician und direkt darunter die Ziffer "Numero 35". Dann hielt er es hoch, direkt ins Licht, er meinte schon die Wärme der Sonnenstrahlen durch das Papier hindurch auf seinem Gesicht zu spüren, um plötzlich innezuhalten. Wie aus dem Nichts tauchten im Gegenlicht Linien auf, wie ein zweites, fast die ganze Seite füllendes Wasserzeichen. Umrisse, bläulich schimmernd, die Tizians Madonnendarstellung auf dem Tisch vis-a-vis erstaunlich nahe kamen. Darüber eine sich abzeichnende Korona wie ein Heiligenschein. Pfyn, Bloch und Wattmer sahen, wie Rau's Pupillen von links nach rechts und zurück wanderten, bis er das Blatt sinken ließ und die ihn Umstehenden ansah, als hätte ihm die Sonne über dem Gießener Marktplatz die vollumfängliche Erleuchtung gebracht. Bis sein Blick von den dunklen, braunen Augen des Schweizer Sachverständigen erwidert wurde:

«Herr Magister, vielleicht sollten wir Ihren Schweizer Bundesgenossen Gallician doch einmal mit unserem ehrenwerten Herrn Professor Röntgen bekannt machen», und an die anderen beiden gewandt erklärte er, «meine Herren, wenn Sie Herrn Pfyn und mich für eine Weile entschuldigen wollen, wie es aussieht, haben wir eine Verabredung mit einem Meister. Und mit dem, der ihn gemalt hat.»

Andächtig starrten Rau und Pfyn in dieselbe Richtung, auf eine kahle, schmucklose Stelle im Schatten des nachmittäglichen Sonnenlichts. Der Putz hatte sich durch die klamme Feuchte der Jahrhunderte grünlich grau verfärbt, rechts des Erkerfensters in dem ehedem so herrschaftlichen, noch immer von denselben vier mächtigen Säulen getragenen Propsteisaal. Eine Viertelstunde zuvor hatte

Rau den Adler den Schiffenberg hinauf gehetzt, ihn geradezu bis vor die Türschwelle der Komturei fliegen lassen. Die Treppe hinauf hatte er jeweils zwei Stufen auf einmal genommen, bis er endlich im zweiten Stock, in dem Gästezimmer angelangt war, wo jetzt ein Waschtisch ohne Spiegel in der Ecke stand. Geschwind griff er das schmalste Heft aus dem kleinen Stoß Bücher auf dem Schreibtisch. Ein Stempel auf der Heft-Rückseite wies das Gießener Stadtarchiv als Herkunftsort aus:
Inventarium über des Hohen Teutschen Ritter Ordens Commende Schiffenberg, Balley Heßen, den 13. Juny 1741

Augenblicke später ließ er die Seiten des Hefts durch seine Finger gleiten, von hinten beginnend. Bis, wie schon beim letzten Mal vor drei Tagen, das Durchblättern abrupt endete, als hätte das Heft selbst entschieden, an welcher Stelle es aufgeschlagen bleiben wollte. Allerdings nur deshalb, weil es die Seiten waren, die am häufigsten aufgeschlagen worden waren, die sich vom vielen Glattstreichen des Falzes am wenigsten wölbten:
Numero 31: Über der Cantzel eine fahnstange, und an derselben noch ein stück vor der ehedeßen auf gesteckten weißen ritterfahne des Herrn Commenthur Obristen von Wartensleben, mit der bemerckung, daß derselbe den 2 Septembr 1706 vor Castiglion in Italien tod geschoßen worden.
Numero 32-34: 3 klocken, eine große ad 3 schu 2 zoll weite mit einer jahrzahl und einschnitt: Maria Anna und Sct Elisabeth, helff unß gott; so dann einer mittlere 2. schu 3 zoll Weiten, und noch einer etwas kleinern.
Numero 35: Propstei, rechterhand Erker No. 4: Bildnis Sct Marien vor Akkon, Signet GdC, anno 1532.

Kurz darauf ließ Rau von der Nische im Schankraum aus eine Verbindung zur Apotheke unter dem goldenen Engel herstellen. Kurt Wattmer hatte sich bereit erklärt, bei Tizians Madonnenbildnis mit dem weißen Kaninchen zu wachen. Falls er es sich nicht anders überlegt hatte, nur um schlechterdings den Kommissar vor die höchst undankbare Aufgabe zu stellen, ein weiteres Delikt im Kunst-Milieu aufzuklären. Rau war daher geradezu erleichtert, als die Telefonistin, zu Rau's Bedauern war es nicht Marlene Bellring, die Annahme des Gesprächs bestätigte:

«Mein lieber Wattmer, Sie dürfen in Stockholm bei Ihren Kollegen schon mal Reklame für mich machen! Wie's aussieht, habe ich soeben den menschlichen Röntgenblick erfunden, ganz ohne X-Strahlen, nur durch die Kraft der Elektronen von ein paar Synapsen», und tippte sich an seine in Lachfalten gelegte Schläfe.

Der Wirt servierte Rau einen Kaffee und Pfyn einen Kamillentee. Beide waren sich einig, dass es für Schaumwein noch zu früh war, schließlich waren die wichtigsten Fragen noch immer unbeantwortet, auch wenn sich ihnen mit der gemachten Entdeckung eine völlig neue Perspektive bot.

«Was bin ich nur für en Burechopf?[25]», erklärte Pfyn verärgert und ließ den Teelöffel unsanft auf der Untertasse aufkommen, um sich darauf vorzuwerfen, Meister Hegel Unrecht getan zu haben. Ihm hätte schließlich klar sein müssen, dass sein Werk im Nachhinein verändert worden sein musste, wahrscheinlich noch nicht einmal von ihm selber. Denn hätte Hegel die rechte, obere Ecke des Porträts selbst übermalt, hätte er es höchstwahrscheinlich so getan, dass niemand, wirklich niemand jemals etwas anderes sehen

---

25 Was bin ich nur für ein Trottel?

würde als die schlichte, unscheinbare Wand des Erkers der Propstei im Hintergrund der prächtigen, feinst detaillierten Darstellung des letzten Komturs vom Schiffenberg. Und eben nicht das von Giacomo di Canareggio in 1532 geschaffene Bildnis der Heiligen Maria an den Ufern der Hafenstadt Akkon. Dem Ort, an dem die Ritter des Deutschen Ordens ihr erstes Hospital errichtet hatten, der Überlieferung nach wurde das Dach des ersten Unterstands mit dem Segeltuch des Schiffes gespannt, das die Kreuzfahrer um 1190 ins Heilige Land gebracht hatte. Nach den Pigmentrückständen auf dem Büttenpapier zu urteilen, trug die Darstellung der Jungfrau Maria einen in Marienblau gehaltenen Umhang, gekrönt von einem goldgelb strahlenden Heiligenschein, mithin die schlüssigste Erklärung für den gelben Ocker und das Bleizinngelb.

«Sowit, so guet», erklärte Pfyn und biss in das Würstchen aus dem Siedetopf, «was aber fehlt, isch de Bewis. Einer, wo a dr Wirklichkeit nid scheitere cha.[26]» Simon Rau neigte den Kopf zur Seite.

«Ich fürchte, ich kann Ihnen nicht recht folgen, was meinen Sie damit?» Der Schweizer putzte sich mit seiner Serviette den Senf vom Mundwinkel, dann faltete er die Hände auf seinem voluminösen Bauch:

«Händ Sie schonmal vo Paul Klee ghört, von dä Blaue Reiter? Obwohl en Bärner, isch är trotzdem en begabte Künstler, de het öpis ganz Schlaues gseit: Chunscht git ned Sichtbaris weder ...[27]» War das Zufall oder wusste Pfyn von dem, worüber er nur mit Marlene, Fräulein Bellring, gesprochen hatte?, fragte sich der Kommissar, um Pfyns Zitat zu vervollständigen: «Sondern Kunst macht sichtbar.»

---

26 Soweit, so gut. Was aber fehlt, ist der Beweis. Einer, der an der Wirklichkeit nicht scheitern kann.
27 Haben Sie schon mal von Paul Klee gehört, vom Blauen Reiter? Obwohl ein Berner, ist er ein begabter Künstler, der etwas sehr Schlaues gesagt hat ...

«Schöue Sie, genau das isch es, was jetzt gmacht werde muess.» Rau fühlte eine Unruhe in sich aufsteigen, infolge der Ahnung, die sich in seinem Kopf formierte, auf was Urs Pfyn da hinaus wollte. Ganz gleich wie unwahrscheinlich dieser Gedanke auch erscheinen mochte.

«Sie wollen nicht ernsthaft hinter die Deckschicht des Komturs schauen? Ganz ohne Röntgen?», sprach Rau die nunmehr verfestigte Vermutung aus, «Am Ende sogar versuchen, die als retuschiert vermutete Stelle freizulegen? Vergessen Sie es. An das Bild kommen Sie nicht ran. Sie wissen, dass Schurfheim im Namen des hessischen Volksstaates als Leihgeber des Gemäldes fungiert», Rau hütete sich davor, gegenüber dem Schweizer auch nur den geringsten Hinweis darauf zu geben, dass der Liegenschaftsverwalter in seinem Notizbuch noch immer auf beiden Listen stand, auf der der Zeugen und der der Verdächtigen und daher keinesfalls in irgendwelche Überlegungen einbezogen werden durfte, «Ich kann mir nicht vorstellen, dass er einer eingehenden Untersuchung zustimmen würde. Das Bild ist schließlich der wichtigste Beitrag des Volksstaates zur Ausstellung.» Pfyn schnaufte unwirsch:

«Eingeständä, es isch verlockend, de 27. Canareggio vom Dunkel underm Firniss zrugg an's Liecht z'bringe, wenn's au nume s' Aabild isch, wo vom Hegel gmolt wär[28]», bestätigte Pfyn Rau's Vermutung klar und deutlich, um den Kommissar darauf mit einem bohrenden Blick zu bedenken, «Fragt sich bloß, wie es mit Ihrem Interesse an dr Wahrheit bestellt isch.» An Rau's pikiertem Gesichtsausdruck konnte Pfyn ablesen, wie sehr er diese Bemerkung als beleidigend aufgefasst hatte. Umgehend bemühte er sich,

---

28 Eingestanden, es ist verlockend, den 27. Canareggio vom Dunkel der Firniss ans Licht zu holen, auch wenn es nur das von Hegel gemalte Abbild wäre.

die Wogen wieder zu glätten, mit der Behauptung, den Kriminal-Hauptmann lediglich dabei unterstützen zu wollen, das offensichtliche Objekt der Begierde sichtbar werden zu lassen. Schließlich könne nur danach gesucht werden, wenn man wisse, wie es aussähe. Außerdem dränge doch die Zeit, jetzt, da mit diesem Kopisten ein weiterer Verdächtiger hinzu gekommen war, noch dazu einer, dem eine Nähe zur Kunst von Tizian und Canareggio schlechterdings abgesprochen werden konnte.

«Besteht ned vor allem au Ihr Chef uf en Corpus delicti?» Touché, dieser Armbrustpfeil hatte den Apfel nicht verfehlt und gleichsam den wunden Punkt des Kommissars getroffen. Natürlich war sein Verlangen, endlich zu erfahren, um was genau es in diesem so vertrackten Fall ging, innerhalb der letzten Tage von Stunde zu Stunde angewachsen und verständlicherweise stärker geworden, je mehr Rückschläge er während der Ermittlungen zu erleiden hatte. Und er war gewiss, könnte er nur einmal einen ungehinderten Blick auf das Beweisstück Nummer eins werfen, auf die Quelle allen Übels, dessen, was in der Nacht zum Montag hier auf dem Schiffenberg seinen Anfang genommen hatte, käme dies dem Schlüssel zur Aufklärung der Geschehnisse gleich. Davon war er felsenfest überzeugt, wenn er nur könnte wie er wollte.

«Ich bin sicher, verehrter Herr Magister, dass auch Sie erkennen, wie fieberhaft wir uns um die Aufklärung der Umstände des Verschwindens von Arnd Lotner und seinem daraus folgenden Schicksal bemühen. Gleichzeitig muss ich Sie doch nicht ernsthaft darauf aufmerksam machen, dass ich keinesfalls Aktionen unterstützen kann, welche in irgendeiner Art und Weise widerrechtlich, geschweige denn sogar strafbar sind.»

Der Schweizer winkte gelassen ab. Längst hatte er bemerkt, dass die Hemmschwelle dieses sonst so korrekten, respektablen Kommissars gesunken war Dinge zu tun oder wenigstens mitzutragen, die über ein gerüttelt Maß seines gewöhnlichen Arbeitsethos hinausgingen. Schon die Tatsache, dass Rau die Telefonistin beauftragt hatte, im Rathaus Stimmen von den in die Geschehnisse Verwickelten wiederzuerkennen, hatte darauf schließen lassen. Dabei hätte Pfyn nicht im Traum daran gedacht, den Hauptmann der Restaurierung des Tizians beiwohnen zu lassen, wenn er nicht zuvor Rau's Toleranzgrenze entsprechend eingeschätzt hätte. Den Zwetschgenbrand zur Besiegelung des Eides gegenüber seinem Informanten, niemals zu verraten, wer ihm all diese Begebenheiten anvertraut haben würde, hatte er nur allzu gerne akzeptiert.

«I wo nid», und versicherte, dass er nicht im Traum daran dachte, den Herrn Hauptmann in Unterfangen einzubinden, die seine Position unterminieren oder gefährden würden.

«S'wichtigst, was mr erscht bruched, isch es Ampt.»

«Ein Amt? Was beliebt? Will sagen, was meinen Sie konkret damit?»

«Si hend mi scho guet verstande. Zudem hände Si doch au e gueti Verbindung dorthin, wie ned grad sogar e Bäziehung, oder?[29]»

---

29 Sie haben mich schon verstanden. Zudem unterhalten Sie doch auch eine gute Verbindung dorthin, wenn nicht sogar eine Beziehung, oder nicht?

17. Röslein in Sonnenblumen

Das reich verzierte Rosettenfenster im Giebelgeschoss des dreistöckigen, hell verputzten Gebäudes war das auffälligste Merkmal an der Fassade des Modehauses, das dem alten Rathaus direkt gegenüber lag. Kommissar Simon Rau stand im Büro des Bekleidungsgeschäftes in der ersten Etage und schob die Gardine eine Handbreit zur Seite, um durch die schmale Lücke mit einem Fernglas die zum Marktplatz hin geöffnete Rathaus-Vorhalle ins Visier zu nehmen. Der basaltene Lungstein der beiden Portalbögen erschien je nach Sonnenstand und Tageszeit in einer anderen Farbnuance. Während er im vollen Tageslicht rot-bräunlich schimmerte und im Schatten sowie bei Vollmond stahlblau, wirkte er jetzt, kurz vor elf Uhr abends, schlicht aschgrau. Das orangegelbe Licht der Laterne vor dem Lebensmittelgeschäft nebenan war zu schwach, um dem eine andere Tönung zu verleihen.

Obwohl Rau's Blick beim schwarzen Brett an der Innenseite der Vorhalle angelangt war, das Plakat mit dem Hinweis zur großen Gemäldeausstellung war trotz der diffusen Lichtverhältnisse gut zu erkennen, war er in Gedanken noch immer bei dem Telefonat, das er am Nachmittag geführt hatte. Darin hatte er Marlene Bellring gefragt, ob es ihr auf irgendeine Weise möglich sei, mit einer ihrer Kolleginnen den Dienst zu tauschen, nämlich so, dass sie die Nachtschicht zur Vermittlung der innerstädtischen Gespräche besetzen würde.

«Ich soll was? Tauschen? Na, da bin ich aber überzeugt, dass Sie noch nicht einmal Ihren kriminalistischen Spürsinn bemühen müssen, um zu kombinieren, dass ich somit eine Doppelschicht hätte, 20 Stunden am Stück! Verzeihen Sie, aber Sie sind wirklich putzig, Herr Rau. Erst lotsen Sie mich am Morgen zu sich ins Kommissariat, nur um mich einer Verfolgungsjagd durch die Marktlauben beiwohnen zu lassen, und dann soll ich eine zusätzliche Schicht absolvieren? Das müssen Sie mir jetzt aber mal genau erklären.» Worauf der Kommissar versicherte, dass er sich vollstens im Klaren darüber sei, wie ungewöhnlich und schwerlich zumutbar seine Anfrage auf sie wirken müsse und er sich keinesfalls an sie wenden würde, wenn nicht triftige, ermittlungstaktische Gründe ihn dazu zwängen.

«Die Sie zwingen? Na, da sind wir ja schon zwei», er hörte sie zerknirscht schnaufen, «allerdings verbitte ich mir jeglichen Anruf von Ihnen, zumindest heute Nacht», Rau verkniff sich auch nur den geringsten Kommentar, «es sei denn, es handelt sich um einen wirklichen Notfall. Übrigens, meine Veilchen haben Sie im Kommissariat behalten», um sogleich den Verbindungsstecker aus dem Klappenschrank zu ziehen.

«Ich bin tatsächlich nicht sicher, ob sie die Schicht wirklich übernommen hat», murmelte Rau, noch immer durch das Fernglas blickend, vor sich hin. Hermann Bongässer saß an einem der beiden sich gegenüber stehenden Schreibtischen und las die Tageszeitung, nur unter dem schwachen Licht einer Taschenlampe. Rau hatte ihn dazu vergattert.

«Warum ist es Ihnen eigentlich so wichtig, dass ausgerechnet das Fräulein Bellring heute Nacht in der Vermittlung sitzt?», fragte der

Schupo seinen Vorgesetzten. Bei sich dachte er, es gebe doch schließlich sympathischere Möglichkeiten, den Kontakt zu seiner Herzensdame zu suchen.

«Ich will's zwar keinesfalls beschwören. Aber ich befürchte, dass nur sie uns retten kann, wenn es nicht so läuft wie angenommen. Das behalten Sie aber für sich, Kollege, klar?», warf Rau ihm durch das Halbdunkel des Raumes einen unmissverständlichen Blick zu.

«Machen Sie sich keine Gedanken, Chef, ich habe nochmal im Strafgesetzbuch nachgesehen. Darin wird glasklar erklärt, dass es sich um ein Diebstahl- oder Raubdelikt nur handelt, wenn tatsächlich etwas, mit beziehungsweise ohne Gewaltanwendung, gestohlen und oder beschädigt wird. Das hier», Bongässer machte eine ausladende Handbewegung, «ist aber doch das komplette Gegenteil. Und Einbruch schon gleich gar nicht. Wie auch, wer schon drin ist, kann unmöglich einbrechen.» Dabei waren es die Worte des Kommissars, die der Schutzpolizist lediglich mit eigenen Worten wiederholte. Es fehlte nur noch die Erklärung, mithilfe derer der Kommissar erst vor wenigen Stunden die an der Operation Beteiligten von der Sinnhaftigkeit seines Plans zu überzeugen versucht hatte:

«Meine Herren, denken Sie doch mal vom Ende her: Es geht allein darum, Kontakt mit dem Täter aufzunehmen, auf eine äußerst subtile und gleichsam wirkungsvolle Weise. Er erhält eine Botschaft, die wirken wird wie ein Eil-Telegramm! So scheuchen wir Lotners Angreifer geradewegs aus der Deckung!»

«'Tschuldigung, Chef, wenn ich frage, aber was passiert, wenn's aus irgendeinem Grund schief läuft?», fragte ausgerechnet Hubert Bongässer, derjenige, der sonst zu allerletzt die Folgen seines Handelns bedachte.

«Nun, wenn's der Motivation dient: dann können wir immer noch als Nachtwächter auf der Kläranlage anheuern.»

Es war drei Minuten vor elf. Kommissar Simon Rau lenkte den Blick auf das zweite Stockwerk des Rathauses. Das einzige Zimmer, in dem Licht brannte, war das, in dem sich der Nachtwächter aufhielt. Beschienen von dem nicht besonders hellen Schein einer Schreibtischlampe sah Rau einen Mann mit ergrautem Schnauzbart in einer dunkelblauen Uniform die Tageszeitung lesen. Ein Fensterflügel stand offen, durch den der Rauch seiner Pfeife entwich. Das Fernglas eines Heuchelheimer Herstellers ließ sich exzellent fokussieren, selbst über die Entfernung von einer Seite des Marktplatzes zur anderen war für Rau die Überschrift eines Veranstaltungshinweises auf der Inseratseite deutlich lesbar:

Volkshochschule
Mittwoch, 23. Mai, 20 Uhr pünktlich:
Vortrag mit Lichtbildern
Dürer in unserer Zeit

Rau wiegte fast unmerklich den Kopf. Er wusste, dass der ursprünglich für den Vortrag Vorgesehene, ein international anerkannter Kunstsachverständiger aus Zürich, kurzfristig abgesagt hatte. Nun musste das Publikum im Universitäts-Hörsaal Nummer 53 mit einem Offenbacher Kollegen vorlieb nehmen. Wenigstens wäre der besser zu verstehen, dachte Rau, bevor er den Glockenschlag des Stadtkirchturms zur vollen Stunde vernahm. Noch bevor der elfte Schlag verhallt war, stand der Mann im zweiten Stock des

Rathauses auf und nahm seine Taschenlampe vom Schreibtisch. Rau drehte sich zu Hermann Bongässer um:
«Nun gut, wir wissen jetzt genau, dass er sehr pünktlich ist. Den letzten Rundgang vor einer Stunde hat er ebenso auf die Minute genau begonnen. Wir können also sicher sein, dass er sich penibel an seine Anweisungen hält.» Bongässer nickte:
«Und wie schon gesagt, er benötigt viereinhalb Minuten, bis er in der großen Halle angelangt ist. Weitere drei Minuten dreißig, bis er den hinteren Bereich und dort die ehemalige Hausmeisterwohnung erreicht hat. Besonders gut zu Fuß ist er nicht, auch wenn die jahrhundertealte Holztreppe wirklich tückisch ist, die haben nämlich unterschiedliche Tritthöhen. Wie vermutet beginnt er den Kontrollgang tatsächlich in der Halle ganz vorne, bei den wertvollsten Gemälden. Das Wichtigste aber ist: die Kellerräume lässt er aus, leuchtet immer nur flüchtig die Treppe runter.» Simon Rau rieb sich die Hände:
«Umso besser. Na dann, legen wir los. Alle Mann auf Position!» Bongässer war außer dem Kommissar zwar der einzige im Raum, doch wusste er, wie sein Chef es meinte und dass die anderen ohnehin gewahr waren, was die Stunde geschlagen hatte. Er setzte den Tschako auf, legte die Hand zum Gruß an die Schläfe, um das: «Viel Glück!», des Kommissars zu erwidern. Kurz darauf hatte er das Zimmer verlassen.

Im Stehen drückte der Kommissar die Gabel des Telefons auf dem Schreibtisch, die Hörerstrippe reichte gerade so bis zu seiner Position am Fenster.
Wollen doch mal sehen, ob er die neueste Direktive auch schon kennt, sinnierte er.

«Hier Amt, was beliebt?»

«Hier Anschluss ...», es dauerte einen Moment, bis Rau das kleine Papierschildchen mit der Anschlussnummer am Apparat entdeckte, «Numero 134, das Alte Rathaus bitte.»

«Verehrter Herr Rau, handelt es sich hierbei etwa um den Versuch, meine Bitte zu umgehen, mich mit weiteren Anrufen heute Nacht zu verschonen? Andernfalls kann es ein wenig dauern, bis die Verbindung zum Rathaus steht, soweit ich weiß, ist nur noch der Nachtwächter zugegen.» Der Kommissar schüttelte verwundert den Kopf:

«Woher wissen Sie, dass ich es bin?» An Marlene Bellrings Tonfall erkannte er, dass ihr die Frage geradezu lächerlich vorkam.

«Meinen Sie das wirklich ernst? Wen hatten Sie noch gleich gebeten, Sie zu der Ausstellung zu begleiten, allein zu dem Zweck Stimmen wieder zu erkennen?» Rau biss sich zerknirscht auf die Unterlippe, wie ein Pennäler, dem die Mutter ansah, dass er dem Lehrer eine tote Maus auf den Katheder gelegt hatte – und verpfiffen worden war. Er hätte es sich denken können:

«Ja, gewiss, gewiss. Ich hätte nur die Bitte, wenn Sie es tunlichst vermeiden könnten, mich namentlich anzukündigen. Und natürlich ist mein Ruf ausschließlich auf ermittlungstaktische Gründe zurückzuführen, wie vorhin angekündigt.»

«Ausschließlich, selbstredend. Aber ich kann Sie beruhigen, wir nennen grundsätzlich nur den Ruf-Anschluss. Ich wünsche einen schönen Abend. Verbindung folgt», merkte sie an, nun wieder völlig geschäftsmäßig. Es rauschte in der Leitung, bis eine Männerstimme zu hören war, Rau konnte mit einem erneuten Blick durchs Fernglas erkennen, dass der Wachmann schon hinter der Tür zum Korridor verschwunden gewesen war, um schnell zurück zum Telefon zu eilen: «Ja, bitte?»

«Müller hier», behauptete Rau, «ich bin der neue Vize vom Schichtleiter. Sagen Sie mal, Hilleberg, wie lange brauchen Sie denn, bis Sie ans Telefon gehen?» Der Kommissar beobachtete, wie der Angerufene sich die Schildmütze auf dem Kopf zurecht schob:

«Bedaure, aber ich war gerade dabei, die Runde zu beginnen.»

Rau tat verärgert:

«Ach papperlapapp, erzählen Sie mir keinen Nonsens. Sie haben ein Nickerchen gemacht! Hören Sie, wenn wir Sie anrufen, um zu kontrollieren, ob mit Ihnen alles in Ordnung ist, dann haben Sie stante pede an den Apparat zu gehen, ist das klar? Was glauben Sie, was hier los ist, wenn die Ausstellung ausgeräumt wird, nur weil Sie im Reich der Träume weilen? Ein kleiner Hinweis: das wollen Sie nicht erleben! Also, beim nächsten Kontroll-Ruf gehen Sie unverzüglich ans Telefon. Wenn nicht, ist Ihr nächster Einsatzort die Kläranlage. Ist das klar?»

«Sonnenklar, Herr Direktor!», dem Nachtwächter raste der Puls. Dann begab er sich auf den Weg die beschwerlichen Stufen hinunter.

Eine Viertelstunde später ließ sich der Nachtwächter erleichtert auf seinen Schreibtischstuhl fallen und war bald hinter der Zeitung verschwunden. Alle Gemälde befanden sich an ihrem richtigen Platz, alles war in bester Ordnung. Zeitgleich nahm Simon Rau seine Taschenlampe und hielt sie in den Spalt zwischen Gardine und Fensterrahmen. Hermann Bongässer stand im Halbdunkel der offenen Vorhalle und erwartete bereits das vereinbarte Lichtzeichen, zweimal kurz für ein "i", dreimal lang für ein "O"; in Ordnung. Der

Schutzpolizist nickte seinem nur schemenhaft im Dunkel zu erahnenden Chef zu. Dann nahm er seine eigene Taschenlampe, trat vor das Fenster neben der verschlossenen Portaltüre und gab das gleiche Signal, das er eben selbst übermittelt bekommen hatte, durch das Fensterglas in den Innenraum der großen Rathaushalle weiter. Nur Augenblicke später sah er, wie auf der anderen Seite des Fensters mit einem einmaligen Aufleuchten das Signal für "Verstanden" aufblitzte. Ab jetzt konnte er nur warten, bis die nächsten 30 Minuten verstrichen wären – wenn alles glatt ging. Mit einem Mal kroch Bongässer der abstoßende Gestank von Gülle oder Klärschlamm in die Nase. Oder bildete er sich das bloß ein?

Beim dritten Schlag zu Mitternacht stand der Nachtwächter auf, warf dem Telefon einen prüfenden Blick zu, wartete ein paar Sekunden und machte sich dann auf den Weg ins Erdgeschoss. Im selben Moment erhielt Hermann Bongässer von seinem Vorgesetzten das Signal für "Achtung". Gleichzeitig war ihm bewusst, dass die beiden hinter der schweren Eichentür auf ihn angewiesen waren. Sowohl der Ausstellungsraum in der Pedell-Wohnung, als auch der Keller waren fensterlos und durch die dicken Bruchsteinmauern nahezu schalldicht. Flugs betätigte er daher dreimal kurz hintereinander, einer Serie an Blitzen gleich, den Schalter seiner Taschenlampe.

Vier Minuten und dreißig Sekunden später leuchtete das Lämpchen am Klappenschrank von Marlene Bellring auf.
«Hier Amt, was beliebt? Nicht etwa wieder das Rathaus, Herr Rau?»
«Sie haben mir heute Morgen zugesichert, dass ich Sie dienstlich jederzeit anrufen dürfe.»

«Sie dürfen mich auch privat ...», Rau vernahm ein Räuspern, ein Lächeln flog über seine Lippen, dann fuhr sie fort, für einen kurzen Moment schien sie aus ihrer professionellen Rolle heraus zu treten: «Aber nur, wenn Sie wissen, wie Sie das alles wieder gut machen wollen. Kommen Sie aber ja nicht auf die Idee, mich in so einen Etepetete-Tempel einladen zu wollen. Mit Prunk und Protz kann ich nichts anfangen. Einen Moment, Sie werden verbunden», erklärte sie vollkommen übergangslos. Rau sah auf seine Armbanduhr. Sie lagen perfekt in der Zeit. Wachmann Hilleberg musste gerade eben den vorderen Ausstellungsbereich hinter sich gelassen haben und würde nun den hinteren Gebäudeteil ansteuern. Doch das Klingeln des Telefons, das exakt in diesem Augenblick in der Rathaushalle ertönte, würde seinen Laufweg entscheidend verändern – musste ihn entscheidend verändern. Alles andere käme schließlich einem Vabanquespiel gleich, wie Pfyn am Nachmittag zu bedenken gegeben hatte:

«Au ä Laie würd's au bemerke, wenn i van Goghs Sunneblueme plötzlich es röts Rösli usenand flüged, oder?[30]» Zwei Minuten später erklang die Rau gut bekannte Frauenstimme:

«Es hebt niemand ab. Der Nachtwächter absolviert momentan bestimmt seinen Kontrollgang durch die Ausstellung.» Dass Marlene Bellring stets auf der Höhe war, war Rau mittlerweile geläufig. Dermaßen klever zu sein, beeindruckte ihn dann aber doch.

«Möchten Sie es später noch einmal versuchen?»

«Oh, ich bin sicher, in ... warten Sie», erneut blickte er auf die Armbanduhr, «in zwei Minuten zehn Sekunden wird Herr Hilleberg

---

30 Selbst ein Laie würde es doch bemerken, wenn zwischen van Goghs Sonnenblumen plötzlich ein rotes Röslein hervorblitzte, oder nicht?

das Gespräch annehmen.» Simon Rau ließ eine weitere Minute verstreichen, bevor er fragte:

«Wie wärs mit Würstchen aus dem Siedetopf?»

«Hmm, vielleicht», und kurz darauf, «Anschluss 134, Sie können sprechen.» Das Rauschen in der Leitung war diesmal noch stärker als zuvor.

«Hier Kaiser am Apparat, von der Ars Gracia Artis Assekuranz. Spreche ich mit Herrn Hilleberg?», fragte Rau, seine Stimme klang eineinhalb Oktaven tiefer als gewöhnlich.

«Ja?!», dem Nachtwächter war der Kloß im Hals deutlich anzuhören.

«Wir haben die Brieflesende versichert», Hilleberg brauchte nicht lange zu überlegen, welches Bild gemeint war, es war dasjenige ganz vorne, an der ersten Säule zum Marktplatz hin. «Wie Sie sicherlich wissen, ist der Wert dieses Werkes nicht hoch genug einzuschätzen. Daher die Frage, ob Sie bei Ihrem Kontrollgang ein besonderes Augenmerk hierauf richten könnten. Auch die Werke in unmittelbarer Nähe zum Vermeer stehen diesem im Wert nur unwesentlich nach. Ich wäre Ihnen also sehr verbunden, wenn Sie die gesamte Abteilung besonders sorgfältig beaufsichtigen. Bitte lesen Sie auch die Temperatur am Thermometer ab. Es befindet sich in unmittelbarer Nähe zum Gemälde. Vergessen Sie bitte nicht, die Temperaturwerte zu notieren, sind diese doch essentiell für die Ermittlung der Versicherungsprämien. Zu hohe Temperaturschwankungen können die Versiegelung der Kunstwerke angreifen, wissen Sie?» Allein die zum Scheitern verurteilte Suche nach dem nicht existierenden Thermometer würde eine Ewigkeit beanspruchen, war Rau überzeugt.

«Selbstverständlich, Herr Generaldirektor, Sie können sich auf mich verlassen, Herr Generaldirektor!» Einerseits hatte er es gehofft, andererseits wunderte sich der Kommissar, was für eine Autorität offensichtlich einer Bariton-Stimme beigemessen wurde.

«Nur Wiener Würstchen, sonst nichts?», fragte Marlene Bellring beim nächsten Anruf kurz nach ein Uhr.

«Es gibt auch Lohkuchen», meinte Rau für seine Idee Reklame machen zu können. Die Telefonistin tat mittelmäßig interessiert:

«Ich überlege noch», dann drehte sie an der kleinen Kurbel für das Rufsignal am Apparat im Rathaus.

Hillebergs Kontrollgang zog sich in de Länge. Die Suche nach dem Thermometer nahm er sehr genau. Fieberhaft hatte er die gesamte vordere Rathaushalle danach abgesucht, ohne Erfolg. Er wollte schon, die Stirn in Kaltschweiß gebadet, aufgeben, da besann er sich: Hatte er nicht im Keller irgendwann einmal ein altes Quecksilberthermometer hängen sehen? Dort, wo sich ehedem das Verlies befunden hatte, irgendwann später wurde es als Magistrats-Weinkeller genutzt. Vorsichtig stieg er die jahrhundertealte Steintreppe hinunter. Jeder seiner stampfenden Schritte hallte in dem Kellergang wie Donner.

Für Urs Pfyn hörte sich jeder einzelne Schritt die basaltenen Stufen hinunter wie der Hufschlag des Leibhaftigen an. Und je mehr sie sich ihm näherten, desto bedrohlicher wirkten sie. Nervös sah er sich um. Jetzt würde es wirklich eng werden, hier unten gab es kein Fenster, keine Zwischentür, keine Möglichkeit, sich zu verstecken. Jeder, der hier herein kommen würde, müsste blind sein, um ihn nicht zu entdecken. Pfyn stellte sich in die Nische hinter der Tür, seine fleischigen Finger die Taschenlampe fest umklammernd, und erwartete sein Schicksal.

Hubert Bongässer spähte gebannt durch den Spalt der Tür zur ehemaligen Hausmeisterwohnung ins Dunkel der großen Halle. Dorthin, wo der Schein der Taschenlampe des Nachtwächters immer schwächer wurde. Hilflos verfolgte er, wie der Lichtschein im Boden des Treppenabgangs versank. Wie konnte das passieren? Was um Himmels Willen suchte der Nachtwächter dort unten? Vor allem aber, wie konnte er selbst nur so einfältig sein, von dem minutiös ausgearbeiteten Plan abzuweichen und das sicher geglaubte Versteck zu verlassen, noch bevor sein Bruder das Signal dazu gegeben hatte? Für was? Die im Ausstellungsraum liegen gebliebene Handschaufel mit den aufgekehrten Farbraspeln hätte der Nachtwächter sowieso nicht zu Gesicht bekommen, ebenso wenig wie bei den Durchgängen zuvor. Schließlich war doch bis hierhin alles wie am Schnürchen gelaufen. Der Wachmann hatte jeweils genau zum richtigen Zeitpunkt, in sicherer Entfernung zur ehemaligen Pedellwohnung, kehrt gemacht, um sich schleunigst auf den Weg zurück zum Telefon im zweiten Stock zu begeben. Wie und warum also konnte Hubert Bongässer sich in der Abwägung der Risiken nur so dermaßen vertun? Insgeheim wusste er, dass es hierfür nur einen einzigen Grund gab. Nämlich seine Furcht, die nächste Eselei zu verschulden. Eine, die, träte der schlimmste Fall ein, dazu geeignet war, sie alle auffliegen zu lassen. Eine Eselei, die einmal nicht durch die ihm als in die Wiege gelegt nachgesagte Fuchsschläue wettgemacht werden konnte, so wie im Café Astoria bei der Auktion. Dabei wäre die bessere Möglichkeit doch so genial einfach wie sicher gewesen: seinem Bruder zu vertrauen. Vor allem aber dem Chef. Enttäuscht, mehr noch, entsetzt über sich selbst, presste Hubert Bongässer die Lippen aufeinander. Gleichzeitig begann seine rechte Hand zu zittern, weshalb er die Handschaufel in die linke nahm. Den durch ihn sträflich allein gelassenen Magister konnte jetzt nur noch einer retten: der Baumeister, der vor bald 400 Jahren das Kellergewölbe angelegt hatte.

«Hab ich mir's doch gedacht!», hörte Pfyn den Nachtwächter in die Dunkelheit rufen, auch wenn die Stimme eigenartig gedämpft klang. Hilleberg betätigte den Lichtschalter, das Thermometer hatte er bereits im Schein seiner Taschenlampe an der linken Bruchsteinwand entdeckt. Überraschend behände nahm er das Thermometer von der Wand und sah sich um: Absolut nichts hatte sich verändert, seit er das letzte Mal hier gewesen war. Die Wände waren noch immer mit Weinregalen versehen, wenngleich allesamt leer. Das Angstloch ganz oben in der Gewölbedecke, die Öffnung, durch die früher die Delinquenten ins Verlies gestoßen wurden, bedachte er nur mit einem flüchtigen Blick, er wollte sich nicht ausmalen, ob er dort hindurch gepasst hätte, für den Fall, dass das Thermometer nicht mehr auffindbar gewesen wäre.

Urs Pfyn musste Acht geben, dass sein Aufatmen nicht zu hören war, als Nachtwächter Hilleberg die Stufen der Treppe auf der anderen Seite der Wand erklomm, die die beiden Abgänge voneinander trennte.

Er hatte es wohl etwas übertrieben, dachte Simon Rau, als Hilleberg nach weiteren knapp fünf Minuten endlich wieder in der Stube im zweiten Stock angekommen war. Marlene Bellring hatte über die Kurbel schon Sturm klingeln müssen. Gleichsam war Rau klar geworden, dass das zusätzliche Zeitpensum, das er den anderen zu verschaffen gedachte, sowieso begrenzt sein würde. Schließlich waren es jetzt nur noch knapp dreißig Minuten bis zur nächsten vollen Stunde. Vielleicht sollte er in seiner Rolle als Schichtleiter den Nachtwächter loben, dass dieser der ungewöhnlichen Bitte der Assekuranz, die natürlich mit ihm abgesprochen gewesen war, so vorbildlich nachgekommen sei.

«Und was ist mit meinen Veilchen?», fragte Marlene Bellring eine knappe halbe Stunde später, kurz nach dem zweiten Glockenschlag.

«Ich bringe sie Ihnen ins Amt vorbei», erklärte Simon Rau bereitwillig.

«Bloß nicht, wollen Sie meinen Ruf vollends ruinieren? Ich hole sie lieber ab, nach Dienstende.»

Hoffentlich ist meiner dann auch vorbei, sinnierte Rau und gab dem Schupo unten vor dem Rathaus durchs Fenster das gewohnte Zeichen.

Hermann Bongässer fröstelte. Die Müdigkeit rang ihm ein Blinzeln ab, als er das Lichtzeichen vom Modehaus gegenüber erspähte. Sogleich holte er seine eigene Taschenlampe hervor und ließ das Bestätigungssignal aufblitzen. Darauf hielt er sie vor das Rathausfenster und betätigte erneut den Schalter. Allein, es kam kein Licht. Zumindest keines, das man als solches hätte bezeichnen können. Es erinnerte eher an ein zart glimmendes Glühwürmchen, das von dem ersten Herbstwindstoß erstarb. Bongässer sah erst verdutzt, dann unruhig und schließlich hektisch, den Lampengriff in seine Handfläche schlagend, zum Fenster hinauf, hinter dem sich Rau befinden musste. Doch die Gardine war zugezogen. Das war es, was er heute Nachmittag nochmals kontrollieren wollte, die Batterien. Er hatte vorgehabt, zur Sicherheit neue zu besorgen. Hier, am Marktplatz, schräg gegenüber, waren sie sogar im Schaufenster zu sehen. So nah, und doch so fern. Ruckartig wandte Bongässer sich zum Rathausfenster um. Das, was er hier hindurch erkennen konnte, ließ ihm den Puls so heftig anspringen, dass er ihn hören konnte: Durch das gelblich eingefärbte Milchglas hindurch schimmerte ein Lichtstrahl, der von oben zu kommen schien und sich allmählich aber stetig näherte und zugleich senkte.

«Ach du dickes Ei!», entfuhr es Hermann Bongässer. Auf der Stelle drehte er sich um und begann, in Richtung des Modehauses wild mit den Armen zu wedeln.

Hans-Otto Hilleberg steuerte zuallererst das Thermometer an, das er in unmittelbarer Nähe zur *Brieflesenden* postiert hatte. In aller Ruhe notierte er die Temperatur, 19,5 Grad Celsius, dann setzte er seinen Rundgang fort.

Auch wenn ihn die Anspannung bis jetzt wach gehalten hatte, fühlte Simon Rau langsam aber sicher Müdigkeit in sich aufsteigen, als er im Dunkel des Zimmers für einen Moment an dem Schreibtisch Platz genommen hatte und sich die Augen rieb. Dann griff er zum Telefonhörer.

«Ach, Herr Rau, wollen Sie den armen Mann im Rathaus nicht langsam in Ruhe lassen?», begrüßte ihn die quicklebendige Stimme Marlene Bellrings.

«Nun, ich würde ja gerne, aber ich verspreche Ihnen, in Kürze ...», er stockte, als er die Gardine den gewohnten Spaltbreit zur Seite schob. Für einen Moment traute er seinen Augen nicht, als er Schupo Hermann Bongässer erkannte, der aus dem Schatten der Rathausvorhalle hervorgetreten war und in der Mitte des verwaisten Marktplatzes stand, wobei er mit den Armen schon beinah grotesk anmutende Formationen bildete – die Botschaft war unmissverständlich: irgendetwas war schief gegangen.

«... Frau Bellring, bitte klingeln Sie sofort im Rathaus an, schnell!»

«Verbindung folgt, bitte warten», das Rauschen hörte sich schnell bedrückend, geradezu lähmend an. Hermann Bongässer war mittlerweile auf die oberste Stufe des Kriegerdenkmals mit der Marsstatue gestiegen, sodass er Rau so nah wie irgend möglich kommen konnte. So nah wie möglich?

«Dou bist en schiene Hirme, Bongässer, en schiene Hirme bist dou!», schimpfte er sich selbst, bevor er zum Modehaus hinüber rannte.

«Ich mache auf!», formte Rau mit seinen Lippen, kaum dass er erkannt hatte, was Bongässer vorhatte. «Ich mache auf», wiederholte er nun noch einmal laut, auch wenn er wusste, dass Bongässer ihn noch nicht würde hören können.

Hilleberg pfiff den neuesten Schlager "Ich küsse Ihre Hand, Madame" auf seinem Weg an der *Brieflesenden* vorbei, der er einen simulierten Kuss zuwarf, auch wenn die, vollständig in ihre Lektüre vertieft, keine Notiz von ihm nehmen wollte.

«Meine Verehrung, lieb's Fräulein, aber so langsam müsstest du den Brief doch bald auswendig können», dachte er feixend. Die folgenden Säulen passierte er im Slalom, bald war er im hinteren Teil der Halle angelangt.

«Hört das denn nie auf», murmelte er, als er das Klingeln des Telefons vernahm, das sogar sein eigenes Pfeifen übertönte. Gleichsam wollte es diesmal scheinbar kein Ende nehmen. Während das krächzende Rasseln zuvor zwar ebenso deutlich vernehmbar war, aber nach dreimaligem Läuten aufgehört hatte, noch bevor er es erreicht hatte, schien die Vermittlung die Kurbel nun gar nicht mehr aus der Hand zu geben.

«Immer noch 19,5 Grad», seufzte er und steuerte die Treppe ins Obergeschoss an.

«Was machen wir denn jetzt? Die haben das Signal nicht bekommen!», zischte Bongässer verzweifelt, nachdem er die Treppe des Modehauses hinaufgerast und im Büroraum angekommen war.

«Hier, nehmen Sie meine Taschenlampe!», Rau deutete mit der einen Hand auf den Schreibtisch, die andere hielt noch immer den Telefonhörer.

«Zu spät, das wird nichts mehr.» Rau's Augäpfel rollten verdutzt nach rechts, in Richtung seines Ohres und des Telefonhörers, von dort war der Hinweis gekommen.

«Was haben Sie gesagt?», sprach Rau in die Muschel.

«Vergessen Sie's. Es sind schon über fünf Minuten vergangen. Ihre Kollegen haben das Signal nicht erhalten und sind in Folge dessen oben geblieben. Da Hilleberg aber den Weg zum Rückzug versperrt, ist es aus.» Simon Rau schluckte.

«Aber woher ...?»

«Ich habe Ohren, und zwar recht gute. Sagt wenigstens der Amtsarzt.» Simon Rau fuhr sich mit der linken Hand übers Gesicht.

«Also, es ist aus, es sei denn ...», hob sie an.

Der Nachtwächter hatte die Treppe in den ersten Stock schon beinahe überwunden, als ihm beim Blick durch die offenen Stufenzwischenräume etwas auffiel. Die Tür zum hinteren Ausstellungsraum, zur ehemaligen Hausmeisterwohnung, war stets geöffnet zu halten, so lautete die Direktive. Gleichsam wunderte er sich: wäre dies bereits in den vergangenen Stunden so gewesen, es wäre ihm nicht entgangen. Das konnte nur eines bedeuten. Sogleich machte Hilleberg kehrt. Er wusste, welche Stellen der Treppenstufen er betreten musste, sodass diese nicht anfingen zu knarren. Gleichzeitig öffnete er mit einer geübten Bewegung die Schnalle des Pistolenhalfters.

Simon Rau meinte über den Telefonhörer das Rattern einer Wählscheibe zu vernehmen, Marlene Bellring wählte offenbar, parallel zu dem Gespräch mit ihm, eine weitere Nummer.

«Hier Amt, es ist dringend! Mehrere Rufteilnehmer berichten von verdächtigen Bewegungen im alten Rathaus. Möglicherweise ein Einbruch!»

«Ein Einbruch?», hörte Rau die Stimme von Schupo Meyer, er hatte den Nachtdienst von Hermann Bongässer übernommen, «Wir sind auf dem Weg!» Sekunden später stürmten Simon Rau und Hermann Bongässer aus dem Büroraum und rasten die Treppe hinunter. Marlene Bellring lehnte sich erleichtert zurück. Das Poltern in ihrem Kopfhörer, das dadurch ausgelöst worden war, weil Rau in seiner Hast den Hörer auf die Schreibunterlage hatte fallen lassen, bestätigte ihr, dass ein Mann durchaus zuhören konnte – wenn er nur wollte.

Hilleberg drückte sich an die Wand links des Türrahmens, die Pistole im Anschlag zur Decke hin gerichtet. Er horchte. War da nicht sogar ein Schnaufen zu hören? Was, wenn es mehr als nur ein Eindringling war? Er versuchte, den sich anbahnenden Tremor in der die Pistole umklammernden Hand dadurch zu unterdrücken, dass er den Griff noch fester umklammerte. Seine linke Hand hielt er schon dicht über dem Türgriff. Hilleberg zählte im Geiste die Sekunden bis zum Zugriff: drei, zwei, ...

«Aufmachen, Polizei!» Ruckhaft drehte Hilleberg sich um, hin zum Haupteingang. Es folgte ein bald schon ohrenbetäubendes Hämmern gegen die dicke Eichentür. Hillebergs Blick wechselte für einen Moment unentschlossen von der Zimmertür zum Portaleingang und wieder zurück.

«Machen Sie sofort auf und kommen Sie mit erhobenen Händen heraus. Widerstand ist zwecklos! Das Rathaus ist umstellt», rief wieder jemand von außen. Es dauerte eine Ewigkeit, bis Hilleberg seine Pistole mit einer wie Espenlaub zitternden Hand wieder im Halfter verstaut hatte, gleichzeitig lief er zum Eingang. Noch bevor er die Tür erreicht hatte, rief er:

«Nicht schießen, nicht schießen, ich bin's, Wachmann Hilleberg!» Kaum hatte er mit dem altertümlichen Schlüssel aufgeschlossen, kam ihm der Türflügel bereits entgegen. Vor ihm stand ein nicht sehr großer, schlanker Mann, neben ihm ein deutlich größerer, kräftiger Schupo mit Nasenbart. Der kleinere, dessen Hemdkragen so schweißgebadet war wie sein eigener, baute sich vor Hilleberg auf:

«Hände hoch, keine Bewegung!», sogleich entnahm Rau die Pistole aus dem Halfter des Nachtwächters.

«Bitte folgen Sie mir hier herüber, wir müssen uns zunächst Gewissheit über die Richtigkeit Ihrer Angaben verschaffen. Mein Name ist Rau, ich bin der leitende Kommissar.» Sein Lächeln mutete Hilleberg irgendwie verlegen an. Rau wies auf die Straßenlaterne zwei Häuser weiter, «Nichts für ungut, Sie wissen ja, reine Routine», und legte ihm vertrauensvoll eine Hand auf die Schulter, während er ihn in Richtung des gut ausgeleuchteten Areals vor dem Lebensmittelgeschäft manövrierte. Weshalb kam ihm die Stimme des Kriminalen nur so bekannt vor?

Während Rau die Ausweispapiere kontrollierte, fuhr ein von einem Polizisten mit Bürstenhaarschnitt gesteuertes Auto im rechten Winkel vor dem Rathaus vor. Hilleberg hörte, wie der Schupo am Steuer das Fenster herunter leierte und durch das nun offene Fenster rief: «Ei, Kerle, hättet Ihr doch was gesagt, dass Ihr schon da seid, hätte ich mich nicht so sputen müssen!»

Beim Blick über seine Schulter, mehr ließ der Kommissar nicht zu, «Bitte schauen Sie mich an, zum Lichtbildabgleich», wurde Hilleberg gewahr, dass dem Adler Standard VI zwar kein Polizist entstiegen, dafür aber ein weiterer Mann eingestiegen war. Aus den Augenwinkeln erkannte er nur, dass dieser klein und füllig und in Zivil gekleidet war. Mehr war nicht auszumachen, auch, weil der Mann sich auf der Hilleberg abgewandten Fahrzeugseite in das Auto gezwängt hatte. Ein weiterer Schutzpolizist nahm neben seinem Kollegen vorne Platz, bevor Sekunden später das Auto mit quietschenden Reifen anfuhr und quer über den Marktplatz in Richtung Schulstraße davon brauste. Kommissar Rau seinerseits schien wenig Interesse an Hillebergs Papieren zu zeigen, viel mehr beäugte er aufmerksam das Geschehen, das sich in seiner Blickrichtung abspielte. Er hatte ihm gerade seine Dokumente zurückgegeben, als der Schupo, dem der Nachtwächter vorhin zuallererst am Eingang in die Augen gesehen hatte, schnaufend auf seinen Vorgesetzten zukam. Allerdings wunderte er sich: Hatte der Polizist nicht gerade eben noch einen Oberlippenbart getragen?

«Chef, ich glaube, das sollten Sie sich mal ansehen», Schupo Bongässer deutete auf den Rathauseingang in seinem Rücken.

«Nun denn, Herr Hilleberg, so war doch Ihr Name? Wir sind's dann auch. Sie sind erlöst, können jetzt Feierabend machen, wir übernehmen für den Rest der Nacht.» Hans-Otto Hilleberg sah, wie der Kommissar im Dunkel der Rathaushalle verschwand, in Begleitung des Schupos mit, oder war er ohne Bart? Gleichzeitig dämmerte ihm, an wen ihn die Stimme des Herrn Rau so frappant erinnert hatte: an die dieses Versicherungs-Beauftragten, bis auf den Umstand, dass der Mann am Telefon sehr viel tiefer geklungen hatte.

Simon Rau und Hubert Bongässer standen regungslos, beide die Hände hinter ihren Rücken verschränkt, vor dem Porträt des letzten Komturs vom Schiffenberg. Noch nie hatte der Kommissar den Schutzpolizisten so andächtig gesehen. Und so still. Er schien geradezu ergriffen. Es war, als meditiere er, während er sich, genau wie Rau, nun schon seit über fünf Minuten auf eine rechteckige Fläche in der Größe von etwa nur vier Postkarten am rechten oberen Bildrand fokussierte. Doch die Größenordnungen traten hinter der Strahlkraft dieses Meisterwerks im Bildhintergrund zurück. Nach über einhundertzwanzig Jahren unter dem Grau der Deckschicht verborgen, ließ die in einen Brokatrahmen gefasste, miniaturisierte Darstellung der Maria an den Ufern von Akkon den bald lebensgroß porträtierten Komtur vom Schiffenberg im Vordergrund vielleicht noch stärker verblassen als je zuvor.

«Was ist das da im Hintergrund?», fragte Hubert Bongässer, ohne den Blick von dem Gemälde in dem Gemälde zu wenden. Dabei flüsterte er, obwohl er wusste, dass alle anderen das Rathaus längst verlassen hatten.

«Ein Schiffssegel. Der Legende nach sollen es die Kreuzfahrer vom Deutschen Orden verwendet haben, um damit an den Ufern von Akkon das erste durch sie gegründete Hospital im Heiligen Land zu überdachen. Sehen Sie die Andeutung einer Stadt am Horizont?» Während er sprach, merkte Rau, dass sich in ihm eine gewisse Beseeltheit ausbreitete, ob er es wollte oder nicht.

«Dieser friedvolle Ausdruck im Gesicht der Maria. Wahrhaft himmlisch. Als blicke man in ihre Seele», flüsterte Bongässer verklärt. Nur flüchtig spähte Rau zu ihm hinüber. Doch lange genug, um zu erkennen, dass Bongässers Augenwinkel wässrig schimmerten.

«Wie muss da erst das Original anmuten?» Es wirkte, als stelle Rau die Frage dem Mann ihm gegenüber. Demjenigen, der sie mithin am besten hätte beantworten können, wäre es ihm nur möglich gewesen, auch nur für einen kurzen Moment aus dem Erker der Propstei hervor- und aus seinem vergoldeten Rahmen herauszutreten.

18. Bauernfrühstück

Es war tatsächlich da gewesen. Das Gemälde der Heiligen Maria an den Ufern von Akkon existierte wirklich. Und sie wussten, wie es aussah. Die Handschrift des Meisters, die Farbspuren auf dem Gallican-Papier, das Inventarverzeichnis, die Rückstände in der Bleikassette ließen nur einen Schluss zu: Das Gemälde hatte über hundert Jahre lang unter dem Schutz des Komturs Gernand von Buseck unter dessen Grabplatte geruht, inmitten des Chorraumes der Basilika. Simon Rau saß kerzengerade an seinem Schreibtisch im ersten Stock der Polizeiwache am Landgraf-Philipp-Platz. Es war eine ganze Weile her, dass er sich morgens um halb sechs so hellwach gefühlt hatte. Nicht zu verwechseln mit dieser erzwungenen, Übermüdung nur flüchtig betäubenden, kaltschweißigen Kola-Dultz-Wachheit. Demgegenüber fühlte er sich fidel und handlungsfreudig. Als hätte man den Kopf an einem heißen Sommertag unter eine eiskalte, aber deshalb nicht unangenehme Dusche gesteckt. Erst letztens hatte er gelesen, dass dies wohl mit einem Botenstoff im menschlichen Körper namens Adrenalin zusammenhing. Dieser würde in hohen Dosen ausgeschüttet im Angesicht großer Gefahr, aber auch, wenn man ungeahnten Erfolg erfuhr. Der Körper garnierte diesen Stoffwechselprozess dann mit einer gehörigen Portion an Glücksgefühlen. Dass die vergangene Nacht einen gut geschüttelten Cocktail mit diesen Zutaten bereitgehalten hatte, inklusive einer belebenden, wenn nicht sogar überlebenswichtigen namens Marlene Bellring, war schlicht nicht von der Hand zu weisen. In erster Linie war es aber wohl der Erkenntnisgewinn, der so gut wie alle, die an diesem höchst ungewöhnlichen nächtlichen Unterfangen beteiligt waren, am meisten elektrisiert hatte. Und dieser Gewinn war ungeheuerlich.

Die Achterbahnfahrt hatte mit dem Rathaus ihre letzte Station jedoch immer noch nicht erreicht. Als der Kommissar die Polizeiwache vor einer Dreiviertelstunde betreten hatte, informierte Meyer ihn darüber, dass der tags zuvor angegriffene und halb tot geschlagene Schreiner aus der Sandgasse das Bewusstsein wieder erlangt hatte.

«Das war gestern Abend um halb neun, kurz vor meinem Dienstantritt hier. Und da Sie nicht zu erreichen waren», in Meyers Mimik schwang der Anflug eines Vorwurfs, «habe ich mich sogleich in die Uniklinik aufgemacht, um seine Aussage aufzunehmen. Und jetzt kommt's: Es war kein Mann, der Leisel beauftragt hatte, den Waschtischspiegel vom Schiffenberg abzuholen, sondern eine Frau! Sie hat sich als Betreiberin der Pension auf dem Schiffenberg ausgegeben. Der Schreiner musste ihr sogar versprechen, den Spiegel weder anzurühren, noch ihn jemand anderem auszuhändigen, außer ihr persönlich. Seiner Aussage zufolge wollte der Angreifer Leisel aber weis machen, dass ein Mann ihn beauftragt hätte, das Möbelstück wieder abzuholen. Leisel wusste daher sofort, dass der Unbekannte nicht von der wahren Auftraggeberin geschickt worden war. Das muss man sich mal vorstellen, der Schreiner sollte den Waschtischspiegel noch nicht einmal reparieren.» Rau nickte wissend. Noch nicht einmal reparieren? Das passte zwar nicht in Meyers Verständnis, umso mehr aber zu der Theorie des Kommissars.

«Ist der Spiegelrahmen mittlerweile aufgetaucht?», wiederholte Rau seine Frage vom Vortag, doch Meyer schüttelte den Kopf.

«Allerdings wissen wir jetzt, dass der Angreifer seinen Bart mit einem Schal zu kaschieren versuchte. Zumindest sagt das der Nachbar, der Leisel mit seinem Auftauchen möglicherweise das Leben gerettet hat. Er war gerade in der Klinik zu Besuch, als ich eintraf.»
«Wie soll der Bart ausgesehen haben?»
«Darüber konnten weder Leisel, noch der Nachbar Näheres aussagen. Beide sahen ihn schließlich entweder nur im Halbdunkel oder von hinten.» Rau nickte:
«Ein Bart. Immerhin wissen wir jetzt, dass es wahrscheinlich keine Dame war.»

Hermann Bongässer war zu dieser frühen Stunde eher nach einem beruhigenden Fencheltee zumute. Nervös sah er durch das nach Süden zeigende Fenster in die noch nächtliche Dunkelheit hinaus, von Osten kündete nur ein hauchdünner, orangefarbener Streifen die Dämmerung an. Das Fenster wies in Richtung des Regierungsgebäudes nebenan, wo sich der Sitz des Polizeirates befand. Doch Simon Rau, er war ins Erdgeschoss gekommen, um nach ein paar von Bongässers selbst gebackenen Keksen zu fragen, versuchte die Sache vom Ende her zu denken.
«Machen Sie sich keine Sorgen, betrachten Sie einfach nur die Tatsachen: Mag der Herr Polizeirat auch zunächst aus allen Wolken gefallen sein, als ich ihn vor einer halben Stunde über unseren Einsatz und die frappante Entdeckung informierte und er zunächst nicht wusste, wie er das dem OB erklären sollte, das Blatt wird sich nun im Handumdrehen wenden. Vor allem, wenn ich daran denke, welcher Sachverständige sicherlich schon jetzt gestriegelt und geschniegelt in der Lobby vom Kaiserhof sitzen dürfte, den Anruf des Oberbürgermeisters erwartend – in meinen Augen ist der

unausweichlich – mit der Bitte, sich etwas Erstaunliches anzusehen, um nicht zu sagen etwas Wundersames!» In diesem Moment klingelte das Telefon. Vorsichtig nahm Bongässer den Hörer ab.
«Für Sie, Chef. Der Chef.»

Rau beendete das Telefonat fünf Minuten später mit einem Schmunzeln:
«Er ist sich mit dem OB einig, dass es sich um einen unerhörten Vorfall ungemeiner Tragweite handelt. Allerdings um einen, der als glorreicher Tag in die Geschichte unserer Stadt eingehen wird. Denn nachdem der OB und Magister Pfyn, der ja aufgrund irgend einer glücklichen Fügung noch immer in der Stadt weilt», Rau hob salbungsvoll den Arm, «das Objekt just vor einer Viertelstunde in Augenschein genommen hatten, sei klar geworden, um was für einen Glücksfall es sich hier handeln würde. Übrigens dieselbe Fügung, die der Chef im ersten Telefonat mit mir noch als unwiederbringlichen Schaden bezeichnete. Pfyn betonte den beiden Herren gegenüber zudem, dass er einen absoluten Könner seines Fachs vermutet. Es gebe weltweit nur ganz wenige, die zu so einer *Restaurierung*», Rau dehnte und betonte jede einzelne Silbe des Wortes, «in der Lage seien, und dann auch noch unter solchem Zeitdruck! Schließlich sei es eine Kunst an sich, die obere Farbschicht abzutragen, ohne die untere auch nur ansatzweise zu beschädigen. Pfyn vermutet eine unbekannte, im Geheimen handelnde Lichtgestalt unter den Kunst-Restauratoren.» Hermann Bongässer musste laut auflachen:
«Und wie nennt der Chef jetzt den Täter? Maestro? Oder Magister?»

«Es war wirklich amüsant, unserem Polizeirat zuzuhören, wie sich, noch während er sprach, innerhalb weniger Momente die Begrifflichkeiten bei ihm änderten. Er hat sich wohl mit dem Oberbürgermeister darauf geeinigt, in der Pressekonferenz von einem dankbaren Ereignis und keinesfalls von einem Einbruchsdelikt zu sprechen. Der oder die Unbekannte», wieder grinste Bongässer, «sei also in keinem Falle verantwortlich zu machen, sondern habe der Kunstgeschichte einen herausragenden Dienst erwiesen. Schließlich sei Gießen nun die einzige Stadt in Deutschland, die über eine echt originale Kopie vom 27. Werk Giacomo di Canareggios verfügt und sowieso als einzige überhaupt einen Blick auf das Motiv gestattet, solange das Original noch als verschollen anzusehen ist.»

Rau hielt inne, er hatte sich selbst zum Nachdenken gezwungen. Die Sache vom Ende her denken. Für den Kommissar galt das ab sofort auch hinsichtlich der Lösung des Falles, wobei gerade hier auch der Anfang einzubeziehen war. Alles hatte auf dem Schiffenberg begonnen, dem Ort, den Arnd Lotner als Südhesse in fremden Gefilden kennengelernt hatte, der aber auch für Adele Vollmer zu einem zweiten Zuhause geriet. Beide begegneten dort Personen, mit denen sie sich angefreundet, am Ende sogar ineinander verliebt hatten. Insofern kam dem Gießener Hausberg und mit ihm Fräulein Vollmer eine Schlüsselrolle zu. Wo doch die Aussage Artur Leisels über die sich als Wirtin vom Schiffenberg ausgebende Frauenstimme nahe legte, dass die Kellnerin noch stärker in die Vorkommnisse der letzten Tage verstrickt sein konnte als ohnehin schon angenommen. Allerdings war Rau noch schleierhaft, wer bei Lotner und Adele Vollmer Wirt oder Wirtin und wer Kellner war. Und ob die junge Frau die Bestellungen nicht sogar auf eigene Rechnung aufgenommen hatte. Aus irgend einem Grund wollte Rau sich diese Überlegungen nicht anmerken lassen und fuhr so heiter fort, wie er aufgehört hatte:

«Übrigens hat der Nachtwächter vom OB ein Sonderlob erhalten, schließlich habe Herr Hilleberg höchst professionell und besonnen reagiert. Auch oder gerade weil der Täter, will meinen der Verursacher beziehungsweise Künstler, wohl im letzten Augenblick flüchten konnte, offenbar in dem Moment, als Hilleberg uns die Tür geöffnet hat. Vermutlich durchs einzige nicht vergitterte Fenster, in der ehemaligen Küche der Hausmeisterwohnung.» Bongässer runzelte für einen Augenblick die Stirn, das Fenster war zwar nicht vergittert, aber es führte in einen engen, zur Straße hin zugemauerten Winkel, der ein Entkommen unmöglich gemacht hätte. Bis er begriff, dass diese Darstellung nur dazu bestimmt war, dem OB gegenüber der Presse einen gewissen Gestaltungsspielraum zur Erklärung der Vorkommnisse an die Hand zu geben, worauf Bongässer erneut sein unverwechselbares, heulendes Lachen erschallen ließ.

«Ach so, bevor ich's vergesse, Sie sind zur kurzfristig anberaumten Pressekonferenz eingeladen. Beginn um neun in der großen Halle», erklärte Rau dem Schupo. «Ihr Bruder auch. Wo ist der eigentlich, hat sich wohl in die Falle gelegt?»

«Mitnichten, Chef. Er wurde von unserem Maestro zum Frühstück im Kaiserhof eingeladen. Wir beide waren ja nur Außenstehende!», feixte Hermann Bongässer und wies mit dem Zeigefinger abwechselnd auf Rau und sich selbst.

«Und was war ich dann? Die Kavallerie?», rief Meyer von seinem Schreibtisch zu den beiden anderen herüber. Bongässer winkte ab.

«Witzbold. Alsdann Chef, Sie wollen sich gewiss daheim zuvor noch etwas frisch machen, ich hole Sie dann nachher um Viertel vor mit dem Adler ab.»

«Bedaure, aber das wird wohl nichts. Ich brauche das Auto anderweitig.» Bongässer sah Rau verständnislos an:

«Ja, kommen Sie denn nicht mit zur Pressekonferenz?»

«Zumindest nicht von Beginn an. Erst muss ich noch etwas zu Ende denken.»

«Vom Ende her zu Ende?», langsam dämmerte es dem Polizisten, «Soll ich Sie begleiten?» Doch Rau hatte den Türknauf schon in der Hand.

«Gehen Sie mal ruhig zur Pressekonferenz. Dieses Schauspiel sollten Sie sich nicht entgehen lassen», um einen letzten Blick über den hohen Tresen der Wachstube zu werfen: «Meyer, Sie halten die Stellung. Kann sein, dass ich nachher mal durchrufe», dann setzte er sich seinen Fedora auf, begab sich auf den noch schlummernden Platz hinaus und sog die wunderbar frische, kühle Morgenluft ein.

Für den späten Vormittag an einem gewöhnlichen Donnerstag waren es verhältnismäßig viele Fahrzeuge, die im Klosterhof nahe des Eingangs zur Gaststätte parkten. Rau stellte den Adler neben zwei Fahrrädern, einem BMW Dixi Cabriolet, einem weinrot glänzenden Ford und einem dunklen Mercedes-Benz 16/50 ab. Letzterer gehörte dem Liegenschaftsverwalter Schurfheim, wie sich Rau erinnerte. Wie zur Bestätigung war Otto Schurfheim der erste, den Rau im Schankraum erspähte. Er kehrte dem Kommissar den Rücken zu, während er an einem der kleinen Tische in der Nähe der Theke saß, vor sich ein Bier, ein leeres Schnapsglas sowie einen Teller, auf dem die angetrockneten Reste eines Strammen Max zu erkennen waren. Während der Kommissar näher trat, vernahm er linker Hand hinter dem Kamin angeregtes Stimmengewirr. Es rührte von einer vierköpfigen Tischgesellschaft und verstummte augenblicklich, sobald der Kommissar, «Einen schönen guten Tag», gewünscht hatte. Rau blickte in das Gesicht von Hanno Bahl, dem jungen Paukanten, den Rau in der Nacht zu Montag zum letzten Mal gesehen hatte. Neben ihm saß Edwin Rodenscheit, beide trugen die für eine Mensur typische Kleidung wie ärmellose Westen und Stulpen über den Hosenbeinen. Rainald König saß den beiden gegenüber. Den vierten Mann, ein Schmiss zierte seine rechte Wange bis zum Ohr, hatte Rau noch nie gesehen. Nach der Kleidung zu urteilen war er offenbar ein weiterer an den Fechtpartien Beteiligter, möglicherweise ein Sekundant, vielleicht sogar ein Fechtmeister. Der Tisch vor ihnen war reichhaltig gedeckt, ein beeindruckend großes Tablett war noch immer zur Hälfte mit Hausmacher Wurst bedeckt, daneben Hart- und Weichkäse, ein rustikales Butterfass sowie mehrere Sorten Marmeladen. Ein intensiv nussiger Duft von Schinkenspeck zog sich durch den ganzen Raum. Ein typisches Bauernfrühstück einer studentischen Verbindung. Zugleich mit noch nicht einmal zwölf Uhr ungewöhnlich früh. Die Stille währte schon unangenehm lange, als Bahl endlich ein spärliches:

«'Morgen», verlautbaren ließ. Nun drehte sich auch Schurfheim zu ihm um:

«Ah, der Herr Kommissar», der die Begrüßung sogleich erwiderte:

«Herr Schurfheim.» Das war interessant. Offensichtlich hatte sich noch niemand dazu bequemt, den Beamten, der im Namen des Volksstaates Hegels Gemälde für die Ausstellung zur Verfügung gestellt hatte, über die nächtlichen Ereignisse im alten Rathaus in

Kenntnis zu setzen. Er würde ansonsten gewiss nicht hier oben auf dem Schiffenberg sitzen und in der Zeitung vor sich die Neuigkeiten von gestern lesen, während sich die wahre Sensation doch weit nach Redaktionsschluss ereignet hatte. Und irgendwie hatte auch Rau nicht das Verlangen, Schurfheim davon zu berichten. Zumindest noch nicht. Vielleicht in ein paar Minuten, je nachdem, wie es sich ergeben würde.

«Habe die Ehre», tauchte der Wirt hinter dem Schanktisch auf, «noch Kaffee oder schon Hessenquell?», erfragte er Rau's Wunsch. Die Mensurfechter setzten ihre Unterhaltung fort, im Vergleich zu vorher aber fast flüsternd.

«Zum Kaffee sage ich nicht nein. Wenn Sie mir dann noch eine Frage beantworten, wäre ich schon bedient.» Rau stand dem Wirt an der Theke gegenüber. Ein Rückspiegel wäre hilfreich, dachte er, zu gerne würde er die Reaktionen der Frühstücksgesellschaft einfangen können, inklusive der von Schurfheim, der sich nun in seinem Rücken befand. Er entschied sich daher, sich an das Kopfende der Theke zu stellen, sodass er den Zapfhahn von der Perspektive des Wirtes aus im Blick hatte und gleichsam alle Anwesenden. Ansonsten schien Rau die Besetzung der Restauration nahezu perfekt für seine Zwecke. Unerwartet, aber umso besser, um nicht zu sagen glänzend. Das beabsichtigte Klopfen auf den Bau würde so noch wesentlich mehr Köpfen zu Ohren kommen als erhofft. Und so machte er keinerlei Anstalten, seine Stimme gedämpft zu halten und nur irgendeinen Hehl aus seiner Frage zu machen.

«Sie können sich bestimmt denken, dass wir weiterhin mit Hochdruck nach Arnd Lotner suchen, mittlerweile selbstverständlich auch nach Adele Vollmer.»

«Die braucht sich hier nicht mehr blicken lassen, so viel steht fest. Was bildet die sich ein, einfach fort zu laufen. Können Sie ihr ja ausrichten, wenn Sie sie finden», raunte der Wirt und feuerte einen Stoß schmutziges Geschirr in das Spülbecken.

«Mittlerweile hoffen wir, beide gleichzeitig aufzufinden», Rau ignorierte den fragenden Blick des Wirtes, ihm entging aber nicht, dass die Unterhaltung am Tisch der Scephenburgia mittlerweile fast vollständig zum Erliegen gekommen war. Schurfheim zeigte sich weiter in den Anzeiger vertieft.

«Wobei wir uns die Frage stellen, welche Orte wir noch nicht bedacht haben, an denen er oder sie sich aufhalten könnten», und verband damit die Frage an den Wirt, was der über die Forschungsarbeit des Historikers wusste. Ob Lotner ihm gegenüber vielleicht irgend etwas Interessantes berichtet hatte, über die Ausgrabungen auf dem Schiffenberg hinaus, «Was wir wissen ist, dass Lotner bis zu dem Projekt hier oben noch nicht im Gießener Land tätig gewesen sein soll.»

«Na ja, bis auf seine Arbeiten in der Klinkel'schen doch?»

«In der Mühle?», wunderte sich Rau, im Unterbewussten spürte er, wie Millionen von Synapsen in seinem Kopf begannen, alte Verbindungen zu lösen und neue aufzubauen.

«Er war noch nicht lange hier oben, da hat er mir mal von einer Forschungskampagne von vor ein paar Monaten erzählt, die ihm genehmigt worden war, weil man ein eigentümliches Holzstück, war wohl bald ein halber Baumstamm, am Lahnufer in unmittelbarer Nähe zu den Mühlrädern gefunden hatte. Lotner vermutete einen keltischen Einbaum. Letztlich hat sich der Eichenstamm aber als alte, aber nicht uralte Welle eines Mühlrades herausgestellt.» Lotner hatte einen Fehlschlag erlitten, dachte Rau. Sein eigener

Erkenntnisgewinn aber war wiederum gewachsen. An sich hätte er es aber auch erkennen müssen: die verschwundene Hartwurst, die abhanden gekommenen Äpfel, die geleerte Flasche Bier, all das war Lotner gewesen. Selbstverständlich hatte der dort nach einem nächtlichen Unterschlupf gesucht. Hier kannte er sich aus und wusste, wo sich der Pausenraum der Arbeiter befand. Natürlich hatte in dieser Lage ein Export einen höheren Wert als die Lohntüten im Büro des Geschäftsführers gleich nebenan. Doch wirklich weiter brachte Rau diese Einsicht nicht. Wie auch die anderen im Schankraum mittlerweile keinerlei Notiz mehr von den Ausführungen des Wirtes zu nehmen schienen. Schurfheim war dabei, das Endstück einer Zigarre abzuknipsen, die Paukanten sprachen wieder deutlich vernehmbar in ihrem Fechter-Latein:

«So Hanno, heute wird aber nicht gemuckt und nicht gezickt! Musst dir nicht ins Hemd machen, ex-Klinik abgeführt zu werden. Unser heutiger Paukarzt hat schon über 3.000 Füchse noch in der Partie zusammengeflickt, wenn's sein muss mit der Schweinslederahle!»

«War das die einzige Örtlichkeit, von der er Ihnen erzählt hat?», fragte Rau weiter.

«Ja. Bedaure, so oft hab ich mit ihm auch nicht gesprochen. Er war – ist hoffentlich immer noch – schon eher wortkarg. Redselig war er selten, und wenn dann nur frühmorgens, wenn er nach einer Fechtpartie am Abend zuvor ein Konterbier genommen hat. Dann hat er von diesen alten Geschichten erzählt, an denen nur solche Maulwürfe wie er sich begeistern können. Von seiner Entdeckung im alten Wirtschaftshof drüben», der Wirt wies mit seiner Hand in Richtung der Küche hinter ihm nach Süden, während Rau davon ausging, dass er eigentlich den Bereich östlich der Komturei meinte, dort wo sich Rudis Scheune und der Stall befanden.

«Eben da wurde in einer alten Kiste doch eine bereits im 13. Jahrhundert gefälschte Urkunde gefunden, die schon den Augustinermönchen die Allmende zusicherte. Soweit ich das verstanden habe, bezeichnete man damit die Nutzungsrechte an den mit den Bauern gemeinschaftlich genutzten Wiesen für Weidetiere oder zum Füttern der Schweine mit Eicheln. Die Deutschordens-Chorherren übernahmen die gefälschte Urkunde dann kurzerhand, um sie ihrerseits den Bauern gegenüber erneut geltend zu machen, fast hundert Jahre, nachdem die Augustiner den Schiffenberg verlassen hatten.» Rau pfiff vor Verwunderung durch die Vorderzähne:

«Das ist ja ein Ding. Urkundenfälscher gab's wohl schon immer und zu jeder Zeit. Wundere mich nur, dass der Rudi mir nie etwas davon erzählt hat. Wo die Kiste doch in seinem Stall gestanden haben muss.» Der Wirt ließ kopfschüttelnd das Geschirrtuch sinken:

«Der Rudi hat mit dem Neuhof ja auch nichts zu tun. Der hat nur die Landwirtschaft hier oben gepachtet.» Schurfheim schreckte hinter seiner Zeitung auf, als der Kommissar die Kaffeetasse auf die Untertasse knallen ließ und fluchtartig aus dem Schankraum stürmte.

«Ist Ihnen schlecht? Vielleicht hätte Ihnen ein Export doch eher gut getan!»

«Die Kunst der Weisheit besteht darin, zu wissen, was man übersehen hat! Wie oft denn noch?», keuchte Rau, während er die Stufen hinauf eilte. Kaum hatte Rau das Gästezimmer im zweiten Stock erreicht, hastete er zu dem Stoß Bücher auf dem Schreibtisch. Schnell hatte er das Büchlein ausfindig gemacht.

Der Neuhof
Ort der Sommerfrische derer von Arnim und Brentano

Rau war beim flüchtigen Durchblättern vor drei Tagen nur eine Seite aufgefallen, die mit der Abbildung eines Lageplans des Gutshofes nahe Leihgestern. Er wusste nicht einmal, ob ihm dieser in irgendeiner Weise helfen würde, doch spürte er, dass er in seiner Lage nicht in der Position war, auf mögliche Hilfsmittel verzichten zu können. Flugs steckte er das kleine Heft in seine Jackentasche und spurtete zurück ins Treppenhaus.

Auf dem Treppenabsatz im ersten Stockwerk angekommen, lugte er ohne stehenzubleiben in den Schankraum hinein. Schurfheim war nicht mehr zu sehen, von den Scephenburgianern nichts mehr zu hören. Ruckartig änderte Rau die Richtung und trat ein. Der Tisch der Mensurfechter war fast völlig verwaist, lediglich der Rau Unbekannte wischte sich gerade den Bierschaum von der Oberlippe. Vom Hof drang derweil ein Brummen, das Rau dem Anlassen eines schweren Motors zuordnete, vermutlich war es der Benz.

«Wo sind denn alle hin?», fragte Rau, eher an sich selbst gerichtet. Der mutmaßliche Fechter schob sich ein Stück Fleischwurst in den Mund:

«Keine Ahnung. Als einer aufstand, sind die anderen hinterher. Nun ja, begonnen wird auf die Minute genau, die Herren werden wissen, wann sie zu erscheinen haben», erklärte er in aller Seelenruhe. Rau schüttelte verständnislos den Kopf, während der Wirt vom Treppenhaus kommend eintrat, in der Hand einen Kartoffelsack:

«Die haben mich auf der Treppe bald umgerannt, nicht die feine Korporiertenart!», tadelte er mit seinem Blick den einzig

Verbliebenen am Vierertisch. Im selben Augenblick war das Anfahren weiterer Fahrzeuge auf dem Innenhof zu vernehmen. Zudem rasselte das Telefon in der Nische zwischen Küche und Theke. Mit einem genervten Gesichtsausdruck warf der Wirt den Kartoffelsack auf den Tresen und nahm ab. Er kräuselte die Augenbrauen, dann sah er zu dem Kommissar hinüber, der schon wieder im Türrahmen zum Korridor stand:

«Für Sie, das Amt.»

«Marlene», entfuhr es Simon Rau, Augenblicke später stand er hinter der Theke.

«In jedem Fall ein Fräulein», merkte der Wirt an und überreichte Rau den Hörer.

«Gott sei Dank, dass ich Sie erwische!», Rau hatte richtig gelegen, «Ich habe die Stimme erkannt! Die von dem, der Sonntagnacht vom Schiffenberg aus anrief und das Gaswerk sprechen wollte!»

«Was?», Rau traute seinen Ohren nicht, «Wann haben Sie die Stimme gehört?»

«Gerade eben, ist nicht mal fünf Minuten her, der Anruf kam erneut von dort. Hat sich genauso angehört wie letztes Mal, hat geflüstert, trotzdem war zu hören, wie aufgeregt er war, geradezu in Panik.»

«Was hat der Mann gewollt?»

«Er hat den Gesprächspartner aufgefordert, zum Neuhof zu kommen. Sollte Vollgas geben und die Eisen nicht vergessen. Sagen Sie bloß, dass damit Schießeisen gemeint sind?», wollte Bellring wissen.

«Ihnen kann man aber auch nichts vormachen», gab Rau zurück, um schnell anzufügen, «ich brauche die Wache, schnell!»
«Ist schon gewählt», bestätigte Bellring.

«Chuzpe haben Sie, das muss man Ihnen lassen, Mengelshausen», Hermann Bongässer schritt im Verhörraum Numero eins vor Richard Mengelshausen auf und ab, «so mir nichts dir nichts auf der Pressekonferenz im Rathaus aufzutauchen. Konnten wohl nicht widerstehen, einen Blick auf das Komtur-Porträt zu werfen?», Bongässer schmunzelte, «Aber weiter im Text, Sie haben sich also zu wechselnden Vorführzeiten mit ihm im Kino getroffen?» Mengelshausen starrte teilnahmslos auf den Schimmelfleck an der Wand ihm gegenüber.
«Gut, Schweigen ist auch eine Sprache. Aber vielleicht kann ich Ihre Deutschkenntnisse etwas auffrischen, wenn ich Ihnen sage, dass der Staatsanwalt durchaus bereit wäre, eine recht auskömmliche Kronzeugenregelung anzubieten, mindestens jedoch ein Krönchen, im Gegenzug für ein, zwei Wörtchen …», schon hatte Bongässer die Aufmerksamkeit des Mannes auf dem kargen, harten Holzstuhl.
«Hermann», Meyer steckte den Kopf zur Tür herein, «Telefon, der Chef, Gefahr im Verzug!»

Im Stakkato wies Rau den Schupo an, sämtliche Ausfallstraßen, beginnend beim Gas- und Wasserwerk in der Ostanlage, die Licher und die Frankfurter sowie den Schiffenberger, den Watzenbörner und den Leihgesterner Weg mit Straßensperren zu versehen und dazu die Kollegen von der Wache in der Liebigstraße zu alarmieren.

«Nehmen Sie jeden Kollegen, den Sie kriegen können. Gesuchtes Fahrzeug ist ein Motorrad mit Beiwagen. Die Verdächtigen sind wahrscheinlich mit Pistolen bewaffnet. Sie selbst brauche ich so schnell wie möglich auf dem Neuhof. Ich werde selbst in Kürze dort sein.»

«Wird gemacht, Chef! Übrigens habe ich auch noch eine absolute Neuigkeit. Sie werden es nicht glauben.» Rau gab ihm nur ein paar Sekunden, doch die reichten, um den Kommissar mit einer brisanten Information auszustatten, um nicht zu sagen mit der entscheidenden.

«Eine wichtige Sache noch», schaltete Marlene Bellring sich wieder ein, noch bevor der Kommissar den letzten Satz seiner Anweisungen beendet hatte, «und bitte hören Sie mir wenigstens dieses eine Mal gut zu, Simon: Passen Sie auf sich auf!»

19. Dem Freund die Stirn

Es dauerte nur Sekunden, bis Rau die Treppe hinunter gerast und im Begriff war, die Tür des Adler zu öffnen. Allerdings schwang diese von selbst auf, kaum dass er die Klinke gedrückt hatte:

«Gewitternoch'enirn», fluchte er im Dialekt, nachdem er festgestellt hatte, dass das linke Vorderrad einen Platten hatte. Alle anderen Autos waren fort, nur die Fahrräder befanden sich noch an Ort und Stelle. Rau sah sich hektisch um, fieberhaft nach einer Lösung suchend. Angespannt trommelte er mit seiner Zunge gegen die Kieferinnenseiten. Endlich erspähte er jemanden, der möglicherweise helfen konnte: es war Rudi Striegler, der Pächter des Wirtschaftshofes. Just in dem Augenblick, in dem er den Kommissar aus einer Entfernung von gut vierzig Metern erkannte, hatte Rau beim Blick auf die Basilika schon eine Idee entwickelt:

«Sag mal, Rudi, fährt deine Triumph eigentlich noch? Die im alten Westchor?»

«Schnurrt wie ein Kätzchen!», rief Rudi über den Hof herüber, «Wusste gar nicht, dass du Motorrad fährst!», fügte er an, während Rau schon kehrt gemacht hatte.

«Ich auch nicht», entgegnete Rau, während er Augenblicke später an ihm vorbei brauste. Prompt kam er auf dem sandigen Boden bedenklich ins Schlingern, nur um Haaresbreite verpasste er den linken Pfeiler des Schaftores, die Serpentinen den Schiffenberg hinunter nahm er mal auf der Gegenfahrbahn, mal zum Kurvenradius entgegengesetzt.

Simon Rau wusste selbst nicht, wie er es lebend den Abhang hinunter geschafft hatte. Wenigstens auf die Fahrt bezogen, hatte er das Schlimmste hinter sich, den Weg zum Neuhof ging es nur bergauf. Doch das, was ihn dort erwarten würde, konnte alles sein, eine Achterbahn, ein Hindernisparcour, nur hoffentlich nicht die Route in den Abgrund. Dabei konnte die Triumph einen entscheidenden Vorteil mit sich bringen. Während die anderen in ihren Autos und damit über die um einiges längere Wegstrecke das Ziel erreichen konnten, würde Rau eine Abkürzung nehmen, über Watzenborn hinauf zum Obersteinberger Hof und die restlichen paar hundert Meter wieder hinunter. Schließlich war die "H" mit Baujahr 18 stets in der Lage, selbst mit Schlaglöchern übersäte Feldwege zu überwinden. So lautete wenigstens Rudis Meinung, wobei er regelmäßig anfügte: wenn man sie zu zügeln weiß. Dass die Gäste der Schiffenbergschänke dasselbe Ziel verfolgten wie er selbst, hielt Simon Rau indes für ausgemacht. Er hatte, wie beabsichtigt, lauthals auf den Busch geklopft, oder besser, ins Bienennest gestochen. Da durfte es nicht verwundern, wenn die Hornissen aufmerksam wurden und fette Beute witterten. Für einen flüchtigen Moment musste er schmunzeln, die Herren der Allegorischen Gesellschaft wären stolz auf ihn.

Der Kommissar näherte sich dem in einem Rechteck angeordneten Gebäudekomplex von Norden. Kurz vor der lang gestreckten Scheune stellte er den Motor ab und ließ das Motorrad zwischen Hühnerstall und ein paar Büschen verschwinden. Er wollte solange wie möglich unentdeckt bleiben, daher betrat er den Innenhof von Westen kommend über das kleine Wäldchen nahe des Fischteichs. Unter den tief herunter hängenden Ästen einer stattlichen Eiche versuchte er sich einen Überblick zu verschaffen. Vor ihm, rechter Hand, befand sich das Herrenhaus. Hier vermutete er den Unterschlupf von Lotner und wahrscheinlich auch Adele Vollmer und wenn er tatsächlich als letzter gekommen war, auch den Aufenthaltsort derer, die ihm und dem Wirt eben in der Komturei offenbar gut zugehört hatten. Gegenüber schlossen sich Stallungen an, die das Karree in östlicher Richtung abschlossen. Schnell war ihm klar, dass er das Herrenhaus nur über die blanke Hoffläche erreichen konnte, vorbei an der großen Pferdetränke. Nach der Zeichnung in dem Heft zu urteilen, gab es keine bessere Möglichkeit, weitestgehend unentdeckt dorthin zu gelangen.

Simon Rau bewegte sich dicht an der Wand der alten Wagnerei entlang. Der Bau, der wie ein kleines Pförtnerhaus anmutete, lag direkt gegenüber des Herrenhauses und markierte mit ihm gemeinsam die Hofeinfahrt. Jeder, der über die bald fünfzig Meter lange Allee von Süden aus den Innenhof betreten wollte, kam zwingend hier vorbei. Allerdings war weder innerhalb des Karrees, noch auf der Allee irgendein Lebenszeichen zu entdecken, weder Mensch, noch Tier, noch Automobil. Das gesamte Areal wirkte wie ausgestorben. Bis Rau rasch den schmalen Weg der Hofeinfahrt überquerte und sah, wie der Mercedes, der kurz zuvor noch vor der Komturei gestanden hatte, die Straße befuhr, die am Neuhof vorbeiführend die Alleestraße kreuzte. Kurz darauf konnte er hören, wie das tiefe, wummernde Motorengeräusch des Wagens erstarb. Einen Moment lang stand er im Schatten der Veranda der Wagnerei und lauschte. Nichts. Kein Laut. Dann, es war vielleicht eine halbe Minute vergangen, näherte sich, erneut von Westen kommend, ein weiteres Fahrzeug und kurz drauf noch eins. Das erste war das BMW Dixi

Cabriolet, das zweite der weinrote Ford. Dabei war Rau sicher, als Fahrer des offenen BMW Edwin Rodenscheit mit seinem dunklen Lockenschopf ausgemacht zu haben. Wie der Mercedes schienen auch die beiden anderen Wagen angehalten zu haben, direkt hinter der mit Efeu und wildem Wein bewachsenen Begrenzungsmauer des Hofguts. Simon Rau warf erneut einen Blick auf den Lageplan im Heft. An der Stelle, an der die Fahrzeuge zum Stehen gekommen waren, jenseits der Begrenzungsmauer, war ein kleines Rechteck eingezeichnet. Eine fast unleserliche, mittels Bleistift in Sütterlin verfasste Handschrift bezeichnete es als ehemaliges Haus des Wildschützes, vor allem aber und deshalb fein unterstrichen, als den Ort, wo die Truhe mit der gefälschten Urkunde vom Schiffenberg entdeckt worden war. Rau stopfte das Heftchen zurück ins seine Jackentasche und fing an zu rennen.

«Gewitting!», zischte er. Da war er schon der Erste, nur um am Ende doch noch zu spät zu kommen.

Die verwitterte Holztür im Erdgeschoss der windschiefen, halb verfallenen, früher mal als Behausung gedachten Hütte stand einen winzigen Spaltbreit offen. Die Fenster im Parterre waren dicht mit Efeu bedeckt, die Zeitläufe hatten im Dachgeschoss darüber den Großteil der Biberschwänze hinweggefegt. Rau zog seine Pistole aus dem Halfter, entsicherte sie und hielt sie im Anschlag, während er zur Tür schlich. Von drinnen waren Stimmen zu vernehmen. Allein, Rau hatte genug gehört, für Zaudern blieb wohl keine Zeit. Was blieb, war das Momentum der Überraschung. Nicht einmal zwei Sekunden spähte er durch den Türspalt ins Hütteninnere, dann warf er sich mit voller Wucht gegen das morsche Holz.

Augenblicke später stand er einer jungen Frau gegenüber, die mit einem kleinen, silbernen Revolver auf ihn zielte. Es war Adele Vollmer, die Hand, mit der sie die Waffe hielt, zitterte so stark, dass man kaum von Zielen sprechen konnte. Beim Anblick der Szenerie kam Rau ein geradezu grotesker Vergleich in den Sinn. Und so bizarr er ihm selber vorkam, er musste an da Vincis "Abendmahl" denken. Direkt links vor ihm, kaum einen Meter entfernt, stand Hanno Bahl, der Fechtschüler. Der Schreck nach Rau's polterndem Erscheinen stand ihm ins Gesicht geschrieben, als habe Jesus ihm gerade erklärt, dass er noch in dieser Nacht verraten würde. Neben ihm lauerte Rodenscheit, in der rechten Faust eine Fechtwaffe, wie da Vincis Petrus mit dem Brotmesser drohend. Seine Klinge wies in die Raummitte, dort wo Arnd Lotner an einem Tisch saß, der Oberkörper unbekleidet. Um den Bauch trug er einen Verband, offenbar um die Wunde im Rücken zu bedecken. Der bitterüble Gestank von Eiter und entzündetem Fleisch lag in der Luft. Er machte einen durch und durch erschöpften Eindruck, die blutunterlaufenen Augen tief in dunklen Höhlen vergraben, die Stirn schweißgebadet. Adele Vollmer stand schräg hinter ihm, den Revolver schützend vor ihn haltend. Auch wenn es Rau völlig widerstrebte, die junge Kellnerin und den Archäologen mit Leonardos zentralen Motiven zu vergleichen, Jesus und an seiner Seite Johannes, in dem manche jedoch Maria Magdalena sahen, Adeles Haltung – ihre freie Hand schützend über Arnd Lotners Schulter gelegt – ließ die Allegorie doch wieder stimmig erscheinen. Der schlichte Zinnbecher auf dem Tisch vor Lotner tat da ein Übriges. Und überhaupt, drehte sich in den letzten Tagen nicht alles um eine Mariengestalt? Auch wenn es die Heilige Jungfrau war, die an den Ufern Akkons unter dem Baldachin der Ritter vom Deutschen Orden abgebildet gewesen war. Die Richtung, in die Adele die Waffe hielt, änderte sich ständig, während durch das Zittern die Konturen des glänzenden Metalls verschwammen. Auf der rechten Seite des nicht mehr als vier Meter tiefen Raumes stand Otto Schurfheim, auch er hielt eine Fechtwaffe in der Hand, ebenso wie Rainald König. Er komplettierte den Halbkreis, der sich somit vor Rau gebildet hatte, wie auch die Erinnerung an den Jünger namens Simon in da Vincis Bild ganz rechts: Königs bitterernste Mimik deckte sich mit dem des historischen Vorbilds überdeutlich.

Rau sah sich mit der Notwendigkeit konfrontiert, zunächst die Spannung aus der Lage zu nehmen, vor allem aber die Anwesenden und damit auch sich selbst zunächst außer Lebensgefahr zu bringen, die Adeles Revolver verursachte:

«Fräulein Vollmer, bitte beruhigen Sie sich. Es kommt alles in Ordnung. Ich weiß, dass Sie nichts damit zu tun haben.» So gut wie nichts, dachte er. Adele Vollmer war tatsächlich in einen Strudel unglücklicher, ja dramatischer Ereignisse gezogen worden, ohne die Möglichkeit, sich aus eigener Kraft wieder befreien zu können. Was wollte man ihr vorwerfen? Dass sie sich in Arnd Lotner verliebt hatte, dass sie sich der erdrückenden, grobschlächtigen Umarmung ihres Verlobten Kasimir Manteufel entziehen wollte, die ihre Seele zu ersticken drohte? Um eben nicht mehr als bloße Trophäe herum gezeigt zu werden? Um ein selbstbestimmtes Leben zu führen? Wollte man ihr vorwerfen, dass sie sich Sorgen um Arnd Lotner machte, nachdem sie schon im Moment seines Verschwindens wusste, dass er sich in großer Gefahr befand? Dass sie deshalb die Pension am Bahnhof angerufen hatte, in der Hoffnung, er hätte sich dort in Sicherheit bringen können? Dass sie das Gemälde, das

Lotner hinter dem Waschtischspiegel versteckt hatte, unbehelligt vom Schiffenberg herunterschaffen wollte, wissend, dass Rau bereits die Fährte aufgenommen hatte, in dem vollen Bewusstsein, dass Canareggios Maria von Akkon Lotners Lebensversicherung war, solange sie sich nicht in den falschen Händen befand? Dass sie deshalb den Spiegel eingeschlagen hatte, um nicht einmal bei dem von ihr beauftragten Schreiner Leisel Verdacht zu wecken? Dass sie eben alles getan hatte, um herauszufinden, wo er steckte, um endlich wieder bei ihm sein zu können, ihm die eiternde Wunde zu versorgen, ihn zu beschützen? Kommissar Simon Rau konnte sich an kein einziges Gesetz erinnern, das ein solches Verhalten auch nur im Geringsten strafbewehrte, nicht in der Weimarer Verfassung und auch nicht in der des Hessischen Volksstaates. Und eben genau weil sich alles so verhielt, würde sie nicht ohne Weiteres die Waffe fallen lassen, nicht in Gegenwart dessen, der sich kurz vor seinem Ziel wähnte.

«Nichts damit zu tun haben? Wir sind die Opfer! Arnd ist das Opfer, sehen Sie ihn sich doch nur an!», brach es aus ihr heraus, offenbar war sie selbst am Ende ihrer Kräfte, Tränen bahnten sich den Weg an ihren Wangen hinunter. Gleichzeitig wurde der Tremor in der Hand, mit der sie die Waffe hielt, immer heftiger. Rau sah nur eine Möglichkeit, dem Einhalt zu gebieten.

«Ich weiß, Frau Vollmer, ich weiß das alles. Und weil es so ist, können wir beide auch die Dinger hier weg legen. Sehen Sie, ich fange damit an», langsam, ganz langsam drehte er seine Pistole zur Seite, um sich wie in Zeitlupe hernieder zu knien, bis er die Waffe sachte auf dem Boden ablegen konnte.

«Das klappt ja ganz vorzüglich, Herr Kommissar!», merkte Rainald König an, nachdem ihm klar geworden war, dass Adele

Vollmer keinerlei Anstalten machte, ihrerseits den Revolver beiseite zu legen. Im Gegenteil, ihre Fingerknöchel schimmerten kalkweiß, während sie den Griff noch stärker umklammerte.

«Ich möchte Ihnen nicht zu nahe treten, aber das, was Sie da tun, ist ziemlich leichtsinnig!» Rau drehte sich zu ihm, auch wenn er versuchte, aus den Augenwinkeln Adele im Blick zu behalten. Die akute Gefahr ging noch immer von ihr aus. Eben weil sie nicht so abgebrüht war wie manch anderer in dem modrig riechenden Raum. Die Emotion, vor allem aber die Müdigkeit und die gewiss seit Tagen währende Anspannung machte sie unberechenbar, allerdings nicht nur Rau gegenüber.

«Aber doch nicht, weil Sie jemand fürchten müsste, verehrter Herr König? Sie haben es mir doch hoffentlich schon verziehen, dass ich Sie zunächst inmitten des Kreises der Verdächtigen stellen musste. Die Kränkung, die Sie erfahren hatten, nachdem Ihnen die Konzession für das erste Tonfilmtheater verwehrt worden war, muss riesengroß gewesen sein. Und dann tritt da ein völlig Unbekannter auf den Plan und schnappt Ihnen die Lizenz vor der Nase weg. Doch Sie hätten sich nicht den Ihnen vorauseilenden Ruf erworben, wenn Ihnen nicht zuzutrauen gewesen wäre, die Sache für sich doch noch zum Guten zu wenden. Sie wussten sicherlich um den Gesundheitszustand von Ottokar Lotner. Und darum, dass Arnds Schwester in Amerika viel zu weit weg gewesen wäre, um den wahren Wert dieses neuen Lichtspielhauses richtig einzuschätzen, geschweige denn Interesse daran zu haben. Gut betucht ist sie auch so. Es wäre daher eine hervorragende Möglichkeit gewesen, ihr das Kino für einen Apfel und ein Ei abzukaufen, falls der zweite Nachkomme und Erbe Ottokar Lotners nicht mehr am Leben gewesen wäre. Doch so war es nicht. Es konnte schlichtweg so nicht sein.

Und wissen Sie, wann ich dessen gewahr wurde?» Ohne eine Reaktion abzuwarten, fuhr Rau fort: «Als ich die Biermarke sah, mit der Sie die Zeche im Schwarzen Walfisch bezahlt haben. Mit den Initialen Ihres Leitspruchs.»

«Vivat circulus fratrum Scephenburgiarum!», verkündete Hanno Bahl, der einzige Paukant im Raum ohne eine Blankwaffe in der Hand.

«Es lebe der Kreis der Brüder. Die Münze hatte entschieden. Ohne eine Ahnung von den erst später gewonnen Erkenntnissen zu haben, war ich bereits in diesem Augenblick gewiss, dass Sie nichts mit dem Angriff auf Lotner zu tun hatten. Mir wurde bewusst, dass, gleich wie groß die Kluft zwischen Ihnen und einem Ihrer Verbindungsbrüder auch immer sein mochte, Sie den Korbschläger niemals außerhalb der Mensur erheben würden. Im Gegenteil. Ich weiß, dass Sie und Ihre Verbindungsbrüder aus einem einzigen Grund hierher gekommen sind. Um Arnd Lotner, Ihren Fechtmeister, zu beschützen. Nachdem Sie vor nicht mal einer halben Stunde in der Komturei durch den Wirt und mich erfuhren, dass er hier auf dem Neuhof sein würde und sich gleichsam ohne Ihre Hilfe in tödlicher Gefahr befände.»

Rau hatte den Satz noch nicht beendet, da erkannte er, dass sowohl König, als auch Rodenscheit ihre Klingen von Rau weg und hin zu dem Mann richteten, der das Geschehen bisher ohne jede Gemütsregung verfolgt hatte.

«Glücklicherweise haben Sie jedoch keine Ahnung, wie man eine Blankwaffe hält, geschweige denn sie einzusetzen weiß. So ist es doch, Herr Schurfheim!» Der Angesprochene schwieg, allein ein Äderchen an seiner Schläfe deutete auf seine Anspannung hin.

«Ich bleibe dabei, es war die Verquickung unglücklicher Umstände, die uns alle hierher gebracht haben.» Rau wandte sich an Lotner:

«Die nie und nimmer eingetreten wären, hätten Sie das Gemälde nicht ausfindig gemacht, das sich unter der Grabplatte in der Basilika befand. Sie erkannten sicherlich sofort, dass Sie einen unermesslichen Schatz in Händen hielten. Unglücklicher Umstand Nummer eins: Otto Schurfheim war in der Nähe!», Rau wies mit der einen Hand zu ihm herüber, behielt den Blickkontakt zu Lotner aber bei, «Über ein Theken-Gespräch mit dem Kopisten Mengelshausen hatten Sie herausgefunden, dass Schurfheim über die nötigen Kontakte verfügte, die man brauchte, um einen Canareggio, eine Heilige Jungfrau in Smalte und Marienglas gehüllt, zu vergolden. Sodass endlich, endlich Ihr Traum von einem sämtlicher Geldsorgen ledigen Archäologen in Erfüllung gehen konnte. Zudem einem Mann, der Adele die Freiheit geben konnte, die sie sich mit ihm so sehnlichst wünschte. Und Richard Mengelshausen wusste, wovon er sprach. Schließlich war er es, der die Originale etlicher alter Meister wie Rembrandt, Holbein, Dürer kopierte, die Schurfheim zuvor aus den Burgen, Schlössern, Universitäten und Archiven des Volksstaates – wie soll ich sagen – entliehen hatte? Um bald an selber Stelle die Kopien aufhängen zu lassen. Die Originale hatte er zwischenzeitlich längst an seine Stammkundschaft gegen Höchstgebot veräußert. An an Geist und Verstand hoffnungslos verarmte Menschen, denen der Besitz solcher Bilder wohl mehr bedeutet als das Leben ihrer Kinder. Die Gemälde aber dämmern dahin, verblassen langsam in ihren geheimen Verstecken, Kellern, Tresoren, ohne die Möglichkeit, dass auch nur irgend jemand anderes das Genie ihres Schöpfers und die Erhabenheit ihres Antlitzes je wird bewundern können.» Rau wechselte die Blickrichtung zurück zu Schurfheim, längst hatte Adele den Revolver schon auf den Mann mit dem Kinnbart gerichtet. «Sie müssen mir glauben, hätte ich gewusst, dass wir uns hier wieder sehen und genügend Zeit gehabt hätte, ich hätte Ihnen Ihren Mantel mitgebracht. Eigentlich eine klevere Idee, den Kinosessel zum Büro zu machen, in der Anonymität des dunklen Lichtspielsaales. Die wichtigsten Informationen wurden ohnehin durch Zettel und somit stumm ausgetauscht. Dabei haben Sie meinen Respekt, den "nächtlichen Kämpfer" Dutzende Male anzuschauen. Auch wenn Sie wussten, wie sehr sich die Vorstellungen für Sie lohnen würden. Vor allem jene, in der Sie mit Mengelshausen die Premiere eines echten Canareggio besprachen. Der Verkaufspreis würde geradezu irrwitzig hoch sein. Und doch wollten Sie Lotner nicht zuviel bezahlen, schließlich liegt der Gewinn im Einkauf, hab ich recht?»

«Er wollte mich zum Narren halten! Dabei wusste er ganz genau, um was für einen Wert es sich handelt», stöhnte Lotner.

«Da bin ich sicher, sehr sogar. Dazu kam, dass Sie sich im Druck sahen, ein zu geringes Gebot nicht akzeptieren zu können. Schließlich hatte Manteufel vorgegeben, Sie erpressen zu können. Die Pointe liegt allerdings darin, dass er bis heute nicht genau weiß, womit. In Ihrer Lage mussten Sie jedoch damit rechnen, dass Manteufel Lunte gerochen hatte, Sie mussten seine Drohung ernst nehmen. Bei all dem Nonsens, den Manteufel ansonsten abzulassen pflegt», erklärte Rau, bevor er sich wieder Schurfheim zuwandte:

«Sie waren gewiss, dass Sie Lotner im Preis schon noch drücken könnten. Doch als genau das nicht funktionierte, brach sich die Gier in Ihnen endgültig Bahn. Davon ausgehend, dass sich das Werk sicherlich irgendwo auf dem Schiffenberg befinden und Sie es auch ohne Lotner ausfindig machen würden, stachen Sie zu. Und genau das war der einzig glückliche Umstand! Ein Korbschläger ist an der Spitze stumpf, erst recht, wenn es sich um die Übungsklinge eines Fechtmeisters handelt.» Rainald König und Edwin Rodenscheit schüttelten unisono den Kopf, während Hanno Bahl anfügte:

«Schon dass er den Schläger angefasst hat, ist eine Schande. Und jetzt auch noch meinen. Hat ihn mir einfach geklaut, bevor er aus der Schänke gestürmt ist!» Rau ließ die Einlassung des Scephenburgianers unkommentiert, ein anderer Gedanke legte seine Stirn in Falten:

«Eine unglückliche Begebenheit, die das Tohuwabohu komplett machte, ärgert mich allerdings selbst am meisten, war ich es doch, der sie verschuldet hat. Schließlich war es im Nachhinein besehen eine Riesen-Eselei, dass ausgerechnet ich Sie auf Schreiner Leisel und dessen Auftrag, den kaputten Spiegel vom Schiffenberg abzuholen, aufmerksam gemacht habe. Gewundert habe ich mich allerdings zunächst darüber, dass Sie diesmal die Drecksarbeit selbst übernommen hatten, wo Sie doch sonst über Ihre Handlanger vom Gas- und Wasserwerk verfügen. Ich vermute aber, dass Ihnen der Canareggio schlicht und einfach viel zu wertvoll war, um sich ihn in der Schreinerei nicht höchstpersönlich aneignen zu wollen. Dabei fürchte ich, dass Sie ab heute auf die Dienste der beiden armen Wichte und ihrem Motorrad mit Beiwagen verzichten müssen.» Kommissar Simon Rau trat näher an Schurfheim heran, so, dass der ihn leichterdings mit der Klinge hätte erwischen können, allein, er ließ es bleiben.

«Das Beste aber kommt zum Schluss, der Umstand, dass Sie es bis hier und jetzt nicht aufgegeben haben, Arnd Lotner zu verfolgen, zeigt mir eines: Sie haben sie nicht. Sie haben die Maria vor Akkon, das 27. Werk von Giacomo di Canareggio nicht. Und wissen Sie was, Sie werden es auch nicht erhalten. Niemals. Niemals», in einer gewandten Bewegung griff Rau nach Schurfheims Handgelenk, drückte auf die empfindlichste Stelle der Handwurzel, sodass die Blankwaffe wie von selbst in Rau's andere Hand fiel. Ohne zu zögern, übergab er die Fechtwaffe an Hanno Bahl, der sich mit einem Nicken dafür bedankte.

Adele Vollmer, ob es Erleichterung oder schlichtweg die Erschöpfung war, hatte den Revolver bereits sinken lassen, als sie ihn doch noch einmal anhob: Eine Pistole ähnlich der des Kommissars lugte durch den Türspalt. Geistesgegenwärtig schlug Rau die Tür zu, woraufhin die Waffe auf den Boden fiel, gefolgt von einem:

«Autsch, Gewirrernochemual!» Augenblicke später hatte Rau die Tür wieder geöffnet, vor ihm das vor Weh zusammen gekniffene Gesicht von Hermann Bongässer. In Windeseile hatte sich eine dicke Beule an seinem Kopf gebildet. Kommissar Simon Rau konnte sich ein Schmunzeln nicht verkneifen, als er dem Schutzpolizisten erklärte:

«Bedaure, aber wie heißt es noch: dem Feind die Hand, dem Freund die Stirn!»

Epilog

Die Sonne streifte die Baumwipfel auf der Hochebene, die das Lumdatal mit dem Städtchen Allendorf und den Ebsdorfergrund voneinander trennte. Gleichzeitig verband die schmale Straße, die über die Hügelkuppe führte, die beiden ehedem rivalisierenden Täler miteinander, Allendorf an der Lumda hatte zum Großherzogtum Hessen-Darmstadt gehört, nach dem Weltkrieg Volksstaat Hessen genannt, der Ebsdorfergrund war preußisch. Recht nahe am höchsten Punkt des Plateaus befand sich ein einsames Gehöft, bekannt als Gasthof "Zur weißen Frau". Wer ihn einmal besucht hatte, wusste, was mit dem Begriff der Landidylle wohl zu verbinden war. Ein aus Londorfer Basalt errichtetes Haus, die Fenster mit rotem Ziegel eingefasst, die Eingangstreppe mit pinkem Rhododendron umkränzt, schmiegte sich an eine hoch gewachsene, über alle Zweifel erhabene Linde. Demgegenüber wirkten die drei schmalen Birken in ihrem Rücken wie Kinder, die hinter der Scheune und dem Viehstall Verstecken spielten. Der Lindenbaum hatte bereits den ganzen wolkenlosen Tag über den unter ihr verweilenden Gästen Schatten gespendet. Auch wenn die Wärme selbst am Mittag nicht überhand genommen hatte. Ein sanfter Windhauch, der dann und wann über die Ebene strich, sorgte für eine herrlich angenehme Frische.

Auf der rot-weiß karierten Tischdecke standen Gläser unterschiedlichster Größe und Form, neben einer Blumenvase, in ihr ein Strauß leuchtend blauer Veilchen. Die beiden Weingläser am Kopfende des Sechsertisches waren verwaist, diejenigen, die eben noch genüsslich daran genippt hatten, eine zierliche junge Frau mit dunklen Locken und ein nicht viel größerer Mann, waren aufgestanden und hatten sich an den Rand des Grundstückes begeben, von wo man einen weitreichenden Blick vom Dünsberg im Westen, über das tief ins Tal geschmiegte Dorf Ilschhausen bis tief hinein ins Marburger Land genießen konnte. Der größere Teil der Tischgesellschaft aber hatte Platz behalten, der Wirt stand vor ihnen am Tisch und amüsierte sich:

«Also, wie war das nochmal, ein 0,2er Bier ist ein ...?»

«Herrgöttli!», wiederholte Urs Pfyn, um das benannte Glas, mit Hessenquell gefüllt, in einem Zug zu leeren.

«Für mich dann aber bitte noch ein Chübeli, Kurt! Weil ich's gut mit dir mein', kriegst mehr Zeche und musst weniger laufen!»

«Jetzt haste aber das Chübeli mit dem Chübel verwechselt!», lachte der Wirt, worauf Hermann seinem Bruder Hubert den Unterschied verdeutlichte:

«Das 0,5er ist ein Chübel, das 0,3er das Chübeli, verstissste?!»

«Vielleicht sollten Sie beide sich zukünftig so nennen lassen, so kann man Sie wenigstens auseinander halten?!», frotzelte Kurt Wattmer. Hubert Bongässer konnte nur für einen Augenblick beleidigt tun, dann stimmte er prustend in das Gelächter der anderen ein.

Simon Rau und Marlene Bellring standen auf der anderen Seite des Lindenbaumes. Minutenlang hatten sie nebeneinander nur dagestanden und geschwiegen, fasziniert das wundersame Farbenspiel am Himmel beobachtend, das sich in seinen Farbnuancen der bald einsetzenden Dämmerung beugte.

«Und ich hatte schon gedacht, Sie würden es fertig bringen und mich auf den Schiffenberg einladen.»

«Also von hier ist der Ausblick mindestens genauso schön wie von der Terrasse der Domäne aus. Dort hinten», Rau wies in die Ferne nach Nordosten, «kann man sogar das Marburger Schloss erkennen», und erfreute sich an dem Anblick ihrer glitzernden, braunen Augen, die den Horizont nach dem erwähnten Ziel absuchten. «Und nichts gegen Wiener Würstchen aus dem Siedetopf, aber den weltbesten Lohkuchen gibt's nur hier. Das allerbeste aber ist: die *weiße Frau* hat immer noch kein Telefon.»

«Das ist ein Argument», musste sie glucksend zugeben. Erneut gaben sie sich der Stille hin, nur unterbrochen von dem Ruf eines Waldkauzes, und von dem Gejohle hinter ihnen. Nachdenklich blickte Marlene Bellring über ihre Schulter:

«Weiß man denn schon, wie es mit Arnd Lotner weitergeht? Und mit Fräulein Adele?» Rau machte mit dem Kopf eine Bewegung, die in Richtung des Tisches jenseits der Linde wies:

«Selbstredend wurde Lotner von seinem Institut fristlos entlassen, auch wenn man ihm kein Vergehen nachweisen konnte. Schließlich fehlt hierzu bekanntlich jeglicher Beweis. Aber er hat ungemeines Glück im Unglück. Unser Herr Magister möchte ihn doch tatsächlich in die Schweiz mitnehmen. Bei einer Zürcher Versicherung wird gerade eine Sonderabteilung aufgebaut, die sich mit dem Aufspüren geraubter und verloren gegangener Kunst beschäftigt. Adele Vollmer wird ihn begleiten.» Marlene Bellring beschirmte mit der Hand ihre Stirn, die von dem goldfarbenen Licht der untergehenden Sonne beschienen wurde.

«Was für ein wunderbares Blau dort über der Hügelkette, geradezu himmlisch, wie nennt man noch diese zarte, fast durchsichtig erscheinende Farbe?» Das machte Marlene extra, nur um ihn zu foppen, war Rau sicher.

«Marienglas. Eine von di Canareggios Lieblingsfarben. Das wollten Sie doch hören, Marlene?» Die schmunzelte, um im nächsten Moment nachdenklich zu klingen:

«Was meinst du, Simon», es war das erste Mal, dass sie ihn auf diese Weise angesprochen hatte, obgleich Rau war, als hätte sie ihn immer schon so genannt, «werden wir sie je wiedersehen? Canareggios Maria in ihrem blauen Mantel?»

«Wenn ich das wüsste. Ich fürchte, dieses Rätsel wird uns noch sehr, sehr lange begleiten. Leisels Nachbar hat ausgesagt, dass er gesehen hatte, wie Schurfheim auf der Flucht vor ihm den Spiegelrahmen fallen ließ. Als meine Kollegen anrückten, war das Möbelstück jedoch spurlos verschwunden.» Marlene Bellring sah in die Ferne und ließ die letzten Sonnenstrahlen des Abends ihr Meer an dunklen Sommersprossen bescheinen. Dicht neben ihm stehend, suchten in ihrem Rücken die Finger ihrer rechten Hand die von Simons linker:

«War es nicht Leonardo da Vinci, der sagte: Die Arbeit an einem Kunstwerk kann niemals beendet werden, sie kann nur aufgegeben werden?», dann sah sie Rau tief in seine blauen Augen.

Den Ruf vom Tisch hinter der Linde nahm sie nicht einmal wahr: «Hallo, Fräulein?», rief Hermann Bongässer, «Fräulein Bellring, wären Sie so gütig und würden uns mit dem Herrn Kommissar verbinden? Wir sind auf der Suche nach einem Spender für ein paar Herrgöttli!» Endlich hatten sie sich gefunden, sanft umschloss Simon mit seiner Hand die von Marlene. Ohne sich umzudrehen, sagte er:

«Bedaure, der Herr, kein Anschluss unter dieser Nummer.»

Vier Tage zuvor, Dienstag, 22. Mai 1928, gegen elf Uhr abends

Zolt Avram genoss die kühle, noch immer nach Frühling duftende Nachtluft, während er auf seinem Fahrrad von der Marktstraße kommend in die Sandgasse einbog. Regelmäßig begann er erst hier, zwei Kilometer von der Maloche entfernt, endlich wieder etwas anderes zu riechen als galvanisierten Kautschuk. Und, noch besser, in wenigen Minuten schon würde er sich über einen heißen, herrlich duftenden Teller Cevapcici beugen. Ihm lief schon das Wasser im Mund zusammen, als er irgendwo ganz in der Nähe ein Motorrad mit quietschenden Reifen anfahren hörte. Gleichzeitig bemerkte er, dass etwas unter dem Reifen knirschte. Sofort hielt der Mann in der rußgeschwärzten Arbeitskleidung an und stieg ab. Das hätte ihm noch gefehlt, erst letzte Woche musste er den Schlauch flicken, es hatte eine kleine Ewigkeit gedauert, bis er das winzige Loch gefunden hatte. Avram schob seinen Drahtesel zurück zur Straßenlaterne, die sich in der Nähe der Gedenkplakette für einen Gießener Brauereigründer befand. Dort angekommen, fiel sein Blick auf einen Gegenstand, der am Straßenrand lag, im Schatten des einzigen Baumes hier in der Gasse.

«Ich wer' dinnelich! Wer bolert dann so en latscho Doz uffn Tschundefuhl?[31]», wunderte er sich auf Manisch, dem Soziolekt, der in den Gießener Arbeitersiedlungen gesprochen wurde, vor allem in den gedrungenen Backsteinreihenhäusern der Gummiinsel oder in den zu Notbehausungen umgebauten Eisenbahnwaggons der Margaretenhütte. Er hob die Holzplatte auf und betrachtete sie von allen Seiten, um sie schließlich auf den Fahrradsattel zu legen.

---

31 Ich werd verrückt! Wer wirft denn so ein gutes Stück auf den Müll?

«Da kann me' doch noch rainli was draus tschinne?![32]», murmelte er, die eine Hand am Lenker, die andere auf der Holzplatte, während er sein Rad an der Schreinerei vorbei schob, die Neustadt hinunter und die Nordanlage hinauf, von wo es auch zu Fuß nur noch zehn Minuten bis nach Hause waren.

Zolt Avram wusste endlich, weshalb er sich vorgenommen hatte, die Flasche mit dem edlen Tropfen Rotwein, den er von seinem Chef im letzten Jahr zur Hochzeit geschenkt bekommen hatte, für einen ganz besonderen Moment aufzuheben. Magdalena aber wunderte sich, warum Zolt die von ihr sonst wie einen Schatz gehütete, blütenweiße Stickdecke auf dem kleinen Esstisch ausgebreitet und zwei Gläser und die Rotweinflasche darauf drapiert hatte. Weder er noch sie feierten heute Geburtstag. Und gestorben war, Gott mochte sie davor bewahren, heute auch niemand. Für Magdalena war es ein ganz normaler Dienstagabend, auch wenn das Cevapcici ihr an diesem Abend besonders gut gelungen war, wie sie selbst festgestellt hatte. Aber sicher war das nicht der Grund für das Aufhebens, das Zolt veranstaltete. Zwar fand sie es löblich, dass er die zerbrochene Fensterscheibe der Tür zur hinteren Plattform geflickt hatte. Es war die Tür, die früher den Fahrgästen den Zugang zum Zweite-Klasse-Abteil gewährt hatte. Nun stand ihr Ehebett davor. Noch im April hatte der Windzug, der durch die Scherben hindurch fegte, sie selbst unter der Decke frösteln lassen. Doch damit war es jetzt vorbei, Zolt hatte ganze Arbeit geleistet und die Platte perfekt in das Fensterloch eingepasst. Zudem machte die Oberfläche, dunkle Esche offenbar, einen fast schon gediegenen Eindruck.

---

32   Da kann man doch noch etwas Schönes draus zimmern?!

«Aber den Tschundedicklo würd ich wegnemme'[33]», riet sie ihm und zeigte auf ein schmutziges, graues Tuch, das das Holz bedeckte.

«Awe ...», bat er sie um einen Moment Geduld. Zuvor entfernte er mit einem ploppenden Geräusch den Korken von der Weinflasche, schenkte in die beiden Gläser ein, gab seiner Frau im Vorbeigehen einen Kuss auf die Wange und trat neben das Bett.

«Tschewa!», dann zog er das Tuch von der Holzplatte. Eine ganze Weile stand Magdalena nur ungläubig da, unfähig auch nur ein Wort zu sagen. Dann kamen ihr die Tränen.

«Gewant?», fragte Zolt, auch wenn er aus Magdalenas Blick schon längst herausgelesen hatte, wie schön sie es empfand:

«Awe. Tschü was Gewanteres gespannt.[34]» Magdalena schauderte. Ergriffen hielt sie sich die Hand vors Gesicht. Durch das Flackern der Petroleumlampe wirkte es, als bewege sich das Segeltuch tatsächlich im Wind.

«Dewels daio wird jetzt jed' Ratt korant über uns luern![35]» Magdalena nickte. Dann trat sie vor ihren Mann, umarmte ihn und küsste ihm die Stirn.

---

33 Aber den alten Lappen würde ich wegnehmen.
34 Ja. Noch nie etwas Schöneres gesehen.
35 Die Mutter Gottes wird jetzt jede Nacht über uns wachen.

Personen, Namen und Handlung sind frei erfunden, bis auf die historischen Persönlichkeiten der Zeitgeschichte. Ähnlichkeiten mit lebenden oder verstorbenen Personen sind rein zufällig und nicht beabsichtigt.

Über die Handlung

Im Jahr 2021 machten Kunstexperten bei der Restaurierung von Jan Vermeers Gemälde "Brieflesendes Mädchen am offenen Fenster" eine sensationelle Entdeckung. Über die Jahrhunderte unter der Deckschicht verborgen, legte man in der oberen Bildhälfte einen von Vermeer gemalten und später retuschierten Amor frei, eine nackte Engelsgestalt, die in den prüden Niederlanden des 17. Jahrhunderts zu viel des Guten gewesen war. Die Aussage des Gemäldes und die Kunstgeschichte wurden mit der Wiederentdeckung teils auf den Kopf gestellt.

Gießen als alte Studentenstadt verfügte zu Beginn des 20. Jahrhunderts über fast so viele Lichtspielhäuser wie Studentenverbindungen. In einem der ältesten Gießener Kinos in der Bahnhofstraße laufen noch heute Filme über die Leinwand. Und in teilweise über 150 Jahre alten Verbindungshäusern wird noch heute nach alter Tradition gefuchst, Mensur genommen und das "Lob auf Gießen" angestimmt.

Das alte Rathaus am Marktplatz wurde bei dem verheerenden Luftangriff auf Gießen am 6. Dezember 1944 zerstört, und mit ihm neunzig Prozent der Altstadt. Auch die historische Engel-Apotheke, das alte Café Bück-dich und die meisten der so gern besuchten, alteingesessenen Kaffeehäuser, in denen mal das neueste Automobil vorgestellt wurde, mal Auktionatoren den Hammer für das Höchstgebot schwangen.

Danke

Dies ist unser siebter Streich. Für Wolfgang wohl deshalb ein verflixtes Jahr, weil er feststellen musste, dass aus mir und kurzen Sätzen wohl auch in den nächsten hundert Jahren nichts mehr werden wird. Tausend Dank für alles!

Manfred danke ich einmal mehr für seine Logik, vor allem für die Rettung aus dem ein oder anderen nebulösen Gedankenlabyrinth.

Ein herzliches Dankeschön demjenigen, von dem ich lernen durfte, was es bedeutet, eine Mark bei jemandem gut zu haben. Und noch so viel mehr.

Mit Hannelore verbindet mich so viel. Was auch immer beliebt, sie ist für mich da und lässt falls nötig die Drähte glühen.

Katharina und unseren Kindern danke ich dafür, dass sie mich von jeder Reise in die Jahrhunderte wieder abholen. Denn ich möchte keine Sekunde mit ihnen missen.

Über den Autor:

Seit meiner Geburt im Jahre 1973 lebe und arbeite ich in meiner oberhessischen Heimat zwischen Vogelsberg und Taunus, an Wetter und Lahn.

Immer wieder bin ich fasziniert davon, wie viel Geschichte und wie viele Geschichten über unsere mittelhessische Region noch darauf warten, neu entdeckt und erzählt zu werden. Es ist mir daher Freude und Ehre zugleich, die oft überregionale Bedeutung unserer "Schatzkiste Oberhessen", vielleicht hie und da mit einem Augenzwinkern, zu beschreiben und zu würdigen.

Nachschlag gefällig? Rau's erster Fall

FEHLBRAND – im Gießen des Jahres 1927

Am 27. September 1927 landet die erste Passagiermaschine vor dem neuen Empfangsgebäude des Gießener Verkehrsflughafens. Die ganze Stadt ist auf den Beinen, um die eingeflogenen Ehrengäste gebührend zu empfangen und feiert das Ereignis am Abend in "Rappmanns Colosseum". Für Kommissar Simon Rau von der Gießener Kriminalinspektion endet die folgende Nacht viel zu früh. In den Licher Tonwerken wurde die Leiche eines Mannes aufgefunden. Alles deutet auf ein Gewaltverbrechen hin. Zusammen mit seinem Partner, dem gebürtigen Kölner Kommissar-Anwärter Jakob "Köbes" Entenich und dem Gießener Pathologen Theodor Wiesenholder nimmt Rau die Ermittlungen auf. Die Zeugenbefragungen führen die Kommissare von der Wache am Landgraf-Philipp-Platz zum Botanischen Garten, in den Freienseener Eisenbahntunnel, zu einer Regatta auf der Lahn und nicht zuletzt zurück zum Gießener Flughafen. Denn schon bald wird klar: Auch wenn die Gleise der Straßenbahn kurz vor dem Empfangsgebäude enden, scheinen die dramatischen Ereignisse von hier aus ihren Anfang genommen zu haben.

Erhältlich im Buchhandel, im Internet und als eBook.

Nachschlag gefällig? Rau's zweiter Fall

LAHNBRAND – im Gießen des Jahres 1928

Am Abend des 8. April 1928 bescheinen Lampions und Fackeln das festlich geschmückte Lahnufer. Die Gießener Schiffs-Kameradschaft feiert die Einweihung ihres neuen Schulschiffs. Doch der Festredner, ein ehemaliger Marineoffizier, erscheint nicht. Erst am nächsten Morgen wird klar, warum. Jesper Matthies wird leblos auf dem Grün des erst kürzlich eröffneten Gießener Golfclubs am Lahnknie aufgefunden, nur wenige hundert Meter vom Vereinsheim der Schiffs-Kameradschaft entfernt. Kommissar Simon Rau übernimmt die Ermittlungen, zusammen mit der aus Hamburg angereisten Inspektorin Rieke Hansen und dem jungen Pathologen Karl Wiesenholder. Der Besuch einer Vorstellung im Stadttheater als auch der dramatische Ausgang eines Box-  Kampfes in der Volkshalle lassen Kommissar Rau bald daran zweifeln, wer auf der richtigen Seite steht und ob am Ende wirklich das Gute über das Böse triumphiert. Die Suche nach den Hintergründen führt die Ermittler unter anderem in den Seltersweg zum Hotel "Prinz Carl" und zu den Restaurationen "Lotzekasten" und "Concerthaus".

Erhältlich im Buchhandel, im Internet und als eBook.

SCHLAG auf SCHLAG geht's weiter!

BUNKERSCHLAG
Cervinus' erster Fall

Im oberhessischen Golf- und Countryclub Lindental ereignet sich ein tragischer Unfall: Der Grundstücksgutachter Theodor Müller wird von einem Golfball tödlich am Kopf getroffen. Zunächst scheint der Fall klar. Doch dann kommen bei Unfall-Ermittler Martin Benedikt Cervinus Zweifel auf. Niemand hat genau gesehen, wer den tödlichen Golfball wirklich geschlagen hat. Auch der geheimnisvolle Schäfer nicht, der von seiner Weide aus freien Blick auf den Unfallort hatte. Wenige Tage später wird der neue Eigentümer des Golfclubs, Joachim R. Hartmann, in einem Sandbunker niedergeschlagen und schwer verletzt. Gibt es eine Verbindung zwischen den beiden Vorfällen? Erst als Tom Keller von der Mordkommission Cervinus bei den Ermittlungen rund um die mittelhessische Metropole Gießen unterstützt, treten die Hintergründe ans Licht und die Schatten der Vergangenheit zu Tage.

ANNAS SCHLAG
Cervinus ermittelt wieder

Unfall-Ermittler Cervinus hat es endlich geschafft: Er wird in die Mordkommission versetzt. Doch einen letzten Unfall soll er noch ermitteln: Ein Mann ist im Licher Stadtturm in den Tod gestürzt. Das tragische Ereignis schlägt hohe Wellen, befindet sich die oberhessische Kleinstadt doch mitten in den Vorbereitungen zu den Feierlichkeiten des fünfhundertsten Reformationsfestes. Martin Luther soll im Jahr 1521 sogar in Lich übernachtet haben. Zudem wird Cervinus von der Psychologin Eva Kieling begleitet, die seine Tauglichkeit für die Mordkommission überprüfen soll. Spätestens als der Oberkommissar selbst einen vermeintlichen Unfall nur knapp überlebt, wird ihm klar, dass er tief in die Geheimnisse der Stadtgeschichte eindringen muss, um den Fall aufzuklären. Die Recherchen führen die Ermittler nach Kloster-Arnsburg, Bettenhausen, Allendorf an der Lumda und Nordeck.

SCHLAG auf SCHLAG geht's weiter!

Henrich Dörmer

HÜNENSCHLAG
Jetzt wird's archäologisch

Oberkommissar Cervinus ist am Boden zerstört: Seine Versetzung in die Mordkommission wurde abgelehnt. Begründet wird dies mit einem kritischen Gutachten der Psychologin Eva Kieling. Dabei hatte ausgerechnet sie Cervinus geholfen, den letzten Fall erfolgreich aufzuklären. Enttäuscht kehrt er ins Unfall-Dezernat zurück und nimmt den neuesten Fall auf: Ein Landwirt ist durch eine Heuballenpresse zu Tode gekommen. Der Unfallort in unmittelbarer Nähe zu den mystischen Hügelgräbern zwischen Bettenhausen und Muschenheim erscheint umso rätselhafter, je mehr Zeugen und Verdächtige sich in Widersprüche verstricken. Sogar Cervinus' Partner Kriminalobermeister Egon Hirschmann scheint als Nachbar des Opfers in den Fall verwickelt zu sein. Die Kontrolle über sich selbst als auch über die Geschehnisse scheinen dem Kommissar vollends zu entgleiten, als Egons Bruder Emil spurlos verschwindet.

WÜSTES HAUSEN
Jetzt wird's mittelalterlich

An einem Morgen des Jahres 1420 erwacht der junge Mönch Martinus am Ufer der Wetter mit einer Platzwunde am Kopf. Neben ihm liegt die Leiche eines Priesters. Bald kommen im nahegelegenen Dorf Hausen Zweifel auf, dass der Pfarrer eines natürlichen Todes gestorben und der Zisterzienser unschuldig ist. Um seinen Hals aus der Schlinge zu ziehen, muss der Arnsburger Novize den Todesfall selbst aufklären. Zudem wird schnell gefährlich klar, dass nicht jedem der Dorfbewohner an der Wahrheit gelegen ist. 600 Jahre später wird Oberkommissar Martin Benedikt Cervinus zu einem Knochenfund in den Wetterwiesen gerufen, in unmittelbarer Nähe zu der Kirchenruine eines im 15. Jahrhundert verlassenen Dorfes zwischen Lich und Nieder-Bessingen. Das mittelalterliche Skelett ist bemerkenswert gut erhalten. Grund genug für Cervinus, gemeinsam mit dem Pathologen Professor Wiesenholder die Ermittlungen aufzunehmen. Denn Mord verjährt bekanntlich nie.

Milton Keynes UK
Ingram Content Group UK Ltd.
UKHW031137291024
2429UKWH00006B/253